AN AMERICAN SICKNESS

Elisabeth Rosenthal

[美]伊丽莎白·罗森塔尔 著　　李雪顺 译

美国病

上海译文出版社

谨献给所有为此书成型而不吝分享自身故事和体验的病人、医生以及其他医疗专业人士。他们搁置隐私顾虑，同意刊印真名。他们怀着为改变医保制度贡献力量的希望，不惜花费大量时间，翻出一堆堆医药账单、保险单据、来往函件以及其他证明文件。我深深地感谢他们的帮助和贡献，以及勇气。

他们——以及所有美国人——值得享有更优质、更平价的医疗保健。

目 录

引言　病情：无法承受的医疗保健 ………………………………… 001

·第一部·
当前病史及体制综述

第一章　保险时代 ……………………………………………… 003
第二章　医院时代 ……………………………………………… 013
第三章　医生时代 ……………………………………………… 043
第四章　制药时代 ……………………………………………… 072
第五章　医疗器械时代 ………………………………………… 110
第六章　检查与辅助服务时代 ………………………………… 129
第七章　承包商时代：账单、编码、催账和新兴医药行业 …… 145
第八章　科研与利润优先的时代：高尚事业的堕落 ………… 160
第九章　大集团时代 …………………………………………… 181
第十章　利字当头的医疗保健时代 …………………………… 198
第十一章　《平价医疗法案》时代 ……………………………… 204

·第二部·
诊断与疗法：重拾医疗保健的几道良方

第十二章　耽于现状的高昂代价 ……………………………… 215

第十三章	医生的账单	221
第十四章	医院的账单	232
第十五章	保险开支	249
第十六章	药品及医疗器械开支	268
第十七章	检查及辅助服务账单	282
第十八章	数字时代更好的医疗保健	284

尾声	290
后记	292
致谢	299
附录1：定价/采购工具	303
附录2：医院审查工具	306
附录3：医疗账单及损益说明术语	308
附录4：断定某项检查或某项治疗是否确有必要的辅助工具	311
附录5：抗议书模板	313
注释	315

引言　病情：无法承受的医疗保健

　　过去二十五年来，美国的医疗体制停止了对于健康甚至是科学的关注。相反，它或多或少，一心只关注自身的利益。

　　谁都知道，美国的医保制度已经陷入混乱。面对大额账单，我们变得麻木了。我们视高价为美国人无法逃避的重负。我们接受制药商的说辞：同一张处方，收费不得不比其他国家多出一倍，因为德国和法国等国的立法者并未支付足够费用，以抵销他们的研发开支。可是，如果把"处方"换成"汽车"或"电影"，还会有人接受这样的说辞吗？

　　现行的医疗保健市场无法发挥正常功用。缺陷是深层的，或许是致命的。就连市场经济学家都对它失去了信心。"这个市场已经功能失调，我有时会觉得，唯一的解决办法就是连根拔除。像这样的市场，地球上找不出第二家，"南加利福尼亚大学的健康经济学和金融学教授格林·梅尔尼克说道。

　　美国将其国内生产总值（GDP）的近20%用于医疗保健，是发达国家平均数的两倍之多；对此，与我有过交流的每一位专家，不管是共和党还是民主党，不管是年长还是年轻，不管是信奉米尔顿·弗里德曼还是卡尔·马克思，几乎都有一套说法。但一提到家人或至爱最近一次的入院治疗、急诊，或是收到意外的天价账单时，每个人都有烦心的故事。

　　在明尼苏达大学担任健康经济学家，并且在2008年总统大选中为约翰·麦凯恩担任顾问的斯蒂芬·派伦特博士认为，有些研究夸大了美国庞大的医疗开支。可当他谈起年迈的母亲入院治疗的经历时，原先公事公办的学术口吻立马变了样，变得跟我听过的无数调门一模一样，充满了无尽的沮丧：

> 有十几个医生发来各自的账单，我一个也看不懂。全是些大数字，保险支付的，只是很少一部分。想想吧，如果对房屋承建商也这样呢？你的厨房估价是 125 000 美元，等到工程结束，他却只能拿到 10 000 美元？那谁还来干啊？

设想一下，如果你花钱买了一张机票，随即又不可思议地收到一堆账单，分别来自航空公司、机长、副机长和空乘组。这就是医疗保健市场的运行模式。没有哪个行业的产品，根据其购买地点的不同，价格竟会相差十倍之多；而为诊断甲状腺功能或维生素 D 含量进行超声心动图、核磁共振成像扫描以及血液检查时，我看到的正是这种情形。新泽西州普林斯顿市某经销商出售的丰田普锐斯的价格，不会是你在哈肯萨克市购买一辆普锐斯的五倍，新泽西州一辆普锐斯的价格，也不会比新墨西哥州的贵上一倍。同一经销商所出售的汽车价格，并不取决于你的雇主是谁，也不会管你是自谋职业还是待业在家。那么为什么，上述因素会对医疗保健行业如此重要呢？

我们生活的时代不乏器官移植、基因疗法、救命药品、预防策略这样的医疗奇迹，但难以置信的是，医保制度依然价格高企、效率低下、令人困惑、充满不公。在疾病面前，所有人都是医疗豪夺的潜在受害者。警示数据无可争辩，尽人皆知：美国将其国内生产总值的近五分之一用于医疗保健，全年超过 3 万亿美元，相当于法国的全部经济总量。尽管如此，美国用这笔钱实现的医保效果，却普遍低于任何一个发达国家,而这些国家的人均花费,只有我们的一半。

我们中间,谁没有在打开医疗账单或损益说明的时候,瞪着吓人的数字而难以置信?谁没有被保险单上的共付额、自付额度、"网络内"和"网络外"的条款弄得晕头转向,只能屈从于沮丧的心情,或在催账的威胁下开出支票?比如,谁没有为一次普通的血液检查而收到 500 美元账单,为在急诊室打了三针而收到 5 000 美元账单,为一次小小的足部门诊手术而收到 50 000 美元账单,或是因为心脏病住院治疗三天而收到 500 000 美元账单,发过懵?

钱都到哪儿去了?

进入《纽约时报》担任记者之前,我曾在哈佛医学院学习,随后在纽约长老会医院这一声誉卓著的学术中心接受训练并担任医生[①]。为探究美国[医疗]体制及其弊病,我借助了"病史及体检表"(H&P),记录表组织有序,形式严格,医生们均在采用。这一简称为 H&P 的模板非常出色,有助于人们理解各种复杂问题,如对病人的多种症状分类整理,以便得出合适的诊断结论,并采取有效的治疗措施。H&P 具有如下可预测性内容:

主要病情:病人发现了哪些主要症状?

当前病史及体制综述:问题是如何演变的?它是如何影响各部分组织的?

诊断及治疗:潜在病因是什么?怎样才能解决病人的疾病或症状?

---

① 2016 年 9 月写完本书后我离开了《纽约时报》,去"恺撒保健新闻"(Kaiser Health News)网站担任主编。该网站发展势头强劲,是由恺撒家庭基金会创办的独立的非营利新闻机构,致力于在医疗保健领域展开拓展性调查和具有影响力的项目。恺撒家庭基金会和恺撒保健新闻网站,同恺撒医院系统或恺撒永久医疗集团没有任何关联。恺撒这个名称被很多不同的组织所采用。

美国病

你此刻读到的，就是主要病情：极度昂贵的医疗保健并未可靠地产出高质量结果。本书的第一部，"当前病史及体制综述"，列举了二十五年来美国医疗保健从致力于保健到成为全美国最赚钱产业的转变过程，后者被很多专家称之为医疗产业综合体。随着金钱成为优质医疗的衡量标准，每个人想要的越来越多，对其最初的使命反而关注得越来越少。这一演变在各个部门渐次发生，我们将对保险业、医院、医生、制药商等依次展开探查。

首先，作为一名传统医生（父亲曾是一名血液病专家）的孩子，其次作为一名医学博士，以及后来在《纽约时报》出任医疗记者的我，对这一渐进式的豪夺有着长期的近距离接触。比如，美国任何一家顶尖教学医院收费1 000美元的检查，在新泽西州的一些小型社区医院要花费7 000美元，而在德国和日本却只需要100美元。我曾经为此耗时数月，仔细审阅财务报告、税收报表、病历记录和医疗账单，力图弄清其中的缘由。

眼下，我们的治疗不再遵从科学准则，转而在一个弊病丛生、糟糕透顶的市场中对商业逻辑亦步亦趋；各大从业方将更多的资源用于游说活动，而非捍卫立约人的利益。不管你罹患何种疾病，默认选项就是采取最昂贵的治疗方案；多买多做的经济诱因，成了我们医疗保健过程中诸多事项的驱动力。过去十年间，所谓"创新"的中心法则是"以病人为中心、以证据为基础的治疗手段"。然而，那不正是医疗的精髓吗？难道还能有其他的医疗手段？

尽管2010年《病患保护与平价医疗法案》（简称ACA，也被称作《奥巴马医疗法案》）获得通过，并于2014年实施，但仍发生了本书收录的几则悲惨故事。正如一些人坚信的那样，《平价医疗法案》（以下简称）不算失败①，但其中"平价"二字只是一种夸张，意在赢得选票和公众舆论的支持（包括最新的混改方案，即《21世纪治愈法案》，所有的医改法案都具有便于推销的美丽标签）。为保证获得通过而向医疗行业做出无限让步的《平价医疗法案》，主要是确保每一个美国人都能享受医疗保险。但在控制过度花费和令人反感的商业行为方面，即便它能有所作为，直接作用也不会太大。既然华盛顿的现状如此，我怀疑我们能否看到《恢复美国医保法案》或《停止劫掠病患法案》的出台。

同理，在唐纳德·特朗普执政时，类似的故事无疑会继续上演，尽管他在2016年选举期间誓言"用某种更好的东西废止并取代《奥巴马医疗法案》"。正如众多专家指出，总统并没有全面废止该项法案的实际权力。选战结束后的几天内，特朗普说他可能会维持某些条款——比如保证原有的病患人群能够使用保险——且在"更好的"选项得以谋划期间，延长宽限期，以使2 200万经由《奥巴马医疗法案》而获得医保的人群不至于失去着落。不管最终框架如何，由共和党提出的这一替代性计划（《特朗普医疗法案》?《爱国者医疗法案》?）必定将病患置于更多的市场力量之下，那也就意味着，在我们支付高昂医疗费用背后，更有必要弄清其复杂的（非）逻辑性。

无助的感觉，并不难获得。紧迫的医疗问题交织着官僚混乱，这是一杯让人虚弱的鸡尾酒。但作为病人，其实我们可以采取很多措施，从医疗产业综合体的账目上夺回事关我们健康的控制权。

本书的第二部，即"诊断与疗法"，不仅提出了意见建议，让保险公司、医生和医院的价格变得更能承受，更贴合病患，而且向政府提出了一系列具有政治可行性的手段，使之能够降低花费，并打压那些打着

---

① 本书第十一章将详细讨论。

健康旗号强加到我们身上的金融犯罪。

未来的步子取决于我们自己。如果你知道如何对他们的部署予以有效敦促，就不难找到各种自助策略。明天你就能采取这样的策略来降低医疗开支，更别说找到政治解决方案，一劳永逸地改进美国的医疗保健。它们之间并不互相排斥。我们现在就可以着手进行。

每个市场都有一定的规则，受制于市场所赖以运行的条件、动机和法规。目前，我们的医疗体验和治疗规程有如日用品，是一种买卖行为，但这个市场中的参与方是如何做出购买选择的？价格往往不得而知，无法预测；行业内部鲜有激烈竞争；我们难以获得足够的质量信息，以便做出决定；更为常见的是，我们甚至缺乏选择的权力。

在美国，提供医疗保健的支配性规则来源于市场的设计。我们当前享有的医疗保健，正符合市场的经济动机。因此，在这个丑陋、混乱且无序的世界里，我们必须对此有所了解，成为更精明更积极的参与者。更为重要的是，我们必须改变游戏规则，代之以不同的动机和全新的法规。我在引言部分的结尾列出了现行的规则。随着阅读的深入，我会不时提及。在第一部中，通过真实的案例分析，你会看到这些规则如何耗尽病人的健康和金钱，并且取得了多么尴尬的效果。

经济学家亚当·斯密在论及收入分配问题时，提到了一只"看不见的手"。可是在美国的医疗保健领域，这只看不见的手迥然不同：它就在钱柜之上。

非正常医疗市场里的经济规则

1. 治疗更多往往效果更好。价钱最贵成为默认选项。
2. 终身治疗优于一次治愈。

3. 设备和营销比好的医疗更重要。

4. 随着技术的成熟,价格不降反升。

5. 没有自由选择。病人进退两难,只有买买买。

6. 更多的从业竞争者并不意味着价格更合理,反而推动价格上涨而非下降。

7. 规模经济并未带来价格下降。利用其市场力量,大供应商要的更多。

8. 无论手术还是化验,根本没有固定的价格。没有保险的人支付的价格最高。

9. 开具账单没有任何标准。任何东西,每样东西,都可以挣钱、开账单。

10. 价格涨到哪里,市场的承受范围就到哪里。

第一部
当前病史及体制综述

第一章　保险时代

杰弗瑞·凯威是纽约名校史蒂文森高中的一名化学教师，拥有化学博士学位，曾在雅培制药公司担任过二十年的研究员。他非常清楚，药物治疗是一笔怎样的花费。从孩提时代起，他就受着银屑病性关节炎的折磨；罹患这种疾病后，极度活跃的免疫系统会对皮肤和关节发起攻击，前者引发皮疹，后者导致致残性关节炎。

在位于印第安纳州的普渡大学攻读博士学位时，他的病情经常骤然恶化，不得不大剂量地服用强的松，因为其中的类固醇能够减轻免疫系统对骨骼发起的攻击。即便如此，他"在双脚、脚踝、膝盖、臀部和下腰/骶髂关节方面存在严重问题，往往严重到无法工作，甚至无法行走"。

大约十五年前，有几种重要的抗关节炎新药先后投放市场。为其治疗的风湿病专家波拉·拉科夫博士说，他会是一位不错的药物试用者。这些药品创造了奇迹：每六个星期，他来到拉科夫博士执业的贝斯以色列医院，在门诊部接受类克这种药物的静脉输液。每次治疗的费用为19 000美元，不过凯威先生作为纽约市的公职人员，享受着安保健康保险（EmblemHealth）提供的优厚保险。他自己无需支付任何费用。用上新药后，他能够站立数个小时，或者上课，或者漫步于史蒂文森高中迷宫般的校园走廊。结果完全不一样了。

2013年，拉科夫博士的执业地点北移了十五个街区，来到纽约大学兰贡医学中心。她告诉自己的病人,这里有更好的服务,而她也想在学术氛围更浓厚的环境下执业行医。对凯威先生来说,这里的时间安排也更加方便。不同于贝斯以色列医院,纽约大学兰贡医学中心的门诊输液在晚间和周末照常开放,他就不需要寻找代课教师,或是请病假才能接受治疗。

一开始,兰贡医学中心的肌肉骨骼治疗科给他留下了深刻印象,因为这里的服务水平明显高端许多。"我以为价格只会贵那么一点点,"谈及来到纽约大学后,一位导医员在前台接待了他,并把他带到一间狭小的输液隔间,里面提供网络、电视、瓶装水,以及几块小点心时,他如此说道(见规则3,设备和营销比好的医疗更重要)。

可是纽约大学给保险公司邮寄的账单让他大吃一惊:5月他在这家新换的医院接受三个小时的第一次输液,收费金额为98 575.98美元;6月的第二次输液费用为110 410.82美元,7月后的账单为132 791.04美元。剂量一样,治疗方式一样,连开处方的医生也一样。

我和凯威先生分别花费数个星期,试图为纽约大学的账单找到某种解释。一位药剂师配好药。一名护士将输液管插进他的胳膊。除此之外,凯威先生只是坐在那里,占用了一把椅子几个小时。就这点东西怎么会招来这么大额的账单?

当凯威先生向纽约大学开具账单的办公室提出申诉时,一位病患护理代表提供了一大堆不成理由的理由:

> 她一个劲地告诉我,尽管说不清纽约大学有多少利润,但她确信,不可能只有那么一点点。毕竟,这当中包含了运费、仓储费,以及跟医院设施设备相关的其他管理费用。真的吗?一针的剂量就向安保健康保险收取120 000美元,这合理吗?她最后说,我不该在意保险公司被迫支付了多少。毕竟,我自己没有多出一毛钱。

当我接替凯威先生，从他中断的地方重新展开调查时，得到的理由更加缺乏说服力。公共事务部的人告诉我，凯威先生属于"异常人群"，他接受的是积极治疗，他块头很大。类克这种药按体重注射相应剂量，身高超过六英尺、体重接近四百磅的凯威先生接受的剂量相对较大。即便如此，另一家医院的一位药品研究员告诉我，凯威先生注射的这一剂类克的批发价格在 1 200 美元上下。

随着我们深入医药定价这个兔子洞，里面的情形变得越来越黑。事实表明，对于纽约大学兰贡医学中心而言，类克代表了经济利益；每使用这种药物一次，它都潜在地固守着"利润"二字。简·维尔采克博士是类克的发明者之一，任教于纽约大学，移民自斯洛伐克。兰贡医学中心帮助他在美国重新执业，为了表示感激，他捐出了自己的专利份额。2007 年，纽约大学卖掉了大部分权益，获利 6.5 亿美元，不过若是该药物的盈利超过某一秘而未宣的上限时，它仍能继续获得收益。面对 132 000 美元的收费，上述限度很可能已被突破。

然而，更令凯威先生吃惊的是：他的承保方不但没有对价格提出异议或争取更多折扣，反而支付了差不多所有款项。"收到第一次输液的账单时，我简直惊呆了，"凯威先生写信告诉我说，"安保健康保险光是为第一次输液就支付了 73 931.98 美元！！我简直不敢相信自己的眼睛！！跟我原来注射的是同一种药品，同一个剂量。什么都没变。后面几次的账单涨到了 99 593.27 美元。"这种妥协让凯威先生十分生气，他最终决定换一种能在家里自己注射的药物，尽管疗效没那么好。

（见规则 10，价格涨到哪里，市场的承受范围就到哪里。）

为了保证凯威先生的治疗，安保健康保险每年要支付给纽约大学兰贡医学中心 100 万美元，由于他是纽约市的教师，这就意味着所有居民通过纳税的形式，支付了一定份额。为什么保险公司会为一种药品支付如此昂贵的费用？

历史：开端

对现今的医药行业而言，索赔申请单和收益说明书看似成为家常便饭，就如同地球上有氧气和水，但十分重要的是，我们应该记住一点，健康保险是一种相对新式的发明，它的使命在过去几十年间发生了重大变化。

就某种意义而言，健康保险的理念是一种原罪，它在当今医疗产业综合体的演化过程中起到了催化作用。近一个世纪前，在得克萨斯州创办蓝十字协会的人们肯定想不到，他们的创新何以最终失去了控制。他们的本意，是对生病的人有所帮助。而在开始阶段，的确如此。

一百年前的医疗初级而廉价，疗效低下。医院通常由宗教慈善团体经营，因此往往是大多数人前去寿终的地方。即便如此，仍有医生或江湖郎中在医务室提供"保健护理"，价格十分低廉。

治病是一件十分耗时的事情。因为没有抗生素和非类固醇药品，也没有麻醉药和微创手术，所以需要较长的时间，才能让疾病和伤痛有所治愈。最初设立健康保险的目的，主要是为了补偿工人因为生病而在收入上的损失。对依赖手工劳动的公司而言，工人长期缺岗是个大问题，所以它们往往雇用医生来照料自己的工人。1890年代，位于华盛顿州塔科马港的伐木公司每月向两位有事业心的医生支付50美分，为自己的雇员提供医疗服务。这或许是美国最早的雇主保险先例之一。

20世纪初，随着医学治疗和医学知识的不断提升，保险这一概念随之得以发展。现今保险计划的原型，肇始于得克萨斯州达拉斯市的贝勒大学医学中心（2013年它与另一个医疗系统合并组建为一家大型的医疗保健联合体，现为贝勒-斯科特及怀特医疗集团的组成部分）；该中心创建于1903年，位于浸礼会的一座大楼内，拥有十四个房间。一位虔诚的牧场主提供 50 000 美元作为启动资金,开设了得克萨斯浸礼会纪念疗养院,被称为"一家伟大的人道主义医院"。到 1920 年代,越来越多的得克萨斯人来这里接受治疗。贝勒大学的副校长贾斯丁·福特·金博尔律师发现,医院积攒了大量的未付账单,他主动提出跟当地的教师协会做一笔交易。教师们只要一年缴费 6 美元,或每月 50 美分,就能享受二十一天的入院治疗,费用全免。不过,有一个自付额。"保险"于一星期后生效,且覆盖 5 美元一天的全部住院花费,在 2016 年,这相当于一天 105 美元。

很快,《达拉斯晨报》和当地电台的雇员也签署了一份在今天被称为重大疾病保险的协议。这真是一笔好买卖。在当时,二十一天的住院治疗费用,也就是 525 美元,会让很多人倾家荡产。在那个时代已经具备相应的医疗手段,二十一天,你可能一命呜呼,也可能大病初愈。

十年之内,这一模式扩展至全国。到 1939 年,签约人数达三百万,这一理念也有了自己的名字:蓝十字计划。它的目的不是赚钱,而是保护病人的积蓄,同时保证医院以及为医院提供资金支持的慈善性宗教团体能够正常运转。当时的蓝十字计划是非营利性的。

尽管如此,在第二次世界大战之前,由于医疗手段相对简陋而廉价,购买健康保险的美国人并不多见。由于通风设备的发明,呼吸机使得空气在肺脏中进出自如,这让手术间和重症监护室的规模大幅扩展。这意味着,大多数人的生命能够得以挽救,包括因战受伤的士兵和小儿麻痹症患者。

变革性技术在发达国家间迅速传播。1930 年代,雅培实验室制造出首款静脉注射麻醉药硫喷妥钠并申请专利。1936 年,马萨诸塞综合医院在美国开设了第一个麻醉科。1940 年代初期,小儿麻痹症暴发,哥本哈根开设了第一家带通风设备的重症监护室(ICU)。

每天 5 美元,最多住院二十一天的规定不再适用。对保险的需求与日俱增。正如车险和寿险，满足这一需求的，本可以是一种向顾客直销的私人保险。但在美国，由于历史的奇妙以及用意良好的保险条款，使得雇主型健康保险落地生根。在第二次世界大战期间以及战争结束后，由于全国战时劳动委员会施行固定薪水政策，面临劳工短缺的公司发现，提供健康保险对工人具有一定的吸引力。为鼓励这一潮流，联邦政府规定，以货币形式支付给雇员的健康保险收益无需征税。短时间内，这是一条双赢政策，但从长期来看，它却非常失败。

该险种被称为"重大疾病保险"（major medical），意味着它涵盖的不是医生的常规诊疗，而是范围更广的治疗费用。健康保险的初衷，是减轻严重疾病带来的经济灾难，比如因此失去住所、丢掉工作等；它从未有过让医疗保健变得廉价的意图，也从未发挥过控制医疗费用的工具性作用。对于保险的作用，我们的期望值始终在不断增加。

当时，蓝十字计划及其伙伴蓝盾计划算是唯一的大型保险公司，都做好了延揽新成员的准备工作。前者负责住院治疗，后者解决医生出诊。1940 年至 1955 年期间，美国购买健康保险的人数从 10% 飙升至超过 60%。那时还没有 Medicare（联邦医疗保险）和 Medicaid（低收入者医疗补助保险）这样的政府型保险项目。蓝十字蓝盾标志成了横跨全美的一股行善力量。根据章程，"两蓝"均为非营利机构，接受每一位签名购买者；不管年龄多大，疾病多重，全体会员费率相同。童子军四处散发传单，牧师也鼓动自己的信众加入保险计划。据记载，蓝十字蓝盾跟沃尔特·克朗凯特[①]一样，成为战后美国最值得信赖的品牌之一。

不过，对健康保险的新兴需求代表着新的商业机会，形成了一个抱有其他动机的新兴市场。突然间医药可以带来更多的价值，身处这样的

[①] 沃尔特·克朗凯特（Walter Cronkite, 1916—2009），美国记者和节目主持人，因其在合众国际社的准确报道而在 1972 年的一个民意调查中被评为"全美最受信任的人"。——译者

时代，成千上万的人产生了加入其中的兴趣，纷纷期待雇主为自己购买保险。营利性保险公司进来了，"两蓝"的慈善使命对其毫无束缚。它们只接受能带来利益的年轻人和健康状况较好的病人。费率各不相同，取决于年龄等因素，这正是它们多年来经营寿险的做法。它们还推出不同类型的险种，缴费不同，提供保障的层次也会不同。

到1951年，安泰和信诺都推出了重大疾病医疗保险。靠着激进的市场手段，以及比医疗保健行业更紧密的商业联系，营利性保险公司在1970年代至1980年代间慢慢地瓜分了市场份额。"两蓝"很难跟它们竞争。从市场角度看，可怜的"两蓝"仍要记挂着自己的使命，即"为所有人提供质高价廉的医疗保健"。

到1990年代，"两蓝"在全部五十个州开展了保险业务，不仅要支付大量的保险金，还要承保病情最严重的病人。1994年，在各州分公司总经理的抵制下，"两蓝"公司董事会态度软化，允许各分公司变身为营利性保险公司。其主要目的不在于向病人多收费，而是由此获准进入股票市场，筹资弥补亏空。这是在基于善心的旧式健康保险的棺材上钉入的最后一颗钉子。

诸多长期受累的"蓝"字号保险项目抓住了商业契机。位于加利福尼亚州的蓝十字和蓝盾公司冲锋在前，吞并了十几个州的兄弟公司。在更名为维朋保险公司后，它成了蓝十字蓝盾协会这一最初定位为非营利性公司所衍生出来的最大规模的营利性保险公司；目前，它是全美第二大保险公司。它开展的项目，大多仍打着"蓝十字蓝盾之歌"的旗号，而在纽约的业务，采用了"安保健康保险"的牌子。作为纽约市全体教师的承保公司，它为杰弗瑞·凯威先生的每一次门诊输液提供10万美元的报销额度；从非营利和每天5美元的住院费用开始，它走过了一段漫长的旅程。

维朋保险的第一要务，不再是病人和会员，甚或是公司客户及行会，而是它的股东和投资人。跟所有的营利性企业一样，管理层的报酬取决于金融市场的表现，当然，报酬可观。2010 年，维朋保险有意将加利福尼亚州的保费提高 39%，结果遭到了一位检察长的有效抵制。2012 年，总裁安吉拉·布莱莉的年收入超过 2 000 万美元，尽管公司盈利下滑，她于当年被迫辞职。2013 年接任的新任总裁乔·斯威迪什，是美国医院集团这一营利组织的医疗保健业务的老手。除开股票期权，他每年的起薪和奖金合计约为 500 万美元。

2014 年 8 月，维朋保险宣布，公司将更名为安圣蓝十字（待股东批准）；此举被推测为利用病人对"两蓝"尚存的一丝怀旧好感，公司计划于 2015 年对加利福尼亚州的部分医疗保费上涨 25%。保险局局长戴夫·琼斯直言不讳地指责说，安圣蓝十字"再次将不正当不合理的保费上涨强加给个人客户"。琼斯唯一的求援手段，是利用白宫公开表达反对意见，因为他跟众多的州级保险局局长一样，只能做一些没有约束力的决定，在否决保费上没有任何法律效力。为了表达群体的沮丧情绪，保险会员们向 MoveOn.org 网站提交了一份签名请愿书："安圣蓝十字：别再用我们的保费去玩政治。"他们敦促自己的保险公司"停止将公司资金用于政治活动，公布直接或间接用于政治活动的每一个子儿，并利用该笔款项降低安圣蓝十字保单持有人以及加州纳税人的保费"。

1993 年，在"两蓝"转为营利性公司前，保险公司要从 1 美元保费中拿出 95 美分，用于医疗保健服务，被称为"医疗赔付率"。为提高盈利，所有的保险公司不顾自身纳税情况，近年间持续降低医疗开支，转而拿出更多的钱，用于市场营销、政治游说、行政管理，以及保险分红。目前，平均医疗赔付率接近 80%。进入 21 世纪后的十余年间，"两蓝"旗下部分公司的医疗开支，远低于这一数字。2010 年，在健康保险这一理念的发源地，即得克萨斯"两蓝"公司的医疗赔付率只有 64.4%。

《平价医疗法案》的拟定者试图要求，公司应将保费的80%～85%用于病人的医疗开支，以抑制保险公司的盈利及从业人员的薪水，因为其中有些人已经拿到了美国医疗保健行业的最高薪资。保险公司对这一条款进行了激烈的抵制。最终它被写进《平价医疗法案》，被视为消费者的胜利。可是，如果你注意到，Medicare将保费的98%用于医疗保健，仅有2%用于行政管理，那么这个显而易见的"要求"其实是一份大礼。

为什么安保健康保险公司同意为杰弗瑞·凯威的每一次输液支付近10万美元的费用，而支付给同一条街上的另一家医院的费用却只有19 000美元？首先，相比于不出这笔钱，保险公司出了钱，麻烦会少很多。纽约大学是大客户，任何保险公司都不想失去；而且保险公司有的是办法，为这笔高昂的费用找到归处——比如，提高保费、共付额、自付额度等。其次，既然要在一夜间拿出保费的80%～85%而非75%用于医疗保健，那么就催生了一种全新的反常动机，以承担高昂支出。为了保证15%的盈利足以维持人员薪水和投资分红，保险公司的执业人员不得不把蛋糕做大。为了弥补差额，下一年的保费会有所上升，从而将开支转嫁到消费者头上。同时，大蛋糕的15%远多于小蛋糕的15%。这就难怪，平价医疗保险中最常见的一个险种，计划于2017年在多个城市将保费提高两位数，尽管经济学家一再确认，用于医疗开支的费用增幅正在放缓。

就一定程度而言，如果就你所接受的医疗保健保险公司能够协商到较好的价格，它们的盈利也会相对较好。不过，只有在某些情况下，这才是真实的，而且办法十分有限。"他们都是井井有条的收款者，按合同向你收取保费，并向你支付索赔——这就是他们的工作，"在俄亥俄州拥有一家员工福利公司的巴瑞·科恩说道，"他们才不管你的索赔上涨还是下降了20%，只要拿足自己那份就行。他们的公司太大，不会对你有多少关注。"

实际上历史表明，当某个疗程一旦被保险覆盖，标价往往相应上升，因为在很大程度上病人被隔离在医疗开支之外（例如，当病人必须自行支付理疗费用时，一个疗程的花费很可能不到100美元，远低于保险公司批准的在一线城区接受一次时长四十五分钟的治疗所需要的500美元）。就凯威先生的案例而言，保险公司往往为并未得到患者认同的一些服务项目支付了费用；更为不堪的是，这类情况屡见不鲜。数百名购买了保险的病人，在纽约大学兰贡医学中心接受费用高达数万美元的输液治疗；不同于凯威先生，多数人并未对价格提出申诉。

保险公司不是就合理价格据理力争，而是调整理念，培养忠诚，全然不顾治疗本身是否物有所值。损益表说明中一个劲地吹嘘，保险公司如何帮你"省了钱"。"你省了96%！"对于纽约大学兰贡医学中心超高的治疗费用，信诺保险沾沾自喜地说，它们是这样计算的：医院收费99 469美元（不含医生费用），信诺公司按照协议，支付折后费用中的68 240美元，而病人只需拿出3 018美元。这样一笔巨额开支，真值得炫耀吗？

健康保险一旦推开，就会产生多米诺骨牌效应：医院要适应营利动机，医生的执业行为随之发生变化，厂家生产并推广的药品和器械类型也会产生根本性变化。对金钱的追逐开始了：不再有人保护病人。

第二章 医院时代

在医疗保健方面,希瑟·佩尔斯·坎贝尔律师一直仰赖位于西雅图的斯威迪什医疗中心。2012 年,她在那里生下了第一个孩子,是个儿子;2014 年,她再度怀孕,于是又来到斯威迪什做产前检查。

可是,10 月份的声波图显示,她是宫外孕;胚胎发育的地方位于脆弱而狭窄的输卵管,并发症十分危险,甚至有致命的风险。几个小时不到,坎贝尔女士就进了手术室,医生截掉该侧输卵管连同胚胎,并切除了部分子宫。

"住院的时间不到一天,所以,当我后来看到那张 44 873.90 美元的账单时,确实非常惊讶,"坎贝尔女士如此描述她在六个星期后收到第一份账单时的心情,那仅是医院要收取的费用。不过,账单上还有更令她吃惊的东西:整个治疗过程仅仅被标记成"杂项"。几年前,她在医院接受了剖腹产,住院两天,收费 25 000 美元;与这次收费相比,显然差得远了。账单上说,安泰保险按照协议,支付了折扣价中的 17 264.56 美元,而她需要支付剩余的 875 美元。

对坎贝尔女士而言,这让她怒火中烧,并采取了行动:"杂项?45 000 美元?"她如此说道,"我想的是:'哇,这就是他们的收费?'数字也太大了点吧!"她打电话给医院,要求提供收费明细。她被告知"我们一般不提供这个",可她随即表明,根据法律规定她有这个权利。她等着。一直都没收到。

1月,她收到医院的催款警告,要求她交清所有费用;她提出抗议说,自己一直没有收到账单明细。"那个女人说:'你如果想拿到明细,可以马上开车过来一趟,否则我们会将你的情况提交给讨债公司。'"她就"欺诈和蓄意收费行为",向州检察官提出了申诉。

与医疗保健体系的其他部分相比,医院服务部分的收费涨幅最快。从1997年到2012年,医院服务项目的收费增长了149%,而医生的诊疗费涨幅为55%。2013年,美国医院的日平均住院收费标准是4 300美元,分别是澳大利亚和西班牙的三倍和十倍。

为什么?

"这就像问威利·萨顿①为什么要抢银行:因为那里有钱嘛。"罗得岛健康部门前主管戴维·季福德博士说。与我有过交谈的市场经济学家把医院称作"大鲨鱼"或"吸金机"。就算有市场力量,也很少能对医院的各种行为进行有效调控,因此它们会随心所欲地提高价格。大多数医院都是非营利机构,不用为股东负责,也不需要依法公示"盈利"状况;因此,它们将高额收入用于支付管理人员的薪水,修建禅意花园和大理石会客厅。

一位长期与美国各大医院打交道的财务主管将自己的工作领域描述为采掘业:

> 一大帮顾问围着医院打转。所有公司派出人员的目的,就是为了增加收益、多拿薪水、多分蛋糕。收益的10%~15%划归收费及讨债公司,以及处理索赔和预批准业务的承包公司,在欧洲这些工作并不存在。此外,医院还要去华尔街申请债券发行业务,所以

---

① 威利·萨顿(Willie Sutton, 1901—1980),美国人,银行劫匪。他抢劫银行的时间长达四十年,估计金额为200万美元。——译者

银行家也起到了推波助澜的作用。这个行当的产能相当过剩，应该引发价格下跌。然而，我们看到的是相反：市场失灵，但仍有逻辑可循。这不是什么医疗保健行业，而是一个产业，每个点上都有钞票可赚。

一个医生的观点：从慈善到牟利，一家医院的转变之旅

过去二十多年间，位于俄勒冈州波特兰市的普照会波特兰医学中心经历的变革过程，在美国的几百家医院中很具有代表性。一如众多医院，"普照会"系发端于19世纪的宗教慈善活动，大多数医院的名称中仍保留着宗教痕迹：浸理会、仁爱、卫理公会、三一、长老会、西奈山等。医疗保健尤其成为天主教教会筹集资金的重要途径。2001年至2011年间，依附于天主教教会的美国医院增加了16%，而公立医院和非教会的非营利性医院分别减少了31%和12%。在美国规模最大的十家非营利性医院体系中，有八家具有宗教背景或宗教名称。

普照会的创建者是一群修女，她们来自蒙特利尔，隶属于普照修女会。1850年代，一群虔诚的修女历经数月，在太平洋西北地区①建了一处前哨基地（更早前，她们试图前往现在的智利，但功败垂成）。这群修女在美国的边疆地区扎下根，除了接收孤儿，还登门造访病患；患病期间、临死之前，"整个社区对这些满腔热忱的修女逐渐产生了依赖"。到1858年，她们在温哥华堡②开办了圣约瑟夫医院，成为该地区第一家永久性医院。到1902年时，她们在西北部地区经营着三十余家医院、

---

① 一般指美国西北部地区和加拿大西南部地区。——译者
② 位于美国西北部华盛顿州境内，历史上作为皮毛交易港口。——译者

孤儿院和学校。"穷人所担心的，正是我们所关心的，"当时的团体负责人约瑟夫修女说。

1977年，刚获准执业的儿科医生弗兰克·麦克库勒博士接受了普照会为其提供的门诊部职位。尽管不是教徒，但他在圣玛丽医院接受过部分训练，那是一家由天主教教会创办的医院，位于纽约市的罗切斯特，创办者同样是一群修女。她们的使命感鼓舞了他。而且，普照会在国内声誉卓著。1960年，波特兰的心外科医生阿尔伯特·斯塔尔博士在心脏病治疗上掀起了一场革命，共同发明并首次成功安装使用人工心脏瓣膜。数百万病人，得益于他们的发明成果而重获新生。斯塔尔博士随即在普照会开了一家心脏病医院，并在此执业长达数十年（他现已九十岁高龄，仍担任俄勒冈健康与科学大学骑士心血管研究所的主任）。他是医学界的摇滚明星、英雄人物和名画真迹。不过，"我从未在宣传板上见过他，"麦克库勒博士说，"营销和广告都会被当做不义之举，受别人鄙视——所以没有人会这么做。"几年前，随着麦克库勒博士从普照会退休，这一切，以及跟普照会相关的每一件事都发生了改变。

1960年代，Medicare开始覆盖住院费用。1968年至1980年，六十五岁以下且享有良好私人保险的美国人的数量达到峰值（约为80%，而2007年时约为67%）。因为病人不再为医疗保健直接掏腰包或写支票，医院开始在医疗服务上提高收费标准。"两蓝"公司当初在贝勒大学医学中心设立的保险计划，对病人的住院治疗以星期为单位支付费用，而现在像普照会这样的医院，改为按单项治疗和单次诊治收取费用。比如，在一方不乏医生、护士和修女的天地里，没有人能够确切地知道，割掉一段阑尾究竟花费了医院多少。可是，高收费终究没什么妨碍，因为保险公司往往要多少就付多少。

随着金钱滚滚而来，医院需要聘请善于经营的人来打理。当麦克库勒博士加盟普照会时，急诊室及其附属的免预约门诊有一名管理人员，负责买药、招募辅助人员、处理病人投诉等。不到十年时间，管理人员的数量似乎已经翻了一倍。

1980 年代初，越来越强势的医院管理团队（很多人完全没有修女的脾性，持有的是商业或医疗管理学位）调整普照会的"核心价值"，在其长期坚持的"尊重""热情""公平""优质"等指导原则中加入了资源"管理"。用麦克库勒博士的话来说，"与医学传统相比，他们更注重盈亏线"。

到 1980 年代晚期，普照会聘有专业编码员，将医生的检查结果转换成医疗账单。内科医生配有常备术语，用于描述检查结果，并说明需要采取的治疗过程，以取得更好的收益——在很多医院，这成了耳熟能详的指示和要求。医生开始收到月度报告，显示自己的治疗带来了多少收入，以及跟同事间的比较对照。管理人员和医生的关系变得越来越糟。麦克库勒博士所在小组的医生提出，要看看医院以他们的名义，向 Medicare 收取了多少费用。有些医生担心，存在高收费现象。其他医生想确认，自己拿到的份额是否公平合理。对此，普照会一口拒绝，并威胁将那些执意揭露真相的人扫地出门。

到 1990 年代末期，医院表示，不愿意再向急诊和门诊医生支付薪水；相反，它将视他们为独立的承包方。"那会把我们也变成商人，"麦克库勒博士说，"我们要协商合同内容，规定多大比例的收益归于我们。"普照会的市场营销人员还要求医生参加麦克库勒博士所说的"魅力学堂"。研讨活动的主办者是一群医生顾问，也就是波特兰优质医疗基金会的创办者。"我设法让管理人员更看重治疗结果——比如感染率——可他们置若罔闻，因为这更费钱。"靠着精明的营销手段，普照会的业务量不断增加，一个劲地吹嘘着自己的心脏病治疗和一流的"中风治疗中心"。一栋新建的楼房配上了大理石柱，一汪鲑鱼跃动的泉水成了它的特色；经过进一步修整，增加了花岗石台面，挂上了昂贵的艺

美国病　　017

术品。"变得有点像普照会万豪酒店了,"麦克库勒博士说,"我坐在那里接待穷困家庭的病人,真是难堪极了。"

1977年,当麦克库勒博士来到波特兰时,普照会由两家姐妹医院组成,即普照会医学中心和位于小镇另一边的圣文森特医院。到他退休时,普照会医院体系吞并多家小型医院,并购了多位内科医生、心血管医生和神经科医生的执业点。现在普照会健康与服务医院是美国第三大非营利性医院系统,分别在俄勒冈州、华盛顿州、加利福尼亚州、阿拉斯加州和蒙大拿州开展医疗服务。2013年,其盈利总额为26亿美元,总资产约为20亿美元。总裁的年收入为350万美元。可是,它仍然宣称自己是一个"非营利性的天主教卫生保健部门",继承了"普照修女会在一百五十八年前践行的关爱传统"。它把普照会的修女列为自己的"捐助人"。2001年保健系统的高级副总裁退休后,还从若望·保禄二世那里接受过教皇十字奖章,以表彰其开展的医疗服务。

实际上,普照会的"传统"是特雷莎修女和高盛的怪异混合:今天,它捐助25万美元,为在2010年海地大地震中遭到破坏的一家教学医院的新建提供援助;明天,其衍生公司"普照会基金"宣布,将启动1.5亿美元的风投资本,而掌舵人是亚马逊的一位前高管。

2012年,为希瑟·佩尔斯·坎贝尔做宫外孕手术的西雅图斯威迪什医疗中心被普照会健康与服务医院收入麾下。这一附属关系对它的医疗行为和财务行为都带来了变化。

作为非教会医院的斯威迪什医疗中心,长期提供堕胎和避孕服务。一旦进入普照会这把天主教大伞下,它就不再提供类似服务了。为了安抚怒气冲天的社区民众,斯威迪什很快做出声明,将为附近一家从事类似诊疗服务的计划生育中心提供资助。在一次记者发布会上,全国堕胎权利行动联盟华盛顿分会的执行主任洛伦·西蒙兹向医院发言人提问,如果一位孕妇出现跟宫外孕类似的险情时找到医院,医院会怎么办。医院的回答就像官样文章:斯威迪什"将根据妇女的紧急情况提供一切急救诊疗"。有没有可能,斯威迪什的账单不再包含"终止妊娠"这一项目,哪怕是为了挽救坎贝尔女士的性命?也许这正是她之前接受的这一诊疗,被划归到"杂项"的原因。

同时,坎贝尔女士在账单上看到的收费金额高得难以置信,也许该并购行为也是其背后的原因,因为像普照会健康与服务医院这样的大型企业集团,会在保险协商过程中滥用权力(见规则 7,规模经济并未带来价格下降。利用其市场力量,大供应商要的更多)。

幕后: 医院如何建立新的商业模式

跟社区医院和护士联盟打了二十年交道后,培格·格雷厄姆先后前往耶鲁大学和佩斯大学,分别取得公共健康硕士学位和工商管理硕士学位,弄清了医院的财务运行机制。1980 年代和 1990 年代的多数时间里,她先后任职于纽约市的多家医院。现已处于半退休状态的她,给我看了她在早期执业时用过的一本教材,即由霍华德·J. 伯曼和刘易斯·E. 威克斯发表于 1982 年的《医院财务管理》。在医院发展的关键转换期,此书一方面回顾了历史,一方面对未来趋势做出了预言。"由于法律和理念的双重限制,医院的财务结构未能像商业公司那样得到发展,"作者如此写道。在医院组织章程模板的最上方,他们设置了"董事会",其下有"管理层""医疗人员""女护工"等。

"医院是桩大买卖,"伯曼和威克斯这么认为,"[慈善]捐助人无法单独资助医院的运营。"他们认为,基于医疗行为和慈善行为的过时结构必须被改变。事实确实如此。在格雷厄姆女士的职业生涯中,她十分苦恼地发现,在医院做出事关病人和保健治疗的决策时,财务上的考量越来越占据主导地位。

她在1980年代就注意到,对"护士长"的称呼变成了"临床护士经理",而后者需要善于服从或保证质量,并适应医药经营。让亲临一线的护士们感到气恼的是,新出现的经理人员在协调人事编制时,采用了付费统计分析,以及护士-病人比值基线计算。"护士长坚决维护住院病人权益,毫不在意财务状况的情形早就不见了,"格雷厄姆女士告诉我。

后来,格雷厄姆女士为一名医生担任特别助理,因为这位医生在医院的基础架构中承担了首席医务官(CMO)这一全新的执行角色。居于医生图腾柱顶尖位置的,往往是首席内科医生,首席外科医生,以及受到尊敬的年长执业者,他们既要东奔西跑,也要应召诊断疑难病症。首席医务官也是内科医生,但他的主要任务在于行政执行,他的使命是利用职业影响力,通过医院的医生群体,使某一治疗行为达到盈利。他和分布于各个部门的副手们负责"实现效率",比如缩短住院时间,说服医生使用某种类型的听诊器,或是给住院病人使用仿制药。

1967年至1983年是医院的大好时光,医院可以自行定价,等着病人或保险公司付钱。全国范围内,Medicare向各大医院支付的费用上涨了十倍,从30亿美元增加到370亿美元。格雷厄姆女士还记得董事会会议室的恐慌情绪,时值保险公司和雇主开始投诉不断上涨的价格并加以抵制,同时提出引入与贝勒医院当初按周计费的蓝十字项目更相仿的支付计划。Medicare最初支付给医院的是"一般性常规收费",可是在1980年代中期,开始改为诊断相关分组(DRG)的收费模式。阑尾切除或肺炎的住院治疗费用将是一个固定数字,并几乎完全取决于诊断结果。当病人更快更有效地实现治愈时,医院就会有所获利,否则,就要遭受损失。

大多数商业保险公司一直未能采取诊断相关分组的收费模式,因为有固定成本的约束。不过，它们还是通过其他方式，在时间长、费用高、过程复杂的住院病人的治疗费用支付上拖延推诿，比如聘请照护管理人员审查选择性手术项目，聘请医疗人员谈判定夺账单支付比例等。

医疗账单上的大数字同保险公司实际付款额间的鸿沟由此出现，它始于一道细小的裂口，现已成为一条巨大的鸿沟。完全相同的治疗过程，有人付得少，就有人付得多；同理，医院的营销部门意识到，如果Medicare或能量巨大的保险公司不同意支付医院希望得到的巨大份额，它们还能要求小规模的保险公司（以及没有购买保险的人）多付钱（见规则8，无论手术还是化验，根本没有固定的价格。没有保险的人支付的价格最高）。

1990年代初期，医疗价格和健康保险费用在有些年份的增长率达到20%，相当多的雇主及其雇佣的保险公司对此十分无望；为了控制开支，它们只能想方设法将病人交给健康维护组织（HMOs）。健康维护组织以人头为标准，每个月收取固定费用。每个病人都会安排一个全科医生，在健康维护组织这个封闭的网络内，他相当于负责检查、专科诊断和住院治疗的守门员。随着"看护管理"带来的业务下滑，各大医院只有简化形式并注重成本效益，才能实现赚钱的目标，然而大多未能做到。

首席医务官以及1990年代末新聘的商业顾问所采取的应对措施，是汇总"会计科目表"；其中的财务数据来自住院医疗组、门诊医疗组和放射医疗组；就连一些治疗癌症类病症的单人专科治疗中心也被涵盖在内，而它们的创立者是一名心存感激的病人。医院终于注意到伯曼和威克斯于1982年在教材中写到的警示信号："医院的行政人员、管理人员和财务小组需要精准的成本计算，跟……大型超市和连锁折扣店的经理们没什么区别。"

至少短时间内，健康维护组织实现了成本控制。自1940年以来，唯有1990年代这十年间，美国医疗保健费用的增速没有高于生活支出的增速。然而，在通过质高价优的医疗服务去争取管理式医疗合同上，大多数医院十分拖沓，平淡无奇的服务模式让健康维护组织这一理念在全国大多数地方黯然失色——或将永远如此。经营成功的健康维护组织在一些地方永久地扎下了根，其中最引人关注的是位于加利福尼亚州的恺撒永久医疗集团。不过，总体上病人对它充满了厌恶，原因之一是很多项目设计仓促、管理粗糙。健康保险计划是纽约地区最大的健康维护组织，其中心医务室因为无法报销系统其他医院的费用，常常让病人走投无路。世纪之交，很多健康维护组织寿终正寝，不过，医院和医生在医药经营上早已驾轻就熟。很多医疗保健管理公司便起源于这一时期。

几年时间不到，首席医务官就显得过时了。从美国医学会2011年在报纸上发表的一篇文章来看，医院院长需要具备更多的商业经验："首席医务官仍然是普遍设立的领导岗位，但医院纷纷推出了医师关系主任、综合主任、信息主任这样的职位……有的医生认为，接受额外的训练很有价值，比如攻读工商管理硕士学位或是其他更高级的学位。不过，实行在职导师制或接受在职培训也足够了。"

咨询师加盟

为保证美国的医疗保健网络遵循成本效益发展之路，国会于1974年通过一项法律，要求医院在新增设施或购买昂贵技术之前，必须从州健康规划机构获得批准。该机构会颁发一种"需求证明"，比如，说明相关社区会从新的投资项目中有所受益。这一做法的目的，是避免医疗服务项目和房屋设施的重复建设，因为有研究表明，此类做法会增加医疗成本。

可是在 1987 年，该项联邦法律被废止；其后的十余年间，很多州要么中止审查，要么把它变成"放水"过程；于是，只要有足够的收益，各大医院可以根据自己的意愿购买或建设。医疗采购成了一种"投资"。"就在此时，医院之间开始上演设备大战，"对此，曾经长期在哈佛大学贝斯以色列女执事医学中心担任总裁的保罗·列维至今记忆犹新。

那些年，克里斯丁·泽夫是德勤的一名年轻咨询师，亲眼见证了公司的医院业务增长。一开始，各大医院依靠微薄盈利才能维持运行，咨询师们不得不开出业绩论酬制。德勤将按增加收入的百分比收取酬金，而增加的收入则来自它所提供的"战略定价"咨询："我们向它们提出咨询意见，只需要很少的前期投入，就能通过操弄账单，增加你的收入。"

汤米·汤普森曾在乔治·W. 布什政府的健康与公共事业部担任了四年的部长职务；2005 年，德勤聘请他负责全球医疗保健业务，算是利用其名望在新领域拓展业务。对有些医院的董事会而言，像钢铁厂或肉鸡加工厂那样对医院施行重组，似乎不合时宜，但二流医院以及那些承受着财务压力的医院，还是向咨询师们敞开了大门。

德勤利用诱惑性项目怂恿新的客户：例如，它向纽约康奈尔医疗中心免费提供咨询意见，指导其如何提升"最佳医院排行榜"上的排名（后者拒绝了）。当时，康奈尔一直落后于哥伦比亚长老会医疗中心，后来与其合二为一（现在叫纽约长老会医疗中心）。"通过对评价指标的分析你就能发现，什么是最低成本，什么是最简单的办法，"泽夫女士回忆道。

医疗费用报销是基本的战略迷魂术。在 Medicare 向每个医院分配一个明确的总体成本-收费比后，它就被视为参与政府主导型保险的合理比例。提高某个项目的标价，意味着降低另一个的标价。所有医院都有一份主价格表,也就是收费明细表,而德勤的策略核心,是通过调整明细表来实现收入的最大化。为了让病人多掏腰包,德勤向医院提出建议,停止纱布卷等收费项目,因为保险公司要么不报,要么报得很少,同时,提高手术时间、输氧治疗和处方药品等项目的收费标准。在某些项目上提高价格,是为了让所付款项最大化。"这种手段虽然合法,但总感觉在道义上令人生疑,对病人也没有好处,"早已退出该项业务的泽夫女士回忆说,"同时,肯定增加了医疗保健的成本。"

对医院的商务部门和医生而言,这一发现具有变革意义。某个项目的收费价格,可以跟实际成本完全脱离。原来含进手术费或住院费的项目,现在可以单列收费。

帕特里夏·考夫曼一出生就患有先天性脊柱疾病,需要在与德勤开展合作的另一家医院,即长岛犹太人医疗中心多次进行上背部手术。她对治疗结果一直很满意。可是,最后一次治疗的账单上列了一个 25 万美元的项目;该项目来自一名院外的整形外科医生,目的是缝合伤口,实际上伤口缝合一直由住院医师操作,且从未单独收费。

有些荒谬的策略性收费早已世人皆知,比如一粒泰诺收费 17 美元;不过,结果可能比这更加不堪:比如,有一位父亲在自家客厅心脏病突发,随后被收取了 21 000 美元的费用。他被亲戚送到医院时,在大厅的轮椅上被宣布死亡,没有做过任何检查项目。再比如,一个前往亚利桑那州躲避寒冬的加拿大人,其臀部植入物发生感染,尽管未能成功取出,仍被收取了 21 万美元的费用(该费用还不包括送他回加拿大的空中急救飞机必须收取的 2 800 美元;回到加拿大后,外科手术成功,且分文未收)。

今天,几乎每家医院都采取了策略性收费,使这一行为成为可能并得到支持的,是大大小小的咨询师和医疗保健咨询公司。德勤在生命科学、付款方、医疗机构、政府医保等医疗保健全部领域的咨询业务收入上排名第一。2014年，它宣布实现了342亿美元的总收入纪录，在该领域的增长超过17%。

策略性收费101：医药编码和设备费用，导致一次针头刺伤收费3 400美元

兰迪·理查兹博士是田纳西州的一名外科医生，直至2014年在手术室被针头刺伤之前，他对自己病人收到的账单并未有过太多思考。在艾滋病和肝炎尚未大行其道的岁月里，医生戴手套主要是为了保持手术中的无菌状态。1980年代，医生越来越谨慎，到1990年代，全部医院设立了严格的制度，要求对类似事件予以报告，一是出于安全考虑，二是"危机管理"团队的逐渐推广，以确保医院不被告上法庭。现在，一旦被针头刺伤，就要上报，并立即接受血液检查。一方面是为了防止感染而考虑治疗，另一方面是为了记录存档，确认医生或护士在发生暴露时是否已经感染艾滋病或肝炎，以便事后的保险认定和赔偿。

被针头刺伤后，理查兹博士按照规定，向急诊室作了报告。然而几个月后，他被急诊医生开出的1 137美元的账单惊呆了，更别说对皮肤进行氧量表测试收取的48美元，以及医院为提供医疗服务收取的2 198美元。一个简单的抽血过程，被编定为最高级别的5级诊疗；根据Medicare和Medicare服务中心的指导规定，这一级别需要详细的病历、大量的管理或实验室结果，以及全身检查。理查兹博士写信告诉我："纸上写的和实际做的没有丝毫关联。收费完全脱离实际。我需要的就是一次抽血。我就此事跟急诊医生和医院管理层讨论过，但他们坚持自己的做法。"这种被称为"编码"的现象并非成型于一夜之间。

2000年前后，某医院有位工作了很长时间的内科医生W博士；部分医生诊治的病人数量不够，或者说未给医院带来足量的收入，让他产生了担忧（W博士担心失去工作和健康保险，因而不使用全名）。该医院决定，不再向这部分医生支付定额薪水；相反，他们获得的报酬，取决于他们所完成医疗服务的相对价值单位（RVUs）。相对价值单位衡量生产效率，被用于确定医疗服务收费。

向W博士这样的全科医生分配相对价值单位时，主要依据其所作的检查项目和治疗方案的复杂程度，通常划分为1至5级，并用代码来表示。简单的2级诊疗会产生60美元的收入；3级，120美元；4级，210美元，等等。"于是，这一幕开始上演，有不少结膜炎也按4级收费，"他如此解释道，"听起来数额不大——但会累加呀。"这里面的财务动机是：铆着劲把诊疗级数提高的同事，能增加双倍的收入——不是17万美元，而是30万美元以上。

因为很多声誉卓著的医疗中心全是拿固定薪水的医务人员，于是它们辩称，自己的医生没有提高诊疗级别代码，或进行非必要检查和治疗的冲动。可是，很多知名的医疗系统（包括哈佛附属合作伙伴医院、亨利·福特医疗集团、杜克保健医院和贝勒斯科特-怀特医院）将医生的薪水与相对价值单位捆绑，或不时地发放基于相对价值单位的"绩效奖金"。如果医生的相对价值单位过低，少数医院甚至会从他们的薪水中予以扣减。2015年，有71%的医生在固定薪水之外，配发绩效奖金。正如证券交易员一样，奖金对医生也有刺激作用。

特别是Medicare这样的保险公司，会尽力通过现场清单审计等方式，防范提高诊疗级别代码的行为，但医院会向医生提供协助。"这有点像糖果店——你要做的全部事情，就是找对盒子，"一位医生告诉我，"我们有口述软件，它甚至会说'请检查装有4级诊疗的两个盒子'。"由病人填写的调查问卷被标注为"健康需求评估"，这也是一个收费项目。给受伤的膝盖注射类固醇药物，被标注为"手术"，从而收取1 200美元。如果医生使用超声波机对针头进行引导（这个步骤完全没有必要,因为将针头打进膝盖并非难事),可以另收300美元。

提高代码的步子越来越大——直至完全失去意义。如果针头刺伤和眼部感染都能被编为5级诊疗,那么交通事故中的胸部粉碎和心脏病又能编为几级?2012年公共诚信中心公布的一系列调查报告显示,2001年至2008年间,Medicare为急诊后回家的病人的4级和5级诊疗所支付的费用,从全部费用的25%激增至50%左右。与此同时,2级诊疗的比例萎缩了近一半,跌至15%。在被收入数据库的2 400家医院中,有500多家以这两个最昂贵的诊疗级别,对超过60%的病人收取费用。曾在Medicare担任管理人员的唐纳德·伯威克博士向公共诚信中心透露,他认为大多数医生并没有违法,只是"在学习如何玩这场游戏"。

理查兹博士收到的账单上也有一笔2 198美元的"设备费",换成二十年前,这样的收费根本不会存在。医生提高代码的行为,对医院的盈利具有多重影响,因为医院出于对其空间和设备的使用而强制收取的费用,即设备费,会随着诊疗级别的上升而相应增加。

设备费是科学技术在医药领域快速发展后的必然结果,它使得很多治疗手段可以应用于门诊环境。麻醉药、止痛药、微创术和活检术的进步,意味着很多治疗和手术无需隔夜住院也能安全开展。针对化疗重度恶心的新型镇静剂,意味着病人可在输液中心完成治疗过程。因为医院一直有向住院病人实行按天收费的习惯,那么,世纪之交对重大门诊治疗收取设备费这一新的做法,被保险公司(包括Medicare)普遍接受也就顺理成章了。

滥用(有时则是舞弊)现象接踵而至,因为事实证明,为了获取利益,设备费是一个很容易受到操纵的项目。有些项目的收费空间很大,比如,两小时的内窥镜套件收费(有时按十五分钟进行加时收费)就模糊得如同一团星云。另外,设备费成了一种很重要的激励,使得医生在医务室不开展任何治疗措施,而是把病人转诊到专做小手术的外科手术中心或门诊部。

罗纳德·安德森博士是宾夕法尼亚州的一名风湿病医生，可以在医务室实施囊镇痛剂注射治疗，收费 80 美元（滑囊是一种充满液体的囊，能减少关节的摩擦，当出现炎症时，被称作滑囊炎）。可是，当他的一位病人出现类似症状，并在一家外科手术中心接受骨科医生的超声引导治疗后，账单几乎高达 5 000 美元，由保险公司支付了绝大部分。

设备费是美国的医疗保健及其商业模式中独具特色的部分。欧洲的医院没有类似的收费项目。美国的其他商业领域也看不到这样的收费。正如现任职于哈佛大学陈曾熙公共卫生学院的叶甫根尼·费曼在《健康事务博客》上所写的那样："不管购买什么东西，比如一块手表、一辆轿车、哪怕是一堆杂物，你只需要为这件商品支付一个价格。街道另一头的沃尔格林药店绝不会按房屋租金、设施设备，或冷藏冰箱单独收费。"

关闭科室：要么赚钱，要么死

各大医院新聘的咨询师既是通过策略性定价提高收入的专家，也是公司化重组的好手。医院里的部分科室一直是亏本的，比如急诊室、接生房、透析中心、配药室，以及为享受 Medicaid 的贫穷社区开设的门诊室等。这些科室是医院的使命，也是它们的道义责任（十分重要的是，它们为此享受了联邦补贴）。然而到了 21 世纪，每个科室都得自负盈亏。首席医务官及其顾问团队被寄予厚望，四处寻找新型的盈利性治疗方案，并对旧有的亏损科室重新评估，以确定其能否"扭转颓势"。如果不能，该科室或诊疗服务往往会被一撤了之。"过去十多年间，我一直在急诊室工作；管理层说得很直白，希望急诊室有所盈利，"加利福尼亚州一位名叫雅基·布什的护士说道。

历经数次财务检查后，医院撤销了亏损排名靠前的几大科室，并对盈利最好的科室，如骨科、心脏护理科、中风中心（盈利来自昂贵的扫描检查）和肿瘤科（盈利来自输液治疗）进行了升级改造。医院竖起电子显示屏，对急诊室排队时间的缩短大吹大擂；要是真如医院吹嘘的那样，人们不该占着昂贵的急诊室进行选择性治疗，那才是荒谬透顶。

随着肥胖人数的增加，医疗器械公司提出战胜肥胖的新型手术方案，于是肥胖症手术成了蒸蒸日上的学科领域。公司、医院和医疗小组开展的游说活动十分成功，保险公司对此照单全付。过度肥胖被一次次地贴上了疾病的标签。1999年来自加拿大的减重外科医生阿方斯·蓬普博士被纽约西奈山医疗中心首次雇用，随后于2003年受雇于两英里外的纽约长老会-威尔康奈尔医疗中心。两家医院投入重金，设立了利润可观的减肥治疗病房：购买新床、加装电梯、采购轮椅，以及适用于大块头病人的手术台等。回报相当可观。

采购新机器不再基于医疗的必要性，甚至不考虑实际用途，而取决于财务核算。质子射线疗法的发明背景，是为了治疗采用其他方法无效的少量肿瘤。长期以来，低能质子射线治疗仪被不少医疗中心用于治疗罕见的眼部肿瘤。可是，耗资超过1亿美元的新型高能治疗仪的生产商，脑海里有一个更为广阔的市场。专家们起初估计，这样的庞然大物仅仅分布在全国的几个地方，非此不能治疗的肿瘤病人，可以乘坐飞机前往治疗。因为这是一项复杂的新型治疗手段，有需求的病人寥寥无几，无法进行财务核算，于是Medicaid提供了慷慨的报销比例。很短的时间内，质子射线疗法就在肿瘤治疗上得到了远超预期的应用，尽管几乎没有证据显示，它比价格低廉的其他疗法有何高明之处。每家医院都想购进设备，而与新设备相伴而生的，往往是收费花招，以及决定多久能收回投资的核算手段（见规则1，治疗更多往往效果更好。价钱最贵成为默认选项）。据《华尔街日报》的一篇报道称，美国国家癌症研究所和美国癌症协会试图运用科学知识压制这股风潮,但最终无果而终,尽管一项涉及三万名前列腺癌症患者的研究结果表明:"虽然价格相当昂贵,但质子射线疗法未能产生优于传统放疗的长期疗效。"

银行家将该采购行为作为一项安全投资,纷纷找到医院,主动提供融资服务。各种公司如雨后春笋般涌现,帮助小型医院开展质子射线治疗中心的筹备、建设和安装工作。其中有一家名为普罗治疗的公司,通过提供股权融资业务,所获资金超过1亿美元。结果:英国国家医疗服务体系(NHS)将其认为适合接受高能质子射线治疗的为数不多的病人送来美国治疗(支付旅行费和八到十个星期的食宿费)。整个加拿大只有一台质子射线治疗仪,而在宏伟建设计划如火如荼开展的美国,到2018年,华盛顿有三台,佛罗里达州有四台,俄克拉何马市有两台。

在治疗手段盈利刻度尺的另一端,很多医院开始将透析等治疗外包,因为这类治疗主要由Medicare提供资金资助,因此很难使用收费花招。根据2006年的一项调查结果,有31%的医院表示,已将透析治疗外包,该趋势只会加速。

通常,医院将透析治疗转卖给达维他和费森尤斯这种大型营利性透析治疗中心的各个连锁机构,因为后者利用庞大的规模经济,能更好地应对Medicare的报销政策。可是病人们抱怨,这些机构同样在削减成本,比如治疗过程中的操作人员是未经足够培训的技师而非护士。在咨询机构创新健康战略公司提供牵线服务(并由股权投资人提供资金)的交易过程中,医院以4万至7万美元的人头价格,把病人"卖给了"大型商业机构。

创新健康战略公司通过强调经济优势,鼓吹其对医院的吸引力:"面对当前的挑战,成功的医疗保健实体必须建立新的营收渠道,从而为新技术和新方案提供资金支持。经济上已经成熟的高功能透析加护病房,是独立设置透析公司的首选产品。"无论是宾夕法尼亚大学还是埃默里大学，几十家医疗中心纷纷购入它的服务。

可是，无论咨询师们怎么压榨，有些医疗角落始终产生不了多少利润。吉恩·多里奥博士是一位老年病医生，执业于加利福尼亚州的一家小型医院。21世纪的头几年，医院陷入破产状态，商务专家纷纷介入，以使其"起死回生"。2006年，医院宣布多项计划，打算关闭让老年人在出院前恢复一定体力的加护病房。无论从病人还是医生的角度来看，这类加护病房都大受欢迎，并提供了宝贵的治疗服务。多里奥博士作为医疗执行委员会的成员，在大厅里组织了一场由医院的年长出资人发起的抗议活动，但无果而终。没有了收入来源，医院于2008年彻底关闭。

医疗培训的生意：医院及廉价劳力

一生中，三年的住院医师实习让我承受了最大的压力。每隔两个晚上，我就要值班待命；早上7点钟到医院接班，三十六个小时后才能离开；中间可能只有几个小时，可以躺在病人轮床上休息一下。那种日子仿佛是看不到尽头的循环，不断地抽血、面对死亡，还要在半夜时分更换输液瓶。我学会了治疗合并肺部疾病的心脏病患者，学会了把伤口缝得在愈合后更好看一些，学会了从颈部将导管插进位于心脏深处的血管。不过，工作往往谈不上开心，而且时常超出了我的能力极限。

长期以来，住院实习医生是一群维持医院运行的工蜂；人们争执不休的，一是谁来为培训出钱，二是在营利性医疗体制下，哪些东西发生了改变。1940年代之前，医院向实习医生支付薪水，并将相应的成本计入病人账单。第二次世界大战后，《退伍军人权利法案》对培训实行补贴；于1965年形成的Medicare设立联邦资金和州立资金，"适度"覆盖未来医生培训中的假设成本，因为这被看成是一种公共服务。

到2014年，医院每年获得政府为支持医学研究生教育而提供的150

亿美元补助，这一数字"连续增长了几十年"。补助包括用于发放薪水和医生指导费的"直接拨款"，以及各种"间接拨款"，用于弥补理论上的效率低下，以及医院为培训新医生而造成的亏损，比如住院时间增加、为教学目的而增加的检查项目等。

问题在于，研究结果未能证明，上述所谓的效率低下和财务亏损值得特别资助。例如，病人在教学医院的住院时间并没有超过不接受实习医生的医院。

实际上诸多事实表明，医院将实习医生变成了另一种盈利业务。被称为"志愿教师"的老资格指导医生通常没有报酬。为缓解医院人手不足，医学专业的学生被安排到病房后，主要由实习医生担任他们的老师。再者，实习医生为医院承担了相当部分的临床医学工作，比如在急诊室接待病人，在手术室担任助手，抽血，等等。是的，他们是在学习，可实际上也是低薪水的劳力。

2013 年，医院用于全职实习医生的平均支出是 134 803 美元，其中包括了 5 万至 8 万美元的薪水。联邦政府每年对实习医生的资助额是 10 万美元。有研究人员算过账，每个实习医生一年工作创造的价值是 232 726 美元。即便没有任何补贴，接纳实习医生也是一笔收大于支的交易。

这也就说明，即使 1997 年的《平衡预算法案》对 Medicare 补助的实习医生设置了名额限制，但从 2003 年到 2012 年，实习医生的人数还是上升了近 20%。近年来，人数增幅尤其大的，是一些（据多方估计）医生本就充足的细分科室，比如泌尿科和病理科。

据 Medicare 支付委员会估计，各大医院在医务人员培训上获得的间接性补助，可能比应获得的多出 35 亿美元。2010 年国家财政责任和改革委员会提出下调建议，预计将在 2015 年节省资金 60 亿美元。奥巴马总统的 2015 年预算方案要求，在十年内削减 146 亿美元的教育支出。

在这些议案中,国会没有任何行动。

美国医院协会(AHA)一直在游说,希望继续享有这个钱袋和这些廉价劳力,甚至游说鼓励外籍的医学毕业生,因为在肾病这种盈利较少或吸引力不强的传统专业,以及在服务水平有待提高的社区,很难找到足够数量的美国毕业生,去填补由 Medicare 提供资助的实习生空位。

美国医院协会和美国医学院联合会断言,削减经费会"危及教学医院培养新一代医生的能力",并"直接威胁到教学医院的财务稳定"。

如果说共和党人在诱导死亡委员会①抹黑《平价医疗法案》上弄虚作假,那么民主党人在关注地方医院对实习医生进一步需求的做法上也不遑多让。2015 年,比尔·尼尔森(佛罗里达州)、查尔斯·舒墨(纽约市)和哈里·莱德(内华达州)三位参议员共同提出《减少实习医生短缺法案》,增加 15 000 个享受资助的培训岗位,或 15%。

医院疯抢实习医生的原因之一,是过去十五年间,各州和医学界为大幅降低因工作疲劳而导致的医疗差错率,纷纷通过法律、规章和建议,不断缩减受训医生的工作时长。对个人的福利而言,这种做法也许是好的,但的确在人员配置上制造了问题。

有些医院的应对之策,是减少选择性轮换和研讨会等教学活动,以让医生有更多时间从事廉价劳动。还有很多医院雇用兼职人员。例如,有些医生以实习医生或研究员(更多是接受专科培训的老资格医生)的身份提供服务的时薪只有 10 美元,而在该时间之外,同一身份的时薪是 100 美元。

任何执业医生都能证明,(就医学知识和财务而言)接受培训的这些医生具有怎样的价值。2012 年,保罗·阿罗诺维茨博士在加利福尼亚州一家颇有声望的私立医院担任培训主任;他决定,不再允许若干名

---

① "死亡委员会"发端于 2009 年美国医改立法过程中的政治辩论,民主党人用该词指责政府医改的目的是掌握大众的生死决定权。——译者

主治医生安排手下的实习医生给病人看病。他的理由是,"几起严重的重复投诉",要么跟病人的治疗过程有关(其中一起致人死亡),要么是未能对实习医生开展有效指导。医院总裁推翻了他的决定。总裁说,没有实习医生提供的服务,病人们在医护上肯定要吃亏。同时,如果享受不到实习医生提供的服务,部分医生可能会离开医院转投别处——同时带走他们每年创收的 150 万美元。

酒店型医院的出现

没有补助,医院就拿不出钱来培训实习医生,跟这一说法同样难以令人信服的是,楼房修建得越来越奢华,董事长的薪水跟华尔街不相上下。

二十五年前,四人间的病房很常见。私人病房不多,主要留给传染病人或易感病人。现在,单人病房已成标配,尽管没什么医学合理性,很多保险公司还不报销。对此病人别无选择,只能接受"单间附加费"。对病人来说,单人病房可能更舒适,但即使保险公司可以报销相关费用,为实现其后续加设的意图,所有人的使用费和保险费仍然会有所增加。

随着医疗保健变成一种产业,医院本可以将运行费的余额用于提高护士和护工工资,或减少病人的费用。可是,这似乎缺乏商业动机。"花钱的方法有的是:购买设备,增添扫描机,涨工资等,"加州大学伯克利分校的健康经济学家詹姆斯·罗宾逊说,"所以,他们就增建楼房。就像一栋栋四季酒店,有代客泊车,挂着水晶吊灯。他们还到国会,说 Medicare 和 Medicaid 给的钱不够,盈利很微薄,比私人医院院长少赚了不少钱。"

2003 年,工商管理硕士南希·施里克汀接掌位于底特律的亨利·

福特医疗集团；三年后，她聘请了一位酒店业主管，即来自丽思卡尔顿集团的杰勒德·范·格林斯文到一家新开的医院担任总裁。包括急诊室在内，亨利·福特西布鲁姆菲尔德医院全是单人病房；病人一入院就会配一名管理员，"从入院到出院，为你提供全程引导"。它打着医学治疗的旗号，实则通过其保健中心维塔向病人提供健康指导和针灸治疗。1990年代晚期，亨利·福特医疗集团每年亏损数千万美元，而到了2013年，它早已稳赚不亏，年收入高达20多亿美元。"我们的焦点是优质人才和优质服务，"施里克汀说，"病人向医生提出，要送到我们这里来，因为他们希望医院能提供这样的待遇。"

这家医院常年高居普莱斯盖尼评级榜榜首，该调查工具评级的正是医院里的"病人体验"。由一位医学人类学家和一位统计学家创建于1980年代的普莱斯盖尼评级，自称持续"引领病人体验产业"，受雇于全美约50%的医院。2015年，它向证券交易管理委员会提交了首次公开募股的申请。

顾客满意度很重要，而且对回头客业务有预测作用，但不一定代表医疗质量。研究结果表明，类似调查与治疗结果间的关联十分牵强，很招医生们的讨厌。可是，Medicare向医院提供了额外资金，以便它在这类调查上取得较好的结果。"所以，如果病人提出检查要求，该项目又没什么危害，他们总能如愿以偿，"一位医生告诉我，"这对普莱斯盖尼的评分有好处。如果你跟病人解释，其实不需要做X光检查，那既浪费时间，又多了麻烦。"

医院越来越大方，管理人员的薪水也跟着上涨。医院高层的收入包括大笔的调职补助金、汽车和子女教育金。全国的非营利性医院超过三分之二，国税局说得很清楚，非营利性机构的高管人员只能获取"合理数额的薪酬"；并且，"合理数额的薪酬"应部分取决于相似机构的薪酬状况。可是，正如我们在企业界看到的，老总们找来咨询师，镇住了董事会成员。

目前在大多数城市，当地医院的掌门人往往是薪酬最高的非营利性机构管理人员。2012 年，匹兹堡大学医学中心的杰弗里·洛莫夫拿到了接近 610 万美元的薪水，远高于该大学的校长本人。克利夫兰医院的德洛斯·考斯格罗夫年薪 317 万美元。西德斯-西奈医院的托马斯·普莱斯莱克年薪 385 万美元。纽约长老会医院的斯蒂文·柯文年薪 308 万美元。而在新泽西州，小型社区医院的薪水也十分可观。2012 年，里奇伍德镇峡谷医院的总裁奥德雷·迈尔斯年薪 218 万美元。提耐克镇圣名医学中心的总裁迈克尔·马伦年薪 183 万美元。实际上，郊区一家小型非营利性医院总裁目前的薪水，无疑会超过达伦·沃克尔，后者身为福特基金会的总裁，经营业务遍及一百多个国家，总资产价值 120 亿美元。

仅在 2011 年至 2012 年间，医院总裁们的现金酬劳平均涨幅就高达 24.2%，而且逐渐加入了奖金项目。这不奇怪。他们拿到的奖金，往往跟"财务""质量""利润""入院人数"及"净资金增长"等标准挂钩，而非降低血液感染或褥疮数，以及避免非必须诊疗等医学目标。

最盈利的非营利产业： 医院慈善的演变

2014 年，我曾在匹兹堡大学医学院的开学典礼上发表演讲；这是一所受人尊敬的学校，也是器官移植手术先驱托马斯·斯塔佐博士的根据地，自 1981 年来他便任职于匹兹堡大学医学中心。

我惊奇地发现，城里的那块地归匹兹堡大学医学中心所有，医学院是它的附属单位。我以为，匹兹堡是一座钢铁之城，是让人联想到安德鲁·卡内基和制造业的一片风沙之地。现在，它是一座大放异彩的医疗保健庙堂。雇员接近六万人的匹兹堡大学医学中心，是宾夕法尼亚州最大的非政府用人单位。它也是匹兹堡最大的用人单位,几乎是梅隆银行的六倍之多。它采取主动进攻的手法推销医疗服务,业务不仅覆盖宾州西部,而且遍布全国乃至全世界——至少是有钱的付费病人。差不多跟美国所有声誉卓著的医学中心一样,匹兹堡大学医学中心是非营利性机构,所以它几乎从不交财产税或薪酬税。

直至1960年代,大多数医院和医生都必须从事慈善工作。法律和道德都强调,病人必须得到治疗,哪怕他们没有支付能力。到1969年,大多数美国人都买有保险,于是国税局为希望维持免税资格的医院制定了一项新的标准:必须提供"慈善护理和社区福利"。

2002年,政府给医院的税收优惠是126亿美元,2011年是246亿美元。在医疗这门生意中,如何享有税收优惠,同时在"慈善护理和社区福利"上花费最少,成为一些医院的会计师和咨询师的工作内容。

现在,非营利性医院变得跟营利性的资本家大公司没什么两样,但流入腰包的大量钞票不叫"利润",而称为"经营盈余"。从捐助资金支配和使用上对非营利性机构评级的组织,即"慈善导航者",根本无法对非营利性的医疗机构进行分级,因为后者具有完全不同的运营模式。

因此,为了多收税,多年来匹兹堡市和匹兹堡大学医学中心吵得不可开交。2013年,时任市长卢克·拉文斯塔尔向民事诉讼法院提起诉讼,要求追缴匹兹堡大学医学中心六年的薪酬税,并取消其免税资格。他说,这是一场"大卫对歌利亚"的决战,而宾州的这座第二大城市就是大卫,是输家。

全国的所有城市都在提心吊胆地观战,看法院会如何审理。跟兜里缺钱的市政府相比,医院往往更能请到费用不菲的法律顾问。除了免交财产税,免交联邦、州和地方的薪酬税,医院还能通过发行免税债券,为建设项目筹集资金。它们还能募集抵税捐赠(某位大捐赠者想为新建侧楼提供资金,或为大厅装修提供昂贵的艺术品)。

医院将自己为低收入病人（使用 Medicaid 的，或未购保险的）提供的诊疗服务作为"慈善护理和社区福利"，这或许有一定道理，因为获取的收入要低于治疗成本。可是自 1986 年以来，医院为大量低收入病人开展的治疗已经以其他方式获得了补助。通过联邦政府的一个项目，全部药品它们都可以打折购买。同样，Medicare 也给它们提供了比例不等的分摊支付，主要为治疗较多数量的贫困病人提供现金补助，因为这些人更容易生病，更无力支付医药费。2014 年，匹兹堡大学医学中心下属的二十家医院中，至少有三家医院获得了上述款项。

在此之外，难以达成一致且多为之博弈的，主要是哪些可以且应该计入国税局所定的"慈善护理和社区福利"。2010 年前，具体的会计核算中很少有作假行为，因为医院可以在纳税申报单中附上宣传册，表明它们做了哪些工作。可是在 2010 年，尽管医院力争，《平价医疗法案》仍然得以实施，并要求国税局向每一家医院征集慈善行为及其价值的定量数据。

每年，他们在一张名为"H 细目表"（990 表）的表格上，详细列出开展的亏损性治疗——以及相应数字的计算依据。他们还要列举并估算，自己为改善社区实施了哪些免费行为。这种做法为持支持态度的学者和消费者提供了窗口和机会，以评价院方是否有资格享有巨额的税收减免。

最近有研究显示，众多医院提供的慈善护理和社区福利，与其享受的税收减免相去甚远。加利福尼亚护士协会开展的一项表格调查表明，196 所医院"共获得州和联邦 33 亿美元的税收减免额度，而在慈善护理上的花费仅有 14 亿美元，缺口高达 19 亿美元"。有四分之三的医院所获得的税收减免，大于它们在社区福利方面的开销。

2014 年，匹兹堡大学医学中心的收入总额高达 110 多亿美元，总资产 100 亿美元，过去十五年间的收入年均增幅为 12%。它展示了"坚强而持续的财务表现",在信用评级上处于优先地位。"匹兹堡大学医学中心是一家非营利性机构,它将坚定的社区使命和创新的商业模式合二为一,"它在自家的网站上如此写道。它"正着力打造一个全球性的医疗保健品牌"。它与卡塔尔和中国等国的医院达成协议,"向自付费病人提供世界级的医疗护理"。

即便不是标配,很多医学中心都制定了战略,向海外输送医疗品牌。纽约长老会医院在亚洲和中东地区的首都城市设有分支机构——跟美军在时代广场的征兵站差不多——付费病人通过登记,就能前往纽约接受手术和治疗。中国风投资本亿万富翁张磊（音译）声称,他正与梅奥医学中心牵手,"向中国引进一家美国最负盛名的医疗保健机构"。

《匹兹堡邮报》披露了同匹兹堡大学医学中心有关的众多数字:它是"阿雷格尼郡最大的产权人,占地656英亩",免税比例高达86%。要不是被划为非营利性机构,"匹兹堡大学医学中心每年拖欠该市的税费将高达2 000万美元以上"。2014年匹兹堡大学医学中心的990表上声称,它在慈善护理和社区福利上的开支约占11%。不过,它说自己提供直接的建筑岗位并实现环境改善,以此用"刺激经济"之类的模糊概念来显示功劳;前者是通过雇佣少数族裔承包商来践行多元化承诺,后者是因为它创建了一个备受赞誉的"康复乐园"。它坚称,亏损来自替Medicare病人提供的治疗,因此将其算作慈善服务;尽管Medicare做过计算,它支付给医院的费用,大于医院为开展治疗而产生的合理开支。

可是,匹兹堡大学医学中心的这些问题,公众并不知情。匹兹堡大学医学中心对拉文斯塔尔市长的诉讼快速做出反应,向联邦法院提出反诉,声称该市"侵犯了它法定诉讼程序的权利"。接着在2014年,也就是法庭辩论一年后,一名法官以微不足道的技术原因驳回该市的诉讼,说不应该将匹兹堡大学医学中心作为整体提起诉讼,而应该以该集团下的各个医院成员单位作为诉讼对象,因为主要诉讼事由集中于薪酬税,而开具付薪支票的正是各个医院。

那年7月，新任市长比尔·佩杜托认为，市政府要放弃法律行动，转而以其他方式谋求下属医院向匹兹堡大学医学中心缴纳的"分摊份额"。他说，他的团队将和匹兹堡大学医学中心的代表展开私下会晤，以确定一个合理的数额。其他众多城市也规避了类似办法，以免法庭论战久拖不决。

2001年，旧金山通过了自己的慈善护理条例，主要是因为辖区内的一家大医院，即加利福尼亚太平洋医学中心并未提供与其规模相当的医疗服务。该条例就医院新建项目提出审批时，授权审查其慈善护理开展的情况；这成为城市手中的一根棍子，可以向高端医疗服务机构提出更多的要求。

几年前，加利福尼亚太平洋医学中心要在教堂山新设一家旗舰医院，它的合作伙伴萨特医疗集团不得不就回报问题，与旧金山市展开长达数月的谈判。萨特集团同意让圣卢克医院继续营业，这是它旗下的一家老医院，主要服务穷人和无保险人员。它答应每年至少拿出8 600万美元用于慈善护理，以及为Medicaid病人和穷人提供服务。它将出资2 000万美元设立医学创新基金，为该市的社区诊所提供帮助，同时为经济适用房等各种项目提供6 000万美元资金。最终的一揽子成果甚至包含了该市预算规划者尤觉美味可口的一根骨头：它答应对覆盖全市雇员的医疗保险公司的收费年均涨幅不超过5%。

总之，加利福尼亚太平洋医学中心愿意拿出11亿美元，以继续享有免税身份。

观察状态：医院里的新兴财务炼狱

让病人入院接受"观察"，是长期采用的一种重要的医学手段。实际上几十年前，为了判断某人是否罹患心脏病，往往要花二十四个小时等待心肌酶的检验结果，或是在通过 CT 扫描便能断定腹痛病人是否罹患阑尾发炎且需要送入手术室之前，这种做法的作用远大于现在。

可是，随着观察在诊断过程中变得越来越次要，反而成了一种愈加重要的谋财手段，被医院、保险公司和护理站牢牢把控。接手 Medicare 覆盖的病人来钱很快，但不是住院治疗阶段。Medicare 对此实行捆绑额度支付。可是，门诊治疗没有类似的限制——检查费用照单全报。对医院而言还有其他收益：例如，如果病人出院三十天后再次入院，Medicare 会对医院采取惩罚措施，叫做"再入院处罚"。可是，如果病人一直没有正式入院，只是处于"观察"之下，那么也就不存在再入院了！

一开始，Medicare 容忍了这种花招，直至 2011 年注意到，入院超过两天仍处于观察状态的病人比例达到 8% 以后，才表示了拒绝（观察状态并不包含由 Medicare 覆盖的期限为三天的后续护理和康复留院期）。它说，从 2015 年 4 月 1 日起，观察状态不能持续超过"两个午夜"。这一规定引发咨询师们写了多篇文章，如《在两个午夜规则下你的医院如何才能获胜》——当然是以钱而论。

对医院和保险公司来说，观察状态有利可图。对病人来说，则是一种灾难。印第安纳州一位名叫吉姆·西尔维的软件工程师在换用药物后出现短暂晕厥，于是通过急救室被送入一家医院的病房，并处于"观察状态"。在二十四小时内，他接受了一系列检查，结果全部正常。直到后来，他才发现了其中的财务意图。因为适用于门诊保险规定，观察状态往往意味着更多比例的共付额。西尔维先生的保险公司将此次治疗费用协商为 12 000 美元。如果他是一个住院病人，保险公司必须承担全部费用。但因为处于"观察"状态，他说自己被迫要承担 20% 的费用，也就是 2 300 美元。

2015年，奥巴马总统签署法案，要求医院告知病人，其接受门诊治疗已超过二十四小时以及由此引发的各种后果。然而，该告知行为发生在既成事实之后，病人早已瘫在病床上，对此无能为力。

第三章　医生时代

迈克尔·坎宁博士是佛罗里达州的一名普外科医生，他给我发来了他在 1990 年入读美国外科医师学院时的官方誓词。字体精美，印在一张仿羊皮纸上，其中几条内容引起了我的注意（加黑部分为我所强调）：

> 我承诺以自己身为病人时希望被对待的方式来对待每一位病人，**我将根据所提供的服务来确定相应的费用。**
> 我将不参与非出于病人最大利益而导致转诊或治疗的任何安排，**比如费用分成或巡回手术。**

很难相信，我见过的医生中，有人会遵守这样的誓言。在外科中心，每个医生既是执业者，又是共有者，也是费用分成的参与者（医生能从转诊病人身上获取经济利益）。1990 年，美国外科医师学院认为，巡回手术是一种不道德的行为——四处奔跑为的是收取费用，而不是跟进随访。现在，很多医生都在几家医院执业，一边做手术，一边收取每次手术所获得的费用。

2004 年美国外科医师学院通过了新的誓词，删除了那些令人生厌的道义限制：

> 我承诺以自己身为病人时希望被对待的方式来对待每一位病

人，我将尊重病人的自主和个性。

我将不参与非出于病人最大利益而导致转诊、治疗或延缓治疗的任何安排。

在道德承诺上降低水准的医生群体中，外科医生绝非唯一。美国医学会确定的道德准则同样有所淡化。1960年代至1970年代间，该准则规定医生收取的费用"**应该与所提供的服务及病人的支付能力相当**"（加黑部分为我所强调）。但在1980年代的版本中，训词的后半部分未能得以保留。

医生的劳动值多少钱？

医生是个艰苦活儿，应该取得合理酬劳。可是在近年间，什么是合理报酬的观念被提到了前所未有的高度。美国医生的酬劳高于其他国家。在专科医生这个群体的差距尤其惊人。美国全科医生的收入，比德国的同僚高出40%，而美国骨科医生的收入，是德国同领域专科医生的两倍以上。实际上，收入最好的美国医生，往往不是接受最长时间训练或工作最辛苦的人，而是那些熟谙医疗保健商业经的人。美国的医生收入比律师或经理更有可能位居美国的前百分之一行列（有27.2%的医生可归入该行列）。自2009年以来，医生的薪水持续上升，这在其他行业甚至是对冲基金经理身上都不可能发生。

医学院校费用昂贵，耗时较长，往往需要在获得本科学位后再攻读四年。把学费和杂费计算在内，州立大学的费用不低于12万美元，私立大学在22万美元左右（其他很多国家要么免费，要么十分便宜）。算上本科期间遗留下来的费用，医科毕业生的平均债务约为17万美元。

实习医生是成为独立执业的医生前必经的学徒阶段，时长三到七年。在一些重症病人护理部门，如普外科、内科、妇产科、心血管科等，实习医生需要长时间工作，度过一个个不眠之夜。从事皮肤科、眼科、耳鼻喉科等的专科医生则不必如此，因此很受追捧。在每一所医学院校，总有一小部分学生突然迷上了皮肤、眼睛或筛窦，于是在实验室对这些器官展开基本的病理生理学研究，因为如果想要在专门科室获得令人垂涎的实习医生职位，展示科研成果是内容之一。

实习医生的第一年和第二年最辛苦。到了第三年，很多实习医生的工作时间换成了早上七八点至下午五六点，偶尔会接到来自家里的问候电话（我在第三年的时候，在肯尼亚的多家医院度过了三个月时间）。某些细分专科要求接受一至两年的训练，就是所谓的"研究员"。哥伦比亚大学的研究员米里亚姆·劳格森发现，接受专门训练而导致的额外债务合计约为 21 300 美元，由于专科医生的薪酬相应高出很多，因此"他们很容易就能还清欠债"。

无疑，高额负债会影响学生对学科的选择。在最近的一项调查中，56% 的实习医生表示，债务问题的影响较轻或略有影响，而 36% 的实习医生表示其影响力巨大。最近在纽约市罗切斯特放射科结束实习的洛甘·丹斯博士说，债务是他选择放射科而非儿科的"因素之一"，虽然儿科他同样喜欢，或许是更喜欢。"我欠了 24 万美元的债，不过我没有那么担心——我计划很快把它还完，"已有三个孩子的丹斯博士说。

除了投身医学，也许还有更为便捷的致富路。不过，每个行业都要通过艰苦的劳动，才能确立自己的地位。律师要经历书记员阶段。投行经理要彻夜加班。怀揣雄心的作家要么端盘子伺候别人，要么为博客网站免费写作。像医生这么稳妥的路子并不多见。找不到工作的律师我认识；找不到工作的银行家我也认识；找不到工作的新闻工作者我认识一大堆。找不到工作的医生，即便有，我也很少听说。"因为读医要欠债，所以医疗保健花费巨大,这样的观点我特别不同情——我认为这是在转移注意力,"时年六十四岁,在艾佛里特普照会医院担任首席医疗官的乔安妮·罗伯茨博士说,"即使有20万美元的债务,以一个医生的薪水标准,还起来是很容易的。我看到的情形是,刚接受完训练的新入行医生就在购买价值百万的豪宅,因为他们一下子就能挣到这么多钱。"

然而,执业医生们却自视负担过重。就连医科学生(即正在面对债务问题的人)似乎也不知所措、信心不足:"轮班时,我坐在那里,皮肤科医生、整形科医生、骨科医生、神经科医生和肿瘤科医生一个劲地跟我说,他们并没有拿到那么多钱,"说起这段"认知杂音"时,美国最负盛名的医学院之一加州大学旧金山分校的一个学生如此写道,"医学领域弥漫着一种奇怪的殉道情结——他们认为,自己干的活更苦,时间也更长,拿的钱却比其他人要少。"

1990年代当我离开医学领域时,医生们普遍抱怨自己的时薪不如管子工。现在,他们似乎更喜欢与勒布朗·詹姆斯这样的体育明星,或是高盛集团总裁劳尔德·贝兰克梵这样的商业大佬进行(消极)对比。不过,也许在这个医学产业化的时代,他们只是在追求美元,以补偿这个行业所缺失的了解病人的那种乐趣。不管怎么说,随着医院管理者人数和薪金的直线上涨,医生们当然也希望分一杯羹。

治愈的代价: 医生财务简史

几百年来,医生一直在为收入问题而抗争。出身于显贵家庭的富家医生希波克拉底拒收治疗费用;他说,医生救人于生死,"任何费用,哪怕是大额费用,都不足以配得上医生,他的酬劳是与万能的神同在"。不过,希波克拉底明白,有的医生需要收费才能度日,于是他在《誓言》中写道,医生应该心存善念,并在收取费用时尽可能考虑病人的实际情况。

20 世纪前半叶，美国的病人大多自掏腰包支付医生的出诊费用，因此，上述高贵传统得以大幅传承。很多病人的付费基于非正式的浮动标准，与自己的收入大体相当。支付医生的账单并不是一种商业交换行为。1960 年代，有父母为医的每个孩子都会记得，心怀感激的病人赠送的礼物有美酒、巧克力和艺术品。我父亲在客厅的壁柜里存有好几瓶"聊表谢意"的茴香酒，哥哥一顿痛饮后，不得不接受洗胃治疗。在几小时的欢乐时光里，我把手指伸进花式巧克力的底部，为的是探清内芯的口味。在那些日子里，医生是生活舒适的中产阶级，但说不上富裕。

第二次世界大战之后的那些年，有更多工人要求雇主购买保险，以涵盖住院费用以及后来的医生出诊费用。在 1960 年代和 1970 年代，随着 MedicareB 部分，即医生费用支付计划逐渐深入人心，这一趋势迅速得到扩大（A 部分无需任何成本即可覆盖住院费用，但 B 部分是可选项，且需要额外缴纳一笔小额保费）。一度，B 部分保险计划跟医院一样，基本做到按需支付，从而把 1980 年代变成了医生收费的黄金时期，所以现在仍有一些老医生说起那段时光时充满了怀旧情绪。

"雇主提供的保险计划造成了极大的增长率，并且由 Medicare 推倒了高墙，"说起这一黄金发展期，外科医生理查德·帕特森博士如此写道。据他回忆，医生"突然间有了资金，可以在股市和购物中心投入重金，或是购买飞机和海岛度假屋"。

医生开出账单后收取 98% 的费用，多年后，包括 Medicare 在内的保险公司继续根据属地原则支付"通常及习惯"费用——将大笔大笔的费用划归医生的账单。目前很多保险公司仍在这么做。

"通常及习惯"费用很快变得臃肿起来：如果某一邮区只有五位医生施行胆囊手术，那么"通常"就会被界定为五位医生的平均收费，而

"习惯"则被定义为保险公司习惯上给予报销的比例（当时是账单金额的75%~90%）。因为后续支付依据的是当前的收费金额，医生也就有了不断提高收费标准的冲动；五位医生都将有所受益，而且有可能彼此认识（见规则6，更多的从业竞争者并不意味着价格更合理，反而推动价格上涨而非下降）。这就导致了毫无道理的溢价出现。到2014年，纽约市皇后区的胆囊手术的"通常及习惯"费用是2 000美元左右，可是在东边20英里外的长岛拿骚县，因为有更多的医生私人执业，费用为25 000美元。到1980年代，一如在医院行业，Medicare全然不顾医生会开出什么样的账单，对于医疗账单飞涨的应对，仍然是界定它应该并将支付哪些费用。

1986年，在美国医学会的协助下，国会委托哈佛大学著名的医疗保健经济学家萧庆伦研制了一份基于资源的相对价值尺度量表（RBRVS）。其目的是对医生开展诊疗服务的实际价值进行科学量化。萧博士团队的研究人员将为美国医学会《现行手术代码手册》所涵盖的七千个代码——赋予劳动价值。

萧博士团队根据一种叫作相对价值单位（RVUs）的新型货币计算劳动价值，主要基于1）医生为出诊或手术而花费的劳动/时间，2）服务过程中的间接费用，3）出于服务之需所接受培训的成本，和4）相关的医疗事故花费。为确定付款额度，计算出的相对价值单位分值再乘上一个转换因子，转换因子每年调整一次，各地略有差异。这一算法既简练又复杂，（事实证明）完全可以任人操纵。

1992年，Medicare开始使用这一量表计算应向医生支付的款项。不过，与付款给医院不同，Medicare支付给医生的总金额有一个法定上限，目的是为了保持预算中立。如果Medicare对某一治疗过程的估价增高，或新批准一项高估价的治疗过程，则其他支出就不得不下降。如果一年内支付给医生的金额超过2 000万美元，Medicare就要调低转换因子，这样才能降低全部疗程的总金额（就技术而言，基于资源的相对价值尺度量表仅适用于 Medicare，不过很多商业保险公司会利用量表结论，调整自己的付款额度）。

不出所料，很多医生的报酬开始栽跟头。理查德·帕特森博士写过一个同事，说这位同事的"父亲于 2000 年去世后，他收拾医疗档案，突然发现了蓝十字在 1980 年为他父亲的胆囊手术付款的记录。那笔钱比蓝十字在 2000 年替我同事所付的款项大约多出了 1.5 倍"。

尽管面对如此开局，但在接下来的十年里，甚至在大衰退时期①，很多医生尤其是一些专科医生，仍然风生水起。据医学团体管理协会统计，2000 年至 2004 年间，全科医生的平均诊疗收入中位数增幅为 9.9%，非全科医生的增幅则为 15.8%。血液科医生和肿瘤科医生的收入中位数增长 35.6%，达到 35 万美元，诊断放射科医生的收入中位数增长 36.2%，达到 40.7 万美元，而同期美国人的平均实际收入下降了 3%。

当然，采用萧博士的新型支付方案后，既有赢家也有输家。因为根据萧博士的算式，施行一次手术的时间和学习一项新技能的时间进行了捆绑计算，它给手术的报酬，往往大于医生依靠"认知能力"完成的诊察。我们很容易量化，放射科医生需要多久才能学会把导管七弯八拐地插进大脑，而神经科医生则需要一个缓慢的很难量化的过程，才能将预示中风的种种复杂病兆拼凑起来（神经科是医学最具挑战性的角落之一，跟其他同僚相比，现在的神经科医生往往薪酬较低）。在新的制度之下，谁输谁赢的决定因素，既在于弄懂如何利用基于资源的相对价值尺度量表获取经济利益，也取决于发挥医学专长。

---

① 此处指 21 世纪第一个十年后期和第二个十年初期的经济下降时期。——译者

医生获得金库密钥

在新的制度框架下，合理的价值和报酬取决于数据的不断更新。Medicare通过一项现在看来愚蠢至极的决定，将任务指派给了一家资产高达数百万美元的组织，即美国医学会（AMA）；它是医学界最有权势的产业团体，当时的它不像现在，仍然披着一层专业协会的薄纱，既充满智慧又有着令人称羡的美德。

美国医学会每年召开三次相对价值尺度量表更新会议，在一片高声责骂中，对各个代码的价值做出调整。Medicare和保险公司必然会说，代码价值调整得过于宽松，执业的医生则往往提出抗议，说代码价值定得还不够高。

每个专业在相对价值尺度量表更新委员会（RUC）都有一个代表，他们会尽量捍卫并扩大自己的蛋糕份额。曾代表美国皮肤医学学会担任RUC委员的布莱特·科迪隆博士，将相对价值尺度量表更新会议描述为"生活在一个缸里的二十六头鲨鱼，吃不上其他东西，只能自相残杀"（当时他数次阻止了Medicare关于皮肤癌手术的降费打算）。允许美国医学会来决定医生的收入，就像是让美国石油协会来决定，英国石油公司、壳牌公司和埃克森美孚该如何向大众收费，不仅是油气能源，也包括风能和太阳能。

美国医学会表示，RUC"代表着整个医学行业"，但它其实并不真的能代表广大的执业医生。这就像美国参议院。尽管近几年全科医生的数量有所增加，RUC仍给每一个专业团体分配相同的代表名额。这意味着，美国的八千名泌尿科医生和八千名耳鼻喉科医生，跟一万八千名普外科医生和数十万全科医生差不多具有同等的影响力。专科医生往往通过做手术来获得收入，随着时间的推移，这强化了向他们付钱的认知偏见。"它跟科学无关——往往是游说的结果,"对支付制度演变展开观察的首席全科医生克里斯丁·辛斯基博士说,"大家认为,不均衡问题应该得到解决,结果呢,反而在各个方面有所加强。"

研究人员断定,赋予手术的"时间"要素至关重要,却总是不太确切。自1992年相对价值尺度量表首次投入使用以来,更好的手术方法、计算机化设备和更有效的麻醉,意味着手术时间一直在大幅缩短。然而,RUC对于医疗服务时间的认定,是对实际参与手术的数十位专科医生的民意调查,这基本上就相当于问他们愿不愿多拿钱。

一项研究结果显示,2014年针对二十四个手术项目的预估值,有二十个项目多于实际操作时间,有的甚至多出了一倍。差距最大的是一组常见的简单手术,如鼻中膈偏曲手术、前列腺手术、上消化道内窥镜手术、子宫切除手术和白内障摘除手术。二十年来,RUC总是闭门开会,自2013年起,迫于压力的美国医学会公开了分钟数,揭示出仍在上演的讨价还价过程。泌尿科医生在开展手术前,被允许有两分钟的准备时间。骨科医生和创伤科医生在施行肋骨骨折修复手术前,有额外十二分钟的付费就位时间(别介意,在大多数医院,干这些活的是实习医生或技师)。

另外,RUC在对一种新型治疗手段估值时,往往将收费最高的现行手术方法作为参照标准。例如,在计算一种通过输液阻断膀胱神经的新型技术的工作价值时,泌尿科医生建议以上消化道内窥镜手术作为参照;后者与它没有关联,但利润很高。

Medicare在会上试图控制增幅的设想遭到了抵制。Medicare认为,脊柱外科手术应该实行全包收费制(而非每个步骤单独收费);之后,来自美国矫形外科医师学会和北美脊柱学会的代表们就留意一点,打包收费的估值要在2013年4月举行的相对价值尺度量表更新会议上有所提升。

RUC 并不总是给上诉人留有出路。例如很多年后，它降低了由病理学医生开展的免疫学检测的相对价值单位，并同时指出，医生过去开展的检测，是一个抗体用一个载玻片，而现在可以在一个载玻片上进行多个检测。于是，其相对价值单位由 1.7 下调至 0.84（病理科医生往往不善言辞、不爱交际，在结盟和游说方面一直不太在行）。

过去二十年间，相对价值尺度量表更新会议上弥漫着绝望的情绪，部分来自这个行业被围困的感觉，因为政府有一项长期的被称作可持续增长率的提议，即将 Medicare 支付给医生的费用减少 21%，这也是 1997 年《平衡预算法案》的内容之一。近二十年里，医学团体花费数亿美元，向医生们发出末日来临的警示，并且每一年前往国会开展延缓减额执行期的游说活动，直至 2015 年招致全面的溃败。

不过，即使国会对医疗领域的价值不太认同，还是有很多别的收入渠道可以为医生尤其是专科医生所用，他们很快便投入其中。

策略 1： 医生—企业家—业主

1980 年代至 1990 年代，以及进入新世纪后，门诊外科中心（ASCs）日渐受到欢迎。由个体医生或个体投资者而不是老牌医院拥有和管理的门诊外科中心越来越多。门诊外科中心之所以受到欢迎，是因为病人普遍乐于术后能直接回家睡觉。对此，医疗保健经济学家和政策制定者持认可态度，因为至少在理论上，门诊环境下治疗疾病不会涉及医院高额的间接收费，理应便宜不少。

可是，医生们还是看到了新的增收潜能，因为他们可以收取"设备费"——也就是他们施展手术的房间所需的租金。随着相对价值尺度量表的施行，Medicare 支付给医生的费用有所降低，于是医生们纷纷投资或开立外科手术或其他治疗中心。每个专科都转向相关的门诊业务；有些专科会遇到挑战，但大多数最终找准了位置。耳鼻喉科医生开办了鼻窦中心。骨科医生开办了关节检查中心。胃肠病医生开办了结肠镜中心。神经科医生开办了睡眠中心，病人在这里可以监测大脑活动和睡眠呼吸暂停。保险账单通常是每晚 5 000 至 10 000 美元。

监管机构徒劳地希望对此加以设限，要求医生如果持股，应该提前向病人说明。可是，这类说明往往在进入手术室的前几分钟，夹在一大堆需要签字的文件中交到病人手里，这时候病人已经不可能选择转身离开。出于经济利益，医生原来在医务室施行的小手术，现在被转到他们开办的治疗中心。努埃特拉资本公司以及其他私人持股公司积极地招募医生，担任合伙人。

迈克尔·扎普夫博士是加利福尼亚州的一名足病医师，他所在的地区至少有四家外科中心找他，出钱请他做投资人或业主。"他们保证投资回报率是 100%，"他告诉我说。怎么做？由医生注册保险计划，外科中心并不参与任何保险网络，设备费就不会受保险公司协议价的控制。这样一来，按照扎普夫博士的说法，"一个简单的拇指囊肿切除手术"就可以收取 4 万到 5 万美元的费用，而标准的医院收费只有 3 000 到 4 000 美元。

策略 2： 看不见的医生和神秘账单

有些医生跟你的医护相关，但你可能从来没有见过他们，也可能从来没有听过他们的名字，比如病理科医生、麻醉科医生、放射科医生和急诊室医生。前三类往往被称为"不接触病人"的专科医生。

他们的技能很重要，但他们不跟病人打交道，得不到病人的称赞，甚至不让病人有选择的机会。习惯上，医生进入上述领域的原因各不相同。有的就是因为不喜欢社交。有的则是因为喜欢具有更多的科学内涵的实验室工作（如病理科医生），或是喜欢掌握新技术带来的挑战（如放射科医生）。从历史来看，这样的医生一直是医院的员工，他们提供的服务，就像绷带和病床一样，包含在医院收取的费用当中。他们能拿到不错的薪水，不过，仅此而已。因此令人吃惊的是，现在一些价格高昂、让人看不懂的医疗账单的出现，居然是因为他们。

放射科医生最容易在院外施展自己的技艺，所以他们多半是进军私人执业商业模式的开路人。1980年代，大多数放射科医生还在医院上班，不过他们也开始从事以诊室为基地（这成为外科中心的先兆）的执业行为，主要提供乳腺扫描或鼻窦扫描这样的选择性治疗手段。在其后二十年间，他们的商业策略得以继续演进。

病理科医生、麻醉科医生、放射科医生和急诊室医生团体随即跟进，纷纷组建有限责任公司，成为公司型承包商，开始向原来的雇主兜售"医疗服务"。甚至连继续留在医院工作的很多人也如法炮制。最后一批上船的，是急诊室医生。1990年代中期，当我在急诊室做医生的时候，大家还都是医院的员工。据主营医务人力资源的梅瑞特·霍金斯公司透露，到2014年全国的五千家医院中，将急诊室人力资源/管理职能外包的医院达到了65%。

对业内人士而言，这是一种双赢：医院不再需要购买医疗事故或健康保险，也不需要考虑员工的休假问题。医生可以根据自己的价值来收费。可对病人来说，这意味着账单逐渐分离，一部用于支付医生的医疗服务，另一部分付给远在他州且地址神秘的公司。随后在2010年左右，很多任职于"保险网络内"医院的医生群体不再跟保险公司签订任何合同，给毫无戒备的病人留下了数十万美元的账单。

病人往往只能在网络内医院看病。否则，很少有人能负担得起住院费用。不过病人很少会关注医生是否隶属网络内医院，尤其是没见过的医生。"病理科医生、麻醉科医生、放射科医生和急诊室医生玩的花样是,他们不跟任何保险方案或保险公司签订合同,"2008年至2012年间在马萨诸塞州中部一家健康保险公司担任高级经理的赛斯·列文博士说,"这些家伙打定主意不签合同,为的是想收多少就收多少。病人只能任由他们摆布。"只有当你找到网络内医院,且在与医院签有合同的医生那里看病时,多数保险计划才会限制你的医疗负债支出。

新近加入网络外潮流的是给新生儿看病的群体,也就是新生儿科医生,他们的听诊器上往往挂着一个绒毛小熊。

李·莎菲尔通过蓝十字蓝盾公司购买了高额的联邦雇员保险,据她说,她和她丈夫都有"规避风险"的意识,于是在2010年研究了怀孕的各种花费后,他们找了一家网络内医院;在生下女儿埃塔之前,他们自认为算清了相关费用。第三十七周时,莎菲尔女士出现高血压症状,在新泽西州的奥威鲁克医学中心接受了引产术;婴儿在保育室出现呼吸暂停,被转入新生儿重症监护室。重症监护室观察八天,医院的收费全额报销。可是"我们收到了中大西洋新生儿中心代表儿科医生开出的1万美元账单,并且不接受我们的保险公司",她说(该新生儿中心为新泽西州乡村地区的四家重症监护中心提供人力资源)。经过莎菲尔夫妇的谈判,费用减少到5 000美元,可是她说:"尽管我们买了保险,也做过研究,最后却落得个长期还债的方案。"

策略3: 医生定规矩

2012年,奥尔加·贝克尔二十多岁的女儿来到加利福尼亚州的一家急诊室,跟医生说头疼得厉害。扫描结果显示,她的脑子里长了一个肿瘤。被叫来提供咨询的一名神经科医生给她做了检查,同时告诉她,她患的是脑肿瘤,"有潜在危险,而且类型不明"。医生的建议是,她应该住院,并且尽快接受手术。

我曾经有过完全类似的遭遇：十三岁的女儿凯拉一向身体健康，2005年她在学校里突然发病，被救护车送到纽约市急救中心。脑部扫描显示有一个较大的液性囊肿物。那位随叫随到的神经科医生建议，应该留在医院，马上接受急诊手术。不过，我和奥尔加的故事有所不同。

作为一个孩子的母亲和医学博士，我四处打电话，在跟神经学专家和神经外科医生交谈后得知，通过扫描检查往往很容易弄清，肿瘤是否属于恶性，是否会扩散。切除肿瘤的脑部手术从来就不是急诊手术。突然发病和头部疼痛等症状可采用药物治疗，与此同时，医生可以进一步了解肿瘤的情况，并精心设计一套手术方案。我们顶着"违反医嘱"的帽子，给凯拉办了急诊出院手续。两个星期后，她通过手术切除了良性肿瘤；在此之前，那家医院的肿瘤小组对她的病情做了复查，我们也挑选了一位儿科神经外科医生，他跟纽约普照会医院和斯隆·凯特琳癌症中心都有签约。

相比之下，贝克尔的女儿第二天就被送入了手术室。直至手术失败，在圣迭戈市从事法律工作的贝克尔女士才发现，那个应召而来的外科医生是一名网络外"分包商"，为这家医院提供独家服务，但对脑部肿瘤并不在行。"他打开她的头盖骨，对着大脑一阵捣鼓，随后又将头盖骨装了回去，那块肿瘤的大部分则原封不动，"贝尔克女士说道。稍后，账单公司给这次历时九十分钟的手术送来了一张97 000美元的发票，并坚持认为，她的保险公司应该全额支付，因为那是一台"急诊手术"。

传统上，作为医生的个体应该自豪而忠诚地隶属于一家而且仅属于一家医院，因为他是一个团队的一分子。可是过去二十年间，随着医生和医院各自走上不同的财务道路，更多的商业成分应运而生。医生招来病人，就像购入原材料；医院则提供用于治疗的工作场所。

1986年，《紧急治疗和劳动法案》得以出台，强迫医院在商业色彩日渐浓厚的医保体制下,不要忘了长期以来坚持的使命和责任。不管能不能付费,所有进入急诊室的病人都必须得到治疗。医院不能将贫困的病人和孕妇拒之门外。然而,《紧急治疗和劳动法案》对医生没有约束力,他们仍旧有选择和接受哪些病人的自由。

医院陷入了窘境。如果一个家庭贫困的重症病人,在经历车祸或枪伤后来到急诊室,需要神经外科医生、整形外科医生或眼科医生出面,谁会从床上爬起来给他看病?法律规定,医院必须提供治疗,但收费昂贵的专科医生只想睡觉。很多医院和专科医生团体签有合同,就像给奥尔加·贝克尔的女儿看病的那位医生:急症病人都能接受神经外科手术,而作为交换,医生也会获得专有权,可以诊治保额可观的新收病人,且随意填写收费金额。贝尔克女士说,跟她女儿一样"有高额保险并有钱的人,就会被收治进来,受一顿恐吓,再匆匆接受一台经不起推敲的手术,目的就是为了形成一张张秘而不宣的受人诟病的高额'急诊手术'账单"。

策略4:一个医生,两种价格

2014年,外交官罗伯特·乔丹正值七十一岁,处于半退休状态的他在位于阿灵顿的弗吉尼亚医学中心接受了一次门诊心脏手术,麻醉服务的提供方是私营的多米尼麻醉公司。麻醉过程由一名麻醉护士操作,有一名麻醉医生"顺便路过",当时乔丹先生正躺在推床上,即将进入手术室;于是,医生问了一句:"嗨,你感觉怎么样?有没有问题?"乔丹听见那位医生告诉麻醉护士,在他接受手术前,他得赶往另一家医院。然而他后来发现,那位医生和护士根据同一个代码,开出了同样金额的账单,均在2 000至3 000美元之间。

每当忙碌的时候,你是否这样想过:"真希望自己分身有术。"过去二十年，有很多医生努力操练这种技艺，目的至少是为了收取费用。他们跟健康护理师（physician extender）并肩战斗。健康护理师是个囊括性术语，用于指称受过训练的、能协助医生对病人施行治疗的辅助人员，包括执业护士、外科技师、医师助理和助产士。在很多国家，他们独立执业，可在美国的大多数地方，根据法律，他们往往在医学博士的辅助下开展工作。

这些专业人士大多排斥健康护理师这个称呼，因为他们觉得，这个称谓暗含的意思是，他们需要医生的指导才能开展医疗行为，尽管他们接受过良好的专业训练。长期以来，美国医学会和其他医学协会对这个名称大加肯定，因为它强化了层级结构。可是就在不久前，它也成了一种十分有用的收费标的物，使医生可以就替他们和跟他们一起工作的健康护理师所完成的工作开单收费，仿佛这些治疗工作的完成者是医生本人。皮肤科医生可以同时在两到三间医务室开展活检工作。麻醉科医生可以同时对四到六间手术室开展业务指导。

美国对于健康护理师的使用，肇始于1960年代后期和1970年代初。当时，随着更多的美国人购买保险，更多的医生受训成为专科医生，医生出现了短缺，尤其在全科医疗领域。与此同时，一波新的劳动力不请自来：从越南战场返回的战斗医务人员既需要找工作，也需要具备实用技能。于是大学开办了医师助理培训专业。

进入1980年代，健康护理师往往给一年三百六十五天、天天不休、二十四小时在私人门诊值守的医生担任助手，或者为实习医生在教学医院执行的任务提供辅助服务，如在外科手术过程中撑住牵开器、为呼吸困难的病人实施检查，或在急诊手术室替患者缝合创口。其目的是改善病人的治疗过程，并让医生能抽空参加学术讲座或培训课程。佼佼者对自己从事的工作十分在行；可是慢慢地也是必然地，人们普遍认为，健康护理师的工作要纳入"时薪制"。给医生腾出时间，让他们去钻研医学的前沿进展，这种观点演变成让收入实现最大化的商业策略。

2014年，当三十七岁的彼得·德瑞尔被推入纽约伦诺克斯山医院的手术室接受颈部手术时，来自一家名为术中监控的医生开办的有限公司的技师/健康护理师要求他签署几份同意书。该公司将负责对德瑞尔先生脊柱上的一组纤细神经实施监控，以确保其不会受到损伤。技师告诉德瑞尔先生，他本人将承担5 000美元的费用，因为该公司不接受他的保险，于是德瑞尔先生要求跟医生说几句话。门都没有。术中监控公司的总部位于路易斯安那州的卡文顿市，那位神经科医生正在某个偏僻无名的地方查看数据，并同时对多台手术实施跟踪监控。

神经科医生通过这种方式，拿到的底薪是20万至25万美元，正如某招聘网站上的一个职位描述："在家工作。可置身全美任何地方。无需出差……该职位对进入手术室的神经外科术中监测持证技师提供指导，以防止手术过程中出现神经损伤。"通过对健康护理师的工作开单收费，一个医学博士能指数级地提高其收费能力。

就传统而言，医生只有一个执业场所，或是一个星期内可在两个不同的地方执业。可是一旦健康护理师的工作可以开单收费，就有了经济意义，他们可以四处租用办公场所，不管医生在不在内，都可以开门营业。阿肯色州皮肤癌和皮肤病中心是相对典型的皮肤病治疗机构，由三个皮肤病医生共同开办，在七个"方便地段"开有三个全日制办事处，其中的值守人员多是健康护理师。

有时候，这种代班行为既有合理性，也为医学行业所接受，因为毕竟对病人没有坏处。可是广泛使用健康护理师减少了病人与医生见面的时间，长期以来这种见面有助于增强病人的信心。同时，它还引发了一波与治疗无关的商业竞争。

医生常说，麻醉是95%的无聊，加上5%的担惊受怕。对心外科手术或肝移植手术或创伤后手术而言，麻醉医师需要连续实施干预，以保证血液中化学物质的微平衡,并维持血压的稳定。不过,现在大多是对日间手术或内窥镜手术病人实施监测,只要求具有轻微镇静的作用,在其他国家这根本不需要麻醉医生来操作。该工作多由被称作麻醉护士的健康护理师完成,而麻醉医生要么坐在手术室看杂志,要么收发电子邮件。过去二十年来,麻醉医生和麻醉护士一直在为如何分配滚滚而来的钞票争论不休。

Medicare 曾宣布,麻醉医生为手术监测而开的账单不能同时超过四间手术室。这项规定暂时降低了手术费用,但游说活动使得该计划形同虚设。接着,又出台了规定,付给健康护理师和麻醉医生的钱,最多是单付给医生费用的 140%——"由双方五五分成";此后几年间,这一百分比持续下降(很多账单仍含有麻醉医师和健康护理师的全额交通费,因为医生们知道,商业保险公司不可能像 Medicare 那样警觉或吝啬)。

这种商业模式让麻醉医生成为全美国收入最好的医生之一,尽管其培训过程并不特别困难。它让医院的其他人五味杂陈。正如某人在给我的信中所写:"麻醉医生同时'监测'多个病人的本领,以及为这种监测过程(同时坐在休息室监测自己的业务量)开单收费的行为,正在毁掉我们的社会。付给护士将近 15 万美元,还要再付给见鬼的医生 50 万美元,这就是医疗界招摇撞骗的实例。"尽管有的州允许麻醉护士单独执业,但麻醉医学界一直在为阻止类似的做法而展开积极斗争,理由当然是安全。2000 年,美国麻醉医师学会在一场专门针对国会议员的新闻发布会上不怀好意地宣布,如果没有麻醉医生对麻醉护士的指导,"老年人会一命呜呼"。

另一方面,主要由麻醉护士同业公会完成的多项研究项目提出了预见性结论,相关从业者单独执业(且单独收费)的行为具有安全性,哪怕是心脏手术(如给病人施行心脏搭桥)这样的复杂操作。正如喜剧明星琼·里弗斯的去世所揭示的那样，问题在于一旦手术室发生差错，后果往往紧急而严重，需要尽快实施干预，甚至需要急救手术。为了取得护理学位，麻醉护士需要学习二十四到三十六个月，不到医生的一半。2008年，根据《Medicare患者和供者改善法案》的相关规定，原本就是健康护理师的麻醉护士，有权对为其工作的健康护理师开单收费，从而让麻醉这条食物链变得更长了。

在乔丹先生的案例中，Medicare最开始向麻醉医生和麻醉护士都付了钱，双方各得700美元。当他给Medicare的审核员打电话，对疑似的双重收费行为提出投诉后，Medicare撤回了付给医生的费用。于是，多米尼公司为他送来了账单，他不但拒绝支付，而且还说："要么一笔勾销，要么就把我的账单交给讨债公司，反正我懒得管。"

就如何合法地实施双重收费，咨询师给医生和健康护理师都提出了建议。美国医师助理学会副总裁迈克尔·L.鲍威在专为执业护士和医师助理开办的在线杂志《临床医学顾问》上发表了题为"将医师助理服务收费最大化"的文章，对其2013年的一次会议讲话进行了回顾："我听见有人问：'我怎么能这么做？医生从来没有见过病人，从来没有与病人有过交流，我怎么能以这个医生的名义收取费用？'"根据这篇文章的内容，"对很多私人付费者而言，这不算是欺骗行为"。

过去几年间，为健康护理师开单收费的概念似乎引发了连锁反应，已经蔓延到外科医生那里，他们在关节置换这样的手术中，也开始为助手开单收费。

Medicare再次设法对这种行为进行干预，它早就指出，如果外科医生以自己的名义开单收费，那么他们必须到场并负责手术的"关键部分"。如果医师助理只是协助外科医生，那么他们的收费可以约为医生收费的15%。不过，服务提供方为了自身的利益，往往会在规定中寻找漏洞，事实证明，要对数千个手术室和办事处实施监督，是一件非常困难的事情。

如果骨科医生可以分身有数，各自开单收费，心外科医生为什么不可以呢？在2014年美国胸外科学会的年会上，凯南·W. 杨特博士公布的一份病例综述显示，心胸外科医生可以同时在两间手术室开展外科手术，并且对病人不会造成任何危害。"其结果表明，每个手术室都配备一名主治外科医生的政策过于狭隘，"他说道。

策略5： 卖货——买进开单

1992年至1996年，杰拉尔德·韦斯伯格博士在泰普制药担任高级管理人员，正逢公司开展一项引领美国商业潮流的创新活动。泰普制药是美国雅培公司和日本武田药品工业株式会社成立的合资企业。在日本，医生一直通过售卖处方药的方式赚取外快。

在美国，只有药房才能合法销售口服处方药。不过，随着门诊用药的日渐兴盛，越来越多的静脉滴注药物和注射式药物可以从医务室获取，既可以收取手续费，又可以加上适当的利润。泰普制药公司生产的利普安就是可以通过这种方案销售的一种药品。

很早以前也就是1985年，利普安就已获得FDA（食品药品监督管理局）批准，作用是治疗晚期前列腺癌。在利普安类药物上市之前，晚期前列腺癌病人只能切除睾丸，因为前列腺癌有时会对雄性激素产生反应式增生。利普安具有化学去势功能，从而起到了阻断激素的作用。1985年，当利普安首次上市销售时，其批准剂型是每日一次皮下注射，可以在家里自行完成。韦斯伯格博士回忆说："几乎没什么销量。"

接着，武田公司的研究人员开发出长效剂型醋酸亮丙瑞林，每月注射一次，但要预先皮试。操作程序复杂，需要使用大号针头，因此，只能在医务室进行，合情合理。对泰普制药的新型商业策略而言，这一点至关重要：它是一种新的"治疗程序"，医生可以在医务室开单收费，同时还是一个通过药品就能挣钱的好机会。

多年来，一直对这种药物视而不见的泌尿科医生突然喜欢上了利普安，妇产科医生也开始热情高涨，把它作为治疗子宫内膜异位症的处方药（见规则1，治疗更多往往效果更好。价钱最贵成为默认选项）。

当其他制药厂推出更为便宜的类似药物后，泰普制药设计了一个项目，用于向医生打折出售利普安，甚至提供免费的"奖励"样本，而医生可以按全价开药收费。公司给医生们发放一种叫做"利普安支票簿"的促销材料，并计算泌尿科医生需要开出多少瓶药，才能挣到跟施行去势手术一样多的钱。

美国泌尿科学会的主席发过一份通告，提醒泌尿科的同僚们，利用免费样本开单收费的行为会让他们"触犯法律"。韦斯伯格博士的担心与日俱增，他被炒了鱿鱼，并在随后被打上"心怀不满的员工"的标签。"几千名医生卷入其中——那就是一份回扣方案，回扣的数字相当可观，"韦斯伯格博士说，公司的高级管理人员把医生们叫做"卖药的婊子"。有的医生通过利普安的处方权和给药过程，一年就能赚数十万美元。

经过一名内部举报人持续多年的调查和起诉，泰普制药承认围绕利普安的销售存在"全国性的密谋"。它支付了8.85亿美元的赔偿、罚款和利息。

然而，公司和医生都没有受到刑事处罚，该行为略经改头换面后，又得以继续执行。例如，韦斯伯格博士说，泰普制药不再提供免费样本，而是向医生们提供一笔药物注射"管理费"。

他说，泰普在利普安方案上的成功，"为诸多恶行打开了大门"。内部举报人对制药厂的药品和设施提出一大堆法律诉讼，指控其通过贿赂和回扣诱导医生使用（并滥用）高价产品。有一个很典型的案例，一位诺华制药的前医药代表说，公司就一种名叫茁乐的昂贵的哮喘用静脉注射液，为医生们提供免费的药品样本和隐秘回扣，以诱使他们使用这种在很多情况下并无需要的营利性药品。

肿瘤病医生争先恐后地从药厂购买化疗药物，在医务室完成输液，往往可以获得可观的利润，这种行为被叫做"买进开单"。

尽管新药的批发价格一涨再涨，但医生们几乎没有抱怨的理由，因为他们拿到的利润，通常按成本价的固定百分比支付。医生使用的药品越贵，赚到的钱才会更多。1990年代末至新世纪初，"买进开单"的做法出现了快速增长。

从医学团体管理协会公布的数据来看，在1995年至2004年间肿瘤病医生的收入中位数几乎翻了一番，提高至35万美元。2013年的一项研究成果，将肿瘤病执业收入的65%归因于类似款项。"每年提交给Medicare的肿瘤病治疗费用中，药品和生物制品约占80%。2010年，支付给癌症关联药企的费用增加至133亿美元，"就医生的开单收费，为如何规避Medicare的审计监管提供咨询的肿瘤病解决方案公司的总裁本·F. 霍兰德说道。

Medicare和其他保险公司再次采取应对措施，推出了一系列十分详尽的指导意见，对肿瘤病医生就实施化学疗法开单收费的情形加以详细定义，由此引发了同样煞费苦心的拉锯战：医生要开收费单据，就必须在输液的前十五分钟内在场，尽管他们不用亲自挂上吊瓶。因为高收费往往跟输液的时长和剂量有关，因此Medicare规定，医生不得单纯调慢滴速，以延长输液时间。然而，当该机构宣布一小时三十分（很多化疗都可在这一时间内轻易完成）为第一个付费时段，之后一小时内的任意时长为第二个付费时段后，它开始大量收到时长九十一分钟的输液账单。

医生的医务室和医院全面实行"买进开单"，对于利润、合理性，抑或救命药的实际成本等，病人往往一无所知。贝茨·格拉斯曼的保险公司同意为其治疗乳腺癌而进行的三次输液报销 23 900 美元（协商前的金额超过了 40 000 美元）；她头两轮的共付额和自付额为 3 564 美元。因为注射一针昂贵的药品奥沙利铂，纽黑文门诊输液室大约要收取 22 000 美元。

在 2012 年的一份调查报告中，意大利研究人员将该药品三个相同剂量的平均成本确定为 546 欧元（约合 750 美元）。2000 年，英国国家医疗服务体系将奥沙利铂的成本计算为每针 500 英镑，相当于现在的 1 167 美元（见规则 4，随着技术的成熟，价格不降反升；规则 5，没有自由选择。病人进退两难，只有买买买）。

策略 6：升级

八十岁的芭芭拉·本宁仍然好动，还能开车，于是决定治疗日渐严重的白内障。住在纽约的她来到离家不远的郊区，找到了一名眼科医生。她说："这里比我熟知的医务室令人印象深刻得多，有很多助手，墙上贴着很多精美的印刷品。"

眼科医生告诉她，可以从三种眼科手术方案中进行"选择"。最贵的一种需要"用到激光和特殊晶体"，不过医生提醒她，这种方案 Medicare 没法报销。她买了高额的补充医疗保险，而且收入可观，因此并没有打退堂鼓。"哪种最安全？"她问道。医生回答说，第三种；她不假思索地说道："行，就做这个。"她被送入商务办公室，接受进一步的咨询。"我拿到几本泛着光泽的宣传册，填了好几张表格。我不能说他们对我做过什么，但他们确实很有煽动性。"在保险公司的报销额度之外，她要为每只眼睛额外自掏腰包 4 000 美元。

2013 年，根据国际医疗计划联合会（IFHP）公布的数据，单眼白内障手术在阿根廷的平均价格（医生收费和医院收费合并计算）是1 038美元，在荷兰是1 610美元，在西班牙是2 016美元，在新西兰是3 384美元。美国的平均价格是3 762美元，Medicare现在的报销费用是单眼1 600至1 800美元，包括设备费及医生收费（医生能拿到近一半的钱）。

根据世界各地以及美国的政府型保险公司的评判意见，本宁女士的眼科医生用来征询病人意见的白内障手术平均价，是合理费用的两到三倍。

过去二三十年间，医学技术的发展让白内障手术变得越来越有效、精准和省时。原来需要高度技能且耗时一个钟头才能完成的眼科手术，现在变得十分简单，在有些贫穷国家可以由技师而非医生进行操作。在二十分钟甚至更短的时间内，老化的模糊晶体就能被摘除，再换上一片人工晶体。在美国，因为Medicare的支付标准根据手术的时长和复杂程度设定了医生的报销额度，因此所付款项已经大幅下降。

2013年，Medicare和Medicaid服务中心在对上一次审查结果研究后得出结论，手术时间从三十五分钟下降到二十一分钟，因此Medicare将简单性和复杂性白内障手术的支付金额分别下调了13%和23%（Medicare还确定，原来高估了眼科医生支付的医疗事故保险费，因此将该笔费用下调1%~2%）。美国白内障和屈光外科学会对此提出抗议，但没有任何结果。2012年，扣除物价因素后的白内障手术费用，仅有1985年眼科医生实施类似治疗所收费用的10.1%。医学进步带来的巨大好处体现在病人身上，但没有体现在眼科医生的收入上。因此，医生们尽其所能弥补着这一差额。

1990年代，LASIK（准分子激光原地角膜磨镶术）的技术性突破，对眼科医生不断下降的收入起到了弥补作用。这种手术一开始的定价是单眼就要数千美元，病人往往需要自掏腰包。不过，希望接受这种手术的第一波浪潮很快退去。2010年需求急剧下滑，费用也从单眼的2 000至5 000美元下降到了500美元。医生们急需找到一种新的商业模式。

煽动多做手术是选项之一。对病人来说，白内障在眼科检查中被发现，随后需要较长时间才会真正变成烦心事儿，因此，什么时候做手术，存在较大的自由裁量权。研究结果显示，白内障手术的施行率，极大地取决于医生在该手术过程中获取费用的高低程度。圣路易斯市的一项研究结果显示，在一群医生由按手术台数计酬改为薪酬制六个月后，白内障手术例数下降了45%。

为弥补Medicare越来越吝啬的白内障手术支付额度，很多眼科医生向购买了商业保险的病人加收费用，有的收费高得令人咋舌。温迪·布莱辛是佛罗里达州杰克逊维尔市的一名网页设计，为白内障手术支付了17 406美元。约翰·阿来沃西斯是一名政论博主，不可思议地为双眼白内障手术支付了20 000多美元。不过非常简单的事实是，在六十五岁以下的人群中，需要做缺陷修复的模糊晶体并不多。

2007年，一种叫做托力克的定制型非对称镜片被推向市场，意味着散光患者在接受白内障手术后，没有必要再戴眼镜。Medicare不额外支付成本费，因为它认为晶体已经包含在白内障手术的费用中，而且它也不负责矫形眼镜和隐形眼镜的费用。同时，多项研究成果表明，托力克并不能完全纠正散光。尽管处方力度不大，但眼镜总是有人需要。

为了向确定接受白内障手术的病人直接售卖镜片，眼科医生和托力克镜片制造商展开了游说活动，把它描述为一个"升级"或"豪华"项目——类似于飞机的商务舱。Medicare同意了，于是施行白内障手术的医生以不到500美元的价格购进托力克镜片，再以高得多的价格卖给病人。

镜片制造商为希望趁此机会大捞一把的医生们提供了商业指导。科克伦咨询集团等公司就如何推销托力克镜片，以及采用何种代码收费提供了指导意见,甚至提供了相关表格,使医生的行为符合 Medicare 的规章制度。科克伦建议,针对病人的售价为 1 670 美元。不过它同时提醒说,眼科医生在确定实际定价时,应该"考虑本地市场的接受程度"。

2011 年出现了另一种产品,飞秒激光,它是一种高精密的外科手术刀。因为每台机器的购买成本为 50 万美元,所以一开始仅限于研究型医院使用。2012 年,在佛罗里达州迈阿密市巴斯科姆帕尔默眼科研究所担任眼科教授的威廉·W. 卡伯森博士指出,医务室加装飞秒激光机并不现实,"治疗一次,亏损一次"。

很少有证据能表明,就大多数成功接受手术的病人而言,飞秒激光确实具有改善作用。尽管标准手术刀同样好用,"但没有几样产品能像飞秒辅助白内障手术那样,让眼科医生遐想联翩",眼科收费咨询师丽娃·李·艾斯贝尔说道。

Medicare 发现眼科治疗中出现的激光白内障手术广告后,颁布了一条"指导意见"。不管使用手术刀还是激光,切开过程一并算入手术费,不能单独收费。如果病人确实希望采用"激光"手术,一如之前,必须自费。

飞秒激光制造商四处散发统计图,就收取多少"升级费"才能抵消购机费用,向执业者提出咨询建议。在 2011 年的眼科飞秒激光国际会议上,凯文·米勒博士展示了一份"假想的盈亏平衡方案"。对于不愿意冒险购买的医生,公司可以提供半天用的便携式激光机,医生每激活一次,需要交纳一次"启动费"。因为很多医生似乎并不关心,激光是否有利于白内障人群,所以眼科杂志上刊登了《激光有利于生意吗?》这样的文章。

有人表达了担忧。在艾奥瓦大学眼科门诊部担任副教授的托马斯·A. 欧丁博士写道:"确定无疑,几年后,甚至在它变成一堆废铁之前,你就能缴清激光机的费用。可是……哪种治疗手段更有利于病人?这并不清楚。"

本宁女士为矫正散光，支付了托力克镜片的"升级费"，令人高兴的是，她如愿以偿。不过，她决定不做飞秒激光手术。本宁女士的儿媳是一名外科护士，在另一个州为一名实施白内障手术的眼科医生担任助手。这位眼科医生建议不要做（见规则3，设备和营销比好的医疗更重要）。

策略7：采用外科手术——无处不在的钱、钱、钱

2014年4月10日，我在佛罗里达州奥兰多市为参加美国医师协会年会的六千多名听众做了一场演讲。这碰巧成了美国现代医学史上的一块尴尬里程碑：正好在前一天，为回应《华尔街日报》提出的一场诉讼，Medicare首次公布有关数据，显示其向每一名医生单独支付了多少费用。

2012年，有数千名医生各自从Medicare那里获得了超过100万美元的收入，数十人的收入超过了1 000万美元。当然，医生也有医务室等间接费用支出，可这笔钱来自常被医生抱怨抠门的保险公司，算是金额不菲。

我决定对奥兰多市的收费大户展开调查，不出所料，我发现了几位收费昂贵的专科医生；我还发现其中有一个名叫佛洛林·盖达林的肾病医生，那年的收费超过了200万美元。他的合作伙伴有二十来个，多隶属于中佛罗里达肾病协会，他们从Medicare获得的收入同样相当可观；尽管处于行业底层，每个医生的收入也要接近40万美元。

肾病医生的中心任务是，对肾坏死病人施以透析治疗，作用相当于肾功能正常时所具有的天然奇效。他们的工作辛苦而单调，收入一直不太好，因此肾病医生主要由外籍医学毕业生担任，而且很多医院将这一任务实行了外包。

根据国会于 1972 年通过的一项法案，肾功能失常病人通常由 Medicare 支付费用，且被允许早于六十五岁这一标准年龄纳入联邦保险计划（有一个观点略显吝啬，认为这笔开支不会太大，因为肾病病人不会活得太久）。因为 Medicare 支付的费用往往远低于商业保险公司，所以肾病医生一直在伺机弥补收入，比如投资透析中心，组建合伙关系，或是从透析公司收取指导费等。

不过，来自 Medicare 的数据转储显示，盖达林博士通过诊治病人就赚取了 200 万美元。在好奇心的驱使下，我乘坐出租车来到他的医务室。他那收入 200 余万美元的肾病执业场所位于一个停车场后，是一栋半空置的一层黄色土坯房，边上是一座高速路的天桥。里面有一间空荡荡的等候室，地上铺着油布，放着几把褐色的塑料椅子。只有一个穿防护服的接待员，身后挂着可注射流感疫苗的标志。

结果表明，隶属于肾病协会的肾病医生根本不从事透析治疗。他们把这一利润微薄的治疗过程，交给了大流量高利润的商业连锁机构，如达维他和费森尤斯。相反，很明显的事实是，肾病协会已经找到了利润可观的生财门道：开展与"血管穿刺"有关的治疗活动。透析治疗的开展，主要通过外科手术在上臂静脉和动脉之间形成一个名叫瘘管的联合。即便成功，瘘管也需要适量维护，以让血液处于流动状态，因为瘘管往往容易发生阻塞。动脉和静脉的连接需要用到精细的显微手术，因此这些结构的制作人原来都是血管外科医生，他们在医学院毕业后，还要接受七年的训练。

可现在是肾病医生在操作精细手术，并从中赚取收入，尽管他们很少或从未接受过正规的手术训练；有血管外科医生发声，并对他们所认为的风险性介入治疗表示了谴责。医生一旦获得执业许可，就几乎可以随自己所愿开展医疗活动。瑞克·密西勒博士是亚利桑那州的一名肾病医生，前往德国接受过一名外科医生的造瘘指导；他率先提出，肾病医生可以自行开展这一治疗活动。目前,已有四名医生加入他的执业团队,三人是肾病医生,一人是来自中国的整形外科医生。

"医学是一种产业。它不可能自我约束,"同时兼任医生和律师的得克萨斯大学卫生法律教授威廉·塞奇指出,"人们高度信任美国的医学领域,认为它们的做法不同于其他商业领域,然而,他们错了。"

与此同时,执业行为尚未商业化的医生,目前正在面临淘汰的危险。罗伯特·莫洛博士在纽约市布朗克斯区开展家庭执业已超过三十年,他一直没有投资实验室、扫描仪,或是为了增加手续费而将执业资格出售给医院。截至 2013 年,他从 Medicare 获取的费用是一次应诊 82 美元;与安泰和信诺时代的 45 美元相比,那是他拿到的最高报酬。用他的话来说,如果医学仍旧在现有轨道上继续运行,美国人珍视并期待的那种医生完全有可能难觅踪影。

第四章　制药时代

霍普·马库斯长大成人后，不少时间都在跟美沙拉嗪打交道；这种价格不算昂贵的药物上市已有数十年，主要用于控制溃疡性结肠炎。1970年代，美沙拉嗪被认为是一种阿司匹林类药品的活性组分，后者的历史更为悠久，很早就被用来治疗慢性肠道疾病。因为副作用更小，美沙拉嗪的品质更好。不过，美沙拉嗪在人体肠道内很不稳定，于是科学家给它加了一层包膜，以保护其不受胃酸的侵蚀，从而顺利到达需要治疗的部位。为取得全面的效果，像马库斯女士这样的病人往往通过口服，以及直肠给药。马库斯女士正在服用和服用过的美沙拉嗪有多种剂型，服用形式各不相同，封装方式同样具有专利保护。

2005年，马库斯女士开始注意到这种药物的定价问题，因为当时她丈夫正好丢了工作。由于她购买的COBRA是一种延伸医疗保险，因此她要自己支付更多的治疗费用。在调查口服型美沙拉嗪，即亚沙可的成本价的过程中，她发现其聚合物的涂层工艺原本是两位威尔士科学家于1983年取得的专利技术。亚沙可曾在两家药厂间转卖，最后落入宝洁公司之手；当时，宝洁每个月从该专利药的使用中获取500美元的费用。在美国，索尔维制药公司是其直肠栓剂，即洛瓦沙的唯一（品牌）制造商。尽管在她提出质询时原药价格是700美元，但其仿制药的生产商梯瓦制药公司刚刚获准在美国销售相应剂型，因此到了年底，她就以每个月167美元的价格用上了仿制药。

2011年，马库斯女士心情激动地找到了佛罗里达州Medicare经营的一个保险项目，它可以支付所有仿制药的费用，而且没有共付额。她期待自己每个月拿出数百美元购买药品的苦苦挣扎能够画上句号，因为按当时的定价，她每个月服用亚沙可的费用在750美元以上，而专利保护预计在2013年才会过期。

不幸的是，仿制药并没有成为现实。

到2009年，也就是大家急切盼望的专利保护即将过期前的数个月，另一家制药企业，华纳奇尔科特公司买下了亚沙可的所有权；新的所有权人推出了两种"新型的改良产品"：美沙拉嗪的日服长效型产品亚沙可增强剂，以及原400毫克片剂的胶衣型德尔齐克（Delzicol）。这两种药品重新受到了专利保护。随即，华纳奇尔科特停止生产马库斯女士以及很多人都在服用的亚沙可原400毫克片剂型，该产品完全退市。

每天必须服用这种救命药的病人，不得不花钱购买所谓的"新型"产品，但它们并不是真正的新型，也没有得到真正的改良。病人们抱怨，德尔齐克裹着厚厚的胶衣，不但很难吞咽，甚至因为保护良好，有时竟然原封不动地被排出体外。有人试图补救，于是剥开胶衣，结果在里边发现了亚沙可为人熟知的400毫克片剂。德尔齐克的研制过程很显然只是一层外衣，目的在于继续得到专利保护。新产品"终止了仿制药带给亚沙可的威胁"，一位财务分析师写道："未来数年间，该公司的美沙拉嗪系列溃疡性结肠炎药物特许权完全不会面临仿制药所带来的竞争。"

市场上的其他美沙拉嗪专利药采用不同的给药系统，价格要么相当要么更加昂贵。于是在2013年7月，马库斯女士开始以每月55美元的价格，经由加拿大购买原产于印度的片剂型美沙拉嗪仿制药。"我很害怕，但没有选择，"马库斯女士说道，因为专利药在佛罗里达州的价格已经接近每月800美元，"我要靠美沙拉嗪来活命。"

莱斯特大学的胃肠病学教授约翰·梅伯理博士是研究该类药品的专家。"我很难理解，这些药品为什么在美国卖得如此昂贵，"他告诉我说。在英国，持有私人处方的病人每个月需要为包膜型美沙拉嗪支付40英镑，或是55美元的全价费用，不过大多数人凭着国家医疗服务体系开出的标准处方，每个月只需支付9英镑，或是12美元。美沙拉嗪的很多剂型都能买到，包膜不同、给药系统不同、名称不同、专利不同。英国的医院根据药品制造商开出的最优条件，一般会选择一到几家不同的分销商。执行分销的药剂师可以互换。"技术结果大同小异，但很少有比较性试验，因为谁都不想被发现，自己的产品逊色一等，或者，价格最便宜的质量却更好，"梅伯理博士解释道。

2014年年底，马库斯女士发现，多年来一直使用的栓剂型仿制药的价格突然摇摆不定：11月份升至230美元，12月份再降至49美元。2015年1月，价格突然窜至775美元，然后就基本保持不动了。在马库斯女士以每月167美元的价格使用栓剂型美沙拉嗪仿制药十余年后，栓剂型仿制药目前的花费是700美元，而专利药的价格已经超过了1 200美元。

美国药品研究和制造商协会（PhRMA）是制药业的实权贸易团体，它把制药业称为美国最具竞争性的一种产业。可是，以美沙拉嗪的情形来看，激烈的竞争并没有让药品的质量更好，或者价格更低；所谓的竞争是美沙拉嗪制造商之间的一场争斗，目的是让成千上万的美国溃疡性结肠炎患者使用它们生产的某种特定药品（见规则6，更多的从业竞争者并不意味着价格更合理，反而推动价格上涨而非下降）。

药品制造商的销售花招很快招致FDA的监督检查，其夸大功效和药效不佳时鼓动用药的行为，遭到了FDA的一再谴责。一家名为艾拉文制药的制造商受到警告，因为它为了销售洛瓦沙直肠栓剂，给医生派发了2018年"假期促销明信片"，敦促他们给病人开出含有该栓剂的

"大礼包",以防止突发病情扫了大家过圣诞节的雅兴;宣传词是"人人能过节(你也能!)"。

在马库斯女士生命中的过去十年间,带给她救命药的制药商轮番出场,靠的是对潜在利润的估算能力,推手则是不断巩固的全球制药业风云变幻的企业交易行为。2011年,在没有任何警示的情况下,梯瓦制药停产了美沙拉嗪栓剂型仿制药。原本由索尔维制药公司拥有的直肠栓剂型氨基水杨酸,现已归到艾伯维公司旗下。艾拉文被瑞典药企美达公司收购。另一家仿制药制造商,即总部位于密歇根的百利高投入了生产。

经过这一轮变化,马库斯女士原来使用的长期不受专利保护的药品价格,增加了500%,尽管对其他国家的病人其价格已处于下降状态(见规则4,随着技术的成熟,价格不降反升)。

雪上加霜的是,就在同一时期,生产美沙拉嗪的美国制药企业几乎全都琢磨出门道,将自己的课税基础转移到了国外;有人把这种争议性做法称为"倒置",对此众多法学专家视为一种逃税行为。

百利高是最后一批执行转移的企业,它于2013年收购爱尔兰的埃兰制药公司,搬迁后享受爱尔兰12.5%的公司税率;据该公司对投资者的宣传资料说,它由此获得了1.5亿多美元的经常性结余。紧接着,艾伯维公司试图跟进,计划与另一家爱尔兰制药企业合并。眼看550亿美元的交易就要达成,2014年9月奥巴马政府修改税法,让该笔交易的回报多少打了一点折扣。

制药简史

现代制药公司大多肇始于19世纪的小型制药企业,它们主要卖一些滋补品和水性药,利润往往很不稳定。它们跟科学关系不大,对市场的依赖性很强。

华纳奇尔科特公司的创始人威廉·华纳是费城的一名药剂师；19世纪，他因为发明一种药品的糖衣薄膜而大赚了一笔。百利高成立于1887年，其创始人在密歇根拥有一家杂货店，他所包装和分销的物品是一些专利药品和家用杂物。瑞典的美达公司在与美国的卡特-华莱士公司合并后，立马获得了美沙拉嗪制剂，而这种产品最初是一种神秘的"保肝药"。

1906年，国会通过《威利法案》（又称《纯食品和药品法案》），授权美国化学局对药品的安全性监管调控。但在那个时代，很少有药物出现安全问题，所以工作重心不是保证化学品能够发挥作用，而是防止危险化学品因混入药品而产生危害。1939年通过的《食品、药品和化妆品法案》对《威利法案》提供的保护加以改进和拓展，同时要求药品在上市之前要进行测试。该议案在国会拖延了多年，直至1937年发生的一场灾难性事件，需要使用早期的抗生素制剂治疗脓毒性咽喉炎，才得以正式成为一部法案。

尽管制成片剂和粉剂的磺胺类药品已经使用多年，但是田纳西州一家制药公司的销售人员还是建议，如果制成水剂，不但会大受欢迎，而且可能盈利丰厚。一名药企化学家迅速做出反应，他在混入一种覆盆子味的调和物后发现，药品能溶解在带甜味的混合液中。瓶装药被送到了全国各地。

然而不知何故，没有人标注，这种类似于现在的防冻剂的混合液毒性很强。十五个州的一百多人在服用磺胺酏剂后丢了性命。一位名叫A. S. 卡尔胡恩的医生写道："要知道，逝去的是六条鲜活的生命，他们全都是我的病人，其中一个还是我最好的朋友，就因为他们服用了我给他们开的药；要知道，这种药我用了好多年，在他们身上却都变成了毒药，而且是最新最现代的剂型，推介人还是田纳西州一家规模庞大并且声誉卓著的药企；唉，一想到这些，我就日日夜夜在心理和精神上感到十分苦恼，因为我相信，只要是人，谁都经受不住，谁都挺不过来。"

新的法案规定，药品必须贴上标签，对安全使用作出足够的提示。虚假的疗效声明首次遭到了禁止。在上市销售前，生产者需要向FDA这一新成立的政府机构证明，它的药品具有安全性。为了让自己区别于从前那种骗人的灵丹妙药，新兴的药品制造业纷纷给自己贴上了"道义制药"的标签。从一开始，这个称号就具有不确定性。在1950年代后期举行的一场国会调查和其后启动的多次听证会上，参议员埃斯蒂斯·基福弗提出了很多问题。他视药品为公共利益，提出了价格限制和推销管制等多项措施。他指出，为保证药品的实际效用与药厂的断言相符，再多的努力都不为过。

可是，类似深思熟虑的消费者保护需求很快被另一场医学悲剧弄得黯然失色。尽管美国从未销售过沙利度胺，但在其他国家，孕妇在为减少晨吐而服用这种药品后，引发了各种畸形的出生缺陷。正是出于对沙利度胺的担心，有关《食品、药品和化妆品法案》的《基福弗-哈里斯药品修正案》于1962年开始实施。FDA公布了指导方针，对批准通过的临床试验方法做出详细说明，在药品应用评估中强制推行严格的量化统计法，并在头两个月的时间内运用其权威，对新药予以批准、延缓或取消。有关标准的担忧消失了；不管怎么说，药品的价格下降了。

为了让产品获得通过，制药公司必须开展应用研究，以证明其药品"安全有效"，意即用药比不用药，更为有效。这一标准一直没有得到完善，以囊括那个更为现代的问题：就某种病情而言，与已经投入市场的其他几十种治疗方案相比，这种产品会更有效吗？同样重要的是，FDA用来审批的尺子并不包含对价格的考虑，或是对成本效用的计算——目前，所有其他国家在将新药纳入处方集时，几乎都会采用这样的标准。

在匆忙应对沙利度胺恐慌的过程中，国会错失了机会，未能短平快地解决至今仍在困扰医疗保健行业的最令人头疼的财务问题，比如成本、成本效益和比较效用等；在制药业和游说业尚未做大做强的时代，它本可给 FDA 解决此类问题提供一整套方法。

在为发明成果寻求专利保护上，早期的药品发明人往往没什么兴趣。当爱德华·R. 默罗问乔纳斯·索尔克，谁是他新发明的脊髓灰质炎疫苗的专利所有权人时，后者给了一句非常著名的回答："哦，是人民，我可以这样说吗？没有专利。你能为阳光申请专利吗？"实际上，根据当时的法律认知，问题在于这种疫苗不能授予专利：研究工作由很多人完成，既有公共资金的支持，出生缺陷基金会也拿出了几百万美元。更为中肯的是，在主要研究工作得以完成的匹兹堡大学，律师们一致认为，研制过程中并没有足够的创新成分能够配得上知识产权保护。

现在，匹兹堡大学几乎确定无疑会做出相反的决定。首先，1980 年的《拜杜法案》允许科学家、大学和公司为由政府提供资助的研究项目所形成的产品获取专利保护。不仅如此，在医药领域，什么是合法的知识产权的概念正在发生一场变革。

过去二十五年间，一贯坚持的"一药一专利"（保护的核心是化学成分）已经烟消云散。单种药品的专利保护数从 1990 年的 2.5 个，上升到了 2005 年的 3.5 个，该数字自此以来只增不减。现在的很多畅销药品受到保护的专利在 5 个以上，有的甚至在十几个以上。这些专利保护的不仅有化学分子式，也包括了某种剂型的制备过程和给药系统。

另一道用意良好的法规，即 1984 年通过的《食品、药品和化妆品法案修正案》（又叫《哈奇-瓦克斯曼法案》或《药品价格竞争与专利期补偿法案》）始料未及地产生的非正常结果，导致了爆发式的专利保护现象。随着大批新药扎堆进入竞争激烈的美国市场，药品制造商试图突破 FDA 说一不二的审批系统；它们纷纷抱怨说，美国这种煞费苦心的试验过程和审批程序意味着，二十年的专利保护期往往会让药品制造商在财务回报上损失惨重。与此同时，病人和决策者警觉地发现，药品价格正在悄然上涨。

《哈奇-瓦克斯曼法案》的目的，是让药品生产商明确专利保护的时间和范围，同时让仿制药生产商具有一定的经济动力，使它们在专利保护期结束后能给市场提供廉价的替代品。它新建了一套看似能让病人有所受益的精明规则——但更为精明的商人为了经济利益，很快就学会了钻空子。

《哈奇-瓦克斯曼法案》规定，具有一定价值的医药产品可享有多重保护，要求药品制造商为每一种新药提供全部专利清单。为加快仿制药的上市进度，该法案规定仿制药生产商在出售药品前，可以使用专利药生产商此前的研究结果，无需提供全新的安全性和效用性临床试验数据。仿制药生产商要做的新药申请简化流程只需说明，化学成分跟相同剂量的专利药一模一样，在人体内具有同等水平的药效（生物等效性），对势必超期的专利没有侵权行为。

为安抚专利药生产商，《哈奇-瓦克斯曼法案》提供了一系列办法，让它们延长专利保护期限；有的办法对病人有利，有的则并非如此。例如，为支持"剂量"变化，它规定了三年的专利延长期，允许药品生产商重新开展临床试验。它为非常用药品生产商提供了七年的独占权；所谓非常用药品指的是"治疗单一病种，且在美国的病例少于20万人"。儿科临床试验可有六个月的专利保护延长期。影响范围更广的是，《哈奇-瓦克斯曼法案》允许五年的"监管审查耗时"延期声明，仿制药在此期间甚至不能提交任何申请。

《哈奇-瓦克斯曼法案》试图规定一个时间，由加入竞争的仿制药生产商形成一种公平的商业营销环境。然而，专利药生产商提出专利保护延长期的新能耐，加上仿制药竞争者对疲软的专利立马发起的挑战，意味着该修正案开启了一个时代,每一种仿制药获准(和延缓)登记之前,必先经历一场场围绕专利案值达数百万美元的法庭之争;在此过程中,药品价格被不断推高。

《哈奇-瓦克斯曼法案》通过若干年后,药品制造商恶行累累的商业手法引发了联邦调查。结果,问题的解决是通过另一套法规。1992 年的《仿制药实施法案》,让 FDA 有权"暂时拒绝过去五年间接受过联邦犯罪调查,且 1. 涉嫌试图贿赂与新药申请简化流程相关的联邦、州或当地官员,及 2. 在药品或数据可靠性审批过程中存有重大嫌疑者所提交的新药申请简化流程"。

截至 1990 年代中期,在 FDA 和美国专利和商标局的拍板下,一套有利于该行业长期获利的基本参与规则被确定下来:专利制度坚强有力,价格不受任何限制;大量投资因此被转入美国的制药企业,有些还来自欧洲,因为欧洲国家的政府越来越普遍地实行了价格控制。到 2002 年,全球制药业将 82% 的钱投到了美国。自 1990 年以来,美国制药业的增速,是经济总体增速的两倍之多。

勉力从事药品开发的人物形象发生了变化。"1980 年代,经营制药公司的人既关心社会效益,也对金钱感兴趣,"《临床药物学和治疗学》前主编马库斯·莱登伯格这样对我说道。药企老总往往也是学界备受尊敬的专家。他们潜心研究药品的巨大需求,继续生产非营利性药品,因为总有人会用到。"现在,"他说道,"资本经营者说了算,都是纯粹的商业决策。"

截至 2015 年,该行业的典型人物是马丁·史克莱利,这位三十二岁的前对冲基金经理买下了一种早已面世的廉价寄生虫仿制药的所有权,药价一夜间就从每片 13.5 美元涨到 750 美元。尽管厚颜无耻到无以复加的地步,但正如我们将在后文所见,他绝不是个例(见规则 5,没有自由选择。病人进退两难,只有买买买)。

新政策改变产业

自从制药业形成以来,直至 1980 年代,药品一直都很便宜。疫苗只要几毛钱就能买到。注射一支抗生素和肾上腺素也只需要几美元。即便最不常见的药品,一支的价格也不过几百美元。可是,面对艾滋病(HIV)这一危机,药物治疗所取得的成功,却永久地改变了药品在审批、定价和价值方面一贯坚持的标准。

1980 年代末,医院的病房里弥漫着一种难以描述的颓废和绝望情绪:被送到急诊室的(多是)吓得半死的年轻男性,他们的免疫系统被艾滋病病毒摧毁殆尽,要么因罹患肺孢子虫肺炎而大口喘息,要么因感染性病毒侵入大脑而出现幻觉。往往要不了一个星期他们就撒手人寰。艾滋病病人招致的感染十分罕见,而理论上能对抗这种感染的唯一几种药物却毒性十足,以至于有的病人甚至死于治疗过程中。

在艾滋病尚未流行之前,上述疾病十分罕见,既没有压力,也没有经济动力,去为对付它们而确定哪种药品更有疗效。就经济而言,病毒治疗一直是一件不太实际的事情,因为病毒大不了就是导致感冒和暂时性消化不良而已(见规则 2,终身治疗优于一次治愈)。然而,随着艾滋病的降临,拉里·克莱默等积极分子发出了采取行动的大声呼吁,由此改变了药品的生产格局。很快,科学家借助分子基因技术,将艾滋病的致病原因确定为所谓的逆转录酶病毒。国家癌症研究所主任塞缪尔·卜罗德博士向药品生产商发出倡议,检验此前生产的上架药和库存药,以找到能对抗这一新型病毒的化学成分。

AZT 是其中之一,由密歇根癌症基金会的杰罗姆·P. 霍维茨合成于 1964 年。AZT 用得很少,因为它在对抗肿瘤方面并没有太好的效果,但初期实验证明,它对病毒有很好的疗效,具体来说,就是它能抑制艾滋病病毒的复制。为了在公众抗议声中即将死去的那些人，在仅有一例（而非平常所需的三例）持续十九个星期的人体试验的情况下，FDA 于 1987 年 3 月批准了 AZT。

艾滋病由死亡宣判变成了有治愈可能的慢性疾病。然而，当该药品的所有人巴罗斯·维尔康宣布其为"历史上最昂贵的处方药"时，全世界倒抽了一口凉气，盛怒的《纽约时报》社论则称其为"定价高得惊世骇俗"。所需花费为每月 670 美元（2016 年因通货膨胀调整为 1 343 美元），或每年 8 040 美元。相继推出的其他药品同样重要，因为事实证明，AZT 无法单独长时间地抑制病毒。截至 1990 年代末，病人共需服用三种药物；它们对以不同方式进行复制的病毒具有不同的抑制作用，从当时的标准来看，每一种药物的价格都相当昂贵。

这些特效药改变了新药在定价和审批过程中的公认限度。即便给广大病人找到可能有用的药物，也要承受巨大的公众压力。到 1991 年，美国已有 25 万余人感染了艾滋病，随着治疗手段上的争分夺秒，FDA 放松了有关规定，在疗效的证据构成上允许更多地使用所谓的"替代测量"，即药品生产商不再需要展示其产品在数月、数年，乃至延长期内对疾病具有实际的治愈作用，而可改为测量被认为跟效用具有关联性的东西，如血液指标。

这对艾滋病而言完全没有问题，因为该病毒攻击一种叫做 CD4 的免疫细胞，因此，测量 CD4 细胞的指标是检测病人病情和药物有效性的一种重要替代手段。而对于替代测量终端已形成规范的疾病——如 2 型糖尿病——具有疗效的诸多药物试验来说，它却意义不大，反而提供了一种快速审批通道。

此后的十余年间，研究人员不断抱怨，所谓的加速审批方法不断遭到滥用，目的是经济利益，而非解决健康问题。"药品和生物制剂的发起人往往将加速审批程序当作产品上市的最简途径，"华盛顿大学的生物统计学教授托马斯·R.弗莱明写道,"加速审批程序不仅容忍发起人在更短时间内以更少的研究成本获得上市批文,而且实话实说,这些上市推广的产品,很可能仅具有生物活性,却不怎么有重大疗效。"

使用临时措施证明产品有效性的制药公司,往往在后续研究上开立空头支票,以让大家确信,采用替代性实验对象通过审批的产品,会在病人身上产生长效的改善作用(例如,有相互矛盾的证据显示,只有当2型糖尿病病人的血糖持续降低时,才会严重影响寿命)。不过,如果未能开展后续研究,也不会受到任何惩罚。同时如果有学者证明,药物不具有任何疗效,则完全没有一种机制,能让 FDA 收回批文,或让药品退出市场。2014年,《密尔沃基前哨杂志》和"今日医学网站"所做的深度数据调查表明,由于采用替代测量终端,FDA 在过去十年间审批通过的抗癌药中,最终连一天寿命也未能延长的比例高达74%。

不过,加速审批程序并不是得到 FDA 允许的唯一的新奇做法。1990年代早期,该机构第一次允许所谓的"求助广告",即允许药品生产商要么提及药品名称,要么提及药品所能治疗的疾病名称,但不能两者同时提及。为了进一步强化责任,1997年 FDA 列出条件,即药品制造商的广告可以同时提及具体的疾病和药品名称,尤其要在广告中"简要列举与副作用和禁忌症相关的全部必要信息"。一开始,制药业强烈抵制有关信息披露的这一规定,理由是强制要求详细列举恐吓性警示语,会动摇直接面向消费者的这种广告模式;不过,它们最终采用各种狡猾的手段,接受了这一要求。

直接面向消费者的药品广告从1993年的1.66亿美元,上升到了2005年的42亿美元,而到2006年,其在药品推销总成本中的占比已接近40%。对有些药品而言,直接面向消费者的广告已成为推销成本的最大占比。2000年,默沙东公司为其镇痛新药万络(1.6亿美元)所做的广告,超过了百威啤酒(1.4亿美元)、百事可乐(1.25亿美元),或是耐克（0.78亿美元）。万络在那一年的销量突破150亿美元，服用者超过2 500万人。现在回过头去看，那次跨越巅峰的成功被证明是一场悲剧：甚至在获得FDA的正式审批之前，就有批评者对数据表达过担忧，表示万络可能与心脏病存在关联，这一预感被后来的研究成果加以证实。研究人员最后得出结论，该药物导致88 000人罹患心脏病，其中约一半为严重等级。2004年，默沙东公司宣布万络退市。该公司最终为其市场推广和销售支付了9.5亿美元的刑事罚金。

尽管此类事件层出不穷，目前药品广告仍在我们的生活中不绝于耳。高等法院以言论自由为名，对药品广告采取保护措施。我们是允许此类做法的两个国家之一，另一个是新西兰。为了生存，媒体公司尤其是有线电视台对它的依赖性更强；即便在经济大衰退时期，医药广告依然风生水起。

制药公司老是说，它花费了10多亿美元才将一种新药投放市场，包括基础科学研究成本、研制新组方的成本、确定剂量的成本，以及FDA规定的安全性和效用性人体试验成本（很多公司还加了一项预估机会成本——也就是若将这笔钱投入其他地方所产生的收益）。在有些情况下，可能确实如此。但学术研究表明，新药的科学研究和研制过程的实际平均成本在4 340万至1.25亿美元之间。我们不知道，美国药品研究和制造商协会估算的10亿美元中，有多少被用来进行市场测试、广告投入和营销推广。

"非24"：或广告的作用

2015年至2016年间，罗伯特·赛克博士的深夜园艺秀经常会插播一系列电视广告，描述一种名叫"非24"的疾病。广告的主角是活泼而有魅力的盲人，他们牵着导盲犬，拄着手杖，要么在商务旅行，要么在迎接放学归家的孩子。其中有人在阿富汗失去双眼，另一个则因为患癌而失明。

投放广告的是万达制药公司，广告讲的是一种隐性睡眠障碍，患者是无法感知光线的完全失明者，因此他们的身体与生理节律无法同步。受该病症影响的，满打满算有10万美国人。

赛克博士对"非24"略有所知，因为他就是一个睡眠研究者，在1990年代初期就专门从事这一病症的研究。2000年，他同俄勒冈健康与科学大学的阿尔弗雷德·列维博士一道，发表了一项标志性的研究成果，即罹患睡眠障碍的20名盲人，在严格按时服用美乐托宁后，被调理到正常的睡眠模式。

近二十年后，万达这家位于华盛顿特区的制药小厂研制出一种新的分子结构，并取名为他司美琼；他司美琼跟美乐托宁十分相似，附着于美乐托宁受体，由此有相似的疗效。这一新药建立在赛克博士等科学家利用联邦资金从事数十年研究的基础之上，商品名为黑泰利（Hetlioz）。

2014年1月FDA为万达制药公司的黑泰利打开了绿灯。令人惊愕的是，几个月前由某个委员会一致通过的审批程序中，赛克博士是专家之一。"我能想到的是，我们的药品审批体制没有任何意义，"两年后，他对我如此说道，"因为根据我们用来衡量效用性的FDA标准，我不得不投下赞成票，但那让我感觉很不舒服。"跟美乐托宁相比，它并没有表现得更为高级。

对纳入审查的产品，FDA下辖的审查委员会并不考虑产品成本。当黑泰利获得通过时，赛克博士估计其价格为每片10至15美元之间。事实上，黑泰利后来的定价是每年9.6万美元，或每月8000美元，或每剂267美元。"这样一来，我们现在就拥有了一天超过200美元的处方药，而这种药品的疗效还不如服用适当的美乐托宁，后者百片装的柜台价只要6美元一瓶，"赛克博士说，"真是令人大开眼界，我们竟然陷入了这样的境地。而且,它还能在电视上打广告。"

因为美乐托宁是一种自然产品,所以它的分子式不能获得专利保护。没有哪家公司愿意经受昂贵的测试和申请程序,将美乐托宁转化成配方型处方药。它被当做营养添加剂来售卖,无需接受高精度监管和测试。一直没有药厂按照 FDA 的标准,对美乐托宁的恰当剂量进行过研究。然而,用化学方式制作的类似药品,即他司美琼却可以受到专利保护。

2005 年以来,万达制药公司一直在失眠人群身上针对他司美琼的一般睡眠辅助功能进行药物试验。2009 年的一份研究报告指出,这种药物"对生理节律失调状态下的暂时性失眠可能具有治疗潜能"。单凭这一乏善可陈的试验结果,它都不能与早已上市的睡眠辅助拳头产品安必恩和思威坦相提并论。另一种同样将美乐托宁受体作为靶标的药片,即武田制药公司生产的雷美替胺早已在市场上溃败。

富于想象力的万达制药公司主意已定,决心采用加快审批策略,将其作为治疗"非 24"这一罕见病的首发新药予以报批。如此一来,他司美琼就不必在普通人身上开展严格的试验过程,不必用几万个病人做试验,只要几十个即可,持续时间不用好几年,只要六个月即可。这样,它就可以更轻而易举地专注于可以互换的替代测量终端。

2013 年,亚当·费尔斯坦在 TheStreet.com 网站上发表了题为《万达造睡眠障碍药物是一场噩梦》的文章。他指出,该公司 62 名病人的研究规模与当初的设计方案相比有所缩水,而且"万达自己承认",大多数病人"并没有罹患'教科书所定义的'非 24 疾病"。万达制药公司和 FDA 早先达成一致,夜间睡眠总时数是研究过程成功与否的恰当尺度,然而万达公司选择了规避。他们并没有关注所有的夜间时间,只囊括了 25%的夜间时间,而测试对象在此间的睡眠时间属于最低水平。在这段时间内,病人服药后的睡眠时间达到了五十三分钟以上。

为证明药物的疗效，万达公司还选择了另外两种替代测量法：美乐托宁尿液检验和"非24生活质量量表"；它由万达公司设计开发，只对试验过程中的第112天至第183天开展测量。"改变持续进行的临床试验的终端——尤其没有得到FDA的批准——是麻烦的征兆，"费尔斯坦先生写道，"万达公司关于睡眠障碍药物的故事不会有好结局。"

然而，并非如此。

当着赛克博士所在委员会的面，身兼哈佛大学专家和万达公司科学顾问团团长的查尔斯·采斯勒博士对替代测量的有效性进行了说明。在公司安排下，盲人们乘坐飞机赶过来，讲述了用黑泰利前所未有地解决睡眠烦恼的故事。正如其中一人所说："眼睛看不见好办。我的问题是非24小时睡醒周期障碍。"对一小部分人而言，这种药似乎真的是无价之宝。

尽管受到类似的表扬，委员会的其他成员还是对这种药物的有效性和必要性持保留态度。对于万达将"成功"界定为睡眠质量最差的25%的夜里增加了四十五分钟的睡眠时间，宾夕法尼亚大学的罗伯特·R.克兰西博士提出了质问。"病人可以睡三点二个小时到四个小时，"他说道，"那还是很糟糕啊。"为什么不直接使用美乐托宁呢？其他人纷纷发问。

有人质疑，为什么不使用现有的睡眠辅助手段和闹钟，万达公司的首席执行官米哈伊尔·波利梅洛普洛斯博士的回答显得他像个没心没肺的乡巴佬。"无论'换一种药'还是'试试闹钟'，这样的建议都跟疾病和痛苦没有关联。我们正在努力做的事情，是解决广大病人从未得到满足的医疗需求。"

最终，由11个成员组成的委员会别无选择，只得通过了药品审批，因为严格说来，它具有安全性和有效性。该机构的效用性标准只有这样的规定，即新药必须通过安慰剂对照来证明其有效性，因此，黑泰利从未跟美乐托宁做过对照研究。

用安慰剂而非已有的治疗手段跟新药加以对照，并以它作为颁证标准的做法，既导致了大量"别人贵我也贵"的昂贵药，也导致人体试验和效用性研究论文出版的双重短缺。"在过去，美国国家卫生研究院经常资助药品试验，对三氟拉嗪和氯丙嗪都有过比较研究，而这种事情现在已经很少见了，"接受过精神病学训练的赛克博士说道。既然我们寄希望于经济动机来激励药品研究，那么我们就只能对这个产业所认为的盈利产品加以了解，然后从中做出选择。

2014年1月31日，黑泰利上市。按照三十天8000美元的售价，有分析人员测算，万达公司每年只需要卖出1500份处方药就能实现盈亏平衡。不过，卖药并不是新办制药厂唯一的获利方式。到10月份，万达公司公布了价值5000万美元的普通股发售计划。

反正，身患"非24"的盲人不太会是该公司广告的主要目标。正如采斯勒博士在审批会上所说，对经常乘坐飞机的人而言，生理节律睡眠周期紊乱（又称飞行时差）是一个大问题，那才是更大的目标市场。到2016年，该公司已经在开展针对这一适应症的药物试验。一旦药物通过使用审批，只要医生觉得合适，就会向其他人开出处方。万达公司正在竭力拓展界限。万达公司说，我们应该想好了再"告诉医生，黑泰利是否管用"，同样应该想好了再说"我无法顺利入睡，或保持睡眠状态"。

专利游戏

根据联邦政府在1980年代和1990年代定下的各种规则，制药企业激进地试探价格和行为规范的前沿地带。在2014年下半年的一次国会听证会上，明尼苏达大学的首席药物经济学家、曾在漫长的职业生涯中与制药企业有过多次合作的史蒂芬·宣德梅尔将目前的情形描述为"药品定价的狂野西部"。他补充说:"我相信市场,但这个市场早就崩溃了;不起作用。"

21 世纪初期,根据《蒙特利尔公约》这一全球性臭氧层保护条约,美国的所有雾化产品——从喷雾发胶到喷漆绘画,再到哮喘雾化剂——都必须弃用氯氟烷烃作为抛射剂。绘画作品和喷雾发胶的价格就算有点变化,也不会太大。但药品制造商趁此机会,为采用新型抛射剂的哮喘雾化剂重新申请了专利保护,从而将长期存在的仿制雾化剂从市场上彻底清除。最常见的吸入性哮喘药沙丁胺醇的常规定价从 10 美元左右上升到了 100 多美元。在澳大利亚,这种药品的价格是 7 至 9 美元,仍属于仿制药,可以在柜台购买。而在美国,有些雾化剂的价格已经超过了 300 美元。

(雾化剂改用新型抛射剂,对于 FDA 不无好处,因为每一个新申请项目都会带来数百万美元的申请费。FDA 说,根据 1992 年的《处方药使用者费用法案》收取的手续费可以增添人手,让药品审查在审批系统内提高流转速度。有批评者指出,每年约 5 亿美元的收费,让 FDA 对制药业充满了感激之情。)

事实证明,可以通过多种方法,巧妙操弄 FDA 政策和专利法,从而让产品实现增值。

提起诉讼。为了获得非专利分子式(如美沙拉嗪)的次级专利,药品制造商只需要证明,其所作的新型改进既"非显而易见"又是有用的,尽管对于后者的理解非常宽松,几乎不算是一种障碍。获得一项专利只需要花费 20 000 美元,而申请项目没有任何限制。"只要有恒心,一般都能申请下来,所以,制药公司在跟弱专利打官司上具有强烈的动机,"斯坦福大学的法学教授丽莎·拉里莫尔·维莱特说道。

一旦专利药制造商推出弱专利产品,仿制药制造商就会发起挑战,而专利药制造商则会一口回绝。根据《哈奇-瓦克斯曼法案》，单凭这种回绝态度，FDA 就要对进入审批程序的仿制药参与者启动三十个月的终止程序。

2013 年，全世界最畅销的胰岛素品牌是来得时；按照预期，2015 年品牌持有人赛诺菲-安万特将在美国失去专利保护。很多 I 型糖尿病患者每天混合服用来得时和短效胰岛素，以控制血糖的高低。在这个价值数十亿美元的市场中，赛诺菲实际上处于垄断地位，于是 2013 年它将其美国市场的产品售价提高了 25%。涨价后患者的月支出在 300 美元左右，很多病人无力支付。于是，美国的很多糖尿病患者从加拿大订购来得时，FDA 则向加拿大制药等公司发出警告函，说这是一种非法行为；FDA 指出，这种药品必须冷藏运输，而且在运输途中可能遭到损坏（一位心怀疑虑的糖尿病患者指出：为什么我可以从加利福尼亚州订购牛排和海鲜，在跨越 3 000 英里之后，收到的货物还是冷冻状态？那么，为什么我不可以从加拿大购买摄氏 11 度的胰岛素？）。

当我向赛诺菲的发言人苏珊·布鲁克斯询问涨价事宜时，她十分坦诚地谈到了这一策略，目的就是要在廉价的仿制药即将到来之前，实现利润的最大化：仿制药有可能拉低相应治疗类别所有产品的价格。（着重号为本人所加）糖尿病领域的另一家大佬级公司礼来生产了一种来得时的"生物类似药"（如仿制药），准备在来得时的美国专利保护期终止时开始投入使用。实际上，礼来公司生产的来得时生物类似药已经在很多发达国家投入使用，因为那些地方的知识产权法律亲商意味淡薄，很少出现专利官司。

2014 年，为了让来得时在美国多赢得一点专利保护时间，赛诺菲提起了诉讼，声称礼来公司的产品侵犯了四项专利权，从而自动触发了《哈奇-瓦克斯曼法案》中为期三十个月的"等待期"。"于是，对我国 I 型糖尿病患者影响最大的一件事，将取决于法律，而非医学，"身为

Ⅰ型糖尿病患者且在《糖尿病投资者》担任编辑的戴维·克里夫告诉我,"我知道,听上去有些不靠谱,但这就是事实。唯一的赢家,是律师和专利持有人。"两家公司经过私下协商,官司得以"解决",专利将于2016年12月到期。

调整给药。2014年夏季,来自纽约市的妇产科医生劳拉·席勒博士突然开始不断接到语气着急的电话。很多病人去药店购买一贯服用的避孕节育药洛斯婷（Loestrin 24 Fe）,结果被告知停售了。

跟三十年前相比,现在的口服避孕药在基本成分上并没有多大差别。但是经过重新包装和营销推广,而且往往换用不同的（但并不一定有改进的）形式,它重新获得了专利保护。几十种选项所提供的,仅是略有差异的激素混合物和给药方案。女性之所以选用某种避孕药,要么是因为它较少引起胃胀这样的副作用,要么是因为它的包装易于分服,或者纯粹是因为广告做得比较好。

华纳奇尔科特公司生产的洛斯婷是最受欢迎的避孕药。在二十四天的服药周期内,它包含较低的雌激素含量和铁元素;月经量少,但可预测。它在美国的零售价是90美元,而在世界其他地方是20美元。不过,因为在美国购买药品可以用保险支付很大一部分费用,所以2012年洛斯婷的销售增长了25.4%,达到8 900万美元。

根据《哈奇-瓦克斯曼法案》,2011年华纳奇尔科特公司以违反专利保护法为由,将生产仿制药的好几家制药厂告上了法庭,由此获得了三十个月的额外保护期。法庭一直未开庭,因为华纳奇尔科特公司使用了"有偿延迟"这一招数来平息事端,即它向华生制药和鲁宾制药两家公司提供不同的财务奖励,以换取后者答应推迟仿制药的申请时间。这样的安排完全适用于所有制药公司,但显然对病人没有任何好处。在多位产业分析师看来,仿制药每延迟六个月上市,就会产生数十亿美元的利润,也就是让病人增加同样多的开支。

截至 2014 年，这一策略已经用到了头，洛斯婷终于面临即将到来的第一轮专利保护失效。但在失效之前，华纳奇尔科特公司祭出了秘招。

该公司研发出新的咀嚼剂型，名称更换成米娜斯婷（Minastrin 24 Fe），并重新获得了专利保护。随后，华纳奇尔科特公司停产了广受喜欢的洛斯婷。一时间，市场上还没有仿制药，因此希望服用同样配方避孕药的病人别无选择，只能改用咀嚼型专利药。

米娜斯婷在广告中吹嘘自己的种种好处，例如，即使没有水，药片也能服用。然而，大多数成年女性并没有咀嚼避孕药片的欲望。有些人对它的人工甜味剂十分反感。若用打折卡现金支付，新剂型在不同药店的售价通常介于 130 至 150 美元之间，相比老剂型上涨了 30% 左右。

这种手法在行业内被称为"产品跳跃"，从历史记录来看，华纳奇尔科特公司可以说是个中高手。米兰制药公司发起的一桩官司声称，华纳公司先后三次有意将痤疮药盐酸多西环素改头换面，以阻挠仿制药的上市。先是由胶囊换成片剂，接着开发出一种可捣碎并溶入苹果汁的剂型，再是推出新型的刻痕片剂。因为只有剂量和药形与专利药完全相同的仿制药才能由药剂师进行替换，所以每一步都能在数年间成功推迟仿制药带来的竞争。

操弄 FDA 的弱点和盲点。不用玩弄法律游戏，喷剂、洗剂和乳膏剂也能将仿制药排除在竞争之外，因为根据 FDA 的严苛标准，它们的配方很难复制。相比之下，片剂比较容易展示它具有跟专利药相对应的化学成分，比较容易测量它在血液中产生了相同水平的药物作用。不过，因为雾化剂中将药物递送到肺部的对应物，或者乳膏剂中需要被吸收的对应物测量起来困难得多，所以生产类似仿制药的很多制药厂迟迟不敢进入美国市场。

FDA 通过其他场合提供了市场机遇。该机构于 2006 年宣布，未经

FDA 正式审批的药物不再允许销售，而它们大多是机构成立和规定出台之前就已经使用多年的合成药。秋水仙碱是其中之一；这种廉价的痛风药已经使用了数百年，很多家仿制药制造商都在生产，不存在安全风险。为保证有需要的人始终能够买到这种药品，该机构主动向制药厂提出一项交易：对药品的安全性和效用性进行测试，然后授予三年的销售排他权，也就是一种垄断经营权。一家小型的药企 URL 制药公司（不出意料地）展示，其生产的药物疗效显著，几乎没有不良反应。原本只要几毛钱一片的秋水仙碱，现在受五种专利保护，重新命名为秋水仙素，每片的售价在 5 美元左右。所有的仿制药都遭到了取缔。2012 年，URL 制药公司被一家大型的制药企业，即武田制药以 8 亿美元的价格收购。在加拿大，秋水仙碱的目录价仍然是每片 9 美分。

上柜销售。改变药品的法律地位，以便上柜销售，有时就成了某些制药公司玩弄的有利可图的专利戏法。不过，被称为"非处方药转换"的做法是一项有风险的决定。处方既是高收费的关键（因为保险公司要付钱），也是让药企维持垄断地位的关键。在世界上很多地方，只要被认为足够安全，不经医生诊治也可以购买，那么药品就能上柜销售。在美国，则更多是出于商业考量。

当辅舒良于 1994 年获得专利保护时，它加入了大量的短效类固醇喷剂，让过敏患者的病情暂时得到缓解。几乎从一开始，甚至在面临重重压力的情况下，就有传言说，多种新型的抗过敏产品将上柜销售，无需持有医生处方。1998 年，保险公司向 FDA 申请，让三种不具镇静作用的处方类过敏药转为非处方销售；它们提出，这几种药品都比抗过敏药物苯那君还要安全。对此，FDA 下属的一个顾问小组极力赞同，但该机构最终并未授权药品制造商做出改变（见规则 1，治疗更多往往效果更好。价钱最贵成为默认选项）。

转换成非处方药，药品就能到更多的消费者手里。但是药品制造商必须大幅降低药价，因为保险不再埋单；它们还需要在消费者中建立品牌认知度。在销售即用型产品方面，很多制药公司缺乏专业知识。几年前，先灵葆雅公司将女用克霉唑（Gyne-Lotrimin）阴道抗菌膏摆上柜台，并且在与硝酸咪康唑（Monistat）的竞争中狼狈地丢掉了市场份额。

到 21 世纪初，很多抗过敏药都失去了专利保护。先灵葆雅针对孩童对开瑞坦进一步测试，由此获得了六个月的专利延展期，延长至 2002 年 12 月。公司开发的新剂型，定名为地氯雷他定，在化学成分上略有改变，但使用者并没有变化，因为原来的药片跟新药的作用不相上下。2000 年，先灵葆雅甚至在国会身上下功夫：试图将开瑞坦的专利延展期写进拨款法案，因为制药公司声称，它的首次申请被 FDA 拖得太久，以致在市场上失去了宝贵的时间。两年后，一名法官驳回了先灵葆雅为再次获得三十个月延展期的最后一搏，让开瑞坦上柜销售。

不过鼻用类固醇喷剂还有不少年头可以紧紧抱住"仅凭处方"这一身份，原因之一是，在让 FDA 完全满意上，其仿制药与片剂相比面临了更多困难。并且，喷剂属于类固醇药，医生在开出这类药品的处方时比较谨慎，因为它有较大的副作用，尽管这最终"取决于服用的剂量"，且主要限于较长时间内大剂量的口服方式。截至 2012 年，在美国雷诺考特喷鼻水剂的专利处方药的月支出是 250 美元，但在伦敦博姿药店，柜台售价是 7 美元。

2006 年，辅舒良的对应仿制药终于清除了 FDA 的所有障碍，进入医药市场。葛兰素史克为保护自己的专利品牌使出了浑身解数，有合法的手段，显然也有不合法的手法。2007 年 5 月 7 日，FDA 发出警告函，指责该公司在散发给医生的材料中声称，辅舒良"具有未经证实的优越性"。2015 年，该药品的购买者提起集体诉讼，要求葛兰素史克归还他们多付的钱，起因是葛兰素史克为阻止或推迟价格较低的仿制药上市而采取了"品牌成熟策略"。例如,诉讼指责制药公司为抗议仿制药上市而伪造了"公民请愿书"。

截至 2010 年,一瓶辅舒良仿制药(化学名是氟替卡松)的售价约为 20 美元,并经常出现在塔吉特药店的 4 美元打折处方药名单上。

不过,葛兰素史克的脚本上还有最后一招,即手法老到的非处方药转换;这一招既能使其在处方和非处方抗敏药上的利润实现最大化,同时还能将仿制药竞争者一劳永逸地排除在外。

根据美国法律,上市销售的同一产品不能既是处方药,又是非处方药。因此,药房出售的辅舒良一旦从货架转移到柜台,仿制药制造商就要在六个月时间内清完库存并关闭生产线,哪怕辅舒良的仿制药已在类固醇鼻喷雾剂市场上维持了多年的领头羊地位。另外当处方药转换成非处方药后,FDA 可以授权任何公司获得三年的市场专有权;在此期间,禁止其他制药公司生产品牌复制品。因为没有直接竞争,一小瓶辅舒良的定价是 40 美元。

葛兰素史克的处方药同样利润可观:它在 2008 年推出糠酸氟替卡松,其基本成分跟辅舒良相同,但其中的一点微小差异让葛兰素史克重新获得了专利保护。2010 年葛兰素史克将仿制药竞争者赶出市场后,糠酸氟替卡松重新获得了机遇,因为希望用保险购买类固醇鼻喷雾剂的人终于有了选择。葛兰素史克的非处方药辅舒良和专利处方药糠酸氟替卡松都卖得风生水起。

开发复方药。2011 年,成立仅五年的小型制药企业,地平线制药公司的第一个产品多爱喜(Duexis)获得审批通过。作为一种镇痛药,多爱喜是大家熟悉的两种仿制药,即布洛芬(一种抗炎药,商品名是阿德维和美林)和法莫替丁(一种胃黏膜保护药,商品名是胃舒达)的复方制剂。在好市多连锁超市里,这两种药的月均支出各为 9 美元,而多爱喜由于受到五种专利保护,售价超过了 1 600 美元。

2012年，有产业分析师对地平线制药公司的商业模式提出了批评。"的确，跟布洛芬和胃舒达相比较，服用复方制剂多爱喜没有更多的好处，"嵌合体研究小组的帕特里克·克拉彻谈道。不过截至当年年底，地平线制药公司部署了160人的销售代表团队；凭着一些促销和推广手段，多爱喜的销售总额很快就增加到8 550万美元。

有制药公司提出请求，希望可以生产该药品的仿制剂，这一方面是对专利表达质疑，他们断言，该药品并不是真正的新药。地平线制药公司"极力"对"专利质疑进行辩护，以保护我们的技术革新"，其首席执行官蒂莫西·沃尔波特说道。2013年，地平线制药公司和仿制药制造商帕尔制药公司达成"有偿延迟"解决方案。地平线制药公司将提供资金，以便让帕尔制药公司在2023年1月1日前，不生产功效遭到质疑的多爱喜的仿制剂。

自2010年以来，"有偿延迟"解决方案的数量不断增加，结果导致专利药的品种越来越多，却没有仿制药参与竞争并生产出更为便宜的替代剂型。联邦贸易委员会说，反竞争协议让消费者和纳税人每年因购买高价药品而耗费了35亿美元资金，但对阻止它们却显得无能为力。

迈克·魏格纳曾是得克萨斯州的一名审计官，2015年，医生给他开了含有多爱喜的处方，当保险公司让他支付110美元的共付额时，他大为光火。仔细查阅这种药品的来历后，他决定拒绝购买，并说那就像一种"抢劫"行为。

专利戏法推动药价高涨，让广大病人十分恼怒，这也是药品制造商需要解决的最后一道商业障碍。随着药品定价越来越高，保险公司强制实行与账单百分比挂钩的共付额，以鼓励使用更为便宜的替代药。对于有些药品，意味着要从自己口袋里掏出几百甚至几千美元，这会让病人望而却步。于是，制药业发明了共付额优惠券。

绝望的病人与贿赂，或慈善？

玛丽·查普曼现年四十多岁；二十多年前，当她还是一名咨询师和花式马术运动员时，就逐渐感到眩晕、四肢麻木和肋间灼痛。她被诊断患有多发性硬化症。尽管服用了多种药物，她的病情还是渐趋恶化。病情加重时，她会腿部失去知觉，视力消失并神志不清。即便病情略有缓解，她也长期面临着各种问题的困扰，包括无法排尿、失调失能，以及极度困乏。健康状况不允许她从事全日制工作，因此过去五年的大多数时间里，她的工作就是做一些力所能及的事情，以供得起越来越昂贵的药物。

1998 年，她开始服用干扰素 β-1a 粉针剂，每个月的花费为 1 200 美元，由商业保险予以报销。当这种做法不太管用并等到更好的药品开发出来之后，她改为服用克帕松，尽管每月需要缴纳 1 500 美元的共付额。查普曼女士每天自己注射克帕松，大约五年后，扫描检查结果表明，药物不再有效，她的神经科医生又开出了一种新药，即诺华公司的芬戈莫德（Gilenya）。当另一种月支出为 5 000 美元的新药泰克菲达（Tecfidera）上市后，包括查普曼女士服用的药物在内的所有多发性硬化症的治疗花费都上升到这一价格点（见规则 6，更多的从业竞争者并不意味着价格更合理，反而推动价格上涨而非下降）。

治疗多发性硬化症，有点像在漫长而干燥的夏季里扑灭森林大火：采用维持疗法让病情处于平稳状态，当症状恶化时，你就得采取攻势。不能停手。就算水费变得昂贵，你也不能放下消防龙头。"十年前，所有药品的年花费都在 1 万美元至 1.5 万美元；而今天在美国，全都涨到 5 万美元。我不知道，究竟是怎么回事儿，"对多发性硬化症有大量治疗经验的长岛神经科医生马克·古德斯布拉特博士说。同样的药物在欧洲的费用仍旧是每年 1.5 万美元，因为欧洲各国跟制药公司协商了定价，而 Medicare 却没有同样可行的法律依据（见规则 10，价格涨到哪里，市场的承受范围就到哪里）。

到 21 世纪初，多发性硬化症药品的共付额年度总额已达数万美元，付得起这笔钱的病人为数寥寥（包括查普曼女士，她根据自身情况换了一份要求较低的工作，但薪水随之降低）。于是，制药公司发明了"共付额援助"；这是一种形式独特的自利性的公司慈善活动，目的是解决病人的共付额问题，相当于一种"捐助"，以便让制药公司能继续以药品的全价向保险公司开出账单。制药公司若是直接给钱会被视作贿赂，因此时常有人设立"终结医保差距"这种使命高调的基金会，以减少支票的开出额度。从表面看，这些慈善行为堪称全国之最。艾伯维公司和强生公司的病人救援基金会每年各自支付的费用都超过 7 亿美元。病人每月 5 000 美元药费的 25% 属于共付额，公司通过捐助 1 250 美元后再向保险公司报销，仍旧赚取了巨额利润（这 1 250 美元还可以抵税）。这种做法让美国的医疗保健行业耗费了数额巨大的医疗经费。

规定不允许医生免除病人的共付额，因为共付额是保险合同的组成部分：如果医生经常性地"免除"病人必须支付的 20% 的共付额，保险法会视其为欺诈行为。根据同一逻辑，Medicare 不允许其受益人接受制药公司主动提出的共付额偿付要求。不过，对于向患者打广告的治疗项目，私营保险公司很难说"不"。诺华制药公司曾经问过："你们认为 0 元的处方共付额听起来如何？符合条件的人大多为芬戈莫德支付了 0 元的处方共付额。"对于公司主动提出的共付额请求，如果商业保险公司不允许病人占这个便宜，那么它的顾客将会成群结队地离开，转而投靠那些允许这种行为的公司。

一如罹患渐进性疾病的众多病人，查普曼女士的疾病会让她失去自理能力；随着健康状况的恶化，Medicare 将为他们提供保险；他们也将由此陷入财务危机，因为他们再也不能享受制药公司的慷慨援助。即便经济状况相对较好的病人也需要来自外部的经济援助。2016 年，一份涉及近 8 000 名多发性硬化症病人的研究报告显示，38.9%的病人有药物支付困难：其中报告因药价而不按剂量服药或停止治疗的占 30%，被制药公司纳入经济援助项目的占 40.3%。

2011 年，查普曼女士给参议员芭芭拉·伯克赛和戴安·费恩斯坦写信说："就目前情况来看，我每个月要从自己的口袋里拿出 1 200 美元支付医疗费、延期保险费、药费等。一旦加入 Medicare，数字会接近 2 000 美元以上，我肯定拿不出来。过去的这一个星期，我哭了好几个小时，因为我觉得自己极有可能因为医保体系的缺陷而陷入无能为力的状态。我不知所措，心力交瘁。"

突然间，查普曼女士每个月光是药费就要支出 900 至 1 350 美元的共付额。在病痛中生活了几十年的她，对那段最黑暗的日子刻骨铭心。"我时常感到惊慌失措，"她说道，"如果付不起医药费，就不能走路了。"本就十分节俭的她花光了积蓄，卖掉旧车买了一辆更旧的，一旦感觉身体稍有好转后就开始做一些杂事，比如帮助附近的一位马厩老板照看畜栏，以换取搭车节省时间。2014 年初，为支付医药费，她卖掉了所有的珠宝。

每年，她还得花费数周时间，填写"病人援助基金"的资金申请表；这也是一家新设立的慈善组织，捐助人秘而不宣。这类组织名为"病人接入网基金"（PAN）或"卫生康健基金"等，向病人提供用于支付医药费和治疗费的补助金。她会在早晨 6 点起床，做好拨打电话的各项准备。"你得逐个回拨电话，以查询自己的身份状态。接着，你会收到来信，说什么'我们很抱歉地通知你，病人接入网基金今年没有多余的资金用于多发性硬化症病人'。或者，你会收到一纸通知，是的，说你今年已经被批准了，那就可以放心了。不过，整件事十分古怪，让人猜不透。"

在美国国税局 990 表格中，病人接入网基金把自己的使命定义为"让每个人都能按需享受医疗服务的社会团体"。它将自己的方法确定为"通过提供共付额援助，帮助未购买保险的病人能按需享受医疗服务"。病人接入网基金吹嘘说，自己几乎从未举办过筹款活动，但是在 2013 年收到的捐款超过了 3 亿美元。病人接入网基金并未透露捐款人的信息，不过它说其中包括"制药公司、医疗相关组织、个人和基金会"。其中有四家的捐款数额超过 2 500 万美元，一家的捐款超过 1 亿美元。基金管理人是拉什集团公司，而这家医疗保健咨询公司的主要客户正是药企。

根据美国卫生部（HHS）发布的一份报告，病人接入网基金的资金由该基金会项目涉及的药品制造商予以提供。基金会允许捐款人将资金指定用于某些疾病——大抵上对应于各自药品所能治疗的疾病。病人接入网基金的财务报告显示，其"受助人"的 85% 为 Medicare 覆盖的病人，从法律上说，这意味着他们无法从制药公司的基金会直接获得共付额援助金。

即便没有违背 Medicare 反回扣的相关条文，其实制药公司的所作所为也绕开了相关精神。病人接入网基金甚至曾就其行为的合法性，要求卫生部的监察长办公室（OIG）给出意见。2007 年，监察长办公室的首席顾问刘易斯·莫里斯写道，上述行为"并无理由"受到民事经济处罚和行政制裁。不过，跟接受 FDA 的委任对黑泰利展开评估的审查专家一样，莫里斯先生对这一行为表达了质疑，指出类似的援助行为"可能被作为客户的制药公司滥用，向使用自己产品的 Medicare 或 Medicaid 受益人提供补偿"。

2014 年下半年，查普曼女士的病情每况愈下。随着脑部出现多发性硬化症，她因神志昏迷和半昏迷状态而入院治疗。她挺了过来。她在悲惨中看到了希望之光,接下来给她开出的治疗处方是静脉注射美罗华。因为美罗华由诊所或医院每六个星期给药一次,所以会连同药品一起作为治疗过程开出账单。Medicare 为她的头两次月度治疗分别支付了 27 568.50 美元的费用,共付额金额为 0。

"我的退休金账户里有了钱,就能解决很多问题,但我对未来总是感到恐慌,因为我知道自己相当脆弱,因为我生活在美国,"她同时指出,这样的压力是导致多发性硬化症病情加剧的突出因素。

隐形强盗大亨的兴起

尽管药品制造商和保险公司是最显眼的元凶,但像查普曼女士这样的病人很难知道,自己的痛苦究竟应该怪谁。不过,另一类幕后佣兵,即药品福利管理公司(PBM)在 1980 年代末至 1990 年代初加入医疗乱局,并在近期稳固了自己的影响力。今天,只有几家大型的药品福利管理公司,如快捷处方公司、CVS 凯马克公司和敖普坦处方公司等,它们对你的医疗保健产生了重大影响。

药品福利管理公司被多个雇主单位和保险公司雇佣为中间人,就药品购买问题跟药房展开谈判,因此具有商业优势地位。根据反垄断法和合同限制条款,保险公司无法对所付的药品价格进行比较。而在医疗保健行业各自占据大幅地盘的药品福利管理公司对所有交易行为了如指掌,具有很大的协商权力。

药品福利管理公司具有营利性质,赚钱的方式是将协商折扣的适当比例装入自家腰包。进入报销药品和设备处方集的项目,往往不是病人最急需的或疗效最佳的,而是药品福利管理公司通过讨价还价获取的最合算的买卖,是通过协商获得的最佳盈利边界。

变化不定的业务往来,说明在保险计划所能报销的产品上,为什会一直存在调换现象。例如，作为一种谈判策略，药品福利管理公司可能将某种药品从报销清单中剔除，以使制药公司在来年重回谈判桌时，提出更好的报价。例如，2014年快捷处方公司突然从处方集里剔除了使用人数最多且价格最贵的哮喘吸入剂舒利迭，引发了数百万病人争相寻找替代药品。

对病人不利，对营收却有利：跟前一年相比，快捷处方公司2014年第四季度的利润增加了16%，达到5.81亿美元。那是真的，尽管那个时期它的处方占有量低于7%；这表明，它在每一张处方上都赚到了更多的钱。"快捷处方公司向成本进攻，投资人纷纷获利，"《巴伦周刊》如此写道。

"我们十分抱歉地通知你，仿制药无法购买……"

数量不菲的仿制药，是给药价高企的美国带来些许安慰的少数办法之一；21世纪初，自药品掀起新一轮价格飙升潮以来，病人们正不断失去这一解决之道。

过去十余年间，在加利福尼亚州北部地区执业的急诊医生詹姆斯·拉森博士花费大量时间，为治疗病人呕吐不懈努力。丙氯拉嗪（商品名：康帕嗪）和氟哌利多（商品名：伊纳斯品）这两种仿制止吐药，是急诊治疗中的主要用药，医生每天都要用它来应对食物中毒和偏头痛。大约十年前，这些久负盛名的药品突然变得难以获得甚至无处可寻，这种现象有时会持续数月乃至数年。急诊室用不上丙氯拉嗪，就像药店里买不到对乙酰氨基酚（泰诺）。

一药难求的现象刚开始时，意味着急诊医生只能依赖葛兰素史克生产的枢复宁；这种新型专利止吐药价格昂贵，1991年通过FDA的审批，主要在化疗中起到止吐作用。枢复宁让癌症治疗发生了革命性变化。大约在 2005 年，药品制造商开始鼓吹，将其用于治疗其他疾病，即所谓的标签外症状。当时，"分别在几个月时间内，我们用于急诊的两种质量最好的注射用仿制止吐药突然断货了，"拉森博士说道，"很多人都觉得十分可疑。"有传言说，一家大型制药集团收购了生产康帕嗪仿制药的制药厂，并将其关门大吉。自此美国遭受了丙氯拉嗪短缺的折磨，尽管其他国家仍然供应充足。

大约在同一时期，FDA 发布了黑框警告，将另一种注射用仿制止吐药氟哌利多与威胁生命的心律失常关联对待。医院的风险管理人员不愿再存储这一药品。对此麻醉科医生大惑不解，说这是他们治疗术后呕吐用得最多的一种药，已经安全使用了数十年。同时他们指出，同为术后呕吐预防药，枢复宁的价格是 149 美元，氟哌利多的价格是 2 至 3 美元，研究结果显示，它们的作用大同小异。有医生甚至提出《信息自由法案》申请，要求获得 FDA 发出警告通报的文件依据，因为这一警告通报为葛兰素史克带来了利润可观的市场份额。医生们在审查证据中发现，超过美国常用剂量的五十至一百倍时，才会发生警告通报得以出台的非正常心律，而当枢复宁这样的新型止吐药以同样方式使用时，也会出现心律失常。

据拉森博士回忆，"除了枢复宁，急诊室和抢救室突然间没有了其他选项"。难怪到 2006 年时，枢复宁位居美国最畅销的前二十种药品之列，且在其 13 亿美元的全球销售额中，美国的业务量占比达 80%。

很难准确地知道，在将丙氯拉嗪和氟哌利多这两种长期使用且价格低廉的仿制止吐药逐出市场的过程中，葛兰素史克扮演了何种积极的角色。截至 21 世纪初，很多医院都聘请了另一种名为集团采购组织的新型中间商，以代表自己跟药品制造商开展谈判。集团采购组织根据销售比例提成，所以它们并不具备使用廉价药品的动机，因为这会降低它们的收入。

不过，关于葛兰素史克的某些猜想并非没有道理，因为该公司曾被人发现，在枢复宁的促销上采用了令人生疑的市场干预手段：2008年，该公司因为精心谋划类似利普安销售模式的行为而被告上法庭；在这起案件中，为给利用执业场所开列处方的医生更多的好处，公司谎报了枢复宁的批发价。在该案中发挥先锋作用的堪萨斯城首席检察官说，葛兰素史克将该药品的平均批发价格列报为128.24美元，而实际收取医生22.61美元。

与此同时，该公司通过各种秘密的（且非法的）手段，把竞争对手的止吐药排除在市场之外，结果被多个国家的监管机构告上法庭，并处以巨额罚款。在韩国，为将枢复宁仿制药（或任何其他止吐药）逐出市场，葛兰素史克公司跟各大制药公司达成有偿延迟协议，结果被告上了法庭。2012年，美国司法部针对葛兰素史克公司的多种非法行为，达成了30亿美元的庭外和解；其中包括向晨吐孕妇推销枢复宁，而这一行为并未获得审批通过。

2008年至2013年，针对美国孕妇开出枢复宁的处方数量翻了一番，多达十多万份；直至丹麦的一项大规模研究结果显示，服用该药物的孕妇的孩子罹患心脏缺陷的风险高出一倍，这一趋势才得以中断。

2008年，枢复宁失去专利保护，廉价的仿制药现已上市，但这些仿制剂型的价格仍然远高于传统药物。在美国，枢复宁仿制剂的价格约为10美元，而专利药的价格是每注射一针60美元左右。片剂价格仍然是23美元。在新西兰，同样的片剂只要75美分。同时，价格低廉的传统止吐药物的供应极不稳定。到目前为止，枢复宁及其仿制药衍生品跟各大医院达成了长期合同关系。丙氯拉嗪和氟哌利多很难有机会参与竞争，因此它们的生产只能停滞。

医院缺乏价廉物美的基础药品，这已经成为一种常态。拉森博士说，在位于加利福尼亚州的这家急诊室，他和其他工作人员每星期都会收到一份药品短缺清单。

药房柜台里令人瞠目的仿制药标签

围绕药品的合同和价格,医院及其代理人会进行不懈的谈判,但病人从药房购买处方抗生素或心脏病药物时,却没有一点讨价还价的余地。

在美国,开具仿制药的处方远远超过80%,高于大多数发达国家。仿制药行业的竞争向来十分激烈,药价通常是几美分一片,是专利药价格的20%或者更低。仿制药制造商协会估计,2005年至2014年间,仿制药为美国消费者节省了1.68万亿美元,算是对天价专利药的一种安慰。

不过,有些仿制药不再实行议价制。

约翰·西比尔博士成年的儿子及其家人第二次遭遇了蛲虫病;这是一种寄生虫感染,会引起瘙痒性皮疹。作为一种常见病,它往往让全家人深受折磨,于是西比尔博士请求医生采取标准化治疗:给他的儿子、儿媳和孙子连续四天服用一种名为阿苯达唑的长期在用处方药。

令他瞠目结舌的是,这种十二片装的阿苯达唑在美国的标签价是1 200美元,或100美元一片。"对癌症药而言,研发是个说得过去的借口。你看,我们说的是一种没有专利的老药,这种仿制驱虫药在全世界大多数地方的盈利售价是几分钱一片。不需要研发,没有市场成本。为什么一片要100美元?"最后,他以1美元一片的价格,从加拿大一家药房在线订购了疗程用药。

Medicaid公布的数据显示,阿苯达唑的年消费额已从2008年的不足10万美元(处方均价是36.1美元),上升到了2013年的750万美元(处方均价是241.3美元)。

理由很简单，这就是一种商业策略；阿米德拉制药公司先在市场一角形成垄断，随后找到药品代理人，再从受困于垄断的病人身上把价格提到难以想象的水平。其他公司的做法也极其类似：多西环素是一种用来治疗支气管和莱姆关节炎等多种感染的抗生素，其在 2012 年至 2014 年间的价格从 6.3 美分上升到 3.36 美元。2013 年，多西环素成为宾夕法尼亚州 Medicaid 项目中最大的一笔单品药支出。

21 世纪初，仿制药生产公司展开激烈竞争，于是消费者看到了一些探底性药价。但是由于利润率较低，加上生产高利润品种带来的诱惑，很多制药公司放弃了廉价老药的生产，由此相当于让留在市场上的公司获得了垄断地位。

哈佛大学药品定价研究专家亚伦·凯瑟尔海姆对阿苯达唑这一案例进行过研究，他告诉我，为通过市场竞争实现真正降价，在售的仿制药也许需要四到五种；他还告诉我，竞争的激烈程度将会逐渐降低。结果 2010 年后，各种仿制药达成价格联盟，仅略低于专利药。

同时，仿制药制造公司的董事长们掌握了一种新的本领，可以做到专利药制造商多年来侥幸得手的事情，即把药品定价维持在功能高度失调的美国药品市场所能承受的幅度之上。兰尼特公司是一家小型的非知名制药企业和分销商，主要生产心脏病仿制药、甲状腺用药和止痛片；2014 年 2 月，该公司总裁和首席执行官阿瑟·贝德罗希安十分自豪地宣布了"受涨价因素驱动的"创纪录的销售业绩。尽管康涅狄格州的首席检察官和一个国会委员会开展了调查，但兰尼特公司仍然坚持，自己并没有从事非法活动。当贝德罗希安被邀在由参议员贝尔尼·桑德斯和众议员以利亚·康明斯召集的国会委员会上出席作证，说明公司 2014 年的定价情况时，他拒绝了邀请。他正在欧洲会见投资者。2015 年，就某些标准而言，兰尼特公司成了美国发展最为迅速的企业。

一个神话：至少我们先拿到药

> 美国在新药推广方面领先于世界，美国人能首先享受新型治疗和新型药物。
>
> ——FDA，《瞄准药品研发：为什么很多疾病落后于人？》

与其他发达国家相比，美国在药品上的花费高出了一倍，有时甚至高出两倍，不过令人感到安慰的是，美国人能够最先享受新型治疗手段和新型药物。这一点不假：药品制造商愿意将新药投放到美国市场，因为这里的初始定价权掌握在老天手里。2015 年，我的一位肺癌晚期的英国朋友考虑服用两种价格昂贵的新型免疫治疗药物，商品名分别是可瑞达和欧狄沃；也许有用。尽管无法通过英国国家医疗服务体系购买，但这两种药品已经在美国投入使用。从电视广告来看，欧狄沃的首次治疗费用是 15 万美元，之后每个月的费用是 1.4 万美元，尽管有研究显示，该药品仅针对小部分传统化疗无效的病人，且延长寿命的功效比其他低价药物平均只多出九十天。在英国，只能通过国家医疗服务体系的试验使用上述药品，政府正在评估它们优于现存治疗方案的价值——尽管我的朋友以私人付费的方式，能够以每月 2.4 万美元的价格用上欧狄沃（英国的卫生监管机构最终认定，为欧狄沃埋单不是对"资源的经济使用"）。

的确，美国人有时会优先享受到新型治疗——仅限于该治疗手段是一种好的商业模式。

2013 年至 2014 年间，普林斯顿大学和加州大学圣芭芭拉分校爆发过两次小规模的致命性乙型脑膜炎。我女儿当时是普林斯顿大学的学生，因此我认真关注了此事。两次爆发延续了几个月。后来，一个学生病死，另有几个学生罹患永久性残疾；一名长曲棍球队员失去了双脚。传染病控制期，学生们上了速成课：盥洗室不能共用水瓶，勤洗手，美食俱乐部的周五晚间聚会上不准共用大酒杯。

大约在年中，我了解到一种名为贝克赛罗（Bexsero）的乙脑疫苗，已经在英国、澳大利亚和加拿大投入使用。其位于瑞士的制造商诺华制药公司并未在美国提出审批申请，因为用量似乎不足以冲抵FDA收取的高额审批成本。商业模式不成立。在乙脑高发的英国，所有婴儿都要注射疫苗，因此该产品具有盈利的可能。美国的乙脑发生率低，主要以罕见而分散的爆发方式影响在校大学生。

诺华制药公司知道，这种疫苗仅在美国的大学校园偶尔投入使用；FDA表示，疫苗必须在美国重新测试，不能依赖已经在欧洲完成的证照测试。美国的市场没什么价值。于是整整一年内，两所大学的数千名学生生活在致命疾病的威胁中，直至FDA和疾病控制中心清除了紧急进口贝克赛罗的所有障碍。疾病爆发初期，接受我采访的一位专家提到了一种看似极端的办法：让我女儿坐上飞机，前往伦敦接受疫苗注射。在所有学生接种疫苗后，不再有人发病。

同理，节省费用的新型治疗手段在进入美国医疗市场时，也遭遇过令人抓狂的痛苦经历，因为病人眼里的低价，往往意味着某人的收入受到损失。医疗保健市场里的既得利益，正在对病人眼中的创新发起抵抗，以下略举几例。

一种名为结肠卫士的结肠癌新型非介入式工具探查法，前景美妙，现已上市使用。你可以想象，结肠镜行业采取了怎样的抵制措施。

美国的过敏症患者数以千万，过去十年至十五年间的研究结果显示，通过每天服用一种舌下溶解的制剂，患者可以实现脱敏。2009年世界过敏症组织认可了舌下疗法，在意大利和英国，它已成为标准的诊疗手段。

但在美国，舌下疗法会让病人自掏 600 多美元的腰包，因为一直没有进行 FDA 的颁证临床试验。每个过敏症患者的触发因素各不相同，因此很难形成大规模的市场，而且缺乏开展试验的动机，因为医生如果停止给病人注射早已用惯的价格不菲的脱敏系列药物，将招致经济损失。

《达拉斯买家俱乐部》讲述了几个病人从墨西哥偷运艾滋病药品的故事；由于懈怠的监管机构漠视病人的痛苦，在美国找不到相应的药品。现在，有些病人对一些非常简单的疾病也采取了相同的策略，原因就是：钱。这在一些边境州，如缅因州和明尼苏达州引发了不和谐的场景，参加选举的政治人物为集中拉票，组织人员乘坐汽车前往加拿大非法购买处方药。我的一个读者担心自己的名字跟药品走私扯上关系，因为她在边境地区购买过糖尿病药品："每个月购买捷诺维的费用超过 300 美元，也就是每天 6 美元，在美国我可买不起这种药。因此，我一年去圣迭戈两次，步行穿过边境到达蒂华纳，一模一样的药在那里只需要大约 40 美分——多亏了墨西哥政府对制药公司和药品的管制！"

第五章　医疗器械时代

　　2006 年，罗宾·米勒四十八岁的弟弟罹患心脏病；他没有购买保险，需要安装植入式除颤器。作为一个小老板，罗宾从佛罗里达飞到亚利桑那，负责弟弟的财务事宜。米勒先生问医院，除颤器要多少钱。"他们回答说：'不知道。'我又问：'怎么会不知道呢？'他们回答说：'那好吧，大约 3 万美元。'"米勒先生打电话到生产厂家咨询批发价，以决定可否自行购买，但他们不愿意或不可能告诉他，究竟要多少钱（见规则 8，无论手术还是化验，根本没有固定的价格。没有保险的人支付的价格最高）。

　　医疗器械行业的成熟过程悄无声息，因为它设计出一套套新的财务模式和财务方法，成功地躲开了深度审查。相对封闭的状态对它的发展十分重要。你不太可能知道，用来将金属丝网支架送入你心脏的导管叫什么，或是哪家公司生产的；你更不可能知道它的价格。然而，这些硬件设备往往是医疗账单上的最大单笔项目，如果不是数万美元，也得有好几千。就一次住院治疗而言，这笔费用通常高过医生的费用，三晚的住院费，或是包含所有药品的"药房收费"。

　　医疗器械基本上没有真实的价格。经过消毒的设备如果以合理的方式销售，可以卖到数百美元，但有时也会超过一栋小房子的价格。医疗账单上那个抽象的大数字，是一长串中间商经过一系列谈判后做出的商业决定。拿一个髋关节植入物来说，整个链条涉及关节植入物制造商、经纪公司、批发商、设备销售员，以及来自医院或外科中心的采购人员。每年似乎都有更多的人加入其中，在器械从工厂进入病人体内的漫长过程中，这些人都要拿走一点佣金，从而增加一点成本。据一位开有一家小型私立外科医院的医生说，销售代表拿走16%～18%，批发商拿走30%，医院再加价100%～300%。

据正在努力筹办仿制器械公司的骨科医生布莱尔·罗德博士估计，在美国生产一个髋关节植入物或膝关节植入物的成本约为350美元，而在国外的生产成本仅是它的一半。再来比较一下价格（根据我从病人那里收集到的账单进行了整理）：金属合金膝关节植入物在纽约大学关节病医院的价格是36 800美元，用于背部手术的螺钉在纽约伦诺克斯山医院的价格是4 000美元；亚特兰大市有个小孩被车撞至腿骨骨折，一个外部固定器，也就是打入骨头的一根稳定杆，售价32 900美元。

收取佣金的医疗器械销售代表如果开错了全髋关节置换器械的型号，会赔偿几百美元的损失费。"一个除颤器的费用是40 000美元，哪怕它只有一节电池、两根导线和一块衬垫，"在多伦多大学研究健康经济学的医生兼工商管理硕士彼得·克莱姆说，"我经常会问，为什么不在中国生产髋关节植入物。答案涉及监管政策和专利保护，而器械制造公司对此做出了坚定的回击。"

医疗器械制造商是一个密不透风的寡头，对产品分销几乎具有绝对掌控权。大型制药厂有数十家，小型制药厂则多达数百家。然而，占领全球市场的大型医疗器械制造商只有寥寥几家。对有些器械来说，顾客几乎只有一种选择。美国的髋关节植入物几乎全由史赛克、捷迈邦美、辛迪思和施乐辉等公司生产。有专家开玩笑说，它们就是一个"垄断联盟"。

美敦力是主要的胰岛素泵供应商，同时跟圣犹达和波士顿科学公司一道，成为植入式除颤器的主要供货商。这三家巨头的总部分别位于明尼苏达州和马萨诸塞州；这可能就是那几位最为自由派的参议员，即艾尔·弗兰肯、艾米·科洛布查和伊丽莎白·沃伦为什么要"越过界线"，跟共和党人一道支持废除医疗器械消费税法的原因；依据税法，所有的医疗器械需征收 2.3% 的消费税，以给《平价医疗法案》提供资金支持。弗兰肯参议员说，该税法将"扼杀技术创新"，尽管美国国会研究处有报告指出，这种影响可以"忽略不计"。

2014 年，为取消该税种，医疗器械制造公司投入 3 280 万美元开展游说活动，最多的几笔个人捐款落入了弗兰肯（47 249 美元）和科洛布查（39 900 美元）两位参议员的账户。结果大获成功。2015 年 12 月国会决定，两年内暂缓征收该税种，估计为该行业节省了 34 亿美元的税费，目前行业的总计税收入估计已达 1 500 亿美元。

美国药品研究和制造商协会（PhRMA）是制药业的行业协会，在媒体上时常成为批评的靶子，因为大多数投票人对它心存疑问。但他们可能从未听说过先进医疗技术协会（AdvaMed，成立于 1975 年）或医疗器械制造商协会（MDMA，成立于 1992 年）。因此，在《平价医疗法案》中写进医疗器材税这一想法，成了对该行业的一种诅咒，因为它让我们注意到医疗行业内这一黑暗而高盈利的角落；同时，它一直在逃避成本控制或监察。为投资者跟踪调查医疗设备的一位分析师担心，来自《平价医疗法案》的价格压力会"妨碍医疗器械制造商长期以来乐见的增长势头得到进一步发展"。

医疗器械及其监管秘史

几十年前，相关法律为医疗器械有意铺就了一条比药品更为轻松的市场之路。在 20 世纪后半叶之前，"医疗器械"指的是压舌板或注射器。但在数十年间，随着医疗器械在数量和复杂程度上的增加，情况变得很清楚了，需要对它实施更多的监管。

很多器械制造商的发家史十分简单，通常起于五金制品厂、消费电子产品厂或普通的杂货铺。创办于1949年的美敦力是一家医疗设备维修铺，但它从制作心脏医学器械开始，逐渐发展成脊柱外科手术和糖尿病治疗的设备供应商。捷迈邦美是规模最大的整形手术器械制造商，成立于1926年；当时贾斯汀·捷迈是印第安纳州一家木制夹板制造厂的销售人员，他决定另立门户，生产一种铝制夹板。

1960年，阿尔伯特·斯塔尔博士联合发明了首款人工心脏瓣膜；他开展了临床试验，包括知情同意程序和对病人的长期跟踪，以保证试验过程的科学性，并使之符合医学价值观。但其他人没有这么谨慎周到：1969年，丹顿·库里博士未经FDA审批，将一颗人工心脏植入病人体内，并维持了三天时间，由此引发轩然大波。截至1970年代，大量类似的心脏外科器械都在成功进行动物试验后，针对人体开展试验。

1976年，针对1938年版《食品、药品和化妆品法案》的修正案将医疗器械划分为三个类别，需要接受不同层次的审批，以在销售前保证其有效性和安全性。

第一类包括压舌板这样的器材，几乎不需要什么审查。具有"生命威胁性或生命延长性"，或具有"高度致病性或伤害性，且需要接受广泛试验"的器械（如起搏器）被归入第三类。第二类介于以上两类之间，需要接受新制定的510（K）程序的监管。为通过510（K）程序实现上市销售，医疗器械公司只需要表明，自己的新型器械与美国的在售器械"基本等效"，且可以达到同样的目的。该程序对"基本等效"的界定十分模糊，深得器械公司律师们的喜爱和借用："既不能说得过窄，使之仅限于与在售产品相同的器械，也不能说得过宽，使之成为能与在售产品实现同样目的的器械。"

四十年前，三类器械的界线似乎比较容易划分，政府也可能没想到会出现将以上几类产品用于牟利的局面。相对而言，具有革命意义的斯塔尔-爱德华兹心脏瓣膜结构简单，就是一个球体和盒子组成的结构。既没有安装微处理器，也没有什么基因工程，更没有互联网技术。但是随着器械产业在医疗和经济上越来越复杂，其就"基本等效"这一定义，以及什么样的器械应该归入哪个类别等问题，开始跟FDA较上了劲。

很显然，与需要进行更多试验和官样文章的第三类器械相比，第二类器械具有更好的盈利性，且能经由510（K）程序实现快速审批。1990年代的一份法院判决书显示，调查人员发现，FDA花费二十个小时对510（K）申请文件进行评估，而第三类器械的评估时间是一千两百个小时。另有一份报告披露，仅8%的510（K）申请材料接受过外部审查员的审查，仅10%的材料附有临床数据。突然间，提交的申请书大多是第二类器械。

于是，就有了现在这样令人吃惊的结果，尽管大多数药品如果出现问题，可以立即停产，而很多器械是要永久植入人体的，但对新器械的审查远不如新药审查那么细致。很多器械在植入人体之前，甚至没有在动物身上做过试验；实际上，医疗器械往往不做临床试验。当医疗器械制造商宣称"基本等效"时，他们根本不需要证明第一类和第二类产品具有"安全性和有效性"。

尽管1997年通过的《FDA现代化法案》力图说明，哪些产品应该归入第三类，但该行业的游说成效明显，将法案的影响降到了最低。医疗器械公司经过许可后，可以将第三类器械重新纳入第二类。代理公司想出一套针对510（K）程序的快速审批路径，将审批日期缩短到九十天，有时甚至更短，使之更具有吸引力。

第二类器械"基本等效"标准下的快速审批过程，符合器械制造商的底线要求，但同保护病人没有任何关系。FDA评估器械软件的能力似乎也显力不从心，因为当510（K）程序诞生时，还几乎没有软件这个概念。已通过审批的器械出现意外事故时，对事故的追踪依赖医生和器械制造商对于问题主动形成的各种报告——或根本不做任何报告。该程序允许公司继续销售已经通过审批的第二类器械，即便与其产品"基本等效"的"前批准器械"因为被证明有害而做了召回处理。

1990年代，阴道网片上市销售，以帮助器官"脱垂"的老年女性托住膀胱和子宫，结果引发了尿失禁等症状。波士顿科学公司推出了首款产品ProteGen悬带后，其他品牌接踵而至。随着体内感染的病例逐渐增加，针对悬带的官司层出不穷，该产品在1999年被召回处理，并于2002年退出市场。但它的后继产品继续得以销售，因为其他产品的制造商极力辩称，问题的罪魁祸首是该悬带的专有设计结构，或是由于外科医生的技术缺陷。

截至2011年，第二类产品的申请数量介于3 000至4 000，而第三类产品的申请数只有30至50。[美国]医学会在当年发表的一份报告中声称，前一种通道差不多就是一枚橡皮图章："很多有重大风险性的器械通过510（K）这条路径被推向市场，包括植入物、生命维持器械和生命保障器械。"

在研究周期内，凡根据"基本等效"条款提出申请的器械，获得FDA审批通过的比例是85%。被驳回的申请占15%，其中继续开展临床试验的比例仅为3%～4%。如果需要进一步开展工作，其余的申请人会撤回申请材料。在这份毫不留情的报告发布后，FDA举行了公开会议，讨论程序的改革问题。就经由510（K）程序审批通过的医疗器械在病人身上的失败经历，众多医生发表了看法。

来自纽约北部地区的外科医生丽萨·赖博士说，在把一种全新的气囊球头器械插入病人的肠内后，最终导致了病人失血而死。该器械的包装盒上说，产品可以在体内留置二十九天，但插入仅十二小时后，球头气囊的压力升高，导致患者的结肠出现了溃疡。她后来发现，该器械以510（K）程序获得审批通过，仅在几十位病人身上进行过试验，平均留置时间不足六天。

艾米·弗里德曼博士说，在一次肾移植手术中，用来阻断大血管的一种新款手术夹子松开了，使得病人血流如注。她当时不知道，之前有病人因该器械失效而死亡。"看起来是一件不起眼的器械，不过就是一个简单的血管夹，却跟复杂的高端医疗器械一样人命关天，"她说道，"在用于人体之前，也需要接受适当的安全性和有效性测试，但没有人这么做。"

在听证会上作证的医疗保健研究员戴安娜·扎克曼博士说，从2005年到2009年，在高风险的医疗器械召回事件中，70%的产品跟经由510（K）程序获得审批的器械有关。她说，其中的很多产品根本不应该被划入第二个类别。

医疗器械公司早已成为风险资本的宠儿，器械专利迅速蔓延。2012年，美国发布了16 537项医疗器械专利，超过之前的记录数13 699项，分析师将其比作淘金热潮。在FDA举行的这次听证会上，医疗器械制造公司和投资人强烈表示，审批程序上的任何收紧行为都将放慢医学前进的步伐。

关节是个大买卖（但别指望有质量保证）

芭芭拉·巴克斯特居住在圣迭戈，以讲解酿酒史和酒文化为职业。她时常登台演讲并长期站立，不幸的是，她的臀部天生有缺陷，五十多岁就要接受双侧髋关节置换。关节置换的确是一种奇迹。也就是说，巴克斯特女士置换的关节，没有一侧能像计划的那样正常发挥作用。不同于神经外科学,整形外科学不是什么高科技。通常,它跟精密木工活十分类似。该专业并没有长期开展精密控制研究的标准做法。2009 年,巴克斯特女士在圣迭戈思科瑞普斯医疗机构完成了左侧髋关节置换,采用的是史赛克公司的活力牌髋关节假体。回到工作岗位后,她高高兴兴地过了几年。

然而到 2013 年,她的右侧臀部也开始疼痛。这一次的情况要复杂得多,因为就在几年前,附近的骨头已被打入三颗螺钉。她又来到思科瑞普斯,一位整形外科医生估计,实施外科手术只有"92%的成功率"(病人请注意:如此精确的概率往往是个危险信号)。医生并没有说明,她的骨头十分脆弱,因此很容易出现各种问题,他也没与她讨论具体的含义。"我肯定不能坐着轮椅上台。我对这些家伙充满了信任。所以,我照做了,"她解释道(见规则 5,没有自由选择。病人进退两难,只有买买买)。

一开始,他们宣称这次手术大功告成。两个星期后,她在弯腰的时候,听到了响亮的"啪啪"声。疼痛难忍。植入物造成压迫,弄断了臀部一根关键的骨头——大转子。

医生、器械制造商和药品制造商都十分担心,害怕因为医疗事故诉讼而承担巨额赔偿。但是,不良结果和问题器械所带来的经济后果,往往由病人来面对和承担。对巴克斯特女士这样有 1 万美元医疗保险自付额的病人来说,后果可能非常严重。

一位整形外科医生建议,由他再做一次髋关节手术,在骨头上悬挂一个钛金悬带,巴克斯特女士对此犹豫不决(见规则 1,治疗更多往往效果更好。价钱最贵成为默认选项)。因为那又是一次大手术,她将有十二个月无法工作。还有一名医生建议采用骨生长刺激器;这是放置在皮肤上的一种小型电子器械,可以释放电流,也许能帮助骨折部位更快愈合。保险公司不愿意承担器械费用,但医院愿意以 1 万美元的价格让她租用器械。医生的报价是 7 000 美元。她把电话打到器械制造公司，后者开价 5 000 美元。当她说明自己的医疗保健账户里只有 1 778 美元余额，无力承担这样的费用时，对方的回答是："我们同意了！"（那块骨头一直未能恢复自如，她的髋关节逐渐失去了一半的力量。）

在随后的几个月里，骨折部位恢复得十分缓慢。各方面似乎都在修复之中。因此，在一次门诊随访中，当医生将一封打印信件交给她，就髋关节部位的器械提出不详警示时，她感觉十分吃惊，因为这器械五六年前进行过一次修理。信上写道："写这封信的目的是向你提出强烈建议，你本人及你的髋关节植入物继续接受密切的跟踪观察……最近在髋关节植入物上的几项设计更新不断引发了人们的担忧情绪，因为可能会导致不良反应。"

巴克斯特女士用的是史赛克公司的活力牌髋关节植入物，但这一名称并未被提及。信中同样没有提及，史赛克公司的活力牌器械在六个月前曾被召回，巴克斯特女士后来在谷歌上发现了这件事情。公司并没有告知病人的法律义务；她说，那封信"甚至没有说一句'我们深感抱歉'"。

活力牌器械之所以被召回，是因为其新的专利产品，即含有铬、钴和钛的全金属器械给越来越多的病人造成了麻烦。2008 年当活力牌植入物首次推向市场时，它就被吹捧为更耐用的新型器械，即使价高也物有所值。结果当植入物的各个部件相互摩擦时，就有金属进入周围的肌肉和血液，从而导致关节失灵，组织和骨头出现坏死，甚至可能破坏其他器官。

2008 年，活力牌器械经由 510（K）程序，以同现有植入物"基本等效"的理由获得审批通过。同一目录下，一共有 123 种"基本等效"的髋关节植入物（假体、髋部、半限制性假体、非胶结、金属/聚合物、无孔、磷酸钙），尽管它们都是互不相同的专利产品。"活力牌器械在被植入人体之前,甚至没有在狗身上做过植入试验,"在佛罗里达西棕榈滩市担任医疗事故律师的 C. 加尔文·瓦琳娜说,"车辆的化油器要是出现问题,你可以换掉,但髋关节有了问题,你能怎么办?"

实际上,510(K)程序已经导致了多起医疗灾难事故。2014 年和 2015 年,在加州大学洛杉矶分校罗纳德·里根医学中心,多名医生在使用一种被证明很难消毒的新型肠镜后,有两个病人因感染一种耐药性超级病菌而死亡,另有五人罹患重症。2010 年该器械被开发出来后,作为制造商的奥林巴斯公司决定不向 FDA 提出审批申请,因为它认为该产品与原有型号并无"本质差异"。"药品未经审批就能上市销售,并开具处方,你能想象吗?"在克利夫兰诊疗中心心血管科担任主任、且曾就医疗器械安全问题在国会作证的斯蒂文·尼森博士如此问道,"真是不可思议。"

因为政策疏漏,巴克斯特女士的体内被放置了一颗滴答作响的定时炸弹。

令人不解的是,她还得自掏腰包,为监测受到感染的髋关节植入物而持续接受血液检查和扫描检查。为确保关节没有松脱,她到思科瑞普斯接受了核磁共振检查,费用是 1 150 美元。保险只支付了 150 美元,其余的 1 000 美元要由她自行解决。她接受了三次钴检测,后两次的结果偏高。当她提出疑问,为什么要由她来付这笔钱时,思科瑞普斯把她的账户提交给了催账公司,后者说,钱应该由她出,并应该由她向史赛克公司提出报销要求。仅在 2013 年和 2014 年,她就为后续检查支付了 1 万美元(见规则 9,开具账单没有任何标准。任何东西,每样东西,都可以挣钱、开账单)。正如她所说:"如果我买了一辆宝马轿车,当车辆出现故障时,你还可以指望经销商免费修理。他们不可能说'你把车开到德国去吧'。"

史赛克公司为解决活力牌器械的索赔而成立了清算基金,尽管她经

美国病　119

过登记成了基金的一员，但一年多时间过去，她只要回了200美元。这本身就是一笔有利可图的医疗业务。每个病人都要聘请一家处理医疗事故的法律事务所，而与这些法律事务所打交道的布罗德斯拜尔公司是一家大型的跨国企业，它受雇于大型器械制造公司，在美国从事植入物召回处理。

"都是假的——我简直要被折磨死了。我给史赛克公司打电话，问他们'我的钱呢？'他们却这样回答我，你必须跟律师交涉。他们还让我跟布罗德斯拜尔公司打电话，"巴克斯特女士说。到2014年末，布罗德斯拜尔开始陆续付款，一会儿450美元，一会儿26美元。

"如果我需要接受手术，怎么办？如果史赛克公司不从事这项业务了，怎么办？不只是我这个可怜的加州妇女必须付出时间和金钱的问题，"巴克斯特女士说，"这是个原则问题，是器械制造商替我选择这款器械的医院和医生不愿意承担任何责任。目前，所有的花费都来自芭芭拉·巴克斯特的银行账户。"

在充分利用FDA的510（K）程序上，关节植入物制造商尤其花样百出，并且屡试不爽。他们在经营上取得的成功会更加耀眼，因为1970年代和1980年代植入的很多髋关节植入物和膝关节植入物运行良好，并不需要开发几百种新型产品。

"这些产品在很大程度上可以实现互换——老式植入物效果优异。失败率只有1%，"威斯康星州骨科医院的罗瑞·莱特博士说，"我们有优质标准。我们的病人大多采用经过验证的正确方法。我们不是肿瘤病医生——最新产品不一定就好。事实上，往往还有坏处。"

医学界有人担心，早期器械在喜欢运动的年轻病人身上无法实现固定，而这样的人正在越来越多地寻求髋关节和膝关节置换手术。但是，开发新型植入物这一商业案例更引人注目。为获得新的专利并抬高价格，制造商需要推广某些酷炫的新产品。在药品制造商的引领下，医疗器械制造商尝试直接面向消费者的广告和营销模式,以"巅峰"这样的品牌名和"永远的髋关节"这样的营销大战,推销"女性膝关节植入物"和适合运动人群的髋关节植入物。

然而,要确保款式最新、价格最贵的医疗器械被大量植入病人体内,最有效的办法是与整形外科医生形成密切的共存关系。"医疗器械公司向医生推广的力度往往很大——'我们拥有这款了不起的新产品哦!'"莱特博士回忆说,"我们很多人都在这颗苹果上咬过一口。"

医疗器械制造商开始向处于实习期和拿奖学金的年轻骨科医生献殷勤,并力争让自己的品牌进入主修培训课程,因为医生会对自己赖以学习的产品形成适应感。在接近医生的过程中,医疗器械制造商向制药行业学到了多种方法,但他们的步子跨得更大。

他们与被其视为"意见领袖"的医生结成同盟。在马萨诸塞州一家声誉卓著的医院,一名长期任职的科室主任与捷迈公司合作,对植入物进行改进并设计出新产品。经由510(K)程序,各器械制造商都可以采用专利、利润和基金等方式,轻而易举地对开展属意研究项目的外科医生提供回报。年轻的骨科医生在这家医院接受培训的过程中,依靠这一品牌的产品进行学习,并逐渐对其安装过程得心应手。

截至1990年代,很多医院和医生诊室都禁止或限制药品推销人员进入,但器械制造商却无法轻易地一禁了之。作为器械交易的内容之一,销售代表往往要在外科手术过程中免费承担助手角色,帮助医生安装自己所销售的器械,比如随时用来调整膝关节植入物的一种新型工具。这样的帮助无需付费,而且素质良好的销售代表会让手术过程更加顺畅。

由于器械制造商采用了狡诈的商业模式,这样的助手几乎被视为不可或缺,因为每一种植入物都要用到与品牌相匹配的工具和螺钉;而在与品牌相适应的手术台上,甚至经常需要他们提供帮助,比如确保植入物到位后，双腿也能保持同样的长度。一如苹果系统和微软系统，捷迈公司和史赛克公司各自具有一套复杂的操作系统，而且时常让其处于"升级状态"，并把它作为器械公司代表必须随时待命的一个理由。

直到 2010 年，《医生薪酬阳光法案》禁止了赠与行为，医生和器械销售代表的关系跟高尔夫球、餐会和运动会门票扯上了关系。即便没有这样的黏合剂，现在"也几乎不可能打进市场——全都是关系在作怪，"正在研制植入物仿制品的骨科医生罗德博士说道。

随着《平价医疗法案》的推行，医疗补助保险以及越来越多的大型保险公司开始向医院提供关节置换打包价（通常在 2 万至 3.5 万美元之间）。此举意味着，同业联盟用一堆金属和陶瓷玩意儿开价越来越高的行为将会遇到麻烦，因为购买这些产品往往耗费了 Medicare 一半以上的费用。

那么，近年间各大医院开始与该行业形成对抗的现象也就不足为奇了；它们突然要求器械销售代表跟游说人员一样，需要经过登记和批准才能进入行医场所。不过，费心费力对金钱的影响力加以限制，所取得的唯一成果又成了另一种商业机会，这似乎正好印证了医疗行业的循环现象。像瑞普特拉克斯和稳多美这样的商业风投公司向药品和器械销售代表颁发证书，允许其进入由他们把持大门的医院"系统"。通过在医院入口使用跟电子门禁相类似的系统，器械销售代表甚至每进行一次上门推销，就要向某些公司交纳一笔费用。

医生也开始发起反击。威斯康星州骨科医院的莱特博士和他同事们目睹了植入物的价格从 2 000 美元升至 4 000 美元再升至 1 万美元后，对医院的政策做出了调整：不允许推销，医生本人不允许挑选植入物。这家医院目前采用恳请建议法，并就纳入库存的两种植入物展开了大额折扣谈判。为获得议价权，健康维护组织恺撒永久医疗集团同样将自己所使用的植入物缩小范围，并拿到了六成多的折扣。手术效果一样。

然而，其他医生一方面对高收费牢骚满腹，一方面却只想着替自己捞取更多的好处。很多群体执业者组建了医生自行营销公司，这一新型公司的目的是为了削减中间商的层级数。他们买来植入物，然后卖给自己执业的医院和外科手术中心，再以双倍的价格植入病人体内，从而获取高额的预期收益。骨科医生要是卖力一点，一年通过销售植入物就能获得 400 万至 500 万美元的收入。

拉里·泰伯博士说，2014 年当几个医生决定组建自行营销公司时，他决定将自己在一家医生自有外科医院的合伙关系套现。"我们当时赚了 80 万美元，"他解释说，"后来找到助手，收了他们 20 万美元。我们在医院有股份，收益是 60 万美元。永远没有赚够的时候。"

如何进入病人的心？金钱开道

纳里尼·拉贾马南博士让自己三十八岁的病人安东尼察·弗拉胡利斯转院做了一次手术，以在其出现泄漏的心脏瓣膜里安装一种名为瓣环成形术环的合成支撑器械。与斯塔尔-爱德华兹那个具有历史意义的球体-盒子式心脏瓣膜相比，这种手术先进了好几代，但其解决的医学问题却十分类似。

心脏的本质，就是一个简单的泵出器械，隔开四个腔室的精细瓣膜很容易感染受损或磨损和撕裂。为了人体的健康，它们发挥的作用必须异常精准。如果出现破漏，血液会淤塞肺部，引起气喘等症状。

著名的阿尔伯特·斯塔尔博士放弃了自己共同发明的人工心脏瓣膜的专利权。但他的同伴 M. 罗威尔·爱德华兹作为一名流体工程师，随即成立了一家公司；公司后来演变成爱德华兹生命科学集团，仍旧专门研制心脏器械，如除颤器和瓣膜等。它生产的一件产品被装进了弗拉胡利斯女士的心脏，术后几天她才拿到器械的保修卡，上面写着：爱德华兹生命科学公司麦卡锡牌瓣环成形术环。

在瓣环成形术中,外科医生对心脏瓣膜的受损叶状结构重新塑形,并在基部插入环圈,对叶状结构起到稳定作用。麦卡锡牌环圈跟当时的其他品牌略有差异,因为它的弹力环接近于三角形,采用了一定的新材料,因此其售卖人员说,插入后具有很好的吻合性。

弗拉胡利斯女士差不多刚做完手术就遇到了麻烦:心脏四周出现积液。伤口发炎,留下了瘢痕,瓣膜的开口被挤压变小;因为可能需要接受心脏移植,她再次被转到了梅奥医学中心。她最终被送到克利夫兰诊疗中心,通过手术把之前植入的器械取了出来。

介入治疗不一定都能如愿以偿,但这件事情所经历的曲折非同一般:做手术的是帕特里克·麦卡锡博士;他是这家医院的外科主任,也是同名新产品的发明者,同时还是产品专利的初创持有者。麦卡锡博士能从器械销售中获取特许使用费(尽管他说自己把这笔费用捐给了一家食物银行)。

在拉贾马南博士看来,这种器械是一件"试验品",而弗拉胡利斯女士是它的第八位人类使用者,因此本该有告知和患者同意的程序。麦卡锡博士在接受《芝加哥论坛报》采访的时候说,爱德华兹向他保证,该器械符合 FDA 的标准,可以合法植入,于是他相信了这一判断。

1997 年,作为行业交易团体之一的先进医疗技术协会提出的申请获得通过,成功地将瓣环成形术环从三类器械降格为二类;此举意味着该产品不经人体试验,仅通过 510(K)程序便可以实现上市销售。

《芝加哥论坛报》发现,"从内部备忘录来看,该机构[就该产品]做出决定的理由仅来自一位审查人员,即一名水力学和声学工程师",这人从该行业的申请书上逐字逐句抄写了一段总结。FDA 批准了转换申请,不过对其可能产生的结果似乎有些担忧,随即颁布"指导意见",列举了新型瓣环成形术环具有的全部"风险",并建议测试公司小心行事。2006 年至 2011 年间，与瓣环成形术环有关的死亡病例多于任何一种二类器械。

然而，随着 21 世纪初器械审批的门槛越降越低，麦卡锡博士的改进型环状物新获专利后，爱德华兹甚至懒得通过 510（K）程序，坚持说本产品根本无需 FDA 为其打开绿灯。

2004 年，当爱德华兹前往美国专利和商标局，为麦卡锡博士的新型瓣环成形术环寻求专利保护时，他吹捧该产品跟已有的器械相比，具有"新颖的"外形和更大的尺码，而这些特征会让外科手术过程简化，且能为更多的病人所承受。不过，当其向 FDA 提请审批时，爱德华兹断言，该器械跟公司从未向 FDA 提及的其他成形术环具有"基本等效性"。

2006 年 3 月 7 日，爱德华兹生命科学公司单方面同意将该成形术环交由病人使用。几个星期后，麦卡锡博士在弗拉胡利斯女士的手术中投入了使用，爱德华兹也开始推销这一所谓的麦卡锡麦克索成形术环。它要求外科医生主动报告使用经过，由此实现对病人结果的跟踪观察。2008 年直至弗拉胡利斯女士和拉贾马南博士将一份报告提交至 FDA 的数据库前，联邦监管机构没有听取过任何跟问题有关的反映意见。同样在 2006 年，另一位病人在接受手术后，成形术环四周发生了灾难性渗漏。但这一不利情况直至 2009 年才被汇报给 FDA，病人到这时候认识到瓣膜发展中的艰难，并给该机构去信说：他患上了严重的心脏功能衰竭和致命性心律不齐，需要接受除颤器植入手术。

截至 2008 年 8 月，FDA 告知爱德华兹公司，它应该先获得 FDA 的相应审批，但并未对它进行任何处罚。爱德华兹公司编制了申请书，一年后 FDA 为其打开了绿灯，尽管拉贾马南博士结合自己的经历，并参照随后的国会调查结果，在《麦克索档案：三个环的传奇故事》这篇专题报告中说，至此该器械可能已经有所改进。在授予许可证时，FDA 采用了 510（K）程序，说该产品"至少与美国在售的其他瓣环成形术环同样安全有效"——丝毫不顾其究竟安全与否。

2010 年，该产品的批发价是 4 000 美元。

一如药品制造商，医疗器械制造商也有一条巨大的商业投资链，这根链条与服务病人没有丝毫关系，不过就是利用知识产权打官司。2010 年至 2014 年间，爱德华兹公司与美敦力公司陷入了一场久拖不决的诉讼案，起因是一种新型人造主动脉瓣，它通过向血管插入蛇形导管，而非开胸手术，被植入到心脏部位。美敦力公司的心阀牌器械侵犯了专利权，爱德华兹在法庭上表示了抗议（类似专利非常值得捍卫，因为这种真正的革新性人工瓣膜以三类产品获得审批通过，不用开胸手术便能植入人体，因此需要大量资金开展人体试验，才能达到 FDA 的相关要求）。

2014 年，一名法官接受了爱德华兹公司的意见。不过，就在美敦力公司支付授权费，且必须将其器械退市之前，两家公司达成了一项协议：美敦力公司付给爱德华兹公司 7.5 亿美元，并宣布自己会按心阀牌器械销售额的一定比例，继续支付专利使用费。为这些法律行动真正付出代价的是谁？当然是病人。

孤军奋战的艾略特博士

2011 年，执业于梅奥医学中心的丹尼尔·艾略特博士与 FDA 取得联系，就以 510（K）程序通过审批用于悬吊女性盆腔内器官的丝网袋交换了意见。"每个星期，同事或是我本人都要对病人为此遭受的痛苦进行评估和治疗，"他写道。材料类似于钓鱼线的聚丙烯网袋很容易破损，并移位至骨盆周围，从而破坏神经，钻入膀胱或阴道，引起剧烈疼痛、出血和感染。唯一的解决办法是施行二次手术，取出已经内嵌的网袋,但不能保证必然成功。

"在丝网袋获得广泛认知并投入使用的过程中,来自行业的巨大压力绝不是微不足道的混杂因素;它们不经外科培训和独立的科学评估,就要求医生使用所谓的'最新技术',"艾略特博士向 FDA 的人说道,"该行业明知这种丝网袋未曾、也不会被经验更丰富的外科医生采用,因为他们完全明白,该产品具有潜在风险,却没有任何益处,所以往往有意识地瞄准经验不足的外科医生。"他提出建议,在由不接受该行业资助的研究小组对其展开适当研究前,取缔使用这种丝网袋。器械制造商提供的一天培训课程应该予以终止。

2012 年,FDA 首次提出要求,阴道丝网产品制造商应该就使用效果向使用者系统地开展追踪研究。两年左右的时间里,该机构收集到了两万余份不良反应报告。截至 2014 年,FDA 通过追踪调查,终于收集到足够的风险证据——有数千人受到伤害,数人因此身亡——并提出议案,将丝网袋产品由第二类划归到第三类(调整自 2016 年起开始执行)。截至 2015 年,针对不同的制造厂家,各州已提起约十万起诉讼案;法官建议有关公司做出决定,以免支付数百万美元的测试费和奖励金。

然而,对那些因为前列腺癌手术而无法控制排尿的病人,艾略特博士所在的细分科室仍在为他们植入人工括约肌;在这个范围不大的前线,他也与相应产业展开了斗争。他所植入的括约肌,超过了美国任何一个医生。1970 年代,当人工括约肌或人工瓣膜问世时,它们给男性的生活带来了革命性变化,因为人们需要用它来防止尿失禁。之后的十余年间,一直到 1986 年,其设计和材料都发生了一定变化,价格当然也随之上升。其后的二十年里,几乎没有什么变化。括约肌产品完全由美国医疗系统公司独家生产。

2008 年这家公司表示,将生产出一种新的改进型产品:向原有产品注入能够避免感染的抗生素，公司给这项技术取名为 InhibiZone。"面对效果更好的承诺，大家一拥而上，"艾略特博士说道。然而，几年之后艾略特博士发现，感染率并没有降低；他这才发现，公司当初的断言并没有可靠的数据支持。

他决定开展研究，对新旧两种器械的感染率和有效性进行一番对照。结果发现，两者一模一样。但是，梅奥医学中心为每一款 InhibiZone 人工括约肌多付了 1 300 美元。"因为是新产品，我所在的医院为 213 件器械支付了 276 000 美元，结果却没有任何改观，"他说。

当他在各种会议场合公布这一结果后，美国医疗系统公司问他是否有什么办法，把"陈述说得委婉一点"。他拒绝了——"我说，数据就是数据"——并在《泌尿学杂志》上发表了研究成果。公司向梅奥医学中心投诉说："如果艾略特博士对我们的器械不满意，他可以随时滚蛋，"他回忆说。不过，并没有别的厂家生产这种器械。

他发誓只使用老式的廉价瓣膜，并要求自己的同事遵照执行。作为挡箭牌，美国医疗系统公司将老式瓣膜的价格提高了 1 300 美元，也就不存在谁的效用性更好的问题了。事实证明，一名外科医生在价格控制上的"小小企图"最终"徒劳无益"。艾略特博士还告诉我："如果哪儿有仿制瓣膜，我明天就会去买"（见规则 5，没有自由选择。病人进退两难，只有买买买）。

第六章 检查与辅助服务时代

2013年,杰瑞·所罗门按计划来到奥尔巴尼医学中心,做了一次例行的结肠镜检查。接待她的胃肠病医生向医院的实验室提交了一份申请,让她做几项血液检查。保险公司协商打折后,"实验室"向所罗门女士开出了1 400美元的账单。当她通过电话向联合健康保险公司寻求说明时,一名客户服务代表向她解释说,医院的实验室为她做了一项维生素D检测,费用为772美元。三个星期前,如果在一家商业实验室做一模一样的检测,费用仅需16.7美元。2014年,联合健康保险公司为维生素D检测而支付给实验室的费用介于17至618美元之间,医院实验室的检测价格最贵;在纽约州,奥尔巴尼医学中心的收费最为昂贵,是其他医院的三倍之多(见规则8,无论手术还是化验,根本没有固定的价格。没有保险的人支付的价格最高)。

杰森·马可斯基为矫正"草皮趾",在纽约市接受了不到一小时的门诊脚部手术。中午时分,他就罩着他所说的"裴可夕镇痛剂的气雾"回家了,医生办公室租给他使用的一台机器也刚好送到。机器仿若"一台小型的移动式空调机",由一家叫做新生命的公司生产,差不多就是一个会震动的冰块袋子。填表签收时,产品的销售代表向他说明,他必须佩戴使用这个袋子数个星期,新生命公司会"为你争取",以保证由保险公司来支付治疗费用。她说,成功的几率是99%。

一年多后，他收到了讨债及催债机构美国国家医学管理公司的信件，说保险公司拒绝支付，因此他欠下了1万多美元的账。"为一部大约900美元就能买到的机器，我突然落入一个1万多美元的圈套。"在给能想到的每个人都打去电话，或是写信投诉一番之后，他收到了一封来自新生命的正式致歉信，说该公司已经与那家催债公司终止了合同关系。

长期以来，医学检查、医学仪器和医生们所说的"辅助服务"（比如一个疗程的理疗）被视为医疗保健的冷门领域。至关重要的是，这类杂项工作带来的收入并不丰厚。但是，因为保险公司想方设法削减费用，医院和医生对此心怀不满，四处寻找新的生财之道，因此，它相当于提供了新的收入来源。突然间，半个小时的科室问诊就能催生一项由机器完成的血液检查，所需费用是医生诊断的三倍之多。这就像从纽约飞往巴黎的行李托运费超过了机票钱。

一种解释是，美国的病人渴望得到这种昂贵的检查和治疗，并希望病情能够当场搞定。医生们会担心，有没有漏掉什么，并因此招来一场官司。从文化的角度看，失控的检查和辅助治疗源于病人的愿望，但从法律的角度看，这不仅是谨慎行事，还是一种盈利行为。

过去十年间，各大医院的医学检查、医学仪器和辅助服务，无异于餐厅里的一场场盛宴：高利润的项目几乎是想怎么收费就怎么收费。更有甚者，一旦病人达到自付额度，很多保险公司都不会对这些项目提出共付额的要求；因此，项目要花多少钱，大多数病人并不在乎。

2012年，专供医生浏览的"医景网"刊登了一篇文章，呼吁医生执业时开具医学检查和辅助服务项目，以抵御保险公司日益吝啬的报销政策，同时避免"错失诸多机会"。文章描述了五位医生的类似执业过程，说此举"正源源不断地带来收益"。

开单实验

2013 年，亚利桑那州一家大型医院的几名放射科实习医生按要求执行核磁共振检查，结果遇到了麻烦。处于训练期的放射科医生每天要在黑暗的房间里待上很长时间，对扫描结果做出初步说明。如果有拿不太准的扫描结果，他们可以建议再做检查。

年长的放射科医生是医院的正式员工，会建议实习医生多做课本和讲稿上定义的后续检查："老板要求我多开核磁共振检查，但这会让病人多掏好多钱。我不能说不做，但我觉得这种行为在公义和私德上都有问题，"斯宾塞·汉森博士告诉我说。

从全国范围看，近年间 Medicare 花在核磁共振检查上的费用数据表明，亚利桑那州出现了某种例外现象。2007 年前，影像检查是美国医疗保健开支中增长最快的构成要素。当 Medicare 和其他保险公司压缩费用后，花费在放射检查（包括核磁共振）上的费用自 2008 年以来急剧下降。但在 2011 年，Medicare 用于支付核磁共振检查的费用在亚利桑那州突然飙升（与其他州相比，显得十分突出）；同一时期，佐治亚州不升反降。同一年，一群专门从事核磁共振检查研究并集中探索新用途的放射科医生来到亚利桑那州，主宰了那家医院的放射科。

当然，有多种因素迫使医生开出检查单，而且 Medicare 提供的数据针对全国，不仅仅是那一家医疗中心。有的检查可能是想弄明白，核磁共振在诊断病情方面是否有用，因为这种设备并不常用（尽管尚不清楚，保险公司为什么必须支付这样的检查费用，因为这基本上是一种研究过程）。不过同样重要的是，医生（也许）和医院（绝对）都能通过更多的核磁共振检查而直接获益。

为了弄清此类检查背后的真实经济原因，汉森博士打电话到医院的收费处，结果发现核磁共振检查的收费标准是 3 470 美元，比断层扫描（CT）检查多了约 500 美元（Medicare 对检查费用有限制，不能超过 1 000 美元，但医院可以向每个人都多收那么一点，从而弥补因 Medicare 的限制而少收的部分）。"医院入不敷出，多做一点这样的检查有好处，但这样一天就要花数十万美元，"不再在这一领域执业的汉森博士说。

在医学检查费用交由医生委员会、经济学家和政策制定者共同认定的日本，160 美元就能用最先进的机器做一次核磁共振检查，中等分辨率的机器则需要 133 美元，最初级的机器只要 92 美元。对一项已有二十多年历史的技术而言，那也会带来可观的利润。其中不包括支付给放射科医生的 45 美元手续费（见规则 10，价格涨到哪里，市场的承受范围就到哪里）。

纽约北部有一家知名的医学中心，一名实习医生同样指出，当他所在的医院新雇了一名放射科医生后，CT 造影这一复杂而绝对有利可图的检查项目突然增加了四倍。每个人都注意到这一变化，并对其中的动机心知肚明。对此，有人让他保持沉默。

类似的检查大多不会给病人带来直接危害，因此有一种说法，即过度检查是一种没有受害者的犯罪行为。不过也存在这种可能，医学检查、医学仪器和辅助服务带来的巨额收入，让医院的管理人员先入为主，从而对有危险的医疗行为装聋作哑。21 世纪初，亚瑟尔·阿瓦德博士是密歇根州迪尔伯恩市奥克伍德医院和医学中心受人欢迎的神经科医生。他有一项独门秘诀，能发现未被诊断出的小儿癫痫；每隔几个月，他就会对小孩做一次脑电波跟踪检查。通过这种名叫脑电图扫描的检查，医院可以赚取数十万美元，因为需要在病人头部用电极通电二十四至七十二小时，同时密切跟踪监控。阿瓦德博士成了奥克伍德医院薪水最高的医生，年收入超过 60 万美元：25 万美元的底薪，其余则来自跟脑电图检查账单绑在一起的"绩效奖"。

他是个招财猫。唯一的麻烦是，阿瓦德博士的病人并没有罹患癫痫。早在他春风得意的开始阶段，就有儿科医生对癫痫病的突然爆发表示了质疑。经过复诊的病人被告知，他们的脑波轨迹完全正常。然而多年来，即便在该州展开调查，300多名病人提起集体诉讼的情况下，奥克伍德医院的院长还是选择了支持这位医生。最终，阿瓦德博士回到了沙特阿拉伯。

坏药赚钱：先检查，后看病

2006年，我在去欧洲做报告的途中摔坏了手，被转到斯德哥尔摩一家最好的医院，并被安排到一位很有名气的骨科医生那里。他看了看情形，就送我去做X光检查，结果显示断了一根骨头。他亲自给我上好了夹板（总共花费400美元，现金付款）。几年后，我被送到纽约市特种外科医院，伤情类似；然而，如果不做X光检查或扫描检查，我根本无法见到医生。接待员告诉我，不做检查，就无法安排预约。

现在的急诊室，在医生有机会采取更为审慎的措施甚或了解病人之前，医生助理（甚至是导医台的护士）就能开具检查单。研究影像扫描检查使用情况的哈维内曼健康政策研究所的一项调查结果显示，针对同一种病症，健康护理师比全科医生开具检查单的可能性要高出50%。辛辛那提州的比约恩·肯普尔带着家人前往迪士尼乐园游玩，当他因儿子腹内有虫而将其送到佛罗里达祝康医院的急症室时，肯普尔十分诧异地发现，孩子很快被带去做了一次CT检查——更让他吃惊的是，检查费用为7 000美元，差不多占了账单的一半。"医院不愿意协商；这真是我们度过的最昂贵的迪士尼之旅，"最终支付了5 000美元的肯普尔先生说。

有的医院会根据病人初步的病情自述——如腹痛或头痛——自动开出检查单。ProMed是急诊室广为采用的一款电子医疗记录软件，它能在没有人类介入的情况下，根据病人的病情自述开出一大串诊断清单。尽管有的医院可能出于效率因素采用了ProMed，但对病人来说，这种漫无目的的技术应用往往是一剂坏药。然而，医院对此很可能采取一贯的容忍态度，因为这对它们控制盈亏很有帮助。根据曾在加利福尼亚某急诊室担任护士的雅基·布什所述，销售人员和管理人员告诉她所在医院的员工们，这样的产品能够"抓住收费"（然而正如她指出的，"抓不住对实际病情的评估"）。

特别是普遍采取术前检查，成了医院预算中的一块大蛋糕，因为这类检查往往以门诊形式进行；即使保险公司对住院费用实行打包制，但由于此时的病人还没有入院，这部分检查可以单独收费。心脏泵血声波图（即超声波心动图）是一个尤其普遍的检查项目，因为一个技师花二十分钟就能完成，私人保险公司往往会为此支付数千美元的费用。在很多医院，这成了外科手术前的一个例行检查项目，哪怕是根本不需要麻醉的白内障等小手术。

六十多岁的梅拉尼·杜卡斯住在波士顿，是一位身体健康的老人，没有丝毫心脏病的危险；一年内，因为在马萨诸塞综合医院做腕管手术和一起门诊小手术，她分别接受了两次超声波心动图检查。美国超声波心动图学会说，身体健康的病人在术前例行筛查时，并不适合接受该项检查，但杜卡斯女士无法回绝。"不做这项检查，手术室就不给做手术，"她如此说道。

电解质检查（也叫七项化学指标）是最普通的血液检查，主要测量钠、氯化物、钾、重碳酸盐、血尿素氮、肌酸酐和葡萄糖。这是一个用红头试管就可以同时完成的检测项目。前不久，我调查了我家附近的一个商业实验室，那里的电解质检查收费是17.25至22.69美元。但在医院的收费列表上，同样的检查普遍被分解成七个独立的项目——每个项目大约收取 50 至 70 美元，一共是 350 至 490 美元。

切片与 1 000 美元：病理学如何成了大生意

活检组织由胃肠病医生、泌尿科医生、皮肤病医生和其他专科医生切取。随后，它会被送往不同的地方，如医院的病理科、大型国际商业实验室、由病理科医生掌管的小型私人实验室，甚或是个体病理科医生开设的门诊室，进行诊断性研究。因为潜在收益越来越大，这类样本成了大家激烈争抢的对象。

2012 年，曼哈顿的胃肠病医生杰弗里·克里斯品博士突然不断地接到病人打来的电话，询问病理检查天价收费单的事宜。职业生涯中，克里斯品博士曾经在多家医院和手术中心从事结肠镜检查，他最近开始同纽约市一家学术性医学中心的附属中心合作。"都是些小样本，准备起来并不难，一分钟就能看个遍，"他说。

对于该项检查，医学中心的病理实验室的标准收费是 500 至 1 000 美元，这是他合作过的其他医院收费标准的两倍至四倍，是商业实验室 40 至 100 美元收费标准的十倍。对此，保险公司一般最多报销 80 美元。他说，这家医学中心是在"敲我病人的竹杠"。

对于自己的组织切片被送到哪家医院，病人往往没有选择，而医生往往不知道收费情况。目的地已经发生改变。

十至十五年前，大多数医生把样本送往医院的病理实验室，或是某家大型商业机构，如奎斯特诊断公司、实验室公司，等等。根据在马萨诸塞州斯普林菲尔德市贝斯泰德医学中心专职担任病理科医生的吉恩·亨尼博瑞博士的说法，自此"新的商业模式"开始冒头。

1998 年，亨尼博瑞博士在约翰·霍普金斯结束实习期和助理期后，径直加入了贝斯泰德。即便在那时,她也很快发现,一些附属于该医院的专科医生在放弃检查相关收入上显得犹豫不决。

1990年代通过的《斯达克法案》,力图限制医生将病人转交至由他们或其亲属所有,或可能因此获利的其他机构接受检查、X光扫描或辅助服务。但是随着时间推移,有医生群体提出疑问,说这是对医学治疗毫无根据的干涉。2002年,国会对由医生诊室开出的某些治疗项目做出"例外性"规定。例如,骨科医生可以在诊室安装X光机,并可提供诊室内的物理治疗。包括泌尿科医生和胃肠病医生在内的很多专科医生请来一名病理科医生和几名技师后,就在诊室内处理组织样本。在全国范围内,这是一种自然而然的商业演化模式。"这里边有钱,做得越多,挣得越多,"亨尼博瑞博士说。

就这样,他们每做一次活检,就能赚到一笔钱。政府问责办公室发布的一份报告估计,2010年有918 000多个Medicare的病人,因医生出于获利目的而做了病理切片,Medicare为此多付了6 900万美元。在这部分多余的检查中,有90%来自皮肤科医生、胃肠病医生和泌尿科医生。

病理科医生开始离开医院,组建自己的小型有限责任公司。在产业合并的过程中,经营成功的公司通常被实力越来越强的全国性病理公司收购。1997年,丽莎·科恩博士在波士顿开办了丽莎皮肤病理医院。十年后,她以8 000万美元的价格转卖给卡里斯诊断公司,后者随之被跨国巨头麦拉卡生命科学公司并购。

这些大玩家采用低价跟医院达成协议,并像其他大公司一样,再把业务廉价发包给游摊小贩。来自本地医生诊室的活检切片,原来可能是送到贝斯泰德的病理科,现在则要送到佛罗里达州预处理,再送到田纳西州加以诊断。有的商业公司拉拢医院,以"资助"奖学金和支付培训医生薪水的方式,从它们手里获得活检样本。有的医生把样本送到价格低廉的国家实验室诊断，但仍旧向病人收取高额费用，仿佛他们自己在诊室做了切片诊断。要不了多久，医院的病理科就再也没有足够的活检业务，可以用来培训实习医生了。"我们刚刚失去了前列腺检查业务，"2015 年亨尼博瑞博士告诉我，说她所在的科室曾经一天要处理几十个病例，这一数字在 2015 年降到了一年四十余例，尽管此后数字有所反弹。

不过，组织样本周游的路线并不顺畅；结论不确定的活检结果所具有的风险，当然远高于从南美洲购买一捆第二天就要枯萎的郁金香。如果活检结果说需要动手术，比如黑色素瘤或结肠癌，医院会要求病理科的医生对载玻片做第二次诊断。诊断组织切片是一门高度专业化的技艺，外科医生不会相信行业内全国性实验室的那些廉价承包商。而这会让病人为了被剪下的那份组织，支付双份的费用。

上车：私募股权救护车服务

凯思林·威廉姆斯，五十九岁，在辛辛那提郊区骑自行车时手臂骨折。她本可以乘坐出租车或是打电话叫人开车，把她送到医院；但刚好有救护车经过，把她拉到了附近的贝塞斯达北医院，不过她拒绝使用止痛药。她在哈门那公司买了高额保险，因此她认为保险公司会报销汉密尔顿县消防局的救护车费用。六个星期后，她收到一张 835 美元的账单，她得自掏腰包。

汉密尔顿县消防局免费灭火，但救护车是有偿服务。它与该地区最大的保险机构哈门那公司没有合同关系。威廉姆斯女士试图以"因短距离搭乘而收取超额费用"这一理由，跟公司展开协商。收费部门同意由她自己提出一项支付计划，怒火中烧的她同意在未来八年间，每个月支付 10 美元的费用；她同时表示："这是我唯一能使用的抗议手段。"

在美国的医疗保健领域，专业救护车是相对较晚的服务项目。1966年，美国一半的救护车电话交由殡葬公司处理。不过，现在救护车公司在医院的供应链中占据了无可替代的重要位置；事实证明，它是个容易来钱的领域，因为救护车拉的都是要掏钱的顾客。

有的救护车公司由城市经营，有的由医院经营，也有一些私人公司，但所有人员的业务，大多来自所在城市的中心调度员。在决定把病人送到哪家医院上，救护车具有很大的自由裁量权。为了展开竞争，医院需要配备自己的救护车，以保证病人的入院数量，不过因为蛋糕大，医护人员充足，购有保险的病人还是会络绎不绝地来到医院。

直到最近，都很少有救护车公司滥用其优势地位。作为"第一响应者"，要有把肾上腺素和公共服务结合起来的情感。工作人员不计工作班次，在上学或工作间歇接受训练，要么是志愿服务，要么拿很低的基本报酬。后面这一点，一直没有改变。

然而，大约在2000年左右，原来差不多提供免费服务的救护车公司，开始为自己提供的服务实行收费政策。

越来越精密的医学设施价格昂贵；他们说，一辆救护车要花10万到15万美元的费用。布鲁克林的本森赫斯特志愿救护车服务公司发过一份公函："我们每天二十四小时提供服务，随时有人员待命，更别说每周提供七天服务。我们没休过假，这在一定程度上也是公司开创者的使命，即不惜一切代价为大家提供服务。"尽管这家公司不会直接向病人收取费用，或在接听电话时提出捐助要求，但它"不得不像其他志愿救护车公司一样，以第三方收费的方式，让公司获得资金支持"。

到2011年，救护车不再以慈善经营为主，反而变成由两大私人业主把持的一桩赚钱生意。那一年，乡村&都市公司和美国医疗响应公司都被私募股权公司收购。

在救护车盈利存在增长可能的提振下，各市县也开始向保险公司开单收费，并提高了收费金额。洛杉矶的救护车服务收费账单从 2000 年的 3 300 万美元，增加至 2005 年的 4 900 万美元，预计将于 2015 年增加至 7 900 万美元，其中由 Medicare 支付的部分仅有约 400 万美元。该市的年度收入报告指出，这一增长额主要来自"经过改进的收费模式"。

"市政厅向消防局购买服务，后者的态度是让救护车运行费保持上涨势头，因为私营保险公司终归会支付这笔费用，"于 2006 年退休并在该市承担预算分析师长达数十年的理查德·狄金森说，"对没有购买保险的人而言，市议员往往让他们不要理会这类账单。账单发出三四次后，洛杉矶消防局会将这笔应收账款一笔勾销。"

如此一来，专业化的职业收费公司竞相涌现，帮助救护车公司产出更为可观的"收入战利品"——因此，这类公司绝不会心慈手软。成立于 2001 年的强化管理服务公司在其网站上鼓吹自己是"救护车收费公司之翘楚，凭借久经考验的邮政快递收费程序、技术解决方案和知识渊博的支持团队，致力于医疗急救服务客户收入的最大化"。

一如医疗领域的其他行业，救护车公司将自己的账单不断分割拆解。洛杉矶为救护车提供商确定了收费标准，2014 年的救护车使用基础收费标准是 1 033.50 美元（如果车上配有高水平的生命支持团队，收费标准是 1 445 美元），每英里加收 19 美元，每等待十五分钟加收 51.50 美元。这不包含附加费，比如晚 7 点之后，会加收 84.75 美元，氧气瓶使用费是 65.75 美元，冰袋、绷带和氧气面罩各收 27.25 美元。

2012 年，纽约市消防局将车辆使用基础收费标准从 515 美元提高至 740 美元，尽管 Medicare 认为，其实际支出仅为 243.57 美元。其中的差额不能向 Medicare 的病人收取，但如果商业保险公司推诿敷衍，并拒绝全额支付费用，那么纽约市消防局可以向病人收取。救护车的使用给该市带来了超过 2 亿美元的年收入。

跟病理科医生、麻醉科医生、放射科医生和急诊科医生一样，现在很多救护车公司拒绝跟保险公司签订合同，因为它们认为保险公司会将费用协商得过低。这就导致威廉姆斯这样的病人收到了大额账单。有的救护车公司现在针对救护车（设施费）和车上救护人员（专业人员费）实行单独收费，尽管很多保险公司和 Medicare 并不认为这是合法之举。

不劳而大获：理疗生意经

2013 年，我拜访了正处于髋关节移植恢复期的特雷泽·赛辛斯基。出院后不久，先是一位理疗师上门为她提供服务，随后开出了两个星期的门诊理疗处方，理疗地点位于乐海谷医疗保健网络下属的一家治疗中心。每个疗程收费约为 750 美元，或每月收费 5 470 美元。

1990 年代，在纽约做一个疗程的理疗，花费可能不到 100 美元。理疗费用有时可用保险支付，有时不能。但是，随着辅助治疗越来越商业化，各大医院和广大医生都将其视为新的收入来源的利润中心，理疗行业也为纳入保险覆盖作出努力，逐渐实行了按分钟和按项目收费。

赛辛斯基女士的第一次术后治疗很具有代表性，她先在跑步机上慢跑了十分钟，随后用一根弹力带做了一会儿侧步走练习，做了几个下蹲动作和其他练习，最后做了一下冰敷。"整个过程很随意——一旦掌握这些练习的内容，你就可以自己做上一遍，"她说。随后的几次治疗以十五分钟为一个收费单元，例如，"理疗锻炼"（183.41 美元）、"神经肌肉训练"（189.37 美元）、"步态训练"（168.96 美元）等。这并不包括各种材料，比如价值 94.09 美元的冰袋。

乐海谷康复服务公司是一家小型健身馆，位于一座红砖大楼内，另有几间办公室属于麦坎吉医疗中心。没有什么奇特和不凡之处。我来到宾夕法尼亚州的这座小镇，驾车沿着东大街行驶，正从经济衰退中缓过劲儿来的小镇上，每一片沿街商业区都能看到几家大门紧闭的商铺……

和一家新开业的理疗服务中心。这里是凯斯通理疗，那里是良牧理疗，那里则是圣卢克斯理疗。在这个人口 3 102 的小镇上，有四家理疗中心。

1979 年，Medicare 将门诊理疗的费用限定为每年 100 美元。1982 年增加至 500 美元，1994 年增加至 900 美元，1999 年再增加至 1 500 美元。不过美国理疗协会认为这一数字太低，在过去十七年间不停地开展游说活动，为理疗费用的限额成功地争取到一系列的延期执行和排除条款，并将之写入了多部并不相关的法律法规。

2003 年 12 月 8 日乔治·W. 布什总统签署的《Medicare 处方药改进和现代化法案》具有里程碑意义，因为它首次将年长者的处方药纳入了保险范围。但它的附加条款也将理疗师（及语言治疗师和职能治疗师）收费上限的暂缓执行期从 2003 年推迟到 2005 年末。2006 年初的《减少赤字法案》内含一项条款，允许 Medicare "为需要将超过上限部分费用纳入保险范围的受益人制定特别程序"。接着，理疗师行业协会大力宣传精心命名的《年长者法案》[①]，以 "将理疗收费上限特别程序延长至 2006 年后"。

截至 2010 年，理疗收费上限已正式修改为 1 860 美元，不过该行业想方设法，继续拖延上限的实际执行日期。实际上，就连跟医疗保健关系不大的那些法律，在过去五年间似乎都写进了这样一条讨好性的延期条款。美国理疗协会一直为病人没有医生的转诊书即可求诊于理疗师的权利而卖力游说，尤其在 2008 年为理疗师配备助手（即理疗师助理）的权利而倾尽全力。理疗师助理可以代替理疗师开展理疗服务，只要后者能够实现 "远程联络"，并位于治疗地点 100 英里以内；理疗师指导的助手不能同时超过三个。

到 2014 年，理疗已经成为一项价值 266 亿美元的产业，与 2004 年

---

① 该法案名为《有效且必要的个人门诊康复服务保障法案》，其英文名称首字母缩写 SENIORS 意为 "年长者"。——译者

相比差不多增加了50%，并有望年增加7%。在全国的医疗保健开支分类账目中，用于"其他保健专业人士"（理疗即在该科目下）的费用在2012年增加了5%，在2013年增加了4.5%，均超过其他项目。

当丽贝卡·贝奇霍德博士的丈夫接受髋关节置换治疗时，三十六小时住院治疗的账单上包含了245美元的理疗评估、245美元的职业治疗评估和111美元的理疗费用。与科目描述相符合的唯一治疗，是某个人在手术次日带着一部助行架来到医院，看着她丈夫从床上爬下来，顺着过道走了几步。"当时进展良好，你根本用不上它，"她说道，"很离谱，但要让我说点什么又很尴尬。"

差不多在每家医院的出院手续中，理疗咨询和开具后续治疗处方已经成为一种先决条件。接受心脏手术的病人被开具了数个星期的心脏康复治疗处方，主要内容是去医院的门诊中心，就着一台跑步机走上一阵。像赛辛斯基这样的髋关节置换病人要长时间接受收费不菲的理疗课程，尽管在其他国家或是在美国真正注重节省成本的其他服务提供商那里都没有类似的标配。研究结果表明，长期的门诊理疗对膝关节置换病人的康复十分重要，但跟髋关节置换的术后康复并无关系。

在老年人身上榨取利润

帕姆·法里斯八十七岁的父亲遭遇重度中风，目前正处于恢复期；他受到印第安纳州特雷霍特市几名医生的怂恿，做了一次结肠镜检查。为这次检查，几个医生约了他五六次，同时向他保证，费用将由Medicare报销。"你怎么会让他做这个检查？就算有癌前息肉，不也是他中风在先吗？"他弟弟如此反诘医生（约两个星期后，他的父亲去世了）。

一名放射肿瘤科医生向我讲述了上门为老年人治疗皮肤病的过程；

这类老人大多痴呆愚笨,医者来自疗养院,一年做两次皮肤癌检查,并采取过度治疗。得克萨斯大学的老年病医生詹姆斯·古德温博士在一份研究报告中断言,享有 Medicare 的人群所接受的结肠镜检查,往往多于指导手册的推荐数量。"这个过程会要人命的,尤其是老年人。会让他们好几个星期缓不过劲来,"他说,"老人们会尿失禁。来不及走进厕所。真是丢人。"

当德外特·麦克尼尔前往波士顿郊区价高质优的退休社区看望其九十二岁的父亲时,他在餐厅饭桌上看到了一张奇怪的通知,说他父亲的健康状况良好。父亲解释说,自己曾接到塔夫茨健康 Medicare 优先计划保险的代表打来的电话,问他是否愿意接受免费的居家式体检。"他有点疑惑,也有点受宠若惊。他想起了数十年前医生上门提供服务的情景,充满怀旧地希望再享受一次,"麦克尼尔先生告诉我。有人催促他父亲,要尽快接受这一邀约,因为"医生已经到了附近",而且"这是有时间限制的好机会"。

他告诉自己的儿子,"一个非常不错的医生前来拜访,给我做了几项检查,然后告诉我,我的身体十分健康",同时医生建议他服用一点睾酮,以抵抗疲劳。麦克尼尔先生给塔夫茨打去问询电话,结果被转到一家名叫圣西尔保健的公司,后者向他解释说,自己是塔夫茨保健计划的二级承包商,主要开展上门问诊服务。"那个医生是谁?他是哪儿来的?塔夫茨跟这件事儿有什么关系?"麦克尼尔先生问道。他同时指出,自己的父亲有一个很不错的全科医生,可以随时前往求诊。

像圣西尔保健这样的居家评估公司是一种新型的投资者所有的医疗保健产业,在过去五年间得到了蓬勃发展。这类公司声称,它们提供的上门问诊有益于老年人,并会将病情报告给病人的全科医生。他们的商业模式也增加了报销额度。Medicare 的优先计划保险每个月向成员收取一笔固定费用,费用根据病人的"病情负担"而各不相同。有七十多种病情会推高"风险得分",如抑郁症、背部疼痛等。该保险计划通过上调风险得分即可获取利润,同时还有一大批新兴公司为其推波助澜。

在为其公司得到报销额度而提交给保险公司的材料中,作为圣西尔保健公司共同发起人的杰克·麦卡鲁姆博士说,他们一般期望从 Medicare 那里就每个病人多获得 2 000 至 4 000 美元的费用,因为上门问诊有可能发现新的病情,或梳理出新的疾病,从而推高风险得分(尽管他补充说,此举应出于病人的利益)。根据该公司提供的资料,保险公司为每个提供上门体检服务的医生或执业护士支付 300 美元的费用。而整个过程远不是付费那么简单。创办于 2009 年的圣西尔保健公司位于达拉斯市,是当地发展最快的公司之一。塔夫茨也跟普莱迪里提克斯公司签有合同,后者是一家数据公司,专门识别哪些病人会接受上门体检;根据为这家公司提供支持的风投资本公司的资料显示,与同样的资源投入相比,这会多带来 25% 的代码值。

Medicare 的优先计划保险是基于健康维护组织模式开展工作的传统 Medicare 的衍生物,意在以较低的价格向老年人提供更合适的医疗服务;2015 年,有 31% 的 Medicare 受益者加入其中。但是 2012 年 Medicare 的优先计划保险为病人支付的费用,与病人前往任意医院或任意医生寻求诊断的按次支付型保险费用相比,每人实际高出了 8%。多出来的费用很可能是共同提高风险得分的结果,从而以问题账单的形式赚取了数十亿美元。

没有购买保险和没有足额购买保险的美国人往往接受最少的检查,以及低于实际所需的医疗服务。美国的穷人更不可能享受结肠癌和高血压等关键性筛查项目。然而,购买了足额保险的美国人,尤其在高龄之后,往往会招致过度治疗,这样的检查和治疗项目不是出于健康,而是为了金钱。

第七章 承包商时代：账单、编码、催账和新兴医药行业

2015年1月，弗吉尼亚州诺福克市的治安官将一张传票使劲地贴到万达·维基泽家的前门上；危机始于十三个月前的圣诞日，她的大脑深处发生了随机爆裂。

五十岁的维基泽女士是一名寡妇，身体健康，精力充沛，抚养着两个十几岁的孩子，不停地说自己头痛，并伴随恶心呕吐。十几岁的儿子十分警觉，拨打了急救电话。急救车的医护人员说是食物中毒，不愿意拉她。凌晨3点，她开始意识混乱，有气无力；她的未婚夫把她急送到森塔纳诺福克医院，扫描结果显示，蛛网膜下腔出血。一根血管破裂，血液渗入头盖骨和脑组织之间的狭窄腔室。情况危急。

如果不采取急诊手术缓解颅内压力，血液会在封闭空间内不断积聚，并将脑组织挤压进颈部的狭小管道。控制呼吸和视力的重要神经会随之受到挤压。呼吸放缓，双眼不能协同转动。死亡迫近。她乘坐一辆救护直升机，被紧急送到160英里外的一家大医院。

经过急诊手术，血管得以修复；随后的几天，她都处于半昏迷状态。不过，她的机能一项项地恢复过来；到1月中旬，她被送回了家；她对自己能活着回家，既感到幸运，又充满感激。不过，2014年4月，她给奥巴马总统写了一封信："我活了过来，除了背部有些疼痛，每天会有些头疼，状况还算不错。我的孩子、父母和未婚夫都感到十分开

心。但是我不开心。"

维基泽女士回到充满爱意的家里后不久，开始收到一摞摞账单：森塔纳医院收费 16 000 美元（不包括扫描检查和急诊医生的费用），救护直升机收费 40 000 美元。1 月底，她收到了那家大医院的几个医生的账单，收费 24 000 美元。"不算太糟，我觉得还行，"维基泽女士回忆说。可是一个月后，她又收到一张账单，来自同一拨医生，收费 54 000 美元，包括 240 美元的"滞纳金"。接着，医院的账单也到了，356 884.42 美元。

治疗蛛网膜下腔出血出院后的几个月，是最艰难的一段时间。虽然急诊手术截去了破溃的血管，但渗漏的血液只能缓慢吸收，因挤压而受损的神经需要数月才能完全康复。2 月前，维基泽女士几乎记不得什么东西。之后，她在集中精神和遣词造句上仍有障碍；一年多后，她说话时仍字斟句酌，语速缓慢。

维基泽女士居住在一座军港小镇，一直奉公守法，按期支付各种费用，因此她清点了自己的资产。她一直在诺福克市工作的丈夫去世后，社会保险每月发放 2 000 美元的遗属抚恤金，一家保险公司往她的退休账户里打了 10 万美元的死亡抚恤金。因为要抚养两个孩子，她时常到一家印刷厂和兄弟会旅馆做工，但一年的收入从未超过 15 000 美元。这次的医疗账单差不多近 50 万美元，上述数字加起来都远远不够。"我爸说，人家也许根本没指望你会埋单，"她告诉我，"但人家确实希望我埋单。"

因为生活条件所迫，维基泽女士没有购买保险。丈夫去世后，她利用丈夫的医疗保险延期，继续为家人投保，包括两个到了读书年龄的孩子（根据《统一综合预算协调法案》的规定，遭遇解雇或死亡等生活变故时，雇员或其家人可自掏腰包，继续享受公司保险）。每个月的花费是 400 美元；这是一笔不菲的支出，但她通过打零工的方式，凑齐了这笔钱，而零工本身一概没有保险。

2010年，保险延期到期，她试图加入商业保险，结果被几家公司拒之门外；据她说，是因为她的保前排除条件：她曾因为轻度抑郁接受过治疗（自《平价医疗法案》实施以来，此举不再合法）。这让她成为全州的高风险人群，如果她购买保险，每个月需要支付800美元，可享受5000美元的自付额度和80/20的报销额度。她无力支付。她辞了工作，以便两个孩子有享受Medicaid的资格。她决心从退休金账户里省出一点钱，作为两个孩子的大学费用。她坚持健康饮食，并参加体育锻炼，尽量控制自己的临界高血压，因为她根本无力支付医疗费用。用她自己的话来说，她"一直感觉身体很好，直到脑袋里的一根血管突然爆裂"。

大脑一片混沌，医疗费高得吓人，维基泽女士采取的措施有条有理：为显示诚意，她向医院支付了1500美元，向几位医生支付了1000美元，并要求对方提供收费明细。一个月后，也就是3月19日，医院终于发来了收费清单。尽管长达六十多页，但很多标记并不完善，诸多项目显得莫名其妙。有一项为期一天的病房收费，金额是4762美元（想必是住在重症监护室的那一天），日期是1月12日；1月15日那天的收费是1509美元。她住院治疗的另外十九天，没有显示收费金额。1月12日的断层扫描收费1579美元，但其他的几项扫描检查没有收费记录。1月12日的两粒大便软化剂收费12.18美元，尽管在药店里用5美元就能买到百颗装的一大瓶（见规则9，开具账单没有任何标准。任何东西，每样东西，都可以挣钱、开账单）。简单设想一下，当你收到信用卡月度账单时，上面凌乱地标注着你不定期购买的饮食和衣服清单，同时要求你支付所有项目，其中还包括一些你见都没有见过的东西。

她还收到了医院开出的总额为356884.42美元的详细清单：病房收

费 111 162 美元，药品收费 34 755.75 美元，实验室收费 19 653 美元，手术室收费 8 640 美元，麻醉剂收费 8 325 美元，恢复室收费 1 143 美元，医疗器材收费 44 524 美元，放射服务收费 40 489 美元，等等。这份清单同时指出，医院打算按照标准，给她 20% 的折扣，因为她是没有购买保险的病人；因此，她看到了"您尚欠" 285 507.54 美元的数字。清单还指出，医院可以提供其他经济救援措施，但前提是她的家庭财产低于 3 000 美元（"如银行账户或退休金账户"）；这让维基泽女士，以及只要有过工作的大多数美国人都不够资格。"感谢你出于医疗保健的需要选择我们的医院，"通知单中如此写道，"若仍有医疗保健的需要，我们愿意再次为你提供服务。"

不到三个月前，维基泽女士还住在重症监护室里唠唠叨叨地说，她要下河去喂马；由于病危，医院让她父亲填了一份委托书，有权作出性命攸关的决定。然而，她被送入急救室时签写的表格，被作为她同意付款的证据。

经过在网上搜寻有关急救直升机公司的聊天内容，维基泽女士与急救直升机公司进行了协商，后者同意收取账单数字，即 40 000 美元中的 8 000 美元。从她一辈子的积蓄中划走 10% 的金额后，公司接线员要她承诺，不向任何人透露这一折扣信息，仿佛她获得的是本世纪最划算的折扣额。

她希望用自己的退休金账户支付医院的费用，因此她设法去弄清，如果由 Medicare 付费，将会支付多少金额。2013 年，Medicare 为蛛网膜下腔出血（编码是"颅内出血或脑梗死，DRG021，伴随治疗或重大合并症或并发症"）支付的费用为 65 000 至 80 000 美元。如果军队有人遭遇同一疾病，为军队提供医疗保险的三军保险（Tricare）可以报销 72 127.19 美元（见规则 8，无论手术还是化验，根本没有固定的价格。没有保险的人支付的价格最高）。

（美国有好几个州以 Medicare 的报销额为标准，确定医院向未购买保险和低收入病人的收费额度。例如在新泽西州，未购买保险且收入不超过贫困线五倍的病人，收费不能超出 Medicare 支付额度的 115%。在弗吉尼亚州，则没有这样的保护性政策。）

当医院的收费人员打来电话，坚持要全额收取 285 507.54 美元时，她十分耐心地解释说："我没有这么多钱。"她提出，可以从自己的退休金账户里支付 10 万美元，但遭到了医院的拒绝；医院提出，可以签一份每月 5 000 美元的还款计划，对此，她也无能为力。

她开着车来到医院，找到了财务部门。"财务主管说，我们可以用你的房子作为抵押，"她回忆说。当我让她确认，医院曾经威胁要拿走她的房产时，她这样回答道："不，我不能说她采取过威胁手段。我只能说，她有过这样的提议，她觉得这是一种很好的解决方案。"开车回家的三个小时内，她做出了决定，把退休金账户里的钱全部花光，然后在放弃自己的房子前宣布破产（她和两个孩子当时住在租来的房子里，而把自己仅有的财产，即一套小房子租了出去）。那真是令人动容的时刻。"两个孩子真的沮丧极了，因为我告诉他们（我也确实是这个意思）如果我死了，你们就会有钱上大学。情况就会好一点。"

正如那些在经济危机中关门停业的掠夺性贷款公司，这家医院对维基泽女士步步紧逼，它就是位于夏洛茨维尔的弗吉尼亚大学医疗保健系统。它是全美国最有声望的公立大学之一，1819 年托马斯·杰斐逊创办它的目的，是为公共服务领域培养领袖人才。跟大多数医疗保健中心一样，它以提供"慈善医疗和社区福利"作为交换条件，纳税金额少之又少。

跟诸多医学中心一样，弗吉尼亚大学将其部分账单和债务转给专业机构，即从不假惺惺地吹嘘慈善使命的第三方承包人，因为后者所获取的金额，往往是病人所交费用的一定比例。维基泽女士的账单最终交给位于弗吉尼亚州温彻斯特市的丹尼尔＆海泽尔公司，因为这家公司对讨债业务十分在行。

研究结果显示，医院向未购保险病人和自付费病人收取的费用，往往是医疗保险覆盖病人（这部分病人可以议价收费）的两点五倍以上，是 Medicare 认可金额的三倍以上。自 1980 年代以来，差额正在急剧扩大。

维基泽女士在互联网上公布自己的困境后，一个来自其他州由计费专家、病人利益维护者和医疗保健律师组成的梦之队主动向她提供了免费援助，但是在各个环节都遭遇了碰壁。医院多次拒绝维基泽女士关于完整收费单据的审查申请。来自西弗吉尼亚州的计费专家诺拉·约翰逊说，早前发给维基泽女士的账单目录"错误百出"。其中有个项目是"非住院手术"，收费 82 640 美元，这明显是个错误，因为当时维基泽女士陷入昏迷，所以才被送到医院做了急诊手术。另一位计费专家克里斯汀·克拉夫特在查阅了弗吉尼亚大学医院必须提交给 Medicare 的成本报告预算后估计，即便按照医学中心的估算，其用于治疗维基泽女士的开支也仅有 77 000 美元。

维基泽女士提出，用自己的退休金账户向该大学支付费用，这一请求不但遭到拒绝，而且时常招致言辞激烈的羞辱。"你们的委托人可能觉得，永远无法付清这笔费用，因为在经历过脑出血之后，她可能没觉得真的康复了，"作为合伙人的彼得·海泽尔如此写道，借以讽刺维基泽女士的精神有问题，不太明白自己所处的糟糕境地。他同时指出，人人都知道，本地的法官一向站在医院这一方（见规则 7，规模经济并未带来价格下降。利用其市场力量，大供应商要的更多）。2016 年 4 月，在接受手术两年多后，维基泽女士仍然焦急地等待着与弗吉尼亚大学及其律师团队在法庭上的正面交锋。

医疗编码简史

为了解决维基泽女士的账单难题,支持她的梦之队不仅需要医院移交她的病历记录,还需要得到医院使用的计费代码。"如果代码不恰当,收费也就不合法、不正确,完全是一种臆想。弗吉尼亚大学可以向维基泽女士任意收取费用,"病人利益维护者写道,"代码不仅在弄清楚收费的公正性和合理性上十分重要,而且为第三方和政府支付方所需要。没有代码=无需付费。"

医疗编码是一种隐秘且不断处于变化的数字语言,据此将你在医院或其他医疗场所接受的全部事项写入保险索赔和账单〔例如,在名为《现行医疗程序术语》(简称 CPT)的版本中,代码 CPT35476 指的是"采用气泡式导管修复静脉阻塞",代码 CPT35475 指的是"修复动脉阻塞"〕。

其他国家的医疗保健网络中,并不存在美国这样的医疗编码和编码员制度。同样,跟优步司机或太阳能电池板安装员一样,二十五年前的美国也并不存在医疗编码员这个职业。

在比利时,髋关节置换手术的收费明细单有三页之多,而且不难看懂,哪怕用的是佛兰芒语①。"双人病房=329 欧元/植入物(部分)=1621 欧元、1195 欧元、209 欧元。"

美国的各大医院为同样的手术开出的收费明细单,很可能只有一个超过 10 万美元的总金额,长达几十页,上面写的往往是一些你不大能看得懂的医疗术语和数字代码。为收费员和编码员代言的行业协会喜欢吹嘘自己从事的职业达数世纪之久,但这种说法只对了一半:历史上编

---

① 比利时的两种官方语言之一,通行于比利时北部地区。——译者

码的目的完全出于流行病学的需要——对死亡原因分类追踪，并防止传染病在其他语言群体中不断扩散。

医疗编码制度肇始于黑死病爆发时期。1890年代，法国的医生兼统计员雅克·贝蒂隆（Jaques Bertillon）提出了贝蒂隆死因分类法，并据此对死亡报告进行深入的系统分析；这一分类法在很多国家得以采用和完善。各国政府共同努力，由一个国际委员会定期提出修改意见。20世纪前半叶，随着科学认知水平的提升，条目数量自然随之有所增加；很多国家开始将死亡原因和所患疾病同时列表分类。

1948年，世界卫生组织接过主管职责，为反映更加广泛的关注焦点，将贝蒂隆系统重新命名为《疾病、损伤和死亡原因国际统计分类》（ICD）。这套编码成为一种重要的工具，是流行病学家和统计学家在追踪全球性灾难事件时普遍采用的共同语言。但在美国，这套编码逐渐具备基础性财务功能，成为医疗收费的基础因素。1979年，在对Medicare和Medicaid开出的报销单进行裁定的过程中，美国政府决定采用ICD编码；出于这一商业目的，并适当进行了专门的修改，美国将其版本命名为ICD-CM。其他保险公司则如法炮制。美国的ICD版本卷帙浩繁，不但对症状进行分类和数字编码，同时对治疗手段也进行了编码。

编码过程中的经济收益巨大。如果你能把"急性收缩性心力衰竭"的编码（ICD-9-CM编码428.21）换成"心脏病"的编码（编码428），差额会有好几千美元。一位编码专业人士说过："为了编成更能赚钱的代码，你必须明白编码的定义，确保病历上描述的治疗过程，与高收费代码的治疗标准，也就是与编码的定义相吻合。"（"急性收缩性心力衰竭"的标准包括，病人的心脏在每次搏动时泵出的血量少于25%，需要接受超声波心动图检查，需要服用水丸降低血压。）用不符合上述标准的高收费代码报送账单的行为可能构成诈骗。为医院工作的编码员会想方设法地捞钱。受雇于保险公司的编码员则尽量以外延过广为由，对报销单作出驳回处理。参与 Medicare 病历听证的编码员，会伺机寻找需接受处罚的滥权行为。

突然间，医疗编码意味着大把的钞票，一种新的产业蓬勃兴起。逐利型大学开设了医疗编码专业，并很快要求必须接受实践练习。有三种不同的字母数字编码语言，分别是 CPT、HCPCS（医疗保健常用治疗程序编码系统）和 ICD；它们之间的区别，有如汉语和俄语，俄语和法语的区别。如此一来，就必须有不同的学位路径，以及由相互竞争的专业组织提供的各种专业考试、专业认证和专业证书。

在这些专业院校，学生先要用六个月的时间，去学习解剖学、生理学和药物学，然后才开始接受语言训练；"编码概念"课程的教学，以主要的疾病分类为依据。技艺娴熟的编码员会让病人的开支越来越高，因为这一新兴职业群体的收入，以及他们在校学习的时间成本，都在我们的医疗账单上得到了反映。

国际 ICD 系统已经给一些新出现的疾病生成了编码，如莱姆关节炎、艾滋病和严重急性呼吸系统综合征等；它同样给肥胖症生成了编码，直至 2013 年，肥胖症才被视为一种疾病。直到肥胖症被打上疾病的标签并获得相应的编码，谁都不能强制美国的保险公司为这一病症的医学治疗提供经费。因为在美国，疾病编码不仅对病状做出了定义，还对治疗程序和治疗过程进行了规定，医疗专业人士据此提供服务，医疗机构、保险公司和监管机构为之展开游说活动，并为每一项编码的规则和修改争论不休。将你的疾病编码纳入汇编手册，至关重要。

1996 年的《Medicare 全国更正编码倡议》说得很清楚，某些 CPT 编码不能出现在同一账单上，因为它们是同一治疗过程的固定组成部分（ICD 编码代表了症状，CPT 编码则代表了医疗服务过程）。比如根据规定，麻醉医生不能对麻醉过程和术中氧气浓度检查分别收费。一个过程涵盖了另一个过程。但是，政府提出了"59"这个调节编码，它可被用作其他编码的附加码,以让医生在遇到某些罕见病时能够打破上述规则。针对某些病情,例如当一个肿瘤科护士需要分别执行两次静脉注射时——一次用于化疗,另一次是因为病人出现了脱水症状——通过调节码 59 可实现两次收费。

于是,游戏开始了。

在 2005 年卫生部总巡视员办公室的调查过程中,发现了调节码 59 遭到滥用的大量证据。在 2003 年,以调节码 59 开出账单的成对编码中,经不起推敲的比例为 40%,多收了 5 900 万美元。总巡视员办公室解释说:"其中的大部分医疗服务行为并无不同,因为它们出现在同一疗程、同一解剖位置,并且/或者经由的创口跟全科治疗过程相同。"它做出承诺,要制定"Medicare 学习体制问题"警示制度,以让大家明确,如何正确运用调节码 59 开具账单。

类似的意图不但没能解决问题,反而催生了高级编码咨询师这一次生业务;这些人向其他编码员和医疗服务商提供咨询意见,并给他们讲授课程,课程内容覆盖了保险公司报销政策中的精髓。例如,参加过学习的急诊医生知道,如果给手指骨折的(编码通常是 99282)病人开具镇静止痛药(编码提高至 99283),保险公司就会接受报销比例更高的检查和治疗编码。

正是有了这样的指导意见,有些外科医生在手术后不再缝合创口,而是把病人转给其他人员,比如整形外科医生;这样,他们就可以各编各的码,各收各的费。

编码员对某种语言掌握得熟练,就会对某一门学科有所专长,如关节置换、眼科、介入性放射检查等。有的编码员甚至担任学术职务;以眼科编码员里瓦·李·艾斯贝尔为例,她在新泽西医科和牙科大学,以及罗伯特·伍德·约翰逊医学院卡姆登分校担任临床外科助理教授(眼科)职务,同时还成为美国眼科管理者协会和大学眼科教授协会管理者分会（担任前任主席职务）的会员。

编码之争往往让最佳治疗这一医学之争相形见绌。2015 年 4 月，负责脊柱外科编码咨询的脊柱业务公司紧急发布了一份"编码警示"：Medicare 刚刚颁布了一套针对调节码 59 的 2015 版修正编码，并有望被各位医生采用。例如，调节码 XP 指的是某一治疗过程中的一个组成部分，这个部分自成一体，可以单独收费，"因为它由不同的执业者进行操作"。3M 等公司开始销售编码程序，帮助编码员掌握最新的调整情况，并实现收费金额的最大化。编码员从事的往往是非现场工作，有时就在家里工作，因此对发生在手术室或病床边的实际情况一无所知。他们往往要做出很多想象。艾尔丁公司采用数字工具，让病人知晓自己的用药信息，家住旧金山的托马斯·哥茨公司的共同发起人，他在自家新生儿的医院账单上发现了包皮切除项目，而他的儿子根本就没有接受过这项手术。

国际疾病编码的最新迭代是完成于 1992 年的 ICD-10，已被全世界其他国家使用了几十年。为什么美国到 2015 年才全面启用？问题在于美国的医疗收费网络，以及据此博弈的手法，全都是在 ICD-9 的基础上发展起来的。新网络采用新的数字编码，将医疗状态规定得更加具体，这对国际流行病学是好事，但对美国的医疗生意却非常不利。

新系统时常遭到医生群体的奚落，说它包含了 W56.22（被逆戟鲸撞伤）、V91.07（火上木撬滑行烫伤）、W55.21（被奶牛咬伤）等编码（记住，在全世界大多数地方，这套编码首先是用来掌握疾病、损伤和死亡的一种科学网络，它跟执业和收费都没有关系）。因为一旦美国采用新系统，就要研发新的软件，编码员需要重新接受培训，因此医疗行业说服 Medicare，将采用 ICD-10 的时间年复一年地推迟。医生群体警告说，改用新网络会导致"Medicare 索款欠费单"的数量"出现灾难性的增加"。

2015年下半年，当ICD-10终于（平安无事地）投入使用时，医生为此头疼，一大批从事编码咨询的新型公司应运而生。

核实者与证实者

2014年，在曼哈顿执业的心脏病医生理查德·海耶斯博士下定决心，离开私营医疗行业。在二十多年的单独执业过程中，他跟二十家不同的保险公司打过交道，每家保险公司都推出过一大堆保险方案，保额和规则各不相同。因为隶属纽约大学，他以1 500美元的年费，加入大学医生网络（UPN）这一针对独立医生的协会；协会就不同的保险方案展开协商，并对保险公司可以报销的治疗程序展开追踪。为随时了解自己医学领域的编码过程，海耶斯博士不得不参加由大学医生网络举办的研讨会，以及由E/M大学针对医生开出的特别课程。根据联邦政府的规定，医疗场所要尽量实现电子化，于是他转而了解到一款名为执业联盟（其他还有很多种）的电子医疗记录系统，并用它来开具电子处方（即E处方）。为确保病人在他所接受的保险方案的覆盖范围内，有时还要用到"爱为你"（Availity）这样的在线服务。

尽管是个技术好手，他还是费了好大劲儿。"我得查证，有没有加入其中。我得查证，是否做了登记。接着，你还得弄清楚，某个治疗过程是否能够报销，是否需要得到授权。"他时常收到大学医生网络发来的公告，提示增加或取消了某一个险种。因为备忘录有保密性，海耶斯医生不能与人共享，但我认识这个协会的另一个医生，他给我看过之前收到的一条条晦涩提示："请大家务必停止执行'牛津独立权益分享'——它将停用你的'独立产品'，但请不要在'牛津自由'或'联合商业分红'上做得过火。"

当我在 2014 年拜访海耶斯博士时，他正需要取得所谓的"事前授权"，给一个购买了"两蓝"保险的病人进行核医学压力测试（CPT 编码 78452）。这个病人患有心脏病、糖尿病和高胆固醇，最近还有胸痛，明显需要接受这一测试项目。然而，海耶斯的病房经理并没有直接，而是通过一家叫做全国护心的代理机构，向保险公司证明这一点。跟大多数保险公司一样，这一保险方案将事前授权转包给了承保人/中间商，后者可能会"免费"开展工作——但它会把测试弄得十分困难或者干脆拒之门外，"节省"下来的钱它会截留一部分，算是对自己的补偿。这样的公司就给所从事的服务提供了商业案例。

1990 年代，事前授权的本意，是对少数昂贵的治疗手段进行审查，并决定是否确有必要。数年来，因为事前授权变成了一笔前景广阔的生意，同时成为保险公司的省钱妙招，所以对事前授权的要求已经蔓延到最细微的医学需求领域。当纽约的另一个心血管医生巴里·林登伯格博士收到一张表格，为病人续用原有的心脏病仿制药提出申请时，他在回发的传真中这样写道："你是在跟我开玩笑吧？"

逐利型商业链已经卷入事前授权，它让无礼行为和各种错误得到了放大。在海耶斯博士的病房经理设法为核医学压力测试项目获得批准的过程中，保险公司的网站上说海耶斯博士加入的是蓝十字系统，而护心公司说并非如此。海耶斯博士本人不得不要求同护心公司的一个医生通电话，进行点对点的审查。经过半个多小时的等待，历经十几条信息的中转（病人姓名、检查编码、机构编码、设施或医生诊室、胸痛症状、心电图检查结果、实验室检查、ICD 编码，等等）之后，病房主任终于申请到一个小时的检查项目，而海耶斯博士的收费将在 600 至 1 200 美元之间。如此耗时的官僚程序早就变成医疗保健行业的肥差制造者。人性化的接触既是病人想从医生身上得到的，也是好医生希望提供的，但它被官僚程序耗光了时间。

病人利益维护者: 站在你这一边?

直到几年前,位于得克萨斯州乔治敦市的西南大学还是通过当地的一家保险经纪公司,为自己的雇员购买保险。但随着得克萨斯州中部的医疗形势越来越复杂,很多医院都加入如帝国般扩张的贝勒斯科特-怀特医院,西南大学也开始雇佣亚瑟-J-加拉格尔公司这一全国性咨询机构,帮助其制定医疗保险方案,并实行对外招标。它同时雇佣了指南针专业保健服务公司,以每人 50 美元的价格,为自己的雇员提供病人权益服务。

通过对之前的保险索赔进行筛查和专业计算,指南针公司估算出各种治疗程序和治疗措施的本地价,目的在于建议西南大学的雇员前往什么地方接受价格公道的治疗。雇员可以将自己的用药清单发送给指南针公司,以审查可否换用廉价药品。指南针公司会审查医院的账单,帮助病人读懂账单,并在高收费问题上提供协助。

雇主聘用指南针这样的公司(或是它的竞争对手投光保健公司、变换医疗保健公司等),是因为后者做出承诺,这笔人均 50 美元的投资项目,在不损害医疗质量的前提下,能让每个病人都有节省。指南针公司宣称,截至 2016 年末,它已经为客户累计节省了 3.75 亿美元资金(但当西南大学预算委员会的斯蒂文·戴维森教授要求指南针公司提供实际节省费用的清单时,他的请求遭到了回绝)。

不过,对于类似的"可信任"向导,病人往往不是它唯一的,甚至不是主要的顾客。很多为病人争取权益的公司也在经营着一笔好买卖,以协商的方式向医院、医生和保险公司提供价格信息,因为这几方都想知道,自己的竞争对手在医疗过程中拿到了多少费用。力主医疗收费价格透明的公司往往以收集医疗索赔单为发端,要么从具有所有权的其他公司购买大型索赔单数据库，要么以某种方式对价格实行众包。聘用的公司如果支持"病人权益"或透明度，每个雇主都会向它提供一摞隐藏的保险索赔单，以综合评定在本地可以收取什么样的价格。

戴维森先生说，在一个价格总是很模糊的医疗保健体系里，有的雇员会觉得这样的服务公司很有帮助。该大学聘用指南针公司前，当他需要接受核磁共振检查时，哪怕有骨科医生的帮助，他也无法从当地的几家放射检查中心获得报价单；结果花了3 000美元，而他后来发现，有一家检查中心收费1 200美元。不过，令他感到沮丧的是，在疫苗注射和扫描检查等常规项目上，指南针公司根本不向雇员提供价格清单，以及病人在当地几家医疗供应商那里的实际费用。

也许，有一个很重要的原因：自此，西南大学及其雇员对指南针公司的需求会越来越小。

第八章　科研与利润优先的时代：
高尚事业的堕落

作为美国一家久负盛名的学术机构，马萨诸塞综合医院的一个研究小组在网上发出倡议，以捐款和筹资的方式，为一项临床试验募资2 520万美元。发出倡议的丹尼斯·佛斯特曼博士，在哈佛医学院担任了二十多年的终身教授，一直针对Ⅰ型糖尿病的某种潜在治疗方法展开研究，治疗结果相当乐观。佛斯特曼博士研究的治疗方法可能会改变游戏规则，不但能预防残疾，还能在治疗过程中节省大量开支。但医学研究基金会——就连致力于糖尿病研究的几家大型基金会——都不愿意给她的工作提供经费。如果她的研究取得成功，并不会带来任何商业回报。

1980年代晚期，随着器官移植手术在医学界掀起一场革命，佛斯特曼博士开始从事糖尿病研究。她加入了一个团队，向糖尿病患者体内植入胰岛素生成细胞。他们的努力以失败告终。这段经历让佛斯特曼博士走了十多年的回头路，她主要利用政府提供的基金，重新开展基础研究，对糖尿病发病过程中的细胞类型和免疫路径错误获得了更精确的认识。

她得出结论，可以采用一种名为肿瘤坏死因子（TNF）的免疫调节剂，对路径错误进行修复；人们早就知道，肿瘤坏死因子跟人体的天然防癌机制有关。虽然1980年代开展的临床研究结果认为，肿瘤坏死因子毒性太强，不能直接用于病人，但幸运的是，市场上已经有了一种可以刺激生成 TNF 的药物：卡介苗。这种预防结核疫苗应用时间很长，早已成为非专利药，而且十分安全。

佛斯特曼博士发现，卡介苗的功能十分强大，能够在经过基因预处理的老鼠身上，对既定 I 型糖尿病实现逆转。更令人激动的是，她发现长期罹患糖尿病的老鼠经过卡介苗治疗后，开始重新产生胰岛素。2001 年，这一结果经过报道，让世人无比激动，并被广为转发，但是很显然，这需要通过人体试验得到进一步的验证。"我们一发现这个结果，就找到制药公司，结果他们说：'确实很有意思，不过有个问题，我们想知道，怎样才能让我们有钱赚？'"她回忆说，"'你们研究的是一种非专利药'"（见规则 2，终身治疗优于一次治愈）。

在药品制造商看来，如果能够治愈糖尿病，人们就不再需要胰岛素、注射泵、监视器等，而它们全都是高利润产品。如果真的能够治愈，他们的生意就会迎来灭顶之灾，因此他们提议，让她向慈善基金求援。

不幸的是，作为全世界规模最大的糖尿病慈善基金，每年拿出 1 亿多美元开展糖尿病研究的青少年糖尿病研究基金会（JDRF），多次拒绝为她的卡介苗试验提供资金。赫姆斯利慈善信托是规模最大的私人基金会资助者，同样将她拒之门外（艾柯卡家庭基金会提供了资助，但它无力为整个项目提供全部经费）。问题在于，很多慈善基金组织不再把自己视为募资推动科研项目的资金提供者，而是新型治疗方法的投资者。作为非专利药的卡介苗已经被使用了数十年，它的销售，没法给它们带来赚钱的门道。"现在，基金会需要的是产品的股权，以及能提供回报的产品，"佛斯特曼博士说。

十年前，佛斯特曼博士在李·艾柯卡和一帮热心志愿者的支持下，筹集到 900 万美元，开展了第一阶段的"概念验证"试验；试验表明，长期罹患糖尿病的病人在接受卡介苗治疗后,也开始产生适量的胰岛素。2012 年,她发表了试验结果,人们对卡介苗的兴趣陡然上升。意大利和土耳其研究团队的研究结果,印证了这一发现。美国国家卫生研究院考虑用它来治疗一种名为干燥综合征的腺体疾病。

据估计,更大规模的试验将耗资 2 500 万美元以上;目前,她在实验室的网站上展开了众筹。"马上捐资!""举办专门活动,或成为募捐者!""登记获取邮件资料和新闻报道!"她指出:"在没有脸书和推特的时代,我不可能做到这一点。"2015 年,试验工作如期开展。

一种新的模式:医疗慈善的愿景之变

1920 年代初,弗里德里克·班廷及其同事发现并分离出胰岛素;他们将其作为"献给人类的礼物",专利许可的价格是 1 美元。原本让孩子从发病到死亡只有数月的 I 型糖尿病,突然间成了一种慢性疾病。时至今日,胰岛素已经成为 I 型糖尿病治疗中的关键要素。

20 世纪初期,陆续出现了按病种划分的慈善基金会,为基础研究的开展提供资助。出生缺陷基金会专门针对小儿麻痹症,向数十万捐资人筹集资金,为沙克疫苗和沙宾疫苗的研制解决了相当一部分经费。该基金会从未考虑过靠这两种疫苗赚钱。第二次世界大战后,创建于 1955 年的囊性纤维化基金会,向确认疾病缺陷性基因的科学家提供了资助。美国多发性硬化症学会创建于 1946 年,为发现与疾病相关的非正常脊髓液蛋白的哥伦比亚大学科学家提供了资助。一群糖尿病患儿的父母对美国糖尿病学会这一老牌机构缓慢的工作节奏颇有微词,于 1970 年成立了青少年糖尿病研究基金会,致力于将研究项目转化为治疗手段。

1990 年代,上述基金会和他们的病人往往对美国日益兴旺的制药业和医疗器械制造业敬而远之。艾滋病患者联合起来释放力量（ACT UP）是一个为艾滋病治疗呼吁的团体，它把制药厂视为对手。但是在近年间，随着该产业利用企业资金拉拢基金会及其下属成员，如举办患者会议和休假活动，为支持团体和内部通讯提供经费等，患者团体和制药公司找到了共同点。它要么教病人写博客，要么雇佣他们作为疾病代言人或"形象大使"。

2015年，数百名Ⅰ型糖尿病儿童及其家人相聚在佛罗里达州奥兰多市的迪士尼乐园，参加了糖尿病儿童基金会举办的为期一周的"终生的朋友"聚会。对与会者而言，那是一次快乐而有益的年度盛会。小孩子可以跳舞，参观游乐园。父母和（外）祖父母可以听讲座，了解糖尿病控制和治疗手段的最新进展。学者和制造商可以招募孩子开展临床试验。在展厅里的一个摊位前，只要回答一个简单的问题，并把答案写在白板上，孩子就能得到浮水气球或文身图案。"你对糖尿病的未来有什么期待？"答案基本上大同小异："治愈。"不过，为这次聚会提供资金的几十家参展商和赞助商全都盯着另一件事：推销价格更加昂贵的治疗方法和医疗器械。

在过去的二十多年里，班廷在胰岛素上的重大发现被制造商作为了营利手段；他们卖的是高利润的胰岛素改进品种和治疗器械，每改进一次，就将价格抬高一截。先是简单的注射器被一种笔状注射器所取代；随即，夹在皮带上、通过一个微型导管完成皮下注入胰岛素的小型注射泵又超越了笔状注射器。无需通过扎手指测血糖，新型监测器平放在皮肤上，就能让病人实时了解准确数值。这样的进步能让Ⅰ型糖尿病患者过上更加充实而积极的生活。但是与其价格相比，有些技术进步的作用并没有那么大。

另外，在2010年至2015年间，尽管治疗方法上很少取得重大进展，但用来控制糖尿病的胰岛素和其他产品的价格仍然不断攀升。胰岛素不同剂型的建议批发价上升了127%～325%。优泌林是使用最广泛的胰岛素；2012年至2015年间，患者的平均月度批发价从258美元增加到了1 100美元左右（见规则4，随着技术的成熟，价格不降反升）。

注射泵、检测仪、测试带的价格十分昂贵，一年的共付额额度往往有数千美元，甚至是数万美元。三十六岁的糖尿病患者凯瑟琳·海丽住在孟菲斯，我在2014年的一次报告会上认识了她。"看上去就像一部BB机，"她如此描述绑在牛仔裤腰带上的注射泵，"塑料的，靠几节5号电池驱动，除了房子，这是我最贵的东西。"

风险慈善的发明

2014年，很多疾病基金会的态度和使命经历了一次重大变化，原因是多年来，囊性纤维化基金会向马萨诸塞州一家小型生物科技公司提供资助，并意外获得了33亿美元的回报。它为福泰制药公司先后投入1.5亿美元，最终生产出凯立德克（Kalydeco）；这是用于治疗囊性纤维化疾病的第一个拳头产品，2012年获得FDA的批准。两年后，基金会将药品特许权卖给了一家风投公司，立马获得超过30亿美元的收入，相当于它在一年内所筹资金的三十倍。

突然间，各大基金会采用"风险慈善"这一诱人的新型商业模式，将钱投向药品、器械和生物技术公司，并期待获得经济回报。从一开始，哈佛商学院的那帮人就对此心神不定："福泰公司的董事会和囊性纤维化基金会，一个是逐利型公司，一个是非营利性机构，怎么可能达成各自的目标？"它们之间的合作会给病人带来什么影响？对新药的价格又会带来什么影响？通过这样的投资行为，医疗基金会可以分享公司利润，虽然是间接的。

凯立德克可以向引发囊性纤维化疾病的生化缺陷发起攻击，疾病产生的黏稠分泌物会造成肺部和其他器官的栓塞，由此需要反复住院治疗，并可能导致早期死亡。福泰公司为自己的新产品定了高价：一年30万美元，此举立即被29名囊性纤维化疾病专家批评为"昧着良心"。风险慈善在调动新药研发积极性上功不可没，但在确保价格的亲民方面动机复杂，因为囊性纤维化基金会能通过产品销售获得特许使用费。长期担任药厂经理的约翰·拉马廷纳说，基金会不带任何附加条件的合作模式让他十分吃惊；他不明白，为什么没有"对新药限制价格的条款"。时任囊性纤维化基金会董事长的罗伯特·J. 比尔说，他就价格问题向福泰公司"表达了关注"，但没有采取控制手段。比尔先生一年的收入是110万美元。

对福泰公司和投资者来说，凯立德克只是一个成功的开端，尽管它获得批准，可以在仅占4%的囊性纤维化病人身上使用，这只是一个十分有限的市场。2015年，福泰公司设法让另一种新药奥康必（Orkambi）获得审批通过。这种药将凯立德克的活性成分跟另一种非常近似的药品进行了组合。公司表示，它开展的研究项目表明，这种复方药对一半以上的囊性纤维化病人有效。该数据未能完全说服FDA的统计员：福泰公司用来验证复方药的是一种无效对照剂。他们指出，这种复方药对肺部功能的改善作用仅约为3%，因此与凯立德克的功效相比，并不具有显著性或统计学差异。不过，奥康必最终得以审批通过；于是，大家看到了熟悉的一幕：福泰公司提供病人证言，并拜托审查委员会让这一药品获得通过。"从表面看，奥康必可能并没有给我的肺脏功能带来重大改变，但我在这里要说的是，确定无疑，这种药救了我的命，"来自密歇根州安阿伯市的杰夫·马斯特斯说道。三十六岁的他同时强调，他目前正在参与5 000米长跑。审查委员会别无选择：奥康必是"安全和有效的"。

《波士顿环球报》指出，福泰公司［于2014年］从剑桥市搬到波士顿范恩码头区一个价值 8 亿美元的新厂区,成为该州最大的一家生物科技公司,市场估值超过 300 亿美元,尽管二十六年间,除了一年之外它年年亏损。这一新药品种有望给福泰公司的十几名高管人员带来超过 5 300 万美元的一次性奖金。

随着其他疾病基金会围绕风险慈善这一融资模式运营,一种新型的药品基金会管理者上台了。衡量成功的首要尺度似乎是融资,而不是治疗疾病。

2010 年,青少年糖尿病研究基金会委任科技创业者兼慈善家杰弗里·布鲁尔担任首席执行官,他有个患有糖尿病的儿子。新任副董事长戴维·惠顿博士是一名精神病医生,上一份工作是担任美国制药研究与生产商协会主席。基金会正儿八经地搞了一场"更名"活动,以"更准确地代表它所从事的工作":自成立以来,它的目的一直是找到 I 型糖尿病的治疗方法,不过新的使命"不仅要朝着治愈而努力,同时也要考虑治疗并防止 I 型糖尿病"。2012 年,基金会委任了首名投资机遇研究事务主任。"该组织的目的从与学界合作,转向了与产业合作,"差不多在同一时间离职的一名前任官员对我说。

2015 年,青少年糖尿病研究基金会在网站上列出了二十八家产业合作伙伴。它向美敦力公司提供了 1 700 万美元资金,用于开发一种葡萄糖监测器;它与坦德姆糖尿病制药厂合作生产一种新型的双室注射泵;它向总部位于新泽西的医疗器械制造商 BD 公司提供资金,用于开发能减轻痛苦的小型针头。2013 年末,青少年糖尿病研究基金会宣布,它将"通过股份方式",与风投资本公司"纯科风投"展开合作,为新建的糖尿病制药厂提供资金支持。

美国的囊性纤维化病患者仅有三万余人,因此是一种极端罕见病。囊性纤维化基金会将资金投向一家几乎没什么资本的小型制药公司,没有人敢保证,它生产的新药能否发挥作用,因此,该基金会是在支持一家风险极高的企业。然而，受Ⅰ型糖尿病影响的人有数百万之多。作为全世界最赚钱的医疗器械生产商，美敦力公司并不需要青少年糖尿病研究基金会提供的几百万美元，用于系列改善葡萄糖注射泵和监测器。不过，因为要共享利润，该基金会很少有兴趣在价格亲民度上发出呼吁。

截至2013年，青少年糖尿病研究基金会为研究项目提供的资金创下十年来的新低，与2008年相比减少了30%，但用于非研究项目的资金却有所增加。因此，佛斯特曼博士开展的工作不符合它的标准。

"如果出生缺陷基金会当初也按照现在的基金会模式运作，我们可能会用上由iPhone应用程序控制的五色人工呼吸器，那么，我们可能就不会有廉价的脊髓灰质炎疫苗，"在布朗克斯区阿尔伯特·爱因斯坦医学院糖尿病研究所担任安妮塔-杰克索茨荣誉主席职务的迈克尔·布朗李博士说；作为一名Ⅰ型糖尿病患者，他一直对青少年糖尿病研究基金会持批评态度。现在，医学领域里的每一项好成果，似乎都要采用一种前景广阔的商业模式。

带广告的"圣经"

近一个世纪以来，为保证了解最新的处方药，每年每个医生都会领到一本新版的《内科医生案头手册》（PDR）。《案头手册》对所有批准使用的药物剂量、副作用、半衰期、相互作用、化学结构和临床试验结果做了分类排序。

这是一本广受推崇的处方"圣经"，由一家名叫医学经济的公司出版发行，所需资金主要来自制药企业；互联网的出现，以及药品营销手段的快速发展，给这本书带来了巨大的威胁。它原先的售价一直比较合理，基本作为一种公共服务产品发放到医生手中。没有广告，使命简单，就是让医生了解准确而最新的信息，让病人用上该用的药品。

2012年，为了把《案头手册》推入数字时代，医学经济公司雇佣具有制药背景的硅谷创业者兼医疗保健企业管理者史蒂芬·G. 巴克担任战略及创新高级副董事长。"公司当时并不具备这种转型所需的技能组合，"他说。

之前的十余年间，制药企业对《案头手册》的态度也相当矛盾，因为书里提供的信息过于枯燥客观。制药企业已经具备各种营销手段，可以直接找到医生和病人，以更打动人心的方式（就算并不总是那么精准），向他们提供所需要的信息。

日臻成熟的新型商业企业，为制药业提供了左右医生的新机遇：在某款广泛使用的电子医务室软件上，当医生开写处方时，制药公司的广告和促销信息会密布界面。对于进入医务室的电子推销和购药打折券，医生们表示容忍，因为政府强制改用电子病历和电子处方的要求，需要耗资数万美元，而上述软件提供了一定补贴。"执业融合"是对小型执业者颇具吸引力的一款软件包，完全免费。

巴克先生认为，《案头手册》能继续存在下去，当通过保险和使用病人共付额购买药品时，可以在程序中植入药品价格。每个药品条目都列出相近的药品，以及病人所在邮区的价格，便于医生选择价格最低的品种。"《案头手册》具有强大的电子病历系统，可以实现信息安全，"巴克先生说，"如果我们加上价格，会怎样？我们认为，那肯定会激发大家的兴趣。"

有的电子处方软件把价格透明作为自己的卖点，但巴克先生指出，这样的卖点十分模糊，很不"具备操作性"，也就是说，很不具体，无法让病人选择购买其他的品种。例如，电子处方系统"万灵处方签"将药品分三种颜色排列：红色、绿色和白色。红色表示非常昂贵（多少钱？跟哪种药品相比？）。绿色表示有价格较低的替代品种（但对它可能是什么品种或购买地点都没有做出说明）。白色表示最佳选项。

为了把真实的价格信息写入《案头手册》，巴克先生试图收集各种信息，但他碰了壁：药品供应链上的每一方都知道各自花了多少钱，但谁都不愿意向他提供手里的信息。"药品福利管理者、药房、制药公司、保险公司是既得利益者，他们全都守口如瓶，"巴克先生说。

巴克先生很快就丢了工作。2014 年，位于新泽西州在《案头手册》系统持有多数股份的李氏股本合伙公司与药品营销龙头企业 LDM 公司合并，并接管了后者。此后《案头手册》不再给医生和病人提供与价格透明拥抱的机会，转而依赖药品广告，"在正确的时间向处方开具人提供正确的信息，为药品营销人员和付款者等人提供帮助"（楷体为我所加）。刚满一年，李氏公司就将《案头手册》转卖给私募股权公司金仕达资本及其下属公司 PSKW（药品制造公司提供的共付额卡，即由该公司派发到病人手里）。

近一个世纪来，处方开具人一直把《案头手册》当作"综合性可信赖药品信息的代名词"。从今以后，这个令人信赖的品牌将被用于药品营销和推广。

服务于医学——及金钱

2014 年，费城市中心艾尔大厦一套面积 2 600 平方英尺的三居室豪华公寓挂牌出售，价格不到 200 万美元。

这处房产的所有人是美国内科学委员会（ABIM）下属的基金会；它是这家非营利后台机构的衍生组织，委员会的主要任务是对医生进行考试认证。

1998 年，美国内科学委员会公布了 1 700 万美元的总收入。到 2015 年，该数字增加至 5 800 万美元，几乎全部来自医生的考试和认证业务。每年，这笔收入中的相当一部分被转入了其附属机构，即美国内科学委员会基金会（也就是那套豪华公寓的拥有者）；2000年左右非营利性的内科学委员会创办了这家非营利性的基金会，目的是要提升"医学职业化水平"。非营利性的医院和医学协会设立非营利性的附属基金会，在医疗界是一种普遍现象。这些基金会有时候表现确实不错：美国内科学委员会基金会发起过一项名为"明智选择"的活动，旨在鼓励医生采用昂贵而非必须的治疗手段时要多加判断。不过，它们往往也像是一些面子工程的前哨阵地，或纯粹是大笔现金的存放处。

美国内科学委员会及其下属基金会的官员是同一批人，但两个机构都给他们发放薪水。对它们之间的关系展开调查的法务会计师查尔斯·克罗尔说，这两个机构的收支细节尚不清楚，因为不知是什么原因，两个组织都把总部位于费城的非营利性机构的固定场所地申报为艾奥瓦州。"这就既不需要向州非营利性委员会提交申请，也不用让公众知晓两个组织接受审计的财务报表，"他说（克罗尔先生展开调查，并在网上公布调查结果后没多久，基金会就将固定场所地正式改为宾夕法尼亚州）。

截至2013年，美国内科学委员会基金会积累了7 600万美元的资金，几乎全部来自其母体组织。对该组织一直持批评态度的医生博主维斯比·费舍尔博士从内科学委员会的多名官员处得知，那套豪华公寓是基金会投资购买的房产，官方目的是用于接待内科学委员会的来访官员，来自印度的一个IT小组，以及开展交流会议等。

实际上，很多医生早就对美国内科学委员会心生怀疑，尽管其领导人克里斯汀·卡塞尔博士是一位非常受人尊敬的老年病医生，同时还是美国医学界的大腕儿。人们普遍指责内科学委员会，说它打着让医生紧跟时代步伐的旗号，经常举办再认证活动；它越来越多地要求医生参加各种考试，学习各种在线模块和课程以及"证书维护"项目，所有的事项都会收取高额费用。"我喜欢医学，就在于其终身学习和终身教育，但内科学委员会真正在乎的并不是这一点,"在纽约州北部地区从事心脏病治疗的克里斯托弗·迪波尔博士说;他还提到,全科医生模块的花费是1 500美元,专科医生模块的花费是2 500美元。

此外,每年医生还必须集满100个绩点,才能得到由Medicare提供的奖励金,方式包括完成内科学委员会开出的课程,参加经内科学委员会批准的会议等;面临评先选优时,很多医院要求盖有内科学委员会的"证书维护"印章。迪波尔博士说,未经内科学委员会批准的会议和在线研讨会不能计入总分。"这就是利益冲突,感觉被讹诈了",他补充说。当加利福尼亚州一位声名卓著的心血管医生就内科学委员会各种"繁重"而"昂贵的"要求在网上提出抗议时,很快就有一万多名医生签名表示支持。

克罗尔先生稍加调查,就发现这个富豪组织对医生提高要求,以及各项收费的原因。内科学委员会及其管理人员有一掷千金的习惯,这实际上让它欠下了数千万美元的债务。在医生参加考试之前,就为后续模块的学习所缴纳的费用,一直是这个组织的收入来源。这就是以考试名义开展的庞氏骗局:法务会计师克罗尔先生说,为实现收支平衡,内科学委员会不得不增加评估项目,并提高各种收费金额。

2015年初,在卡塞尔博士离开内科学委员会前往别处任职后,新任总裁理查德·巴伦博士向医生们发出了致歉声明,说该组织正在重新考虑各种认证项目,并会在未来几年维持2014年的收费标准;他还暂停了一些模块的学习要求。2016年6月,在美国医学会年度代表大会期间,由宾夕法尼亚州医学会举办的一个论坛上,维斯比·费舍尔博士趁热打铁地提议说,应该撤销美国内科学委员会基金会。

差不多与此同时,那套价值230万美元的公寓房亏了血本,以165万美元的价格售出。

进入镀金时代

如果用房地产来代表美国医学界在过去二十多年所经历的经济轨迹,那么最好的象征莫过于伊利诺伊州芝加哥市北沃巴什大道 330 号。这座五十二层高的大楼由路德维格·密斯·范·德·罗设计建造,可以纵览密歇根湖,既是一座地标建筑,也是一个工程技术奇迹;1972 年,大楼交由 IBM 公司使用;几十年来,入住过不少公司总部。

后来,IBM 公司搬走了;2010 年,朗廷酒店接管底下十一层,开了一家豪华的五星级酒店。2011 年底,管理层宣布,一家大型承租户的全部员工搬入了北沃巴什 330 号;为向美国医学会表示敬意,大楼将更名为 AMA 大厦。

1847 年,250 名医生在费城创建了美国医学会,并公布其目的是"推动科学进步、制定医学教育标准、启动医学伦理项目、改善公共健康"等。当然,美国医学会长期以来也追求过其他利益,并在政治生活中巧妙地成为这一职业的代言人。1962 年,米尔顿·弗里德曼将美国医学会称为"美国最强大的行业协会";比如,为达到限制竞争的目的,它严加控制医学院和训练岗的数量,并通过诉讼对护士和正骨医生的执业能力加以限制。

不过,就传统而言,美国医学会开展的科学和专业活动,仍旧与其身份相一致。它出版的《美国医学会杂志》仍是全世界流通最广的综合性医学期刊。出于医学原因,它参与过公共辩论:1985 年,它在历史上第一次呼吁国会采取广泛的禁烟措施,包括取消对烟草种植者的联邦价格补助,并提高烟草税收。多年来,大多数医生都加入过美国医学会,以缴纳会费的方式获得期刊,并与同僚们保持联系。

然而,到了 1990 年代末,随着业内同僚关系(以及会员人数)式微,美国医学会更多地开始尝试商业模式。1998年,它与阳光电器公司签署协议,允许该公司的医疗设备使用学会标志,以换取现金回报和在产品包装中附带学会文献等特权。该协议在遭到一个伦理特别小组的指责后随即被废止;该小组当时认为:"作为一个行业协会,美国医学会不应也不能成为一门利润最大化的生意,只顾追求永恒的增长。"

仅仅过去了十五年,美国医学会就成了一条九头蛇,在维持非营利性团体身份的同时,俨然是一家经营多种生意的大公司。只有25%的医生加入其中。2002年至2011年间,会员人数从27.8万人降到了21.7万人,尽管现在又出现了上升势头。

虽然美国医学会现在的政策——比如是否支持《平价医疗法案》(它持的是支持态度)——仍关乎所有医生的命运,但它的收入不再依赖会员费或杂志广告费。美国医学会现任首席执行官詹姆斯·马达拉博士告诉我,它现在有"七八九种不同的收入来源",其中利润最高的几种都跟商业有关。我与他会面的地点位于死一般沉静的公司总部,里头挂着昂贵的艺术品,密歇根湖(和特朗普酒店大楼)的景色摄人心魄,宛若机场的头等舱候机室。

最值得注意的是,美国医学会拥有《现行程序术语》(CPT)中全部编码的版权,这些代码是开具账单的基础要素。它将编码手册出售给医生、医院和研究人员。它要求在产品中使用这套编码的公司(如催账公司)支付版权费和登记费。编码所有权为它带来了金钱和权力。任何新型的治疗方法,或是医生和病人间的互动,如果需要开单收费,必须由美国医学会下属的17人CPT编撰小组经过讨论,并生成一个医疗术语代码。

在跟阳光电器的合作以失败告终之后,尽管美国医学会制定了企业关系指导意见,但那笔交易现在看来不过是将时间提前罢了。目前,美国医学会组建了多家企业。它与跨界系统公司有合作关系，而作为收费及催账公司的跨界系统，可以"在未付费保单和病人超期欠款方面为当今医疗界提供增收的机会"。例如，美国医学会就减肥和服药依从性，尝试过开发智能手机应用程序。按马达拉博士的话说，它跟马特尔公司有一定的"关系"，后者是一家科技孵化公司，向七十多家医疗保健公司提供过资金。

美国医学会基金会目前由一个企业圆桌会议主持；这是一个"由主要利益相关方组成的群体"，在美国医学会开会并讨论"它们在美国公共卫生方面的共同责任"。其铂金、黄金和白银级会员全都来自药品制造或医疗保健企业。

每年，美国医学会都要拿出2 000万美元以上的资金开展游说活动。2015年的前三个月，它的游说活动资金位居全美第三名，仅次于美国商会和美国房产经纪人协会。其政治行动委员会提供数百万美元经费，用于开展各种活动，并为有志于政治事务的医生举办工作坊。

过去的十年至十五年间，美国医学会的主要焦点是医疗经济，比如就计算方法的"惯例性、通常性和合理性"对保险公司提起诉讼，就Medicare公开发布医生收费的行为提出反对意见等。它规模最大的专项游说行为二十年如一日，与可持续增长率，即政府削减医生收入的提案展开斗争；它每年都要设法阻止医生收费修正方案的实施。

我们很难想象，现在的美国医学会曾一心向烟草行业发起过全力攻击。沃尔格林公司是其企业圆桌会议的黄金级会员，在CVS这样的大型药品连锁店都按照规定停止销售香烟之后，它仍然拒绝停售。目前，对医生收费修正方案的需求已成为历史，美国医学会似乎再次增强了社交意愿，既致力于防止Ⅱ型糖尿病的研究项目，也在药品广告上发出反对声，因为它认为这种行为只会助长无效而昂贵的治疗。

地盘之争与贸易战：
医学团体纷纷组建超级政治行动委员会

美国医学会的会员人数曾急剧减少，一个重要原因是现在的专业化医学团体数量太多，大家都在不惜一切代价地提升自己的利益。总体而言，医疗行业已经成为全国规模最大的游说团体，每年花费的金钱接近5亿美元。2015年，石油和天然气行业的相关投入是1.3亿美元，证券和投资公司投入约1亿美元，防务/航空航天仅投入7 500万美元。

各个专门委员会大都很有钱。尽管很多团体的成立时间不到十五年，但有些专委会下属的政治行动委员会向申请人提供的资金，跟美国医学会的政治行动委员会不相上下，甚至更多。目前，放射医师学会、神经医师学会、骨科医师学会、心血管医师学会、家庭医师学会、皮肤病医师学会、急诊医师学会等，都设立了政治行动委员会。在2009年至2010年选举期，骨科医师学会的政治行动委员会从4 500多名募捐者那里筹集到300多万美元的经费。

美国放射医师学会的政治行动委员会规模最为庞大，每年花费接近400万美元。2002年，美国放射医师学会将自己的纳税身份由501（C）（3）（慈善）调整为501（C）（6）（非营利性商业联盟），这样，它和它的下属成员单位就可以提供更多的政治捐款。类似团体的目的是"改善特定行业或社区的经营环境。与慈善捐款不同，向501（C）（6）类组织的捐款不能予以抵扣，但可以作为行业成本或商业成本予以抵扣"。

面对削减医疗开支的改革，同时意识到广大医生正在同大企业作斗争，各医学团体开始愈加强势，敲响了政客的大门。"医学团体意识到，医院和制药厂正在国会山挥金如土，因此，如果国会议员对账单存在疑问，我们希望成为他们要寻找的那个人，"在圣迭戈担任骨科医生，并在美国骨科医师学会医疗保健网络委员会担任主席的亚历桑德拉·佩奇博士说。

不过，这种努力并非总是令人尊崇。麻醉医师开展抗争，并为镇静药丙泊酚成功争取到标注，即它必须只能由"接受过全麻培训的人员"实施操作。与此同时，胃肠病医生据理力争，不遗余力地开展游说活动，要求删除这一限制性标注。他们指出，在他们的监督下，护士完全能够胜任这项工作。

在各州层面，医学团体及其下属的政治行动委员会推动制定了"执业范围"的法律法规，规定什么样的专业人士可以从事什么样的工作。医生一直竭力阻止药店注射流感之外的疫苗。他们要求备有肾上腺素笔的学校遵守由聘用医师提出的各种规则。2007年，北卡罗来纳州的牙科检查人员委员会对采用过氧化氢漂白剂进行牙齿美白服务的沙龙和浴场发出了停业令，指责后者开展的牙科业务未经批准，并坚称它们会因此受到刑事处罚。对病人有益的东西，似乎总是姗姗来迟。

2012年伊利诺伊州的代表丹尼尔·伯克提出一项议案，要求医生在采取某一治疗手段前告知病人，医院是否在病人的保险覆盖内，以免莫名出现网络外医院收费问题。议案未能通过。伊利诺伊州医学会号召医生组织了一次游行，在立法机构大门外堵成一团，声明此举将加重医生的负担，并"可能对病人形成伤害，因为治疗措施往往会由此而延误"。

也是在这次立法会议期间，伊利诺伊州医学会共同挫败了多项法案，两项是未经医生转诊，理疗师可以对病人采取治疗措施，以及心理医生可以给病人开具处方，另外一项可有效防止陷入医疗补助保险欺诈的医生遭遇强化审查。另一方面，该学会的立法努力取得了胜利，允许医生对五个全职医师助理提供指导，并按照医生本人的治疗标准开单收费。现在，伊利诺伊州的医生可以同时在六个地方开展执业。

谁来制定规则？

2012年，在沃尔特里德国家军事医学中心担任皮肤科主任多年、且同时担任美国国家卫生研究院成员的著名学者型医生斯科特·诺顿博士，急于加入由美国皮肤医学学会和其他专业性皮肤病学会召集的一个专门小组，以对其专业领域内最昂贵的治疗方法，即莫氏手术的合理使用问题展开评估。过去十余年间，莫氏手术作为切除良性皮肤肿瘤的众多治疗方法之一，一直在Medicare"存在误估可能"的CPT编码上排名第一（若某一治疗方法的使用频率急剧增加，Medicare会视为危险信号，这意味着该治疗方法的报销标准过高）。

1936年，莫氏手术取名于普外科医生弗里德里克·莫斯；它需要在病变部位连续切除组织标本，直至增生现象彻底消失。莫氏手术主要用于治疗基底细胞癌，以及生长缓慢且没有转移出原有部位的良性病变。连续切除法能够避免毁容，并保持重要机能，如闭眼等动作。大多数医生一致认为，莫氏手术适合类似的病例。然而，这一技术现在被应用到更为广泛的病例之中。

1992年至2009年间，美国Medicare参保者接受莫氏手术的费用增加了700%，尽管几乎没有证据表明，针对诸多病例所采用的莫氏手术比便宜的治疗方法更优越，后者包含了刮擦、剪切，甚或利用膏药形成化学灼伤。价格是普通治疗方法和莫氏手术的主要区别，也就是几百美元跟1万美元，甚至是2万美元的对比关系。莫氏手术之后，往往要接受整形手术，对皮肤缺陷进行修复（见规则1，治疗更多往往效果更好。价钱最贵成为默认选项）。

对大多数良性的皮肤肿瘤而言，"决定采用莫氏显微手术，很可能更多地考虑了治疗提供方的经济利益，而非病人的实际临床利益"，哈佛的皮肤病医生罗伯特·斯特恩写道。他同时指出，2012年美国在莫氏手术上的花费估计超过了20亿美元，其使用范围相当广泛，甚至是脸上和手上的敏感部位。明尼苏达州的使用率是53%，新墨西哥州的使用率则只有12%。斯特恩博士估计，那一年，Medicare近2%的受益者接受过莫氏手术。

专家小组的任务，是就何时采用莫氏手术对病人有利这一问题上，形成一致而科学的专家意见。不幸的是，诺顿博士对这次活动有如下描述："问题和方法的设计，就是要最大化地拓展市场和应用范围。"诺顿博士和小组的其他成员要大量地面对不同的假想情景——癌症的类型、大小，所在的部位等——并在1至9的范围内，对每一种情景是否适合采用莫氏手术做出评判。得分在7至9的各种情景视为适合接受手术（有人给每一种情景都打了9分，但仍旧在位）。有很多情景的得分在3至7之间，于是专家小组被迫采取多轮投票，强行将中间状态重选为"适合"或"根本不适合"。目的一旦达成，投票结果就会被写成"一致同意"。

诺顿博士说，会议开到最后，那架势就像"我们在90%的情景下都达成了一致意见"。他还说："原本具有争议的很多东西，现在看上去都有了肯定的结果，并且意见一致，这让我们很多人感到十分吃惊。怎么会这样呢？我们真的很难受。"

后来，美国皮肤医学学会和美国莫氏外科学院将新的专家组指导意见发布在学术期刊上，并将分发给保险公司；这给皮肤病医生提供了一层科学光环，让他们几乎遇到所有病情都可以采取莫氏手术治疗方法；这样他们就能报销相应的费用了。诺顿博士有一种被利用的感觉："他们说，我们要努力保护病人，但真正的意思是，努力通过不必要的治疗手段，收取非分的费用。这不是医学问题，这是生意问题。"

尽管皮肤病医生每星期的平均工作时间仅有三十至四十小时，既不用看急诊,也不用值夜班,但自诩为莫氏外科医生的医师跟心血管医生和普外科医生的薪水不相上下。2014 年,约翰·伯内尔和南希·佩洛西从皮肤病政治行动委员会那里拿到了 1 万美元的报酬,其他数十人拿到的数字要略少一些。

诺顿博士的经历,凸显了我们在循证医学的过程中存在的瑕疵。何时,以及多久实施相应的治疗手段,规则的制定者正是据此赚钱的专科医生。医学团体解释说,专家是最适合对最佳治疗手段开展评估的人,但很明显存在利益冲突。某位皮肤病医生一旦给自己的医务室装上设备,准备开展莫氏手术,那么他的病人接受莫氏手术治疗的可能性就更大了。

斯特恩博士很想看到有大规模的随机研究项目,将莫氏手术和效果类似的简单治疗方法对比研究。但他说,没有这种可能。因为参与其中的莫氏外科医生,几乎没有兴趣去证明,低廉的治疗方法同样管用。

在其他领域,类似的规则也是由专科医生制定的:泌尿科医生建议,所有男性都要接受前列腺特异抗原扫描检查,以确定是否患有前列腺癌,这相当于给检查项目和外科手术创造了一个庞大的产业。放射科医生建议,女性每年都要接受乳房 X 线检查。骨科医生认为,膝盖老化中的软骨损伤应当接受关节镜检查,以"清洁"关节空间。牙科医生告诉我们,每六个月要做一次牙齿检查和清洗。

很多类似的建议已经本末倒置:前列腺特异抗原扫描检查往往会让接受手术的男性出现尿失禁或性功能失常,而对生长缓慢的前列腺肿瘤采取简单的切除术,并不会引起任何问题。美国预防服务特别工作组不再将该检查列为常规推荐项目。多项研究成果证实,特别工作组同样建议,在发现乳腺严重异常方面,一年一度的乳房 X 线检查并不比隔年检查具有更好的效果。研究成果显示,对罹患关节炎的膝盖施行去除软骨的关节镜治疗,并不能起到缓解疼痛的作用。

但有些专科医生的举动让人不安,因为他们对这样的研究成果习惯性地视而不见。2014 年末,纽约伦诺克斯山医院泌尿科负责人戴维·萨玛迪博士模仿爆红的"冰桶挑战",开始了他自称的"萨玛迪挑战"。他让女性提醒"生活中的男性"接受前列腺特异抗原和睾丸素水平检查,并把提醒过程录制成视频,再将视频资料上传至互联网。萨玛迪博士在医院主管的项目,正是通过机器人手术治疗前列腺癌,每年的收入在 300 万美元左右。

即便以美国泌尿学会现行的推荐意见来看,萨玛迪挑战也具有争议;美国前列腺癌治疗的首席专家杰拉尔德·乔达克博士一直对该领域的牟利行为持批评态度;他说,根据现行推荐意见,患者应该首先被告知前列腺特异抗原检查的风险和优势,再决定是否接受这一检查项目。专家说,老年男性的睾丸素水平分为"正常"和"非正常"的提法本身就具有争议,因为该数值会随年龄的增长而下降。最近几年,有研究结果发现睾丸素强化剂和心脏病高发率之间的关联,促使 FDA 重新评估这一风险。

医患间的一对一关系,曾经赢得了我们对这个职业的尊敬和爱戴,然而很多人深信不疑,这种关系可能不再是医疗事业的推动力量。几年前,诺顿博士罹患肝癌的父亲去世之前,皮肤科医生给他做了三次莫氏手术。"我跟他说'别做了!'"诺顿博士一边回忆一边叹息,"但他说:'医生给我打过好多电话,他说我必须做手术,他给我看了二十多年的病。'"

第九章　大集团时代

苏珊·弗利和丈夫一直经营着弗利&弗利律师事务所这家夫妻店。这对六十四五岁的夫妻生活在美国梦中：四个子女事业有成，他们自己过上了快乐的退休生活。2009年，弗利在旧金山南边的米尔斯半岛医学中心接受了膝关节置换手术。她对我说："膝盖手术真的很神奇——我又回到了从前的日子，"她还指出，做手术前一年的时间里，她几乎无法行走，而现在可以骑车骑马。

在关节置换手术前，她尝试过关节镜手术，通过保险以1 000美元的价格戴过一个膝关节护套，注射了一种提取自母鸡鸡冠、名为欣维可的黏性液体——相当于可用于人体关节的无水防腐剂WD-40，价格昂贵，效果不好；现在她觉得这一针或许根本没有必要，而且收费过高（一支欣维可针剂的药价超过了1 200美元）。她原本就预估手术费会很昂贵，但收到账单后，还是觉得无法理解。

从"蓝十字"寄给她的账单来看，光住院四天的费用一项就高达122 600美元，尽管保险公司砍到了54 000美元，仍相当于每天10 000美元以上。该数字并不包括置换物、外科医生，以及麻醉医生要收取的费用。"收这么高的费用，我都可以带着医生护士去毛伊岛①走一圈了，"她说道。

在她的申请下，米尔斯半岛医学中心给她寄来了账单明细。"术后三天吸氧，收费849美元。子虚乌有。保暖毯，收费75.82美元。无稽之谈。尽管我只置换了一个关节，但有四个不同关节的零部件，分别收费。"尽管"蓝十字"支付了账单的绝大部分，"但我还是付了钱，因为我每个月的退休金有 2 000 多美元，而且会递增。这个制度让我很生气，看上去就是一条贪吃蛇"（见规则 9，开具账单没有任何标准。任何东西，每样东西，都可以挣钱、开账单）。

关节置换是一种相当标准的治疗方法。在广泛被认为具有市场基础的体制下，萨特医疗集团的米尔斯半岛医学中心还能收取如此高昂的费用，集团化是一个十分重要的原因。尽管一直以来各大医院间的同盟关系十分松散，但过去的十年至十五年间，这一趋势出现了加速势头；病人和公司在谈判地位十分不利的情况下，不得不想尽办法，从这些新兴的庞然大物那里争取相对合理的价格。萨特医疗集团是业中翘楚，一些力量稍显弱小的医院集团心生嫉妒，保险公司对它的价格和谈判策略批评有加，经济学家和营销学教授对其成功的商业模式也做过研究。

就美国而言，经由类似套路组建而成的医院集团，即使没有几百家，也有几十家，虽然各自的紧密程度、动机和结果各有不同。

截至 2016 年，纽约长老会医院系统下辖八家急症治疗医院，覆盖区域下至曼哈顿区，上至哈得孙河。在本区域内，它有着 6 000 多名挂靠医生，以及数家门诊诊所。截至 2015 年，由两家具有合伙关系的社区医院合并而成的北岸—LIJ 医院系统是纽约更具野心的联盟之一，下辖十九所医院、三家经验丰富的护理机构、2 500 多名医生、四百所区域性门诊机构，以及多家国际性附属机构。2016 年，它更名为北卫健康集团（Northwell Health）。

2014 年，九十五家医院实现合并，一方面代表着"医院大集团"

---

① 位于美国夏威夷州的一座小岛。——译者

这一新时代的到来,另一方面也创下了十年间的合并数量之最。一项对美国 306 个地域性医疗市场的分析报告显示,没有一个市场具有"高度竞争性",过半市场"高度集中",医疗保健事业往往一家独大。

医疗保健系统的习惯特点,是以合并为手段,提供更加无缝而协调的医疗服务。但这样的动机十分复杂,而且带有一定的商业性。一开始,联合采购可以为医院节省经费,减少冗余,因为医院可以就器械、药品和设备同制造商谈判。但随着时间推移,医院间的同盟关系主要意味着从制造商、保险公司和健康维护组织那里索取高额费用,大家各自为政,摇摆不定。大型医疗中心可以把合并到手的小医院和执业者作为病人的供给源。

经济研究显示,有一段时间,同盟关系的主要作用仅仅是增加收费,因为大医院集团排除了竞争,可以恣意提高收费标准。一个地区只有一家主导性医疗保健系统,会导致费用高出 40%～50%。加利福尼亚州的一项研究成果认为,与洛杉矶相比,旧金山属于萨特医疗集团的势力范围,保费要高出 9%,尽管洛杉矶拥有西德斯-西奈医院和加州大学洛杉矶分校罗纳德·里根医学中心这样的高端医院。究其原因,是洛杉矶的医疗市场上有更多的玩家。同样,2012 年加利福尼亚州开展的一项研究表明,医院合并伴随着心脏手术增加和住院死亡人数增加,说明病人享受的是"次优保健"和"过度治疗";作者提出,没有竞争的医院将更为放纵,只提供有利可图的医疗服务。

"合并之风刮得很猛,结果取决于医疗系统抱持什么样的目标,"曾经在医疗保健行业做过经理,目前在奥利·雅各布斯有限责任公司担任首席医疗保健咨询师和总裁的奥利·雅各布斯说,"如果以改进医疗健和改变成本曲线为目标,医疗保健系统完全可以做到。如果以垄断市场和提价谈判为目的,结果就如你我所见。"

先锋：萨特还是破产

很大程度上，萨特医疗集团由原来的社区医院合并而成，其中的很多医院都有百年以上的历史，主要为加州越来越多的探矿人和采矿者提供服务。它是该公司西部拓荒奠基史的一部分："尽管淘金时代的旧金山充满了名气和财富传说的诱惑，但她不过是一个医疗保健机构。营养不良、瘟疫、猩红热、脑膜炎、伤寒、肺结核蹂躏着巴巴丽海岸"（后者是旧金山红灯区的代名词）。

截至 1996 年，医疗保健行业日臻成熟，位于港湾地区的沙克拉门托萨特医疗集团和加利福尼亚医疗保健系统正式合并，构成了现在的萨特医疗集团的核心部分。其他的医疗机构纷纷自觉加入，因为从经济的角度看，它们别无选择，于是萨特医疗集团迅速成为一个商业帝国。要么加入萨特，要么陷入破产。

成本上升以及医疗付费的衰退，使得医院和医生仅依靠自身力量维持运营，变得十分困难。在 21 世纪最初十年多一点的时间内，加利福尼亚州关门歇业的医院超过了七十家。主要为贫困病人服务，并依靠 Medicaid 维持运营的小型医院都成了弱势群体。

在这种背景下，萨特能够提供战略性的商业交易，收购经济上陷入困境的医院，经过重组并向病人大幅提高收费标准，以扭转命运。或者，它会买下某一偏远地区唯一的产科病房，逼着保险公司和该地区仅有数名员工的大型雇主接受萨特的高额定价。萨特最喜欢从事"零和"交易：如果想把萨特的部分设施设备纳入采购网络，采购方必须照单全收（收购产科医疗服务也是一种精明的市场策略，因为有研究显示，女性对生孩子的地方会产生极大的忠诚度，哪怕价格略高）。

按照它的计算，2014 年萨特集团合并了二十四家医院、三十四家门诊急救中心和九家癌症中心；前不久，它又收编了数千名执业医生。在加利福尼亚州的很多地区，已经没有别的医疗选项。在萨特的运营地区，雇主和有"投保人"的保险公司很大程度上不得不将它旗下所有的医院、医生和收费要求一并纳入自己的保险项目。

萨特大功告成，这鼓励网络外的医疗机构，同样提高了收费标准。特雷西·穆尔在加州康科德市约翰·穆伊尔医学中心做了一次肾组织活体检查，花费15 000美元，这让她吃惊不已；不过她知道，如果在她所住地区的萨特医疗集团检查，价格还会高上20%。南加利福尼亚大学的健康经济学和金融学教授格林·梅尔尼克如此描述这头医疗巨兽："萨特是最高的那棵红杉树，每个人都会在它下面往上爬。"

医生的浮士德式交易

2010年，萨特医疗集团邀请亚历山大·拉考斯基博士加入其日益壮大的医生体系，并提出丰厚的一揽子交易来购买他的执业活动，同时承诺"维持其社区医疗的整体性"。他经营的诊室与萨特集团米尔斯半岛医院仅一街之隔，病人仍旧可以来这里找他看病，所以这看起来是一件很合适的事情（他说，萨特集团提出，年龄偏大的医生不用干得那么辛苦，以此怂恿他们加入）。"这是一桩皆大欢喜的买卖——收入比以前增加25%～30%，而我要养活两个年幼的孩子，"拉考斯基博士说，"但很快就恢复了老样子。"

几个月后，萨特集团控制了他的收费权，比如，诊室的体检收费标准从150美元提到450美元。萨特集团祭出类似的市场力量，保险公司和雇主不得不答应这样的收费标准。"但因为共付额标准过高，给病人造成了很大的负担，"拉考斯基说，"看着自己的病人被耍弄，让我觉得很不舒服。"

之后的两年间,他一直面临着压力,要将大集团的利益放在病人的利益之前。"压力相当大,我要把病人转至萨特医院系统接受检查和手术治疗,而他们的收费往往十分昂贵,"他说,"我的确无法捍卫自己病人的权益。"到 2012 年,拉考斯基跟萨特集团断绝了关系。他加入了由其他独立执业的医生高调组建的联盟体。该联盟体名为半岛个体执业医生(他现已成为总裁),承诺以萨特集团零头的价格,为病人提供更好的医疗服务。

然而,萨特集团在这个地区拥有众多医疗保健基础设施,并对保险议价权起主导作用,因此独立执业的医生被很多保险公司——尤其是那些提供保额较高的保险计划——排除在外,他们要为生存奋斗不止。拉考斯基博士所属的独立执业医师联盟,也就是米尔斯半岛医疗集团公司,跟萨特集团下辖的一家业务繁忙的大型医院达成一项协议,同意接收其富余患者。油水更多、买了商业保险的住院病人,萨特集团的医生留着,健康维护组织的支付比例较低,这样的病人就会被送到拉考斯基和他的同事们这里来。他仍会把病人转到独立的医学中心接受内窥镜检查和放射性治疗,因为那里的收费便宜得多。但这样的情形越来越少,障碍也越来越多。

作为商业武器的电子病历

日渐壮大的医疗集团为保护自己的市场,往往采取各种手段控制电子病历。电子病历这种工具的初始目的,是增加医院和医生间的信息交流。大家认为,在医疗领域建立电子记录,有诸多益处,因此 2009 年美国通过的《复苏和再投资法案》就包含了 190 亿美元的资金,激励对这一技术的开发和利用:"无论在医疗领域还是其他领域,它都是国家在这么短时间内做出的最大规模的基础设施公共投资项目之一。"

奥巴马总统颁布《高新技术法案》后,第一步就要求医生和医院采用电子化病历。几年后提出的第二步要求被称为"有意义的应用"——促使医生和医院采用这项新技术,以保障病人的利益:只需点击鼠标,就能把病历发到其他医院或医生手里,或是让病人无需等着医生的叫号,就能在家里查阅检查结果。

萨特集团拿出5 000万美元,开发并安装了一套电子病历系统。不知有心还是无意,这套名为"萨特社区互联"的电子病历系统成了一道门槛,阻碍着竞争者开展报销额度较高的检查项目和辅助服务。

自然,受雇于萨特集团的医生会将检查项目和手术项目转至集团下属的实验室和手术中心。但这套系统同样鼓励独立执业医生采取类似的做法。因为拉考斯基博士把需要入院治疗的病人转至萨特集团下辖的米尔斯半岛医学中心,所以他必须使用它的电子病历系统,才可以追踪治疗进展,查看检查结果。独立执业医生要使用这套系统,萨特集团只收取几千美元的费用;与通过公开市场,安装一台能满足政府要求的电子医疗系统相比,这点钱只是九牛一毛。

然而,当医生通过萨特社区互联系统申请血液检查或扫描检查项目时,默认受理方却是萨特集团管辖下的实验室或放射诊室。当他们点击鼠标,申请物理治疗或膝关节护套时,除非特别说明,否则同样会分配给萨特集团。例如,对那些想通过奎斯特系统申请血液检查的医生来说,萨特的电子病历系统会将其改写为默认设置。然而,萨特集团在殚精竭虑地固守一条条至关重要的收入渠道时,也让病人和保险公司付出了数百万美元的经费(一些商业实验室采用类似的策略,为医生诊室免费安装电子病历软件,而这些软件设定的程序就是从自己的实验室购买检测服务)。

这种设定是威胁性的,意在将萨特集团为数不多的竞争者赶出业界。半岛诊断图像中心就在米尔斯半岛医院附近,已有三十余年的放射

美国病

检查执业历史；其合伙人贝斯·柯来娜博士认为，该中心目前岌岌可危。这是实情，尽管其收费标准只有萨特集团的六分之一至二分之一。柯来娜博士说，苏珊·弗利做手术前的膝盖护套要价 3 000 美元，但如果在半岛诊断图像中心通过保险支付，只需要 1 200 美元，如果是自付费病人，只需要 500 美元。

同理，像半岛这样的网络外小型检测中心和放射中心，根本没法把检查结果录入萨特的电子病历系统。他们必须发送传真，或者给医生打电话。有时候，这样的额外步骤会给治疗过程带来巨大差异——例如，如果医生需要一份扫描检查结果，以确定手术是否紧迫。有时，这样的额外步骤只会平添麻烦。来自某些地区的转院申请和检查申请，回绝率为 90%。"有些实习医生和产科医生仍旧会把病人转到我们这里，因为他们知道，这里性价比高，"柯来娜博士说。不过，从旧金山到帕洛阿尔托，目前只剩下他们这一家独立执业的放射诊室了。

半岛诊断图像中心试图加入萨特社区互联系统，但萨特集团告诉他们，需要交纳 10 万美元的费用。

政府在电子病历系统上投入巨资，把它视为有益于病人接受医疗服务的一种工具，认为它能让患者的各位医生共享医疗记录。然而，充满竞争的医疗系统根本没有依法照做的经济动机。相反，它往往成为大集团用来保护市场份额或独霸市场的一种工具。

拉考斯基博士说，港湾地区各大医疗保健系统的电子病历在相互交融方面做得比较好，因此，他可以随时从斯坦福大学或加州大学医学中心获得病历记录和检查结果（他们全都依托于同一个供货商，埃佩克）。但很多地方的情形并非如此。贝斯以色列女执事医学中心和布莱根妇女医院这两家声明卓著的医院同样隶属哈佛大学，相隔不到几个街区，很多病人会来这里求医问诊。但它们采用不同的电子病历系统，系统之间互不相干，因此一家医院的电子病历只能下载到光盘上，再步行送过去，或者邮寄给另一家医院。

医院把电子病历的各种缺陷归咎于软件的销售公司。但正如苹果和微软，塞纳和埃佩克这两大巨头当然不乐意让各自的系统间能够轻易展开对话。但是，成功的企业会制造出满足顾客需求的产品。

目前，埃佩克正以 10 亿美元的价格，为丹麦重新打造一个信息技术系统；其基本要求，是具备医生和医院分享患者数据的能力。病人能直接获取自己的医疗数据，系统允许医疗提供方安全地共享转诊申请、出院摘要、各种数据和医学处方。

在美国，电子病历系统逐渐将商业考量置于病人之前。它们之间互相排斥，互相隔离，并没有践行自己的承诺。乔安妮·罗伯茨博士在华盛顿州艾佛里特普照会医院担任首席医疗官，最近获得了医疗保健管理硕士学位。她在医学信息系统课上的一名老师，一开始就表示了道歉："我谨代表信息产业说一声'对不起'。"

合并之后的小型医院

1985 年，萨特医疗集团第一次邀请加利福尼亚州克雷森特市的海岸医院加入联盟，这事儿看上去像是非常完美的结合。当时，萨特集团仅仅是在管理上加以协助，对它的附属医院而言，这是它一贯所能提供的服务。海岸医院仍旧维持其社区所有这一属性，在加州北部偏远的红杉林区为稀疏分布的人们提供服务。据当时还是一名年轻的骨科医师的格里格·邓肯博士回忆："他们保证，我们会得到好设备，他们会支持医生的工作。开头的十八年，我很满意。"

但在 2009 年，萨特集团终止了对地方医院的辅助角色，在全州范围内着手实施合并战略，并称之为"区域化"。该计划将附属医院的所有权转移给萨特集团控制的区域性公司，这类医院大多是方圆几百英里内唯一的医疗服务机构。

区域化导致了高收费：有一阵子，蓝十字蓝盾拒绝与萨特集团签订协议，并指出其收费标准比全州的平均水平高出了 60%。但它最终不得不让步，因为不能让大片地区的病人陷入困境，谁让萨特是这些地方的唯一选项呢。据加利福尼亚州价值信托这一专注于福利的公共雇员团体提供的资料，截至 2013 年，加利福尼亚州收费最高的十家医院中，萨特集团名下的占了七家。

海岸医院的收费标准不断攀升。到 2012 年，萨特集团海岸医院的膝关节核磁共振检查收费标准是 3 383 美元，比距离最近的三家非萨特系的医院高了两倍多，不过后者距离遥远，无法提供实质性的替代服务。2013 年，它向全麻手术病人收取的头三十分钟手术室使用费接近 6 000 美元——不含药费、注射费、无菌设备费，也不含手术医生和麻醉师的费用。到 2011 年，有"做了小手术的病人拿着超过 2 万美元的账单"来找邓肯博士，"工薪家庭面临的经济压力过重，对此不应该视而不见"。

萨特集团和本地区的保险大企业安圣蓝十字就费用的协商陷入了僵局，安圣公司不得不请求邓肯这样的医生，向非萨特系医院申请收治病人的特权。于是，邓肯博士开着车，来到 100 英里开外阿克塔的一家医院，为需要接受低价治疗的病人开展手术，尽管老人和穷人仍旧无法前来求医。当邓肯博士向萨特集团的管理人员指出，购买商业保险的病人为避开大型医院集团的高收费，也在纷纷离城接受治疗时，他说自己听到的回答，是萨特集团会考虑降低选择性医疗服务项目的收费标准，以便业务量有所回归，但急诊项目不会降费——因为身处急境的病人走不了多远。

邓肯博士说，2011 年萨特集团派出代表，改写医院的细则，做了一千多处调整,其中的一个条款要求,董事会必须"忠于"萨特集团。同一年,它启动一项计划,改选了萨特海岸医院多由当地人组成的董事会,代之以并无决策权的"社区委员会";在萨特集团执行区域化战略的二十三家医院里早已发生了同样的一幕。

2012年,邓肯博士被他的同事推选为医务科长,并参加了一次董事会议。"真是让人大开眼界。区域化如果能够提高医疗效率,当然没有问题,"他告诉我说,"但有位经理甚至告诉我们,这不会带来任何效率。不外乎就是控制、提价、签合同、赚利润。"(一位长期受雇于萨特集团,同时也在别处任职的医疗保健经理告诉我:"他们给管理人员支付高薪,收购的胃口也很大。")

2013年12月,萨特集团宣布,海岸医院无法实现财务自给,将会被改造成一家"偏远地区资源医院",病床数从49减到了25。

当萨特海岸医院收到指令,说集团公司正因为经营亏损而考虑终止其妇产科业务时,它早已停止了外科手术业务和临终关怀服务。"我都要疯了,"邓肯博士说,"我们全都吃惊不已。这周围一带连个生孩子的地方都没有了。"由于他将议案泄露给医务人员,董事会在萨特集团一名法律顾问的建议下,对他做了处分。迫于医生的压力,萨特集团保留了妇产科业务。

偏远地区资源医院项目创建于1997年,为偏远地区不超过25张病床的小型医院提供了生存保障。Medicare会为这些医院提供的医疗服务支付更多的经费,与很多政府型保险公司的节省开支措施相比,这是一种豁免。例如,它可以为医院全额支付"摇床"费用,也可以为会被安排到市中心廉价康复机构接受治疗的康复病人全额付费。

在萨特海岸医院的很多医务人员看来,偏远地区资源医院正在被用来谋取利益。萨特集团借助这一项目,将位于加利福尼亚州湖埠的湖滨医院(同样隶属于萨特集团)的规模缩减到了偏远地区资源医院的水平,以充分利用其高额收费的优势。但是,因为小医院床位紧缺,由湖滨医院转来的急诊病人增加了300%,患者和包括Medicare在内的保险公司正面临着一张张大额账单——包括转运病人的急救飞机费用。医院25张病床上常常住满了经过挑选而收治的病人,也就是一些非急重症病人,以及占着摇床的康复病人。

2015年,美国卫生部总巡视员办公室发现,偏远地区资源医院的摇床收费急剧增加,在2005年至2010年间让Medicare多支付了41亿美元。2008年,萨特湖滨医院被改成偏远地区资源医院的次年,在项目下的1300家医院中,它在Medicare支付费用占比中高居第一,比排名第二的多出了24%。随着全国范围内的大鱼吃小鱼,对于这一模式显然其他医院会有样学样。

非全日制急诊室

在纽约市往北大约50英里远的哈得孙河谷,詹姆斯·司考菲斯是五个镇共同推选的纽约州议员。第一届任职期间,他花费大量时间,阻止社区医疗保健机构康沃尔医院(或者按现在的名字,叫圣卢克康沃尔医院),企图取消某些基础服务项目。

康沃尔医院于1931年开门营业,提供创建资金的欧内斯特·斯蒂尔曼医生这样说过:

> 多年前,有人叫我去看一个生病的孩子。患者急需入院才能获救,于是我驱车将她送到附近的一家医院。但医院不肯收治,孩子死了。那场悲剧标志着康沃尔医院的创建。

这家小医院跟它所在的社区一道蓬勃发展,在1960年代增加了40

张病床，又在 1980 年代因为医疗保健宽松的支付政策而兴旺发达。1982 年，医院开辟了 10 张病床的重症监护病房；1986 年，增加了门诊手术室；1990 年，内窥镜中心剪彩。

但是，随着 1990 年代进入健康维护组织时代，医院的收入遭遇了沉重打击；2002 年，它与规模略大的区域医疗服务机构，即位于纽伯格的圣卢克医院合并。在之后的十余年间，康沃尔医院提供的医疗服务项目慢慢遭到削减：截至 2013 年，住院治疗、手术室、精神疾病治疗、产科病房、放射检查和实验室等全都被取消。

2013 年，也就是司考菲斯上任时，圣卢克的病床已超过 200 张，而康沃尔医院的院区，用他的话来说，仿若"一座鬼城"。医疗服务项目仅剩一个由承包人经营的癌症治疗中心，以及医院的急诊室。2013 年 9 月 9 日，圣卢克的管理层在一份新闻稿中宣布，康沃尔医院今后将以非全日制形式开放急诊室，每天晚上 10 点至次日上午 10 点歇业，因为晚间开放只会让它陷入亏损。

过去数十年间，急诊治疗快速实现了商业化，主导力量往往不是病人的需求，而是财务考量。很多州（尤其是得克萨斯州和科罗拉多州）允许开办独立运营的急诊室，所有人往往是具有经营头脑的医生。如果救护车把病人送过来，而且受了重伤，或者病得很重，或者突发心脏病，医生会安排他出院，并把他送到最近的急诊室；这是真正的急诊室，跟医院有关联，有手术室和心血管实验室等设施。病人除了有延误治疗的风险，还要面临两家独立的高水平急诊室的单独收费，以及急诊转运费等。

允许经营独立急诊室的州至少大都坚持认为，急诊室应该全天候地提供各种急救服务，而不应考虑顾客的支付能力——尽管它们无法获得 Medicare 或 Medicaid 的支付，因为政府型保险公司认为，要具备急诊治疗和急诊收费的资格，急诊室必须与一所医院实体相关。

康沃尔医院的管理层以夜间歇业的方式，试图在独立运营的概念上再进一步。在给批准该计划的管理者的汇报中，圣卢克的经理们说，医院无法承担急诊室在闲置时段的运行成本。但医院的纳税记录显示，圣卢克医院向管理者提供的补偿金高达数十万美元；医院的首席执行官阿兰·E. 艾兹洛特（领英资料显示，他现已退休，成了一名"颇有雄心的职业高尔夫球手"）的收入是 70 多万美元。

卷走捐赠的天主教医院集团

节俭的哈维·佩尔是一家器械商店的老板，大家都知道，他开一辆旧车，经常穿一条涤纶裤；当他将 1 000 万美元捐给当地，也就是密歇根州卡迪拉克市的一家医院时，人们十分吃惊。卡迪拉克医院用他捐出的这一大笔钱，成立了一个基金会，用于一些重要的医疗服务。他给女儿留了 4 万美元，给管家留了 1 万美元，孙辈分文未留。

美国的医院大多以满足本地需求为目的，尽心尽力地提供高质量的基本医疗服务，如缝合伤口、切除受感染的胆囊、骨折复位等。如果需要心脏移植，或癌症化疗，你可以前往市内的医学中心。但除此之外，地方医院应有尽有。对此像佩尔这样的病人心怀感恩。

1978 年，纷至沓来的全是购买了保险的病人，随着收入增多，卡迪拉克新开了一家医院："是密歇根州同等规模中设备最好的医院之一。"尽管卡迪拉克医院一度由慈善修女会管理，但最终它落入医疗保健大集团三一医疗公司之手；到 21 世纪时，三一医疗公司已经成为"全国规模最大的多机构天主教医疗保健提供方"，从东海岸到西海岸，下辖九十二家医院。

2014 年 5 月，三一医疗公司宣布，它决定将卡迪拉克医院卖给在密歇根执业的另一家大型医疗集团，曼森医疗保健公司。员工薪水由曼森支付。房屋、扫描成像设备、病床和轮椅等，归属于曼森公司。但三一医疗公司仍保留佩尔先生的捐赠。

凯蒂·赫克尔是当地的一位银行家，也是佩尔家族的朋友；为表示抗议，她辞去了基金会的董事长职务。她在信中告诉我："那些家伙的表现非常糟糕，我觉得他们是这么想的，让这件事情神不知鬼不觉。"收购计划经历了几个月的密谋，但没有人把出售医院的事情告知佩尔的后人，更别说三一医疗公司仍保留家族财产这一点——尽管家族的好几个人都是医院的董事会成员。正式转卖前的一个月，医院派出一位代表，在新年前夜拜访了金尼·麦基，也就是佩尔先生仍然健在的长女。在送达计划告知书的过程中，他们带了一名修女。

几个孙辈十分恼怒。三一医疗公司说，它将确保捐款的使用"符合医院的最大利益"。他的孙女海伦·詹姆斯·乐赫曼给当地的主教斯蒂文·J.拉伊卡写了一封求助信："爷爷的意愿是由卡迪拉克医院保管这笔钱，由卡迪拉克医院管理、投资和使用。"情绪激动的拉伊卡主教给三一医疗公司写了一封信，请求其重新考虑，并强调"尊重捐款人意愿这一重要原则"。

2015年3月，我收到赫克尔女士的来信："我挚爱的家族上当了……愚蠢至极，甚至都不跟我们商量一下。"

合并：让诊室改头换面

艾琳·德波尔德住在新泽西州中部地区，2014年末找到她的内科医生，做了体检和便携式胸部X光透视。让她吃惊的是，账单上光透视一项就超过了500美元，包括一个放射小组的透视说明费用。这毫无道理。她做的胸部透视从来没有收过那么多钱；在诊室做一次胸部X光透视，保险公司只要她交纳25美元的共付额。

很快，她丈夫也发现，医药费发生了莫名其妙的突增现象：过敏检查费从 51.80 美元涨到了 265 美元，糖尿病血液检查费从 102 美元涨到了 172 美元，就连 Medicare 核定的诊室诊断费也从 85 美元涨到了 163 美元。

当德波尔德女士照着账单上的电话打去询问时，接待她的不是原先诊室那位做了好长时间的员工，而是"一位傲慢的收费审查员"；她被告知，医院已经买下那位内科医师的诊所。她的问诊费和检查费现在都由这家医院来收取；医院还要收取一笔"设备费"。

过去五六年间，医院集团不光咄咄逼人地将一些医院和 X 光透视中心收入囊中，还将一些医生诊所也纳入麾下。一个地方的医院大集团一旦收购了医生诊所，往往会出于收费的需要单方面宣布，你看了二十五年病的诊所现在成了一家医院。

费用上涨后，保险公司承担一部分，但病人也收到了更大额度的账单。德波尔德女士购买的保险条款规定，若在医生的诊所做 X 光透视检查，只需 25 美元的共付额，若在放射医师的诊所做 X 光透视检查，共付额为 50 美元。但是，如果在医院做上述检查，则需要先行支付 2 000 美元的自付额度。就因为这个原因，她收到了 500 美元的账单。

就直觉来说，保险公司如果想省钱，就应该给这类游戏画上句号。但在签订保险合同的过程中，大医院有巨大的影响力，因为保险公司的体制需要这样的医院。

马克·古德斯布拉特博士是在长岛独立执业的神经科医生，他再也不能用自己的诊室，为多发性硬化症病人提供注射服务了，因为他们的保险合同规定，这类治疗措施应当在"医院"进行，哪怕收费高出三倍之多。"这些养老院和诊所冒充医院，为病人并不需要的设备开单收费，"他说。

残 局

医疗大集团催生了更大的集团。为保住利润，大型保险公司与它们携手。就医疗器械供应商而言，2015年捷迈并购邦美，史赛克考虑过收购施乐辉。这样，美国的髋关节和膝关节植入物市场就只剩三家大公司。2015年，安泰和安圣两大保险巨头宣布了收购各自的竞争对手，也就是同为保险巨头的哈门那和信诺的消息，此举将大型保险公司的数量从五家降到了三家。安泰和安圣的首席执行官，马克·贝托里尼（2015年的薪酬是2 790万美元）和乔·斯威迪什（2015年的薪酬是1 360万美元）为收购方案获得通过在国会展开了游说活动。尽管一开始甚嚣尘上，他们声称两桩并购案会被作为限制竞争行为而遭到阻挠，但美国司法部还是在2016年7月底做出了阻止并购的裁决。看上去，这就是一场史诗般的斗争。

第十章　利字当头的医疗保健时代

我们现在的医保制度纯粹将疾病和健康作为一种商业目标：增加营收。供应链最优。纳税义务最小。创新性经营模式。商品化。服务提供商。待付医疗账单。"作为一名消费者（原先被叫做'病人'或'患者'），当你罹患疾病，面临20%～30%的共付保险金额时，如果发现自己被列入录用人数最优化的创新性顶级专业药品使用者序列，肯定是一件特别开心的事，"乌维·莱因哈特嘲讽道。作为普林斯顿大学的一名经济学家，多年来他一直对美国医保制度的财务基础提出质疑。

海伦是东部一个大城市的房产专业人士，背部曾长过一个需要手术的疝气包块。于是，在颈部疼痛越来越严重，一只手连同手臂出现麻木和刺痛感时，她明白自己可能需要再做一次手术。核磁共振检查结果显示，有块骨头压迫了神经。

她咨询的第一个医生说不提供治疗，因为她购买的牛津溢价保险支付费用太低。第二个医生此前给她看过两次病，同意收她入院。他的诊所跟牛津保险公司就费用展开了协商。"我求他们给我尽快安排手术——疼得受不了了，"她说。因为有神经损伤，属于急症，医生将手术安排在两个星期之后。她用了一些药，推掉了所有的工作安排。

但是，手术前五天，医生诊室打来电话通知，牛津保险只同意支付不超过58 000美元的费用，而这还不到医生通常收费的13万美元的一半。诊室收费员让海伦交纳23 000美元补齐差额，外加12 000美元的共付额。如果不交这笔费用，手术只能取消；收费员解释说："就保险公司支付的那点钱，我们无法做这次手术。"

大约从 2010 年起，新型医疗收费项目一增再增，一如机票上的优先登机费和靠窗座位费。一些医生自视为诊病好手，开始每年向老病号收取 2 000 美元的执业维持费，或按月向希望当天知晓医疗解答的顾客收取 150 美元的附加费，或是每开一张处方收取 20 美元。纽约市公立学校的一些小孩家长开始收到 300 美元的福利说明，因为孩子去过学校的医务室（外包给医疗提供商），哪怕只是膝盖在操场上擦破了一点皮，或是肚子因为考试紧张而疼痛。

二十年前，一些医生和医学中心也许还会尽量开具平价账单，现在则是将病人的账户转交给收费服务公司、催账公司和信用评级机构。截至 2014 年，信用报告中 52% 的未偿债务来自医疗欠费，每五个美国人中就有一个在信用记录上有医疗欠债，从而影响到他们的抵押贷款或购车。

到处都是钱，钱……

在我读医和执业的日子里，从未见过血友病人；这类患者缺乏基本的凝血因子（即最常见的第八因子），因此会反复出现内出血。治疗这样的罕见病，看上去不像是个赚钱的议题。所以，当我听到采访的一个医疗销售咨询师，并不把血友病视为摧残性的病症，而一种"高净值病症"时，真是吃惊不小。

血友病经由母亲（潜伏性携带者）遗传给儿子；五十年来，不断改进的治疗方法改变了患者的生活。五十六岁的马克·斯金纳在世界血友病联合会做过律师，还担任过主席；刚成年那会儿，他靠一把轮椅打发时间，连最细微的碰撞也会导致出血，从而损伤他的各个关节。现在，多亏了关节置换技术，或是因为可随身携带的小瓶凝血因子，他过上了忙碌而积极的生活，前往世界的每个角落开展工作或旅游观光。他九岁的侄孙子也患有血友病,但他能像同龄孩子一样跑步、打棒球、打篮球。不过,这种病的治疗也滋养了一个十分赚钱的细分市场,在公司、医生,以及通常提供辅助性上门服务的机构看来,每个病人的年净值都在 100 万美元以上。

1960 年代,第八因子经由对捐献血液的不完全提纯,浓缩成一种冷沉淀物;当病人有出血现象时,可以用它注射治疗。几年间,血友病患者的寿命预期就从 1940 年代的十二岁,上升到六十多岁。当时,几乎没有人想过,主要由血库制作的能够维持生命的"冷沉淀物",具有巨大的商业价值。但到了 1960 年代末期,一种新兴产业不再将冷沉淀物称为血液制品,而改名为药品,并收取高额费用后,把它变成了一种赚钱的产品。有了这一创新,百特、拜耳和其他制药公司开始生产第八因子,并将其改良为更易于携带的粉剂,即使没有冷藏条件,也可以保持新鲜。虽然有其他制药公司加入市场,但更为激烈的竞争并没有带来更优惠的价格,每年 3 000 多美元的费用(在当时,这是一个令人咋舌的数字)激怒了很多家庭。

于是,正如天生患有血友病的血友病专科医生格林·皮尔斯博士所说,"药厂、医生和病人在几十年间,就药品的定价、供应和需求而长期演进的复杂关系"由此形成。治疗技术的每一次进步都会带来新的利润,有大有小,也会推动价格的陡然上涨。

可以说,在 1980 年代,先是药厂,随后是血友病治疗中心,都面临着相当大的传染病风险。因为生产一剂新型的第八因子浓缩物要用到数万单位血浆,几乎所有的重度血友病患者都感染了艾滋病和乙肝。原本因为一种顽疾而联系在一起的人们,现在要对抗三种疾病。

之后的几年间,药品制造商迅速采用不同的程序,比如加热、清洗等,杀灭浓缩因子产品中误带的病毒。每处理一次,就会让价格上涨二至三倍。奇怪的是,并没有发生控制费用上涨的价格战——情况正好相反。1980年代末,卡特尔制药公司通过化学提纯法制作了一款产品,它决定跟阿穆尔制药公司通过清洗法制造的产品一样,将售价定为每单位40美分。"他们说,不想有低人一等的印象,所以收费不能比它更低,"一位相关的医生对我说(见规则6,更多的从业竞争者并不意味着价格更合理,反而推动价格上涨而非下降)。

1993年,第八因子的基因排序工作完成后,药厂可以通过重组DNA技术而非混合血浆来制备药品,使其成本更低,生产流程更为简单。然而,新型的基因重组产品的价格反而定得更高了,每单位的批发价为1美元;连同治疗中心的利润(由此说明,不同的中间商会带来更大的利润)在内,普通出血症的治疗费用涨到了4 000美元。旧有的血源制品的批发价相应提高了50%,达到每单位60美分(见规则4,随着技术的成熟,价格不降反升)。

更重要的是,随着基因插入细胞(通常在动物身上进行培育)技术的发展,制药公司不再受制于有限的捐血供应或市售血浆,可以无限量地生产纯净的第八因子。原来,只有出现危重病情时病人才能使用第八因子,现在则能以每年30万至60万美元的费用,将它作为一种预防用药。第八因子的用量翻了四番。患者每三个星期注射一次,再也不需要辛辛苦苦地前往医生诊室,血友病家庭护理产业由此得以蓬勃发展;后者可以进入病人家中,提供第八因子,以及注射服务和辅助治疗。

尽管这种中间服务有时确为病人提供了宝贵的服务,但这一理念很快就转向失控。该产业设计了精明的新型商业模式,刻意绕开法律法规和监管程序。家庭护理公司与特定的制药公司结盟,它不向病人或保险公司收取任何费用,而是根据病人使用的第八因子注射单位同药厂结算费用。这种中间服务的利润很高,公司只需要有几个"客户"就能够实现良好盈利。护理公司向每个"高净值病人"鼓吹,它可以提供开车送医、游园活动、球赛门票,甚至是就业岗位——要是医生、医院或药厂这么做,肯定会触犯法律。家庭护理公司的代表主动为血友病患儿夏令营提供顾问工作,怂恿营员们使用其公司的医疗服务。"在这个领域,你无法创造市场,因为每年就几百个病人,"马克·斯金纳说,"大家只能同类相食。"

这个行业的价格高如登天,不过它想尽办法,让人们对价格无感。一个病人告诉我,他每年的药费是 60 万美元;因为他购买的保险有 40% 的共付额规定,1 月份 5 万美元的第八因子账单,需要他从年度开支限额中自付 9 000 美元。不过,他实际上无需支付这笔费用,它将由制药公司的共付额救援计划来解决。

然而,到 21 世纪初期,血友病产业遭遇了麻烦,因为大多数第八因子产品将在 2008 年和 2009 年失去专利保护。多家公司做好了生产仿制品的准备,价格将会因此大幅下降。美国的每单位售价为 1 美元,而在英国、加拿大和澳大利亚等国,政府同制药公司经过艰难的谈判后,将交易价格降低了一半或更低。

该产业发起"品牌延期战略"的时刻到来了。药厂通过将第八因子附着于另一种分子微粒,使之在血液里停留的时间更长,这一改良产品还降低了注射频率。想想吧,学龄前儿童每星期注射一次,而不是三次,是多么大的便利。这一进步意义重大,众所期待——在专利失效前,制药公司可能且应该为此而努力。

这一进步激动人心,皮尔斯博士因此在百健公司任职;作为该领域的新参与者,2014 年百健公司的长效产品获得了第一份批文。很快,百特、诺和诺德、拜耳纷纷推出自己的新产品。美国市场出现了巨大的商机。每位血友病人都将选用一种新产品。为应对这股热潮,制药公司成倍增加了销售力量。病人数量有 18 000 名,个个都能让人发大财,制药公司雇用了几十个全职代表,向病人推销各自的新型药品。

新型产品的生产成本相对低廉,但制药公司在将其推向市场的过程中却花费了重金：通过临床试验，通过 FDA 的完全审批，组建新的生产能力。不过，皮尔斯博士和马克·斯金纳这两位在血友病领域深受尊崇的领头人，却力主一种投资回报的新理念：降低第八因子（以及可能对治疗并无效果的另一种凝结蛋白质，即第九因子）的销售价格。毕竟，该因子的研究和开发已经实现了数倍于成本的回报，所以降低售价能够拓展其在功能市场的需求数量。因为价格过高，很多保险公司只向尚未出现关节损伤的孩子提供全面预防费用，此举意味着仅有35%的血友病患者能够全面受益。因为价格太过昂贵，现行预防措施提供的最低效度的药物剂量，仅考虑部分的突破性关节出血和非必须的长期损伤。因为价格昂贵，日本等国家拒绝批准第八因子的广泛使用，人们因此仍受制于这一原本可以治愈的疾病。令皮尔斯博士懊恼的是，百健公司的长效产品的每单位价格，是旧版第八因子的两倍多。

血友病是一种罕见病，第八因子的定价基本上代表了一个普遍存在的问题：我们，以及我们的雇主和保险公司购买医疗服务的市场，是一个事事追求利润最大化的地方，并不关心病人的健康。难怪到了2016年，就连如宾夕法尼亚州盖辛格医疗保健系统公司的一些最受人追捧、考虑最周全的健康保险险种也提出要求，要将相关费用提高40%。

第十一章 《平价医疗法案》时代

在医生的建议下,密尔沃基市五十五岁的得布·齐谢夫斯基排期做结肠镜筛查。她有结肠癌家族史;十年前,在她做结肠镜筛查的过程中,曾经被发现并切除过一个管状腺瘤,尽管这种微小的良性病变很少会转为癌症。这是一种有效的预防措施,正因如此,她才会一次次地做结肠镜筛查(五年后的那次结肠镜筛查没有发现任何问题)。

《平价医疗法案》受人推崇的要求之一,是包括结肠镜筛查在内的某些预防性检查项目必须免费,以鼓励人们发挥早期筛查的优势。但是,齐谢夫斯基女士在给诊所和保险公司打电话时却发现,两家单位都将她的检查归为"诊断"而非筛查,因为十年前她就被发现有那个5毫米的良性病变。它们估计,费用约为8 000美元,而她将自付3 000美元。她取消了筛查。

国会就《平价医疗法案》展开了艰难的谈判,但在实际操作过程中,就连一些竭力挽救谈判成果的善意条款也遭到了弱化和曲解,因为医疗服务机构为了实现利润最大化,会想方设法地操弄游戏规则。

人们所称的《奥巴马医改法案》应该为美国的医疗支出建立第一道防线。就很多方面而言,它具有革命意义,它是一种宣示,让每个美国人都能享受到足够的医疗服务,这既是一种指导原则,也是政府的职责所在。为推动逐利型医疗体制转变为更好地服务于病人,它提供了很多重要的激励和规则。

例如，《平价医疗法案》禁止保险公司拒绝向有既往病症的人群提供保险或治疗。在《平价医疗法案》之前，保险公司降低了"既往病症"的定义门槛，将宫颈涂片检查异常、偶发性过敏性哮喘史和使用抗抑郁药都包含在内。《平价医疗法案》取消了保险支出的时效限制，时效限制对于罹患慢性疾病的病人是有不利隐患的。

该法案规定，只要病人在同一网络的医院内，人均年自付费额有一定上限（2016年为6 850美元），旨在避免病人被迫遭遇破产。

它以列表的形式，定义了包含母婴保健在内的"基本健康福利"，每个保险险种都应该覆盖，而原来的很多险种将它们排除在外；它还就某些病种的免费筛查做出了规定。

不过，《平价医疗法案》对失控的医疗支出几乎无能为力。最初，奥巴马总统在法案中加入了好几种实现这一目的的理念，比如在国家层面对药价施行谈判制度。为了让一部医疗保健法案获得通过，并得到美国药品研究和制造商协会、美国医学会、美国医院协会和健康保险计划之类强力集团的支持，政府不得不在直接限制产业盈利能力的每一件事情上做出让步。

即便面临诸多政治压力，《平价医疗法案》还是推动了几项计划，这可能让医疗实践更为经济合算。它通过财政激励，鼓励形成新的医疗架构，比如医疗问责组织和以病人为中心的家庭医疗系统，医疗机构以此组建团队，对病人的医疗保健需求做出反应，并根据协同医疗实行不同的收费，效果好的，还能得到奖励。前政府官员法扎德·莫斯塔夏里博士创建了阿乐戴德公司，致力于通过类似模式，帮助全科医生提高医疗保健水平，并降低医疗成本。不过，医疗保健产业多采用娴熟手法，绕开《平价医疗法案》的善意规定，比如为主张废除法案的共和党人提供资助，以将其对自身业务的经济影响降到最低，从而实现利润最大化。

"发生了那么多事情，无异于对《平价医疗法案》精神的一种诅咒，"在《平价医疗法案》颁布并实施时先后担任华盛顿州代表和州级保险副专员的布伦丹·威廉姆斯律师说，"在医疗保健领域，企业随时都比法规更精明。"

成本逆转：Medicare 药物覆盖的教训

2006 年共和党总统乔治·W. 布什执政期间，Medicare 第 4 部分"Medicare 受益人处方药覆盖"获得通过。之前，政府并不为六十五岁以上的人群报销处方药，因为药品费用往往相对比较便宜。不过，随着 1990 年代药品支出出现上升势头，以及老年人放弃救命药的新闻报道广为传播，政府增加了处方药保险项目。

医疗保健经济学家设计 Medicare 第 4 部分的初衷，是将必要的药品纳入保险范围；它通过激励措施，防止支出失控，以及偶发的过度开药。例如，在 2015 年，病人首先支付 320 美元的自付额，再将 25% 的共付额额度提升至以零售药品计价的 2 960 美元。如果年度支出超过 2 960 美元，病人就触及了大家所说的"甜甜圈洞"；这样一来，他们就必须支付全部花费，使得其在购买并不真正需要的昂贵药物前可以三思而行。病人的药品支出一旦达到以零售计价的 4 700 美元上限，Medicare 将再次接过担子，为其支付 95% 的份额。

一如预期，Medicare 第 4 部分发挥了作用，让老年人具有更强的药品购买力，但这仅仅维持了几年。医疗产业很快就想出对策，从该项政策中获取经济利益，从而动摇了以病人为中心的目标。在 Medicare 第 4 部分接手账单前的数十年间，针对高血压和风湿性关节炎等老年人常见病的基础药物必须实行低定价。然而当老年人的药品一旦纳入保险范围，而且仅需少量共付额时，制药公司提高了定价，并且涨幅不小。为遏制用药需求，保险公司随即提高了共付额的比例。

在 Medicare 第 4 部分的背景下，史蒂夫·卡尔森使用的诺和锐门冬胰岛素越来越昂贵了。该药原来包含在 Medicare 的另一项保险计划中，作为一种医疗用品免费分发。1990 年代，卡尔森先生使用胰岛素的月均费用不足 20 美元，现在的费用约为 700 美元，其中一部分需要他自付。

面对这样的价格，越来越多的 Medicare 病人陷入了"甜甜圈洞"，哪怕他们仅患有两三种相对常见的疾病。曾执教于哈佛大学的胡赛因·纳齐博士和他同事的研究成果发现，与 Medicare 第 4 部分通过之前的情况相比，罹患四种或以上病症的病人，现在更有可能选择停用药物，或是无力支付相应的费用。"从长远来看，"他说，"成本又回到了网络内，甚至变得更高了。"

《平价医疗法案》为弥补这一切给病人带来的影响，规定陷入"甜甜圈洞"的病人无需全额支付专利药费用，而只需支付 45%；它还制订了相应的计划，在 2020 年前填补"甜甜圈洞"。但在此之前，很多老年人仍要面临各种支付挑战。每年，风湿性关节炎和 II 型糖尿病新型药品的零售花费约为 20 000 美元。纵观 Medicare 第 4 部分下的数千个保险计划，按照共付额条款的一般要求，Medicare 病人每年必须为单种药品自付数千美元的费用。

如果对预防腐败没有足够警觉，那么大家就没有理由认为，《平价医疗法案》（继续存在的部分）的规定和激励，将会比 Medicare 第 4 部分，乃至封堵盈利漏洞的修改内容表现得更好；毕竟，医疗保健产业已通过积极钻营，正在消解《平价医疗法案》的善良用意。

政客们搞砸了《平价医疗法案》

《平价医疗法案》建立的医疗保险合作社是一种非逐利型保险，其模式是成员所有，成员主导。严格地说，这样的保险项目算不上真正的"新型"，更多是蓝十字蓝盾风格的非逐利型保险项目的重生而已。它们唯一的使命是利用成员的资金，实现高质高效的医疗保健。

《平价医疗法案》建立了这样的合作社，鲜有媒体报道的原因之一，是很多医疗保健专家将其视为对奥巴马总统最初承诺的"公共选择"的一种致歉性替代。"公共选择"这一理念指的是，将提供一种全国性的医疗保险计划，或是政府允许任何人将 Medicare 选做自己的保险公司。政府断定，保险行业的反对将会阻挠《平价医疗法案》获得通过，于是放弃了这一理念。根据"公共选择"的要求，商业保险公司将与政府保险项目就病患展开直接竞争。

在很多人看来，合作社是一个令人失望的替补角色，准备并不充分；"公共选择"胎死腹中后，匆忙组建的合作社都是些小规模的初创企业，业务范围往往限于一州之内，也不像大型商业保险公司或 Medicare 那样，具有强大的议价能力或财政储备。同时，国会不断对合作保险项目的财政支持设置障碍，拦腰削减其启动资金，最终提供短期贷款，而非早期承诺的基金资助。第一年就有两个保险项目以失败告终。在缅因州仅有一个项目步入正轨并实现盈利。对诸多类似的保险公司而言，当国会未能按承诺提供数十万美元的补助金（被称作"风险通道资金"，保险公司组建后经营状况不稳定的头几年可以获得）时，它们的死期就已经注定了。2015 年，国会仅拨付了 12.5% 的资金，很多合作社不得不关门大吉，使得数十万客户无法享受医疗保险。截至 2016 年 7 月，当初的二十三家合作社中，仅有七家还在开门营业。

保险公司搞砸了《平价医疗法案》

随着医疗保险资金面临更为密集的监管，保险公司的主要成本控制计划一直以提高共付额比例和自付额的形式，默默地向病人转移成本开支。对外，保险公司竭力美化自己声称的医疗费用上涨应对策略：如果病人有更多的"风险共担"意识，也就是那些共付额和自付额，他们将获得更多的廉价选项。但是，正如我们所见，病人往往到了没钱支付押金的地步。再说，在每月已经支付 1 000 美元保险金的基础上，还得为一个小手术支付 3 000 美元的共付额，这可不是缺乏风险共担意识，而是卖肾看病了。

经由《平价医疗法案》设立的保险计划，大多有所谓的高额免赔，而法律扩大了保险计划的应用范围。在 2006 年至 2015 年的十年间，加入类似保险项目的美国人从 10% 增加到 50%。直到病人支付了一大笔费用，也就是数千美元后，保险才开始介入。不过，2015 年的一项研究成果显示，当病人被转入高额免赔型的医疗保险计划后，并没有变得更聪明，从而成为更具成本意识的医疗保健购买者。美国医保体制下的高额收费要求意味着，大多数人只能尽量避免求医问药。

保险公司的第二位财务策略是缩小范围，在病人和医院的选择上设限。如果它们能向少数几个医生和少数几家医院提供大量的顾客，那么就有了更强大的谈判力，从而实现更低的付费额度，并为股东创造更多的利润。如果操作得当，这听起来十分合理。但是，很多保险计划可以选择的范围，仅包括经验相对欠缺的医生以及一些二流医院，因为一流的医院和医生在合同签订时有资格东挑西拣，并要求获得更高的付费额度——或者，直接退出该保险计划。

有很多家长欣喜不已，因为根据《平价医疗法案》，他们初成年的子女可以继续享受家庭保险计划至二十六岁，但这被证明并无实用，因为狭隘的保险网络地方性很强，并没有将州外的医生纳入其中。在有些地区，就连州内网络也很狭隘，病人无法稳妥就医，被迫为网络外就医自掏腰包，尤其是当他们需要专科医生时。在《平价医疗法案》颁布后的第一年内,保险公司唯一要做的往往是提供一个网络名,对网络内所含选项是否够用,甚至是否真实、精准,却很少进一步地监控。

五十九岁的保罗·施瓦茨住在纽约的奈亚克,2016年在安保健康保险公司为他和妻子购买了黄金级保险项目,每月的费用远远超出了1 000美元,因为他们的终身全科医生就在该项目的体制名单上(《平价医疗法案》用金属等级设定保险项目分类,根据所要报销的医疗保险费用的比例等级,分为白金级、黄金级、白银级和黄铜级)。两个月后,那位医生的名字被划掉了。"现在,他们拿了我15 000美元,"他说道,"就像彻头彻尾的诱购。"

医院和医生搞砸了《平价医疗法案》

医疗保健供应链上的各个供给方很快想出了法子,在不逾越这部新规条款的同时,公然漠视其改进质量节省成本的意图。正如《内科医师周刊》上的一篇文章厚颜无耻地标榜的那样,商业顾问的建议是"紧紧抓住《平价医疗法案》带来的大好时机"。

该文章坚持认为,"随着医疗保险进入转型期,医院和急救医疗机构应该充分利用《平价医疗法案》提供的各种保护",且在结尾处将医疗行业的圭臬"先不要害人",替换为"先把钱挣了"。

然而,与试探法律底线、开出超标账单就能获得利润的做法相比,旨在鼓励良好医疗和协同医疗的微弱财政激励往往显得十分苍白。比如,健康体检应该免费提供,但医生并不总是给所有参与者开具血液检查项目。正如齐谢夫斯基女士发现的那样,随着医生毫无节制地曲解"预防性""覆盖"和"无需付费"等概念的内涵,《平价医疗法案》要求的福利项目"无需付费的预防性筛查"已经变了味儿。

没有高等法院来解释《平价医疗法案》的原始用意。医生的费用已纳入保险，但租房费用，或是麻醉医生的费用并没有被纳入其中。50%的结肠镜筛查都会切除息肉，可息肉一旦被切除，很多医生说，这就不再是免费的筛查项目。当然，《平价医疗法案》的逻辑用意并不是，一旦发现什么东西并被切除后，检查就不再是免费的。这才是要点。康涅狄格州的医疗保健维护办公室说，与《平价医疗法案》的其他内容相比，结肠镜免费筛查项目被开单收费这一点，引发了消费者更多的投诉。

在《平价医疗法案》背景下，未购买保险的美国人从2013年的18%下降到2016年的11.9%。但是，没有保险的美国人仍然超过了2 000万。尽管《平价医疗法案》得以实施，民调结果却显示，越来越多的美国人在医保支付能力上遭遇麻烦，或是因为医疗费用而逃避就医。《平价医疗法案》实施一年后，《纽约时报》和哥伦比亚广播公司新闻频道联合举办的一次民意调查显示，接近一半的受访者用"拮据"一词来描述基本医疗保健的支出，与法案实施前相比增加了10%。

截至2016年，一些大型保险公司纷纷宣布，不再提供平价医疗保险计划，因为它们干的是亏本生意。其他保险公司则试图将某些保险计划的费用提高40%～60%。批评者和悲观者认为，此类极端事件是《平价医疗法案》陷入死亡漩涡的不祥之兆。

美国的医保体制按照行业到行业、医院到医院、医生到医生的顺序，经历了逐步演化的过程。就技术层面而言，各方的做法完全合法。在市场允许的范围内，市场参与者对激励和机遇做出反应。那就是它们应该做的。网络内的每个要素都深信不疑，这没那么糟，对于我们3万亿美元的医疗账单没什么责任。要怪就怪别人。在全国的医保预算中，药品花费仅占10%！在医保支出中，疗养费用仅占5%！医生费用仅占

20%！在 Medicare 支付的费用中，皮肤病仅占 4%！医保体制中的每一个组成部分都深信，自己的收费合情合理。但是把所有微小的超额加在一起，我们享受的医疗保健，却比它们的总和更糟更贵。作为病人的我们被困在其中，似乎到了危急时刻。

第二部

诊断与疗法：重拾医疗保健的几道良方

第十二章　耽于现状的高昂代价

美国的医保制度在糊弄你。对它而言，每天都是一场赌博，我们不知道，它能否看好我们的某次微恙。除非你成为那个1%，否则与医疗财务之灾永远只隔着不幸的一步之遥。买过保险、日子相对富裕的人，因为一次大病而耗光辛苦积攒的退休存款。二十出头的人，职业刚起步，因为付不出血液检查或一场小病的费用而拉低了自己的信用评级。

我们不能老是制订还款计划，提高信用卡额度，或是动用退休存款。对于美国的医疗债务数据，我们早已麻木，而它是导致人们破产的首要因素。当美国人提到跟癌症或其他重病抗争时，往往不是着重疼痛、乏力、脱发，以及五年后的存活几率，而是强调要花出去多少钱。我们恨我们的医保制度。然而作为美国人，这是一种无法逃避的负担，我们必须接受。可是，我们作为病人，接受了医疗保健凭借商业力量进行的强取豪夺。更准确地说，我们没有意识到究竟发生了什么。

现在你通过阅读知道，商业是如何偷走了我们的医疗保健，你明白，我们可以选择阻止这一切的发生。这既是一道战斗令，也是一张路线图，我们要从个人的、政治的和制度的层面展开反击。以下的蓝图和策略，用来改变包含各个行业、医生、医院、保险公司和制药公司等要素在内的医疗体制本身，以及它和我们的关系。

各章的第一部分列出了大家现在可以采用的实用策略，它为你和家人提供了各种工具，让美国的医疗保健变得更好更便宜。第二部分描述了一些简单而具体的改革措施，我们能够而且应该向医疗产业，以及对其施行过程负有管理责任的全体官员们提出要求。这都是些最基本的措施，无需国会，我们的代表就有权力付诸实施。跟我们一样，立法者在指挥台（或工资单）上睡着了，只是在过去的二三十年间给医疗保健产业不停地签发各种批文。

这一切的核心理念是，让美国公民更好地获得和利用现有的各种神奇的医疗手段和医疗机器。我们能投票，我们能发声——我们一定要敢于放开自己的嗓门。

要扭转医疗费用的螺旋上升，有多种方法。我们可以采取不同的行动。我们现在赖以为生的医疗体制，是过去二三十年一系列微小变化累积的产物。要想从中抽身而出，很可能也要融合各种策略，采取类似的渐进方式。

美国人往往只有在其他国家生病后，才会发现自家的医疗体制有多么漏洞百出。

迈克尔·吉本斯是俄勒冈州波特兰市的一名餐饮老板，在日本下吕温泉一家温泉疗养院疗养时肾结石急性发作；他去当地一家诊所看了泌尿科医生，在六个小时内接受了静脉注射，开了止痛药，做了血检和尿检——他在美国的时候，也接受过类似的治疗。诊所甚至安排了一个会说几句英语的人，带着谷歌翻译器做他的陪护。结石治疗结束后，他开始担心，究竟要支付多少费用。诊所不接受美国的信用卡，但事实证明，那并不要紧。尽管医生和诊所都是私人执业，各项费用的总和也就是281美元。

蒂凡尼·斯派维在土耳其生活期间，怀上了二胎。她看着国际幼儿园的其他孕妇先后离开，纷纷回到加拿大、澳大利亚，以及其他欧洲国家的家里待产。她告诉我，她有"一万个理由"无法照做，指的就是回美国生孩子所要的花费。"因为我是美国人，所以我成了唯一无法回到家里生孩子的人。"

在为本书调研的过程中,我遇到了越来越多的中产,甚至是上中产阶层的美国医疗避难者。在这个利润驱动的医疗体制下,他们正在设法逃离难以承受的医疗开支。一个患有糖尿病的研究生正在其他国家寻求科研岗位,因为即便她买了保险,仍不够支付治疗费用。俄克拉何马州的一名教师得了癌症恐惧,意识到经济上的无能为力,最终搬去了巴西。密歇根州一位持有加拿大护照的教授,带着孩子回到加拿大接受复杂的癌症治疗,因为在工作地,他根本无力支付医疗费用。一个由德国人和美国人组成的职业家庭在亚利桑那州图森市生活了十多年后,怀着复杂的心情,带着三个儿子去了德国,因为他们担心,在美国将无力支付医疗费用(以及大学学费)。

世界上其他发达国家提供的医疗保健,费用只是我们的一个零头。它们结合各自的价值观、政治现实和医疗传统,广泛地利用了各种手段和策略。有的国家为各种疾病确定费率。有的国家在全国层面就药品和器械价格展开谈判。有的国家由政府对医疗收费实施监管。有的国家强制实行透明政策。有的国家由政府开办医院,并为在医院工作的医生支付薪水。有的国家对新办医院和新购买器械设置了限制条件。大多数国家对医学院的训练课程提供大额补贴。尽管我们喜欢给其他国家贴上"公费医疗"(socialized medicine)的标签,但几乎所有国家都在各具特色地采用政府干预和自由市场力量相结合的做法。以下是几种基本方法,为它们相对成功地控制医疗成本奠定了基础。

1. **收费标准及国家价格谈判**:德国、日本、比利时等诸多国家对于诊疗或医疗用品以及药品有全国性的收费标准。标准由医生、医院、政府、学界共同谈判而成,不能视为儿戏,不能随意更改。如果听起来有些复杂,请记住,这是 Medicare 早就做过的事情。最复杂的事情,莫过于数亿美国人、几十万家医院和工作人员，耗费数年时间，同保险公司就一项项收费标准讨价还价，最终得到的却是天价费率。

显而易见，全国性收费标准确定的价格远低于美国，因为跟单个保险公司或任何个人相比，国家具有更为巨大的议价影响力。不过，也是因为这样的体制不会浪费时间，就某些收费项目的合理性讨价还价。它注重效率。在美国，医生花费六分之一的时间从事行政和医务工作以雇用专人跟保险公司磨嘴皮。在美国，心脏超声图的收费介于1 000至8 000美元之间。在日本和比利时，2014年的谈判定价低于150美元。

实行全国性收费标准并不会成为私营保险市场或产业竞争的前奏。日本和德国有数百家保险公司。在荷兰，政府为一些基础药品和诊疗活动设有价格上限，并要求每个人都购买私人保险，以涵盖配套的基础福利包（这些做法跟《平价医疗法案》的规定有所不同。人工授精可以报销，理疗大多不能报销）。在监管框架内，这些国家依靠市场力量，在医院、医生和保险公司之间发挥作用，为人们提供经济有效的医疗服务。

2. **统一支付**：就是由一个权威机构（通常是政府）来分配支付给医疗保健提供者的大部分经费。加拿大、澳大利亚和中国台湾等国家和地区采用这一制度，将私营保险公司排除在大多数基本医疗交易行为之外。但医生和医院可自行开展经营活动。私营保险公司仍然存在，以服务于志愿退出全国保险计划且青睐高端治疗的人群，或是针对眼科和牙科等附加医疗项目。

在丹麦和英国等多个国家，统一支付制度与医院及主要医疗基础设施国有制相伴而生，形成了真正的国有化或公费医疗保健，被称为政府运营型医保制度。专科医生（有时甚至是全科医生）往往是政府雇员，尽管很多人经常为自付费的病人额外提供服务。

作为一种有权有势，且有盈利能力的私营体制，我们很难想象，美国会在短时间内转向国有化医疗体制。不过美国的 Medicare 项目是一种相当不错的统一支付医疗体制，可以为更广泛的制度提供一种渐进式路径，例如，该项目可以每两年降低一次参保年龄，从而向愿意付款的更年轻的病人逐步开放。2016 年总统选举期间，在参议员伯尔尼·桑德斯建立全民医保体制的促请下，民主党候选人希拉里·克林顿提议，允许五十五岁及以上人群以一定的价格加入 Medicare。

3. **基于市场的透明手段和竞争工具**已被多个国家应用于医疗保健费用的管理工作。新加坡也许是最鲜活的例子。新加坡卫生部是该国医疗保健服务的总指挥，这被科学家和慈善家威廉·哈兹尔廷称为"高标准的资本主义"。强调个体责任的政治和哲学理念，要求新加坡人（及其雇主）从薪水中拿出一部分存入健康储蓄账户，用于支付家人的医疗保健费用。基本的医疗干预被视为一种权利，但病人在购买任何医疗服务时都会获得告知。

在这种体制下，医院多为公立（也就是国家所有），就医条件划分为四个层级。选择最高层级的病人可享受带空调的单人病房，可以自由选择医生，但必须支付所有费用。选择最低层级的病人住在开放式病房中，医生实行选派制，但由政府支付 80% 的费用。也有来福士医疗集团这样的高端私人医院，它提供的医疗服务更快捷，设备也更齐全。但它们要跟公立医院的高端病房展开竞争，这有效地限制了它的收费标准。

卫生部为保证竞争，在网站公布了不同医院和不同层级医疗服务的价格和收费情况，让病人有知情选择权。它限制医院购买昂贵的机器用于高价检查和高价治疗，因为有研究结果显示，这会导致滥用。这一措施看起来很有效：根据世界银行提供的数据，2014 年新加坡用于医疗保健的开支仅占 GDP 的 4.9%，而美国占到了 17.1%。同时，在世界卫生组织举行的卫生系统绩效评估中，新加坡名列第 6，而美国位居第 37。

美国将找到适合它的医疗保健解决方案。在后面的内容中，你会看到一系列手段，在《平价医疗法案》或其替代物的基础上，为广大病人改革或重组我们的医保制度。但我们不能继续"无计可施"——计划不是那样的。那是一种代价 3 万亿美元的托词。

第十三章 医生的账单

（在3万亿美元的账单中占20%～30%）

第一节 你现在就可以做的事

习惯上，医生会对"顺从的"病人赞扬有加，因为叫他们做什么就做什么，服从指示，不会问太多问题。医学杂志曾发表文章，刻画了其反面形象："难缠的"病人不服从医生指示，问题多，爱表达意见。现在是数据的世界，是消费者赋权的世界，同时也是大额账单的世界，这样的医患互动关系早就落伍了。我们需要变成"更难缠的"病人，分享决策过程，期待更多讨论；事关医疗成本时尤其应该如此。你有权过问，在3万亿美元的医疗账单中，你的那部分花到哪里了，尤其是新的保险方案意味着，你将支付更多的份额。问问你的医生，为什么要安排某个检查项目？对账单上的大额数字提出质疑。只要对医疗项目和收费标准事先存疑，每个病人都能把意料外的医疗开支挡在门外。不要等到手术当天进了手术室，一丝不挂地穿着露背手术服，或是清肠后准备接受结肠镜检查时——这个时候，你无力讨价还价，或是找到更便宜的选项。

有些医生会对病人的疑问固执己见，甚至表示反感，尤其是因为那会减少他们的收入，同时消解他们传统意义上的权威感。华盛顿州柯克兰市的约翰·加德纳被一名胃肠病医生拒之门外，因为他在收费问题上态度执拗，坚称采用新技术和自动化技术后，费用应该比二十年前更便宜，而不是更贵（他还记得当医生的父亲，在 1990 年代以 600 美元的单价，每天在诊室里完成六到八例结肠镜治疗）。一位病人提出要求，进一次手术室，同时完成两个相关的外科小手术，结果被打上了"难缠"的标签。麻醉医生嘲笑她是"二合一的讨价还价者"。

选择医生

选择全科医生时，你应该就其执业的商业结构提出一些基本问题，因为这对你的账单具有决定作用。如果某天，类似政策被要求张贴在诊室墙壁上，那就再好不过了。对于大多数问题，诊室的商业经理应该能够回答。

1. **该执业点是否属医院所有，或是注册的外科手术中心？** 如果答案肯定，你（或你的保险公司）就有可能支付令人恼火的器械费用——或者就收费是否合理陷入争议。你可以明确地问，是否会增加类似的收费以及具体金额；不过，很多执业点可能无法准确地回答这个问题，因为它们的账单来自医院，或是某个外部的收费单位。

2. **能把我转诊给本人保险网络内的其他医生吗？如果不能，可否提前说明？** 很多全科医生都跟专科医生有长期联系，并转诊病人给他们；这是信任的表现，也是一种新的商业模式。如果一个医生受雇于某家医院，就可能面临非同寻常的压力，要将病人转诊至这家医院或医疗集团。医生应该及时查看你的保险网络表，并在其中挑选他所信任的对象。

3. **如果要做血液检查或放射检查，能给我送到保险网络内的实验室吗？** 血液检查已经高度机械化，因此在什么地方处理无关紧要，但跟 LabCorp 和 Quest 等商业实验室相比，医院实验室的收费可能会多出百倍。电子预约系统会把类似的盈利检查项目留在医院内部，此时，只需多点几下鼠标,或者从医生诊室发一份传真,就能将检查发到收费便宜的院外机构。任何医生都能做到,但你的医生会这么做吗?

4. **电话咨询,或是填写表格要收费吗?有没有年度执业费?** 对于这些额外的收费项目,以及你的医生如何看待对医学和病人的使命,你最好事先有所了解。

5. **如果住院,会在院内给我治病吗?周末你还提供诊疗吗?** 这些服务,是一个好医生的基本要素,全世界几乎大多数病人都希望能享受。在美国,尽管医生薪水很高,很多执业点还是选择外包。你肯定不希望医生建议你去跟他没什么关联的本地急诊治疗中心或医院急诊室求医问药。

在医生诊室

前往就诊的时候,每个医生或医疗保健机构都应该能够回答以下问题:

1. **这个检验/手术/检查项目要花多少钱?** "不知道"或"根据你的保险而定"都不是答案。要将你转诊至某个医学中心,医生应该给出一个大致范围或现金标价。现在,很多看似简单的检验项目都要面临数千美元的费用。在预约前,请选择附录1中的价格计算器,大致计算一下你所在地区的某个检验项目或治疗方案的花费。你可能还需要查询附录4列出的资源,它会对医生建议背后的科学根据做出独立评价。

2. **这个检验/手术/检查项目会改变我的治疗吗?** 如果答案是"不会,但了解一下没坏处",请不予理会。在你陈述完病情,尤其是一次门诊就能收费500多美元时,医生很可能觉得有必要做一点什么,或是预约一些什么。当医生建议"我们干吗不……"时,往往说明没有任何强制理由,要接受该检查项目。

3. 你将预定哪个血液检查项目或 X 光检查项目？为什么？当医生预定血液检查项目时，往往只是在一份长长的电子列表上点几下鼠标，根本不知道要花多少钱。就凭你的这两个问题，他们的辨识力就会提高。

4. 有没有更便宜的替代选项，同样有效或效果近似？如果进了药房或实验室，结果遇到高收费，请务必给医生诊室打电话咨询。这会迫使你的医生了解情况。他有可能真的不知情。

5. 这个检验/手术/检查项目将在什么地方完成，医院、手术中心，还是诊室？这对价格有什么影响？每个星期，医生往往在不同的日子，到不同的地方执业。如果你在星期四就诊，那天碰巧是你的医生在这家医院执业，你的活检或结肠镜检查费用就会成倍增加。如果他要把你转诊至日间手术中心，务必问他"你是手术中心的老板吗？"一点小小的难堪就可能让他改变自己的行为。

6. 还有谁会参与我的治疗过程？有没有别的医疗提供者单独给我开账单？你能在我的保险网络内把我推荐给别人吗？要避免意料外的收费，从一开始就要确保治疗过程中的所有参与者——医生、医师助理、病理医生、麻醉医生——都在你的保险网络中。

先等待后就医的价值

美国的病人们应该夺回对于健康或疾病的定义权。商业化将我们的健康重新定义成各种疾病状态：每种症状都要立刻得到诊断和治疗。"采取行动吧！""刻不容缓。"医疗保健产业每年差不多拿出 150 亿美元做广告，以激发人们的焦虑。这是精明的商业行为，却不是明智的医学行为。胸痛、严重呼吸不畅、突然出现视觉重影，这样的症状需要立即诊治。但大多数问题，如咳嗽、背痛、皮疹，可以先等等，看它们会不会自行消除。

医学院会传授所谓的观察等待的价值，但医学界实际应用严重不足，因为没有油水可捞。占上风的是"采取行动"策略。但扫描检查并非总有助益。每次扫描不光引发一系列治疗，往往还会发现一些顺带发现的小问题，跟你的症状毫无关联。例如，很多中年人并没有背痛的症状，但通过核磁共振检查却被发现有椎间盘突出和关节炎。这些"非正常结果"会成为"疾病"和"诊断结论"，最终导致手术治疗或类固醇注射治疗。俄勒冈健康与科学大学的理查德·德约做过统计，美国的脊柱手术比例是加拿大和欧洲的两倍左右，是英国的五倍之多。一位全国知名且深受尊重的背部外科医生经常接到病人的复诊申请，因为他们被告知需要接受手术治疗，而这位医生告诉我，四分之三的病人根本不需要接受任何手术。

别急着找医生。给身体一次自愈的机会。先去药剂师（在我们的体制下，他们的知识完全没有得到充分利用）那里找些建议。在可能患病的初期，期待你的医生或助手通过电话或电邮与你交流，而不是让你前往就诊。

第二节　改变体制：我们对医生的要求

2014 年，犹他大学的外科医生埃里克·斯凯夫博士在《外科学年鉴》上报告，当父母知道孩子的两种阑尾手术效果相同，且被告知相应价格后，有三分之二的父母会选择价格便宜的那种，即便都有保险可以报销（价格昂贵的是腹腔镜手术，听上去很酷，但用在孩子身上效果并不会更好）。斯凯夫博士及其同事发现，90% 的父母表示，喜欢可以选择。医学杂志刊登了无数的研究成果，就病人能否成为有效顾客展开讨论。我们能够而且希望如此。但我们需要信息，其中的第一步，就是医疗收费，医生需要了解并获取大量的相关信息。

在培训过程中，对于医疗保健的成本问题，医生学到的往往只有一星半点。这种懵然不知，对其未来的执业和我们都具有深远的影响。如果医生对三类药品的成本一无所知，怎么可能给病人开出最合适的药品？医学院的教学大纲应该加入成本及成本效益分析，全国性的医学委员会应该对这些知识加以考评。

从医院的财务部门或检验中心处询价，常常让医生感到为难。医院的商业属性鼓励甚至强制形成这种区隔，以及给医生带来的无知。因为医生不知道，鼻部吸氧以分钟为收费单位，甚至不知道居然还要收费。医生很可能不管实际需要，为每个刚接受完手术的病人开具二十四小时的输氧治疗。价格应该包含在医嘱单上；或者，医院至少给医务人员提供主价格表，也就是收费明细，让医生了解医院需要收费的服务项目，以及收费标准。

即便在自己的诊室，医生还是无法共享价格信息，或是了解病人需要缴纳多少费用。医生的财务人员与保险公司协商形成的折后合同价格，受到"限制条款"或其他保密协议的保护。尽管有些州宣布，这是一种违法行为，但医生本人也会担心泄露有关信息。也许，他们是在有意识地隐藏某些赚钱的东西，比如诊室所属实验室的高额收费。

向病人提供财务信息，应当被视为医生的职责。这类信息至少应该包含诊室服务项目的现金收费清单。保险公司也许有一份更低的合同价格，但在自付额高企的时代，你仍可能面临数千美元的预付费，或是数额巨大的共付额。在医生和保险公司签订的合同中，不具强制力的限制条款不应该成为阻止价格透明的借口。毕竟，账单上的部分费用要由你来支付。

比如，内科医师也应该知道周边及当地医院实验室和放射中心的收费标准；他应该将你转诊至既能提供高水平医疗服务又收费低廉的医院（你的医生知道，而你并不了解）。有些医学中心的收费标准，往往是附近竞争对手的两到三倍。整形外科医生几针就能收费数万美元,有的放射科医生做一次核磁共振检查就要收 5 000 美元,我希望自己的医生不再考虑这些人。一直以来,病人和医生都回避这类对话,宁愿采取"不问,不说"的方式,直至账单送到手里。这时候就来不及了。

当安·温特斯所在的儿科诊室将她转诊给一名整形外科医生,为其蹒跚学步的孩子脸上一个小创口进行缝合手术时,(担任内科医师的)温特斯博士没有询问价格,儿科诊室的工作人员肯定也没有询价。整形外科医生缝了三针,费用 5 万美元(整形外科诊室会不时地给儿科诊室的员工送些三明治)。

一开始,这类对话一定会非常艰难而尴尬。几年前,戴维·吉福德博士在罗得岛卫生局担任局长,他就某些基础性血液检查的收费标准,询问了该州的十几家实验室。"他们都说,数据保密,他们要保护病人,一切都是正大光明的,"他说,"我是给他们颁发执照的卫生局局长,就这样也花了一年半才搞到答案。"同一个检查项目,价格相差二十倍。

价格透明的连锁反应始于病人提出同样的简单问题:"要花多少钱?"

价格透明在很多国家已成惯例,美国对此的要求也在不断提高。在法国,公立保险公司和规模更小的私营保险公司并存;骨科医生法布里斯·高达博士每次手术前,都会将收费情况告知购买了私人保险的病人。基本收费明细会张贴在医生诊室的墙壁上。就提供的医疗项目,以及费用多少,高达博士和他的病人会签署一份简单而有约束力的合同。2013 年,他做关节置换手术的收费标准低于 2 000 美元。

在澳大利亚,从病人处获得财务知情同意和医疗同意,是医生的职责。澳大利亚医学协会的政策包含如下内容:"每个医疗执业者都有责任,确保病人知晓收费情况,并鼓励与病人就医疗开支公开讨论。"治疗或住院中的首诊医生有责任,从辅助医生处提前获知收费详情。

难道我们就不配拥有吗？

医疗事故与医学院校改革

医疗事故和医疗官司的高成本，并不是美国医疗费用昂贵的首要原因。但是，研究结果显示，约80%的医生在六十岁前会面临一次诉讼。对辛勤的医生而言，医疗事故官司不但令其蒙羞，而且还要花费不少时间暂停执业并出庭作证。即便病人总是输掉官司，但75%的医生表示，害怕医疗事故官司的心理有时会影响其执业，并鼓励他们多开不必要的检查项目。改革医疗事故处理机制对病人也有好处。在现行机制下，最大的受益者往往是律师。是的，病人偶尔能够获得1 000万美元的补偿——需要经过数年的法律行动及诉讼和解，或是司法审判。另一方面，只是希望得到先前承诺的结果以及合理赔偿费用的众多病人却一无所获。尽管在美国的医保体制下，医疗事故和医疗差错比比皆是，但研究结果显示，因为医疗差错而受到伤害的病人，获得赔偿的比例仅为4%。

医疗事故改革是每个医生的第一心愿，这合情合理。现列出以下建议：

1. **为医疗事故官司设置非经济损失上限**，打消病人通过无意义诉讼获得巨额赔偿的念头。有少数几个州实行了这一政策。例如，在加利福尼亚州，病人诉讼的内容可以是既往和将来的医疗护理费用，也可以是身体受到伤害或医疗效果不佳导致的收入损失。但在精神损失等无形项目的索赔上设置了25万美元的限额。尽管有研究成果显示，类似的法律实际上并不会减少法律诉讼的数量，但医学界极为推崇这样的解决措施，因为这确实会降低医生的焦虑。

2. **鼓励仲裁**。因为医疗事故官司往往耗时久，一般以调解结案，因此，有必要建立以法官为主导的州级仲裁或解决争端机制。在美国现行的医疗事故处理机制下，由于医疗事故或无效医疗产品而受到严重伤害的病人，往往要等上数年才能获得赔偿，期间的医疗费用却一天天地累加。芭芭拉·巴克斯特的髋关节植入物有缺陷，材料中的钴进入了血液；几年内，由于这一缺陷，她不得不自掏腰包进行后续治疗。

3. **主动担保**。医疗事故已经成为一种盈利产业，原因之一在于我们的医疗体制对于心怀不满的顾客无法正确回应。就某些可以预见的医疗服务项目，医院和医生应该向病人做出保证。有不少人已经这么做了。例如，俄克拉何马外科手术中心保证，术后如果出现并发症，它将负责处理，病人无需额外支付费用。如果新关节在术后两个星期后脱位，他们会重新手术。如果医疗服务机构直面问题，并承担起纠错责任，医疗事故官司就会有所减少。

最后，如果我们希望培训出最好最有爱心的医生加入成本之战，就要针对医学教育制定更合理的资助政策。读医学院花费巨大，一些学生很可能因此选择做专科医生，以便还清贷款；这也会打消一些学生进入收费相对较低的学科领域的积极性，比如神经科、内分泌科，以及全科医疗。在年轻医生进入收费较低的学科领域，或是在缺医少药的地区开展执业后，政府应该为他们建立还贷豁免机制；只要他们继续坚守，可以进一步豁免还贷。这并不是一件很难的事情。如果你选择在纽约市或迈阿密市的近郊区做皮肤病医生，或是耳鼻喉科医生，那么好吧，你借的每一个子儿都要归还。可是如果你想在俄克拉何马州的农村接生孩子，或是在芝加哥的南城地区儿科执业，那么你的薪水可以全数保留。

事实上，在我们寻求修正高价医疗体制的过程中，医生是病人最好的同盟。尽管有些医生赚了很多钱，但更多的医生为此而苦恼，因为他们的辛勤劳动被别人的利润追求绑架了。普通人只有生了病，才会面对无效医疗，以及这个医疗体制下各种荒诞的复杂情况。对于医生，这一切都是常态。

这里有两则令人鼓舞的最新事例：

1. 2013 年，一位病人在接受普外科医生汉斯·雷克斯泰纳的一次小手术后，收到了医院 12 500 美元的账单，最后，三县医学会承担了他的医疗费用。"切除阑尾是举手之劳，能这样挽救病人的性命，我一直感觉良好，"在学会担任主席的雷克斯泰纳博士说，"但在这个时候我才明白，自己也在让他们倾家荡产。"

学会的医生全是政治新手，他们在当地报纸上刊登广告，大胆提出了一系列节省成本的概念。很多病人听了一定会心花怒放。（1）必须严格执行价格透明："获知医疗费用或医疗价格中的各种障碍应当予以清除。获知过程应当非常便捷。**医生跟病人一样，对费用实情一无所知，医院应该让医生和病人知晓收费情况，而不是一藏了之。**"（2）非营利性医院"**应该坚持其非营利性**。自始至终。最近，有类似机构将巨额盈利隐藏在管理层薪资、挥霍性建筑项目、庞大的基金项目，以及其他'骗人的把戏'中……如果它们新购买了昂贵器械，又无法通过低廉收费回收资金，**就应该允许它们有一定亏损**。"（3）"应该禁止医生拥有任何性质的医疗设施，因为他们很可能将病人转诊至此。其中包括外科手术中心、实验室、影像设备，等等。很显然，这中间存在利益冲突，属于非法行为。"

跟越来越多的医生一样，他们也支持让 Medicare 覆盖到年轻病人，以形成更简单实用的医疗保险计划："我们都在抱怨 Medicare，但正是它支付了我的医疗开支，有时候保险公司支付的费用要更少，"雷克斯泰纳博士说道。

2. 数十年来，放射检查是最钻营于商业的专科之一；目前，它就自己在高额医疗开支中的推动作用，认真地做了一些反省。几年前，理查德·达斯扎克博士暂停私人执业，并放弃了多年来代表美国放射医师学会在国会的涨价游说活动。他在埃默里大学找了一份学术工作，协助建立了哈维内曼健康政策研究所，就何时以及何种花费的扫描检查是有效的展开研究。"我们认为，应该先看数据，让数据决定议程，"他说，"而不是反其道而行之。"健康政策研究所披露了一些令人着迷的研究成果，例如，同样针对 Medicare 的病人，佛罗里达州放射检查的数量是俄亥俄州的五倍，这表明纯粹为了利润开具不必要检查项目的行为十分普遍。

同样，2015 年秋季，《放射学》杂志用一整期版面，就放射检查的滥用问题，刊登了由宾夕法尼亚大学教授索罗伯·吉哈博士主编的多篇文章。在英国和澳大利亚均有执业经历的吉哈博士说，他对美国人接受的放射检查数量深感震惊，其中很多是无效的。他说，在尽可能追求利润的背景下，省钱高效、以病人为中心、以证据为中心的医学治疗往往退居次席。

针对甲状腺癌、肺癌、乳腺癌、前列腺癌等多种癌症的例行筛查性放射检查，目前已经广为接受，该杂志的专号特别对此提出了批评。在某些病例中，缺失有效的科学证据；而针对甲状腺癌等其他病例，研究成果**证明**它是无效的。当吉哈博士把乳腺 X 光检查项目称为"一种医学上的保证金追加通知"时，有些放射中心（尤其是那些以筛查性检查为主要商业模式的放射中心）的拥有者，一定会觉得自己的心脏停止了跳动。

最好的医生不会惧怕爱提问好质疑的病人。他们同样对我们提供的医疗服务以及支付的医疗费用深感沮丧。他们的追求跟我们的完全一样。

第十四章 医院的账单
（在 3 万亿美元的账单中占 40%～50%）

第一节 你现在就可以做的事

病人对某些医院的忠诚度往往令人难以置信。不过，一如人们对于球队的信任，这种忠诚度通常来源于情感经历（在那里生过孩子），或是基于舒适程度（饭菜好吃，病房的风景很好），并非建立在医疗质量证据或知情的基础上。医生们闲聊着，不敢相信名人、政客和总裁们偏偏会去二流的医生或医院接受治疗，原因之一就是上述的纽带关系，之二就是对方提供的 VIP 服务。

审查医院

在你生病前就开始。是的，去点评网 Yelp 看一下消费者评论，尽管有很多病人告诉我，不愿意在网上公开批评医生或医院，因为他们还需要就后续治疗提出咨询。你可以查阅《美国新闻与世界报道》的"最佳医院排行榜"，该榜单既考虑医学界的声誉，也依据公开出版的统计指标，如护理人员配置率、每七例常规治疗中的医疗事故数等。记住，就如何操弄上述指标，商业顾问会主动向医院传授经验。还要记住，声誉不是硬指标，除了自己所属的医院，医生对于其他医院及其缺点知之甚少。但有一些工具，可以用来衡量医院的质量，哪怕有些医院的历史相对较短，目前还处于上升时期（参见附录2，医院审查工具）。

首先，要看每家医院的综合安全记录：医院是否能保护病人免遭医疗差错、感染和受伤？并非所有的医院都一样，有些医院会比其他医院更安全。非营利性的Leapfrog集团从A到F，对所有综合性医院进行了等级评定。Leapfrog集团因其评定标准的客观而享有良好的声誉。A等或B等都不错，就相当于纽约市给餐馆评定的"卫生"等级，如果你长期看病的医院一直都是C等或D等，那么也许你可以问问医生，为什么他还要留在那里。

Leapfrog集团就医院开展的不同治疗过程提供信息。目前，美国近一半的医院会回答Leapfrog集团的问卷调查，比如剖腹产比例、重症监护医生的合格率、术后并发症的重新入院率等。如果你的医院拒绝回答Leapfrog集团的问题，让他们说说原因。任何觉得自己可以超脱监管的医院，都值得怀疑。

还有一种医疗信息，也可以帮你对医院做出评价：它是Medicare新近推出的"医院比较"在线程序，提供了接受Medicare支付的全部3 600家医院的各种数据。在此，你可以找到医疗服务"及时而有效"的频率数据（例如，它是否为中风患者提供了最先进的治疗服务），以及医院间有关并发症的比较记录（如深静脉置管造成的感染）。"医院比较"程序准备充分，甚至召开了新闻发布会，预告在2016年4月16日发布一个医院五星评价系统。但各家医院开展了密集的游说活动，60名参议员来函，对此表示质疑，因而在最后一刻，首发时间被推迟到两个月之后。只有87家医院被评为五星，获评一星的医院有142家，它们在活动前都收到了通知。7月程序终于投入使用，遭遇了沉重的政治压力，因此可能也就不奇怪，很多医院在多个具体项目上被评为"与全国平均水平相差无几"。

要掌握医院收费的全景信息，可以通过Medicare的"机构使用与支付数据"查询住院治疗情况。2013 年,Medicare 同样顶着各大医院的强烈反对,首次公布了医院的收费数据。你可以在 Medicare 的网站上浏览这些数据,也可以通过媒体制作的更亲民的模板来查询。尽管 Medicare 支付给医院的费用相对比较固定,在账单上仅占很小的比例,但有些医院在治疗某些常见病时,往往会收取两到四倍的费用。例如在纽约市,2011 年纽约大学兰贡医学中心植入心脏起搏器的费用是 74 000 美元,是纽约长老会医院(35 000 美元)的两倍多。两家医院的收费都超过了 20 000 美元,而这个数字才是 Medicare 认定的合适标准。

根据购买的保险种类,你可能需要或不需要自掏腰包支付上述的大额账单。不管怎样,先将所有的信息汇总,然后决定这家医院是否值得继续惠顾。记住,科学研究并未显示,医疗收费和医疗质量之间具有正相关。

最后,多查询几个网站,然后挑一家,免费下载(参见附录 2)你那家医院的"国税 990 表"(在声称非营利性质的美国医院中,仅约四分之三适用此项)。读完 990 表,你会豁然开朗。990 表的头几节列出了医院众多管理人员的报酬。其他地方也能看到医院的"经营盈余",也就是盈利情况。在"H 细目表"上,医院列出了向社区提供的医疗服务,以维持其非营利身份的合法性。如果你和你所在的社区向医院施压,要求其做出改变,你就能判断出,把医生送到避暑山庄接受培训,或是每月一次在闲置的停车场上举办绿色市场等项目,究竟是政治分肥,还是货真价实的社区服务。

入院

到了医院,问对问题,你就能保护自己的财务健康。除非你购买的是 Medicare,或者是 HMO 的会员,否则(现在)入院期间大多按照你的介入治疗次数、问诊次数,以及项目数量来收费。请注意以下提示:

1. 医院配备了过量的私人病房，尽管保险公司往往不报销相应的费用。如果你被安排进私人病房，一定要说清楚，你没有提出申请，并且乐意与其他病人共享一间病房。否则，你很可能不得不支付保险公司开出的"私人病房附加费"。

2. 在签字的入院手续上，必然有一条，与你承担财务责任的意愿有关，表示你愿意支付保险公司不能报销的费用。签字前，写下"确保医疗服务提供方在我的保险网络内"的字样。你可以不介意必要的共付额或免赔，但不能不介意"网络外收费"。对于每一次医疗服务，圣迭戈的律师奥尔加·贝克尔都会在签字表上加一个"有限同意"条款，说明"仅同意网络内的医疗服务，且不含网络外的医疗服务"。这对她很有用；至少，这样的注明会为你日后的论理打下基础。

3. 明确你住院的状况：是收治入院，还是处于"观察状态"？直截了当地发问。这个问题的答案对你的钱包有重大影响。你可能被医院留下，维持三天（两个晚上）的观察状态。尽管你已经躺在病床上，仍有可能被视为门诊病人，并自己负担门诊共付额和免赔，费用通常远高于住院治疗（回忆一下第二章，观察状态让吉姆·西尔维付了好几千美元）。如果你用的是 Medicare，那么保险公司不会用观察状态的天数去抵扣出院后在康复中心或护理之家的三天时间。问他们，为什么不让你直接入院。如果答案的理由不充分，坚持收治入院。

4. 如果你状态不错，当每个陌生人出现在床边时，问清他的身份，他在做什么，是谁派他来的。如果你病情严重，让陪护人员起到门卫或保安的作用。写下所有内容。留意每天都待在病床那头，并问你是否一切安好的那个医生。一番善意可能就是一次价值 700 美元的病情咨询。针对毫无依助的住院病人，现在普遍有一种"顺路问诊"。只要你需要或希望，这些医务人员就会抱着服务收费的目的出现在身边。记住，你可以说不，就像你可以拒绝宾馆服务员主动为你搬运行李。有别的内科医生顺道经过吗，哪怕你刚见过自己的内科医生？术后，医院是否派理疗师帮你下床，并就此服务项目开具账单，而实际上护士可以提供同样的援助？是否有人打电话找来皮肤病医生，针对你的皮疹做一番检查，而皮疹实际上跟你目前的病情毫无关联？让他们统统离开。入院期间，一切对你或为你做的事情，都会收取高额费用。

5. **如果医院试图让你带着并不需要的器械回家，请拒绝，哪怕费用"可以由保险公司支付"**。如果你接受的是骨科治疗，尤其要留意这一点。一个悬吊收费 300 美元，而在药房花 10 美元就能买到；膝关节护套 1 000 美元，轮椅 2 500 美元，全都由保险公司支付，并且将你的收纳箱塞得满满当当。

处理账单

1. **如果医院、检验中心或医生诊室开出贵到反常的账单，千万别等——马上谈判！** 价格中的水分很多，就连低层级的职员也往往能给出大额折扣。如果还不到自付额度需要你自掏腰包，请要求打折。有病人告诉我，曾因为脚踝骨折，收到 3 000 美元的急诊治疗和 25 000 美元的住院治疗账单，结果当场打了个对折。如果医院把你的欠款转给催债公司，也要少收一半以上。喜剧演员约翰·奥利弗以不到 6 万美元的价格，买下（并免除）了近 1 500 万美元的医疗债务，极好地揭示了催债行业的成本底线。

2. **当医院的账单以邮件形式送达时，申请查看完整的项目清单**。很多医院在账单上采用"药品""房费""手术耗材"等笼统科目，试图回避充分反映收费详情的要求。比如，你想确切知道，手术室的外科医生使用了哪些药品和植入物，以及各项的收费情况。现在的医院里，每一种药品，每一件外科手术器械，每一块夹板都有价格条形码；医院非常清楚，每样东西要收取多少费用。

医院可能拒绝回答你的查询要求；它会告诉你，医疗保健业的隐私权法规——如 1996 年通过的《医疗保险可携性和责任法案》（HIPAA）——禁止其透露相关数据。错。有的医院会说，自己不同未购保险的病人讨论收费问题，并"把它作为一项政策"。但选择权并不在于它们。获得账单明细，是你的权利。

附录 3 列举了收费术语及缩略语词表，在你解读项目名称时可助一臂之力。你可能很难扭转一片泰诺 2 美元的高收费，因为医院可以自由定价，但你可以抗议特别大额的乱收费。医院和其他医疗中心不能继续恣意妄为，我们每个人都有必要释放这样的信息。

3. **利用你在入院期间所做的记录，对照检查账单**。对于收费的服务项目，确保你都享受过。在自动生成账单的时代，完全可能出现差错。一项研究结果显示，90%以上的医院账单存在错误，其他研究项目也表示，50%及以上的账单有差错。我们越早核查账单并要求答复，就能越快终结这里面的荒诞。我们要逼医院对收费行为负责。

很多病人向我抱怨，往往要等好几个星期或好几个月才能收到账单明细，甚至根本收不到。不过，光是索要账单明细的行为本身就能保护你的财务健康。如果收费员威胁，要将你的账单转给催债公司，或是已经这么做了，请告诉催债公司，你正在等待账单明细，并对收费存有争议。这样，你就能够回避程序，保护自己的信用记录。

4. **以书面形式对账单提出异议，并保留记录**。经由电子邮件或信件提出的账单异议，比电话投诉更难转包，因为后者更容易转接至位置偏远的呼叫中心。把你的信件复印一份，寄给当地报社的记者、州保险事务专员，或是消费者保护协会。如果你的异议事关医生收费，请给其所属的全国专委会（例如，美国整形外科医师学会、美国骨科医师学会等）寄一份。这些专业学会重视职业声望，会因为乱收费而制裁医生。安·温特斯博士因为自己蹒跚学步的孩子接受了几针缝合而被开出 5 万美元的账单，在专业学会介入并以对该医生的资格认证为威胁后，费用降到了 5 000 美元。

用难堪的数据武装自己。去 Medicare 查询你所接受诊疗的收费标准，确定一个合理的还价。Medicare 的付费标准，是医院计算提供的医疗服务的成本后，再加上少量的利润。医院的"国税 990 表"会让你了解其经营利润（盈余），以及它公布的针对未购保险或未足额购买保险的病人的收费政策和标准。根据医院的这些政策，你有机会申请费用减免。费用减免具有随意性，你永远无法事先确定。当某个病人需要为 2 700 美元的急诊费用自付 1 700 美元（保险后付费，不含医生费用）时，他按照要求寄去了自己的工资条。"我一直自认为收入在平均水平上下，不太富也不太穷，所以懒得理会，"他说，"但这一次，我提出了申请并提交了工资条。你瞧瞧，我符合半价支付的条件。"

对那些用现金付费的病人来说，可以利用越来越多的在线支付工具——如医疗保健蓝皮书、普拉特、清健支付、公平保健——对其所在邮区（见附录 1）的门诊治疗的收费情况加以计算和比较。这将有助于证实你要还价的合理性。你要知道，这些工具都是以本地"合理而常规的"收费或本地公开的收费作为度量标准——记住，在某些高收费地区，标准会被定得很高。对一些收费昂贵的治疗过程，有必要看一看其他城市或其他州的价格，有可能会低很多，更适合你来判断价格合理与否。

最后，如果你所在的州推出了功能性收费数据库，那么很幸运你可以在线查询，看看这个州的医疗服务机构，对你所需要的医疗收取过多少费用。不幸的是，由于保险公司及保险计划的诉讼，同时医疗服务机构也不太愿意提交收费数据，该程序的开发和产品质量都受到了制约。

5. 对意外的网络外账单据理力争。 有时候，尽管你一万个小心，刻意在保险网络内挑选医疗服务机构和医疗器械，但在住院治疗期间，总会有一两个医生——病理医生，外科医师助手，或是麻醉医师——来自你的保险网络之外。"我们抱歉地通知你，该机构并未加入你的保险计划，"账单上如此写道。在你所在州的法律和监管机构解决问题之前，你不得不自己做出反击。你有理由拒绝付款。

知情同意是一条基本的法律原则和医学准则。你的核心论据如下：你去的是一家保险网络内的医院，因此你的全部治疗都应该予以报销。你并未被告知那些机构的网络外身份，你并未同意其参与你的治疗过程。医生和保险公司只能自行计算合理的费用。你只需给网络内的机构必要的共付额。对于危重急诊治疗，你同样可以采用这一论据，因为在遭遇车祸或是醒来后仍然神志不清的状况下，对于将被送往何处，你没有什么发言权（见附录5列出的抗议书模板，你可以根据自身情况相应调整。很管用的。我自己就用过）。

对于昧着良心的收费和执业行为，医院和医生有侥幸心理，他们认为，病人出于害怕，不会大声揭发他们的贪婪。但是对于坏名声被公之于众，或是有可能失去本地大雇主的信任和支持，他们同样十分敏感。

第二节 改变体制：我们对医院和医院监管机构的要求

有很多州大张旗鼓地要求所有医院公布冗长而详尽的"患者权利账单"，这往往混杂了荒诞和意义，以及介于两者间的诸多事物。例如，纽约的账单上要包含各种令人费解的项目，比如使用"非吸烟病房"（长期以来，在医院吸烟就是非法的）的权利，"获得诊断、治疗和预后完整信息"的权利，以及"获得账单明细及所有收费说明"的权利。但预先获知费用的权利一直没有被纳入。不被乱收费的权利同样没有被纳入。

对病人友好的价格披露机制

医院其实很容易向我们提供收费预估,甚至是精确费用。选民们应该为获取这些数字而游说州级监管机构,至少迫使医院更详尽地公开医疗费用。

每家医院都有一张主价格表——也就是声名不佳往往藏而不露的收费明细表(chargemaster)——通常由商业咨询机构输入的数据演变而成。自 2004 年起,加利福尼亚州的法律规定,该州境内的大多数医院要将收费明细表发布在监管方的网站上。该法律意在让大家了解,医院是如何计算相关费用的。它还要求州级监管机构确定 25 种最常见的住院治疗情景,就每一种情景,每家医院都要列出平均收费标准。2006 年,该法律颁布了一份附则,要求医院以书面形式,向未购保险的病人提供其在住院期间,它们"合理预计将要提供的"医疗服务的预估费用——如果病人提出申请的话。

实际上,这部法律对病人并没有多大益处。预估服务项目仅限于未购保险的病人,而且仅限于一旦他们提出申请。州级监管机构并未获得授权,对收费明细表"设置上限",无论其多么令人感到愤怒。收费明细表的呈现方式不必遵循任何标准,因此医院之间几乎无法进行价格比较。

其实,医院的收费明细表是故意弄得云遮雾罩的,收费项目多达数万,几乎没有逻辑关系可言,全部采用代码以及普通人很难看懂的医疗缩略语。苏珊·弗利曾在米尔斯半岛医学中心接受了膝关节外科手术,我试着翻译了它的收费明细表:

SURG LVL 4 ADD 15M······ $ 2 190. 43 [4 级病情下(什么意思?),前 30 分钟后,每 15 分钟的额外手术时间]

PT MMT BODY WO HAND 45……$688［某种理疗］

XR FB IN EYE for $407.95［眼内异物 X 光检查］

KAO PLAS DOUB FREE KNEE MOL J……$4 284.02［一片关节置换植入物］

加利福尼亚州的收费明细表的信息相当凌乱，对于病患消费者几乎没有任何用处。其他49个州则根本不要求医院公布收费明细表。实际上，各大医院对自己的价格表看得很紧。即便出现收费官司，法官通常也仅要求医院提供受传讯的明细表相关页面的屏幕截图。

不过加州的法律种下了改变的种子。医院应当以易懂的标准格式，公布价格明细表。一如加州的做法，各州级监管机构实行强制公开。医生和病人也可以通过投票倡议和请愿书的形式，向当地医院施加主动公开的压力。如果医院、诊室、检验中心明白，自己必须将收费情况向每个人公示，那么缝合三针收费5万美元将成为过去。"不收不明不白的钱"应该成为该产业的一种信条。做出这一承诺的医院，我们才照顾它的生意。

应该要求网络内的医院做出保证，所有为你提供治疗的医生都来自你的保险网络。州级监管机构应该坚决要求把这一点写进保险合同，你公司的人力资源代表在协商年度保单的过程中，也应该坚持这一点。医院与急诊医生、麻醉医生、病理医生和放射医生都签有合同。它有预先议价权力，如果医生要在医院系统内从事工作，就要确保他们加入保险网络。当然，不是每个医生都要加入与医院签订合同的众多保险计划。但如果你购买了安泰保险，医院又接受了你的保险方案，那么为你提供治疗的各位医生也应该接受安泰保险。

最近，有若干个州通过了法律，保护病人不再遭遇不明不白的网络外收费。纽约被视为全国的典范。它制定的法律算是开了个好头，不过还不完善。大体规定是这样的，如果你在紧急状态下前往网络外医院就诊，或在网络内医院接受了网络外医生的治疗，那么你只需要支付同保险网络内数额相当的费用即可。其余部分将由保险公司和医院共同解决。

不幸的是，规定仍将责任归于病人。首先，你得知道有这么一部法律。其次，在行使权利时，你要将出错的账单寄回保险公司和医院，同时附上从网上下载的新版意外收费表格，全部复印，以书面形式提交。我在收到不明不白的网络外账单后，曾试着如法炮制，可是在六个月内填了两次表格后，我仍然收到了催款公司发来的月度账单和付款要求；该公司位于遥远的另一个州，似乎并不知道这部法律的存在。

费用全包的"医疗套餐"

针对自付费病人、高自付额保险计划病人，以及不买保险的自由论者，有些医院和外科中心制作了费用全包的"医疗套餐"。拉尔夫·韦伯创建的 MediBid 是一家总部位于田纳西州的在线服务公司，为付费病人和愿意提供合理套餐价的医生提供匹配服务。结肠镜检查和核磁共振检查是申请人数最多的两种医疗服务。结肠镜检查的全包价在 535 至 1 200 美元之间，髋关节置换的套餐价低至 7 500 美元（在海外）或 12 000 美元（在美国），高至 21 000 美元。韦伯先生的妻子需要接受膝盖关节镜手术，预计费用约为 20 000 美元（若在本地医院手术，费用会更高），于是他在自己的网站上对手术进行了招标。弗吉尼亚州一家大学医疗中心的一个外科医生提出了总价 3 700 美元的治疗方案。这对夫妻认可了。俄克拉何马外科中心表示，如果病人愿意支付它所提出的预付费，也能够提供同样的治疗方案。根据俄克拉何马外科中心的网站显示，膝关节或髋关节置换的总收费为 25 000 美元，膝关节韧带修复的收费标准为 6 790 美元。

现在甚至有不少财政紧张的公立医院，也提供全包收费或套餐价，尽管原因各不相同。亚利桑那州马里科帕综合保健系统医院的服务对象包含了众多未买保险和无证明文件的人员，几年前，它开始以 5 460 美元和 6 500 美元的费用，分别向县辖居民和其他亚利桑那人提供价格固定的妇产科服务，不过套餐仅限于未买保险的女性人员。该套餐包含顺产（伴有或不伴有硬膜外麻醉）、产前应诊、医生预约、扫描检查、实验室检验，以及母婴的首次后续治疗。如果县辖女性人员需要急性剖腹产，则额外收取 1 750 美元（非县辖居民收取 1 850 美元），双胞胎加收 200 美元。这些被称为"捆绑式"或"按治疗周期"计费的医疗套餐，不应该仅仅针对现金支付的病人。为什么不能同样提供给使用医疗保险的病人？原因可能是，这会压缩医院在保险报销病人身上的获利空间。

践行慈善使命……或依法纳税

各州市应当更为严格地追查医院的免税资质。2015 年，新泽西州税务法庭的维托·比安科法官撤销了大西洋医疗保健系统医院下属的莫里斯敦医学中心的免税资质，对该产业形成了一道冲击波。此前，莫里斯敦市的市长提请过征收财产税的诉讼。法官在判词中直言不讳地写道："现在的非营利性医院基本是一种法律上的假设。"医院有逐利的医生，以及收入跟银行不相上下的董事长。跟豪华汽车制造商一样，这样的医院也在电视上投放广告。

失去免税资质的威胁迫在眉睫，将会激发医院进一步限制恶性的商业行为——比如将病人的虚高账单转给催债公司——并进一步考虑提供低价的社区医疗服务。否则，一个个获利颇丰的医疗大集团将会跟微软或沃尔玛一样，受到国税局的同等对待。取消它们的免税资质，征税，让它们凭慈善行为获得积分或税务抵扣。很少有地方政客敢于挑战医院的免税资质。在下次市长选举中，将它列为议题。当地的医院很可能就是候选人最大的竞选经费提供者。病人作为选民发出的声音，能够抵消它们的影响。

以反垄断法为武器，击破超大规模的医院集团

反垄断监管机构和代表人民对违法行为提出起诉的检察官，也应该采取更加积极的态度，阻止导致医疗高收费问题的极端的医疗集团合并案。很多法律学者认为，现行的很多反垄断法规都可以加强执法力度。1890年通过的《休曼反托拉斯法案》禁止组建联合企业、垄断企业和托拉斯企业，以起到防止价格欺诈和保护消费者的作用。二十多年后颁布的《克莱顿反托拉斯法案》明确列举了应该禁止的反竞争行为，如各方为限制贸易而签订协议，为形成垄断而实行合并，以及其后果"可能极大地减少竞争，或易于形成垄断"的并购行为。

很明显，诸多不断扩张的医院系统似乎都违背了上述法律。当一家医院不允许院外放射科医生将检查结果传入其电子病历系统时，是否在限制贸易？当神经外科医生与医院为实现急诊病房的排他性病人收治权而达成秘密协议时，是否属于反竞争行为？

"我认为，可以通过合法手段，终止这一势头，"加州大学黑斯廷斯法学院的医疗保健法学教授杰米·金告诉我说，"我希望看到，联邦贸易委员会和司法部具有更多的全球化视野。"联邦贸易委员会和司法部在对医疗保健相关企业合并案件进行司法判决的过程中，习惯采取分治监管模式，即前者对医院和医生监管，后者负责管理保险公司。它们要判断，合并行为实现的效率提升，是否以竞争的缺失作为代价。如果合并过程存在问题，两个机构都可以通过诉讼来阻止，或者以强制令的形式表示质疑。最近数十年间，两个机构都表现得比较亲商，并在职权的使用上有些胆怯。

二十年前，联邦贸易委员会在好几起高调的反垄断案件中败阵，挫伤了它对此类醒目案件的胃口，尤其是因为医院的法务部门资金充足，是诉讼好手。同时，那是一个鼓励医院间开展更多合作的时代，因此合并行为得到了允许。但是现在，医疗保健行业已经到了合并导致价格上涨的阶段，对病人几乎没有任何好处。在很多区域和地方市场，一两家医疗保健集团为达到控制目的，往往使出浑身解数。司法钟摆需要重归其位，联邦贸易委员会需要重塑领导权，并重振法律手段。令人高兴的是，它可能正在这方面有所作为：自2015年年中以来，它连续多次采取强制执法，并取得了几次胜利。

司法诉讼通常由州级检察官启动，联邦贸易委员会随后加入。他们都是选举出来的官员，不少人带有民粹主义倾向。病人是一个巨大的投票群体，应该能够让检察官们认识到事情的重要性。医疗保健集团采取掠食性收费行为，影响不可小觑；年轻的检察官在法庭上高调获胜，会给自己的声誉带来奇效。很多法官也是选举出来的，在这件事情上的公正判决，会让他们赢得公众的信任。

不幸的是，对于反垄断法的现行阐释，往往将病人的诉求置之度外。如果某个医疗保健集团在某一地区并购了全部放射肿瘤中心，并利用垄断地位提高各项收费标准，联邦贸易委员会可能倾向于认可这种局面，因为就经济而言，外地的放射肿瘤科医生有可能进入并设立诊所。正如人们在2016年闹得沸沸扬扬的肾上腺素注射笔诉讼案中所见，当某家药企的某种药品在某地形成独霸地位，并以此提高价格时，联邦贸易委员会出于同样的考虑，对制药官司不采取干预手段。当价格提高后，新的竞争者会加入，从而出现价格修正行为，至少，理论上是这样的。"在这个国家，具有垄断地位并以此提高价格的行为并不违法，"一位政府官员在解释自己的不作为时，向我如此说道，"我们相信，市场会解决这个问题。"

然而，这样的逻辑忽略了新的医生或新的药品制造者在销售服务或产品之前，面临的诸多障碍。需要花费数年时间，才可能有新的医生通过招录，开门执业，谈妥本地保险合同，并从医院获得入院特许权。在这之前，需要接受放射治疗的癌症病人该怎么办？在新药制造商决定加入市场、获取 FDA 的批文并建厂投产的过程中，需要天天服用心脏病药品的老年病人该怎么办？

保护消费者是联邦贸易委员会的最初使命；在对默默的并购行为进行审查和阻止的过程中，它有必要更加主动，而不是等到大型并购发生时，才采取强制性审查手段。根据 1976 年通过的《哈特-斯科特-罗迪诺反托拉斯改进法案》，并购的价值如果低于 7 600 万美元，无需向委员会提交审查报告。但很多医疗保健集团通过渐进的系列小规模并购实现了合并目的：这里并购几家外科中心，那里收购一家癌症治疗中心，一年后再获得几处医生执业点。这种方式近乎形成垄断地位，并游离于监管之外。

当健康至上公司以略低于 2 000 万美元的价格购得太空海岸癌症中心时，该桩交易并不需要接受审查，尽管此举意味着健康至上公司控制了佛罗里达州大片区域内的肿瘤治疗。健康至上既是一家保险公司，也是该区域多家医院的拥有者。这次合并意味着，癌症病人如果没有加入健康至上的保险项目，就不得不前往 56 公里之外，寻找别的医疗服务机构；对正在接受常规化疗或放射治疗的病人而言，这是一种极大的负担。目前，当地的其他医院和肿瘤治疗执业者就这一市场勒索行为提出了多项诉讼，它们认为，健康至上公司利用垄断权力，损害了它们提供癌症治疗的能力。

联邦贸易委员会和州级检察官甚至需要将一些过于庞大的医疗保健系统集团公司分拆，以保证医疗保健市场发挥正常功能。

在联邦贸易委员会的支持下，一些州级检察官表现出加入这场纷争的意愿。2015 年 1 月，马萨诸塞州的一名检察官提起诉讼，主要目的是阻止哈佛大学下属的帕特奈斯医疗保健公司对马萨诸塞州东部地区的三所社区医院和多家医生执业点采取收购行为。该收购方案的危险性，是让帕特奈斯获得"市场力量，强制要求保险公司为其下属医疗服务提供方支付更多的费用"，该案的法官如此写道。同时，艾奥瓦州的一家联邦上诉法院撤销了圣卢克医疗保健集团公司在 2012 年对大型医疗公司萨尔茨医疗集团的收购行为；依据的理由是，与医院和医生可能推高价格的威胁相比，无论效率怎样提升，都显得非常苍白。纽约市康斯坦丁坎侬公司的反垄断律师马修·坎特尔说，类似的案件"是各家医院的起床号"。它们是一道道希望的信号，表示州级和联邦监管机构做好了准备，要对一百多年来旨在保护我们的法令做出更有利于消费者的阐释。

医院的收费及催债标准

马克·卢卡维纳是提供政策与咨询的波士顿社区健康顾问公司的董事长，同时也是有着二十多年经验的医疗保健企业管理者；他说，医疗账单何时被视为严重欠债，既没有行业标准，也找不到法律依据；医院可能在 30 天后将账单转至催债公司，也可能等到 120 天后，甚至可能永远不转。同样，我们无从预测，哪家医院会采取扣押财产这样更过分的手段。基于上述理由，美国消费者财务保护局提出了医疗收费改革措施，比如在账单上写入更为公平更可预期的时间表。然而即便是 2014 年的《医疗债务责任法案》（要求所有信用卡机构在医疗债务结清或解决后立即删除欠债报告）这部最朴素的国会法案，也会因为信用卡机构的反对而无法获得通过。

从财务约定角度而言，病人应该要求医院给出明确的承诺。医疗欠债经过多长时间，账单才可以转给催债公司？六个月似乎是底线，因为保险公司需要花一定时间处理自己的付费部分。医院还应该承诺，在病人对其合法性提出争议期间，不得将账单转给催债公司。如果医院不愿意主动就（本地或全国性的）可接受行为做出界定，那么州级或联邦立法机构应该像对待抵押贷款机构那样，制定相应法律并贯彻执行。

第十五章　保险开支

（甚至没有计入 3 万亿美元的账单中）

第一节　你现在就可以做的事

选择保险计划

选购医疗保险，也许是所有消费者都要面临的一项艰难任务。想想吧，你要在本地的四五家手机服务提供商中进行挑选；再想想，你的选择将决定你或你孩子的生命。比手机服务更难选择的，是要预知来年的你，会有什么样的医疗需求。会有人患心脏病、摔断胳膊、罹患癌症吗？

《平价医疗法案》令人沮丧之处，是其最终文本规定，政府对拨付给"保险引导员①"的 6 700 万美元资金拥有分配权，以帮助病人在它所提供的保险方案中做出选择，即便它们的标准化程度远高于商业市场。

在你选择保险的过程中，在你有疑问的时候，保险引导员都能够提供帮助；他们的服务完全免费，但是，你一定是以纳税的形式在支付他们报酬。他们具有多重身份：有的是跟某家保险公司长期打交道的经纪人（不过他们不能从转保中获得报酬），有的是接受过一定培训的社区组织雇员。你可以依靠他们做出选择，但他们的知识可能只比你多那么一点；因此，在选购保险计划时，要清楚你的选项，并采取一定的策略。

在购买医疗保险的时候，很多病人只关注保费的多少。在几乎不花钱就能获得全保的旧时代，这没有问题，但现在你必须考虑眼花缭乱的全部事项。保费：为获得保障而支付的月度费用。自付额：达到保险起赔标准前，你必须自行支付的费用。共付额及共同保险：病人为每次医疗购买或医疗服务自行支付的费用。自付费上限：某一年度内，病人在遵守保险计划规则下的付费限额。保险网络：为了让保险计划覆盖你的医疗全程，或至少出于全面享受保险计划的经济效益或经济承诺，而必须前往就诊的签约医生和签约医院的总和。

1. **保费**。对那些享有雇主承担型医疗保险的幸运儿来说，要弄清楚你为自己的医疗保险所付费用的比例及总额。当保费只是从周薪支票上扣减的一个数字时，我们并不会有愤怒的感觉。当我为写作本书而告假在家，并需要为全部保费自己开出支票时，才发现每个月要为家庭保单支付 2 200 多美元。

2. **自付额**。在你自掏腰包直到一定金额前，大多数保险计划都不会介入。所谓的高自付额保险计划正变得越来越普遍，在你自付费达到数千美元前都不会介入。这类保险的保费额度较低，曾被称为"灾难保障"。当你常规就诊或检查时，需要自付费，直到你需要手术或发生重症医疗需求，比如，你必须支付的费用超过 5 000 美元或 10 000 美元的自付额。你必须十分清楚自付额度及其计算方式。3 000 美元的自付额是个人单独计算，还是全家合并计算？网络内和网络外的治疗采用不同的自付额度吗？很多保险计划仅将网络内治疗或是保险计划所能报销的治疗部分计算在自付额度内。因此，无论你是选择每星期支付 250 美元

---

① 根据《平价医疗法案》的规定设立的专门机构，旨在帮助美国公民了解医疗保险的有关信息等。——译者

的私人心理咨询费，或是为不在保险计划处方集内的新型哮喘吸入器支付 350 美元，都无法算入保险生效所需的高自付额。

3. 共付额及共同保险。不久前，共付额可能是个固定数字，也不算高，比如，看一次医生或开一次处方 20 美元。现在，病人支付一张医疗账单的费用差别很大，往往取决于医生账单或药品价格单的一定比例。魔鬼在细节中。你的共付额可能取决于治疗者是全科医生还是专科医生。对药品而言，这取决于该药是否列入你的保险计划的处方集（即该保险计划与药品制造商签过合同），以及你的保险公司将其视为广泛使用的基础用药还是较少使用的专用药。利润往往是首要尺度，所以药品等级的划分，通常并不出于医学需要，而是基于合同价格。保险公司将仿制药或廉价药划入较低等级，而将更昂贵的药品划入较高等级。低等级药品可能只需要 5 美元的共付额，高等级的"专用药"则需要病人支付 30%的费用，导致自付费总额高达数千美元，即便这些药品有时找不到替代药，而且对于病人不可或缺。

请密切关注保险计划对于共付额的构成规定，并记住你自己通常的医疗需求。如果你看医生的频率比较高，就不要购买那些对就诊有按比例共付额要求的保险计划。如果你经常需要血液检查，就要寻找无需病人共担网络内实验室检测费用的保险计划。如果你每个月要看一次急诊——比如，你有一个易遭意外的孩子——就要避开每次急诊都需 500 美元共付额的保险计划。你应该知道，急诊是作为一次就诊予以报销（20 美元共付额），还是要求 30%的共同保险付费，后者就算不让你自付数千美元，也会让你承担数百美元的费用。最后，也许最为重要的是，务必确认你的常规用药被列入保险公司的处方集，及其报销幅度。有没有条款要求你试用保险计划认为的"更经济有效"的药品？仅仅因为你和你的医生觉得某种药品是维持你健康的必备药，并不意味着你的保险公司会承担其中的费用。

4. **年度最高自付额**。病人自付费年度上限这一理念，是《平价医疗法案》的一项重大改进，它让罹患重大疾病的病人免于失去住房，或是花光全部退休积蓄。2016 年，个人法定上限额度是 6 850 美元，家庭法定上限额度为 13 700 美元（有些保险计划规定的自付费上限额度低于法定额度）。不过，跟自付额一样，你必须清楚，保险公司如何定义上限额度，以及哪些项目可以计算在内。例如，有的保险公司并不将药费计算在内，或者即使你已达到上限时，仍要求你为就诊承担共付额。你认为必不可少的但未经保险公司批准的治疗过程，不可能被计算在内。这意味着你要务必注意，即便尚未达到自付额度，也要提前获得批准并填写申请单，以通过适度的积分达到上限，从而让保险担起费用责任。这同时意味着，如果你选择世界知名的专科医生，而非网络内医生看病，很可能要自己支付费用。

5. **保险网络**。选择保险网络也许是购买医疗保险过程中最为重要和最为艰难的部分。众所周知，保险公司提供的信息严重过时，可靠性差。记住，同一保险品牌下的保险计划并不完全平等：比如，安泰的某种保险计划认可的某个皮肤病医生，可能被它的另一种保险计划视为网络外医生。你必须弄清细节。同理，不要被网络名称中的"自由""自主"等字眼所迷惑。那都是销售手法和品牌策略，并不意味着更多选择或更多选项。在保险网络变得十分狭窄的时代，务必要清楚，在你的现住地区之外，执行怎样的报销政策。《平价医疗法案》允许不满二十六岁的孩子享受父母的保险计划，但很多家庭发现，新的保险计划并没有为他们刚成年到其他州上大学或首次就业的孩子提供网络内的报销政策。虽然 Medicare 全国通用，但六十五岁以下的南北迁徙人员——即半年时间在佛罗里达州或亚利桑那州度过，其余时间在北方度过——也许迟迟未能发现，他们的商业保险要么保障甲地，要么保障乙地，而不能甲乙两地同时保障。

挑选最佳选项时,最简单的策略往往是反其道而行之。如果你希望留用现在的医生或儿科医师,不妨给诊室打电话,要一份医生加入的保险计划名单。如果是你本人或你的保险项目保障的某个人出现重症状况,需要留用某家医院或某个医生,请从这一步做起。我的孩子在十几岁时接受过复杂的神经外科手术,所以,之后选择保险计划时唯一最重要的考虑因素,便是那位医生(以及他执业的医院)是否在我的保险网络中。请留意保险计划为当地人可能需要的医生类型(例如,骨科医生和妇产科医生)提供了合理的本地选项。很多保险缺乏这样的专科医生。在医疗机构列表上,请留意几十个医生地址雷同的现象。这往往是某家医院内设或附属的诊所,其经营者可能是一帮受训医生或实习医师。这可能是看病求医的好去处,但你应该通过电话查询其执业属性;你可能不会每次就诊都遇到同一个医生,而且实习医师过几年就会离开,从而让你的治疗失去了连续性。你应该事先确定,对此自己是否介意。同时还要做好摆脱定式思维的准备。很多女性偏爱妇产科女医生,但如果你愿意像我那样接受男性医生,你会有更多机会,在网络内找到经验丰富的妇产科医生(在曼哈顿的住家附近,我偏爱的医院几乎没有接受过完整训练的女性妇产科医生)。

在考虑保险计划时,要仔细审读医院提供的网络内医疗项目。尤其要注意医院的专科项目。哪家医院都能切除阑尾、治疗哮喘、接生孩子,但有些病症需要较高水平的专业技能。该保险网络是否包含一家设有精良的新生儿重症监护单元的邻近医院,或是指定的全国性癌症治疗中心?例如在纽约市,如果患上了罕见型癌症,我希望保留前往斯隆·凯特琳癌症中心接受治疗的选项,就是作为第二选项也不错。如果是自付费,哪怕是网络外的切片检查或某些检验项目,也可能要花费数千美元。

6. **健康维护组织选项**。多项调查结果表明,美国人极为看重"选择医生的自由权利"。1990年代初,有很多健康维护组织咎由自取,因为对于成本节省的关注大大超过高质量医疗保健,所以名声极差。不过,有些组织活了下来,并在其封闭网络内提供优质的医疗服务。就医疗保健而言,特别是价格和质量信息缺乏透明,同时我们又受到大量误导广告的狂轰滥炸,选择能力可能不如情感判断那么重要。

简·莫耶是宾夕法尼亚州的一名教授,曾经替美国和欧洲多家大公司设计过医疗保健福利方案;令她吃惊的是,自由权利是这样一种美国式优先权。"我的学生说,他们希望享有选择权和控制权,"她告诉我说,"即便他们知道,其他方式会带来更好的结果和更低的价格。但当我问'那么你如何选择医生或医院'时,他们往往回答'我会向邻居们打听'。这种做法没有任何意义。"

从理论上说,很多保险计划制订者和全科医生都是健康维护组织这类封闭式医疗系统的忠实拥趸,因为来自不同学科的医生不是各自为政,而是通过共事的方式,提供着高度协作的医疗服务。实际上,很多医生和医疗保健研究者都把美国退伍军人事务部系统视为全包型医疗服务的楷模。它有很多令人羡慕的特点。

近年,一些老兵医院不断受到抨击,原因是候诊时间过长,尤其在精神健康等一些服务领域;管理者为了声誉会篡改候诊数据。但是,我们发现这些不足的原因之一,正在于退伍军人事务部以系统的方式展开运作,并具有一定的标准和透明。它公开发布药品价格,并在谈判中利用其购买力获得了理想的折扣。对于病人应该多久做一次结肠镜检查或宫颈涂片检查等特殊检验项目,它制定了明确的标准并严格执行。对不同类型的医疗预约,它公布了候诊的最长时限,非急诊医疗项目一般为三十天。对于不遵循标准的行为,它还配有追踪机制。

退伍军人事务部对病例实行集中管理,以便医生能够了解,其他医生为这位病人做过哪些事情。因为所有治疗措施均来自固定预算,无需就每个阶段单独付费，为病人开具无法从中获利的检查项目的诱因也就不复存在了。因为没有设施费用，所以但凡能在诊室完成的治疗项目，也就没有了转移到手术室的冲动。它也很少花钱做市场推广。

最近刚开始在老兵医院工作的一名医生告诉我，他为能够加入该系统而感到欣喜，因为在这里很容易采取预防性医疗措施。他提到了退伍军人事务部举办十年之久的"运动！体重管理计划"，它为肥胖症患者和Ⅱ型糖尿病患者提供咨询及体育锻炼项目，已发展成美国最大规模的医疗计划。每个老兵都要接受年度体重筛查，还会根据需要提出转诊意见。"我在私营领域还没见过如此全面的体重管理计划，"这位医生说，"［私营领域］对这类病症的治疗方案定位于有利可图的昂贵药品，以及利润可观的减肥手术。"

长期的经济诱因为健康维护组织开展良好的医疗服务提供了支持。因为病人惯于数十年或更长时间内使用这样的系统，健康维护组织能够采取预防性治疗，大幅延后疾病，并由此获得利润。在商业领域，病人和雇主每年都要四处求购更好的保险项目，顾客今年光顾这里，明年又找了别家。一份大型文献的比较综述部分如此写道："总体而言，现有文献表明，退伍军人事务部提供的医疗服务比［私营领域的］非老兵医疗系统更受青睐。"当然，只有老兵才能享受这一系统。

私营领域的一些健康维护组织提供了类似的全包型治疗服务——与堪称简陋的老兵医疗系统相比，它有更好的设施以及深受喜爱的亲民特色——因此声誉也更好。位于犹他州和爱达荷州的Intermountain医疗保健公司，以及位于宾夕法尼亚州东北部的Geisinger医疗保健系统公司，是两家颇有名气的医院。在加利福尼亚州（在西北地区及华盛顿特区留有少许印迹）覆盖大片地区的恺撒医疗集团，是被普遍认可的健康维护组织的领头羊，经营着数百家诊所及数十家医院（该组织肇始于1930年代末及1940年代，由为恺撒家族船坞系统的工人提供服务的公司型医疗保健计划演化而来)。

恺撒医疗集团提供的护理及治疗,包括预防性就诊均遵循一定的规则。医生的报酬由薪水和少量奖金构成,而奖金的计酬依据是维持病人血压的稳定率,而非所谓的"生产率"。专科医生比全科医生挣得多,但相比"用钱换服务"市场里的医生收入差距要小很多。恺撒医疗集团在信息技术上投入重金,使得会员和团队中数量众多的医生、护士以及辅助人员获得更好的交流。如果你因为皮疹而向全科医生求诊,他会把图片传给皮肤科医生,并能立刻了解到专科医生的诊断意见。如果某位会员为疑似中风的诸多症状而担心,则有神经科医生和心血管医生全天候待命,随时可以视频通话。比如,在与病人交谈的过程中,专科医生会观察他的嘴形,为做出诊断结论而收集重要的临床证据。对于这些服务项目,均不收取额外的费用。

恺撒医疗集团拥有病人的惠顾和医生的忠诚,其中有些专科医生如果私人执业,赚到的钱可能远多于现在。健康服务组织在 J. D. 鲍威尔的年度医疗保险计划质量排行榜上通常表现优异,在加利福尼亚州、科罗拉多州、中大西洋地区、太平洋西北地区和东南部均排名第一。服务于中大西洋各州的恺撒医疗集团,是东海岸地区的前哨阵地;55 个类目中的 10 个类目在数百家医疗保健系统中,包括乳腺癌治疗在内,排名高居第一。

为让病人能够用上专属设施,恺撒医疗集团等医疗系统承受着巨大的压力。载着胸痛病人的救护车没开多远就会经过其他医疗中心,期间接到各种指令,最终还是送入恺撒医疗集团的一家附属医院。不过,正如我们所见,救护车载着你进入"用钱换服务"领地时,受到很多因素的制约,这些因素多跟经济有关。

1990 年代,健康维护组织转而针对低端市场,主要为各个工会,以及无法承受昂贵的"用钱换服务"选项的人群提供服务。不过到了今天,在美国有些地方,它们也成为在哪里都能看病的诸多病人的选择。"恺撒医疗集团关注的东西,对我很重要,"在伯克利担任医疗保健经济学教授职务,同时也是恺撒医疗集团会员的詹姆斯·罗宾逊说道,"医院刚建成,治疗水平高,而且它们用的是仿制药,也不会在你生孩子的时候送上免费香槟。"

如果你正在考虑要不要加入健康维护组织,请查询以下事项(不幸的是,某些州并不具备满足以下条件的保险计划):

真正的全系统综合服务;免用独立执业的医生品牌(例如,骨科医生能否及时得到传染病专科医生的建议?或者,你是否需要安排两次预约,以实现分别计费?)

薪金制医生;没有绩效奖。

医生管理系统——或者,至少将重大决定权交给医生。

对技术的有意义应用:数小时后实现病人和护理人员的沟通;在健康维护组织框架内免费使用全部病历记录。

当健康维护组织无法为罕见病患者提供所需的专家意见或治疗方案时,转诊至外部医疗机构的程序明确,并有先例可循。

7. **非营利性选项适合你吗?** 最后,请随时特别关注非营利性选项。应《平价医疗法案》而成立的合作组织,现在所剩无几;在商业社会里,人们对非营利性保险公司的了解十分有限。目前,非营利性保险计划少之又少,但是,正因为非营利性保险公司没有股东,你缴纳的费用一分钱也不会转入投资者手里。它们的首要客户就是你,以及你的健康。当然,在这个花招频现的行当里,如果选择自我标榜为非营利性的保险公司,你需要具有相应的勤勉精神:2015年,加利福尼亚州在注意到加利福尼亚蓝盾保险公司的行为与其名称并不相符后,剥夺了它的非营利身份。我希望看到复兴的保险计划回归旧日，非营利性的蓝十字蓝盾保险计划让人们联想到可信赖的品牌，而非唯利是图的大公司。

第二节 改变体制：我们对保险的要求

在挑选购买保险时，我们有权享受更简单更透明的保险体制。有些改革项目能让这一点变成现实。雇主和保险监管机构可以有所作为，通过使用现有权力，并将法律付诸实践，从而抑制现在的体制无度。但是它们狭隘地理解手中的权力，向医疗行业做了大幅让步。雇主将错综复杂的保险计划设计任务交给咨询机构，然而咨询机构的水平参差不齐，它们成功的唯一标准是控制不断攀升的支出。应该让消费者敦促监管机构和雇主，运用它们巨大的影响力，让病人有更美好的期待。

州级保险监管机构

2015年1月，加利福尼亚州的保险局局长戴维·琼斯在宣誓就职时，引发了轩然大波。他颁布了一道名为《紧急医疗提供者网络充裕度监管》的新法令，因为很多医疗保险公司提供的医生数和医院数都十分有限，病人几乎无法在有限的网络内得到应有的服务。结果，"消费者被迫交纳高昂的网络外收费"，他说道。

新的监管条令提供了好几种解决办法。它要求保险公司的名单上有足够的全科医生、专科医生和医院数量，以满足投保人的医疗需求，同时要随时更新目录，并保持内容精准。这些条款看似浅显，其实具有划时代的意义。琼斯先生是在哈佛受过培训的法律援助律师，也是他这个领域的异类：在其余的大多数州，保险局局长都是来自保险行业的资深管理人员，能很好适应行业需求。

在保险政策监管方面，大多数州级保险局局长一直过于被动，一方面是背景使然，另一方面是公众压力很少形成合力。他们并不主动制定规则和标准，而是等着病人们上门投诉。在翻完一堆堆医疗账单后，有多少病人具备相应的知识和精力，向州级官员投诉？

由于缺少事前监管，医疗保险机构目录上的错误到了令人发笑的程度，处方集同样好不到哪里去：前后两个月间，一种仅需20美元共付额的低等级药品，突然跃升至需要为1 500美元成本支付20%的等级。

消费者应该看到，医疗卫生保险政策有公正的标准，而且由各州强制执行。如果你的医疗保健达不到这些标准，请向你的公司和保险局局长大声提出抗议。

1. 网络内医疗提供方的合同有效期必须同医疗保单保持一致。消费者基于医疗机构列表购买保险，因此，它不应该在保单有效期内做出改变。

2. 如果某一治疗过程被纳入保险方案的报销范围，那么与该治疗过程相关的所有正常检验和辅助服务也应该纳入报销范围。麻醉医生、病理医生或术中监测人员开具网络外账单的行为应该结束了。

3. 医疗机构目录必须随时更新（计算机很容易做到这一点）。

4. 如果没有其他选择，只能采用网络外的设施或机构开展治疗，病人应当仅支付网络内的医疗费用（比如急诊治疗，或是病人所在医院没有执行网络内转诊）。

5. 描述医生和医院时，目录不应该采用无意义的类目，比如"网络内但不接诊""该治疗过程为非网络内"或"不接诊新病人"。类似用语被人为地添加至保险公司的列表，使其机构网络看似规模庞大，实则对病人没有任何用处。医疗机构如果想从我身上获取丰厚利润，同样应该为了微薄利润而服务于我。

6. 合理表述年度"自付费"上限额度。房产危机发生后，监管机构要求银行在描述贷款条件时，必须明确无误；保险公司同样要做到明确无误。从实际情况来看，该上限额度可能包括或不包括药品费用和网络外的治疗费用。加利福尼亚州兰开斯特市的玛丽莎·莫平发现，以上费用在两年间的差额高达 50%，这一巨大差额对于你要么毫不知情，要么隐藏在多达 30 页的法律文件中。

《平价医疗法案》在解决消费者关切上，朝着正确的方向迈出了微小的步子。例如，它要求保险公司提前公布并说明保费增长超过 10% 的方案，并赋予了州级或联邦监管机构审查的权力。从理论上说，这一权力让专家有机会"对保费增长方案是否基于合理的成本假设和可靠的事实依据做出评价，让消费者有机会对涨价方案发表意见"。但是，在大多数州，监管机构无权否决涨价方案，从而使这一权力形同虚设。即便在拥有所谓"提前审批"权力的州，保险局局长们也都弃之不用。

"通常而言，保费审查主要是看它的精算是否准确：算术做对了吗？假设合理吗？"亨利·J. 恺撒家庭基金会的拉里·莱维特告诉我，"主要包括大家都知道的不可预知性假设，如医疗保健成本是上升还是下降。基于你的假设，就能得到你所希望的保险费用。"

在《平价医疗法案》框架下，9.9% 的费率涨幅无需监管或合理说明即能获得通过，即便很多病人觉得这同样带来了经济压力。有些州甚至尝试进一步放宽医疗保险的审查标准。例如，2012 年阿拉斯加州提议，将保费涨幅的报告和审查门槛提高至 17%。

监管机构还应行使权力，评判保险公司的网络覆盖是否充足。在方圆 15 英里内保险方案有没有足够的专科医生？投保人如果有紧急情况，能否在几天内看上医生？如果是非紧急情况，能否在两周内看上医生？在合理的地理半径内，除开接纳实习医生的教学型诊所，整个网络是否含有接受过完全训练的医生提供癌症治疗、妇产科治疗，以及急诊治疗？在城市或乡村，半径范围分别是多少？需要制定标准。

最重要的是，我们有必要聘请一批消费者权益维护者——而不是业内人士——担任州级保险行业管理者。只要我们用心，就能影响从事这份工作的那些人。盯紧你的州级保险局局长。三十七个州的州长悄无声息地任命了保险局局长，几乎从不接受公众的审核；在弗吉尼亚州和新墨西哥州，保险局局长由"一个多人委员会"提出任命意见。这个岗位对于你的医保极端重要，普通大众应该参与人选的审核。如果你的州保险局局长碰巧是一名选举上来的官员，请注意这一非重要职位的选举问题。

设计更具创造性的保险计划

大多数美国人经由雇主和工会购买保险，它们在与保险公司谈判的过程中，会要求后者提供新的以病人为中心的产品。一些小规模应用的模式引起了大家的兴趣，应该在更大范围内使用。当你挑选保险计划时，请注意以下特点；或是请求你的公司利用其体量，在为雇员挑选保险计划时，要求保险公司做出类似的创新；大雇主和工会具有这样的影响力——只要它们愿意。一些新成立的保险企业对客户求之若渴，只要它牢记在这个僵化的领域里立志颠覆性创新的诺言，就会迅速采取行动。

1. **参考定价**。加利福尼亚州的公共部门雇员及退休人员的医疗福利管理机构 CalPERS 以及西海岸的一些大公司正在对所谓的"参考定价"创新项目展开实验，大体是发挥签约保险计划的作用，激励医院或医生针对关节置换、白内障手术和结肠镜治疗等常见医疗过程，设计价格合理的全包型医疗套餐。

CalPERS 发现，它向各家医院支付的关节置换手术费通常在 1 万至

12.5 万美元之间，于是它聘请了一帮医疗保健研究人员来决定，什么样的费用能在加利福尼亚州买到高质量的医疗服务。研究人员的结论是 3 万美元这一"参考价格"。CalPERS 随即告知保险供应商和应保病人，自己将为关节置换的住院治疗提供上述的报销标准。如果病人遵循这一价格，或选择价格更低的选项，他的共付额将一如从前。如果病人选择收费更高的医疗中心，他就要支付共付额和全部差额的总和。因为 CalPERS 代表了近 200 万名会员（它还代理了一些家庭成员的医疗保险），加利福尼亚的各家医院情愿低头接受这一参考价格，也不愿意失去潜在的客户基础。在加利福尼亚州，收费低于 CalPERS 参考价格的医院数量，从 2011 年的 46 家增加到了 2013 年的 72 家。

同样，参考价格也给病人新的动机，去选择费用低于这一标准的医院。高自付额医疗保单的一大问题，就是让病人在费用低于 5 000 美元或 1 万美元的门诊检验项目上更具有成本意识和（也许）判断力，但在事关 10 万美元以上的住院治疗决策上对病人没什么影响力。在美国的医院无论是接受癌症化疗、心脏手术，甚至是髋关节置换术，年度最高自付额几乎都会压得你喘不过气来。超过这一标准，保险公司就开始支付费用，病人则不再关心费用事宜。参考定价改变了这种状况。

在实施后的两年时间里，参考定价政策为 CalPERS（以及加利福尼亚州的纳税人）节省了 280 万美元的关节置换手术费、130 万美元的白内障手术费、700 万美元的结肠镜治疗费，以及 230 万美元的关节镜检查费，并且对治愈率或病人满意度没有任何影响。

2. 打包付费。各种医疗接触越来越多地采取分解式收费，导致医疗费用的不断上涨。Medicare 做出反击，实验性地开展新型的全包付费法或打包付费法，应该会有更多的保险公司跟进。总体而言，打包付费法跟参考定价效果同样，尽管它并未考虑病人在医疗问题上是愿意省钱还是花钱。

一段时间以来，Medicare 通过诊断关联组合系统，对住院治疗费用（主要是病房费、膳食费、护理费和检验费）中直接支付给医院的部分实行了打包制。以参保 Medicare 的肺炎病人为例，不管做过多少检验项目或是住院多少天，医院收到的是一笔固定费用。不过，Medicare 最近才总结说，它可以采取更明智的做法，将治疗过程中的各个方面捆绑打包，而不仅仅针对病人的住院费用。

当肾透析中心被允许针对透析和抗贫血药物怡帕津的注射单独收费时，各诊所开始大量地使用这一药物。贫血是肾功能失调人群的常见病。截至 2005 年，怡帕津已经成为 Medicare 保险计划中支出最大的单种药品。这是真的，即便多项研究结果显示，怡帕津对肾功能失调性贫血病人并没有特别用处，甚至可能有危害性。随后在 2011 年，Medicare 宣布，肾透析实行单次打包付费，医院平均可以拿到 230 美元的费用，包含所有的注射药物或口服等效药，以及常规的实验室检验项目。怡帕津的使用大幅减少了。

2016 年 7 月，Medicare 提出，基于一项历经多年验证的志愿计划，它将对全国多地的髋关节置换和膝关节置换实行全包付费法。该打包法覆盖了手术建议日至手术后九十天内的全部治疗费用。报销标准为医院、医生、理疗，以及康复所需要的全部费用。各方将实行单独收费，如果收费总额低于打包标准，医院可留用部分余额。如果高于打包标准，则将自行承担。

从试点项目来看，该计划获得了巨额盈余，效果相当明显。例如，在纽约大学兰贡医学中心，髋关节置换术的费用和标准操作都因为经济因素发生了巨大变化。当每个治疗过程不再单独收费后，医院认为病人只需支付 742 美元的住院康复费用，而在项目试点前则需要支付 6 228 美元；医院还认为，病人如果过度肥胖，那么在体重降低前不能接受手术,否则作用不大,甚至情况更为复杂。其他医学中心总结说,髋关节置换术后,延长常规理疗时间(目前在美国的收费标准通常为数千美元)的效果,不会超过病人在家自己训练,在欧洲很多国家病人就是这么康复的。

Medicare也在考虑,如何针对更多的慢性疾病实行打包付费。例如,理论上,全科医生每个月可以收取50美元的管理费医治哮喘病人或高血压病人。医生因此不再出于获利的冲动,打电话让病人到诊室就诊或开具其他检验项目。这一改变很重要,因为居家监护条件大为改善,调整服药剂量等医嘱很容易用短信来传达。

如果做到极致,打包付费法甚至会演变成所谓的"人头"付费制度,也就是为满足病人的全部医疗需求而每年向医疗系统支付费用。2015年1月1日,波音公司代表27 000名雇员,与华盛顿州的两家医院系统签订了合同。它为雇员的全部治疗,按人头每年向两家医院系统支付费用。这桩交易跟健康维护组织的治疗,以及历史上的第一份保险方案,也就是一个世纪前得克萨斯州教师联合会和达拉斯贝勒医院达成的协议相比,具有诸多共同之处。

各州拥有广泛的权力,只要它们愿意,就可以强制采取类似的创新型保险方案。就本质而言,医疗保健是一种地方性服务。过去数年间,佛蒙特州和科罗拉多州曾就采用某种州级单一付费制度展开过争论,尽管最终都以失败告终。

最特别的是,马里兰州一直在医院的费用支付方面鹤立鸡群。超过三十五年来,它独立设置的医疗服务成本审查委员会对住院费用制定了打包标准;包括Medicare在内的所有保险公司,就每个病人的同一治疗支付同样的费用(要开展类似的实验,各州仅需要从Medicare和Medicare服务中心那里获得一份弃权声明)。

2014年,马里兰州开展了更大胆的实验项目:该州基于各个系统的病人数量，对医院实行"全面付费"制度——类似于波音公司为雇员争取的人头付费合同。医院必须谨慎而充分地使用经费，服务于病人的身体健康，不能通过增加就诊次数和治疗来谋取利益。病人和保险公司仍会收到基于治疗开出的账单，因为它将被用来确定共付额。如果治疗减少，导致预计收益低于全面付费标准，那么医院可以保留节省的部分费用。

只要保险公司围绕打包项目构筑明确的围墙，并不遗余力地捍卫它，打包付费就能成功地控制医疗开支。如果生孩子的打包费用不把硬膜外麻醉明确包含在内，医院就会有想法，意欲提高此项收费标准来赚取利润（当人们为了免交护理费而把孩子留在病房时，有多少产妇被收取了"母婴同室费"？）。如果背部手术的打包费用不包含神经系统监测，病人就有可能为这一基础性服务项目收到巨额账单。如果为每个糖尿病病人或高血压病人额外支付一笔"管理费"，医院就会产生冲动，设法将更多疑似病人纳入上述类目，而不会费心鼓励他们改变生活方式。

需要采取更好的措施，确保预防性治疗项目有所增加，而且在治疗，尤其是费用昂贵且高度专业的治疗减少的情况下，质量仍然维持不变。全国性研究项目显示，估计有三分之一的治疗并无必要。医生如何才能确定，昂贵的托力克镜片或莫氏手术对哪些病人有用？在一个做得多赚得多的制度下，没有人会真的想知道上述问题的答案。打包付费法为医学界赋予了新的诱因，去弄清什么样的治疗才会产生最好的疗效。

商业保险公司对于打包收费左右为难。那意味着医院不会单纯地将成本账单转交给你，而总是想着增加 5 000 美元或 10 000 美元，保险公司不得不为此展开更为艰难的较量。习惯于想怎么收费就怎么收费的医院、医生组织，以及药品和器械制造商，对此提出了反对意见。如果我们千头万绪的医保制度需要转向打包收费制，那么所有的参与者都会彼此博弈，以获取自己的那一份利益——而不仅仅是在病人身上得利。

3. 满足病人需求的保单。尽管新的保险产品有效地保护了产业利益，我们（以及我们的雇主）应该要求它们提供新型的保险计划，以更好地保障我们的医疗保健，并且使之变得更加便宜。

例如，我在美国没有见过将病人的共付额同治疗的医学价值相关联的保险计划。保险公司可以设计出类似的保险计划，为急诊或急诊手术以及基础药物提供100%的报销额度，为可选可不选的或完全可以不选的治疗提供80%的报销额度。这样的保险计划将不再覆盖心脏搭桥手术和阑尾切除手术，同样也不再覆盖可选可不选的鼻窦手术和膝关节置换手术。费用全包的鼻窦手术可以有所推迟，直至病人经过六个月的鼻用类固醇试用，使过敏症得到更好的控制；膝盖疼痛患者需要认真尝试为期六个月的减肥计划，然后才能动刀。针对这两种情况，多种替代性的过渡性医学干预都将被纳入报销范围。在很多欧洲国家，哮喘吸入剂和胰岛素等药品均免费提供，因为它们预防的疾病，将导致昂贵的住院治疗和长期并发症。逐利型保险公司或许不会在意将来某一时候的医疗费用，因为人们可以年复一年地改变自己的保险计划，但公司和工会希望更长时间地留住工人，所以它们应该仔细掂量保险计划的长期利弊。

对致力于改善健康状况或坚持采用推荐的预防性治疗措施的病人实行奖励，也是德国一些疾病基金的做法。定期接受牙科检查的病人，如果需要补牙，有资格享受打折优惠。为健身会员提供补贴，或免除全部费用，前提是该会员每周至少去健身房锻炼两次。指南针专业保健服务公司设计了多个健康项目，购买保险并且达标的会员，可获得来年减免保险费用的奖励。对于那些从不抽烟或已经戒烟的病人，保险计划以0%的共付额为其肺癌治疗提供保障。

保险计划应该拒绝那些不诚实的"设施费"。2013年Medicare的一项研究结果表明，某家医院的超声波心动图检查（50%的利润来自设施费）数量每年增加 7%，即便现在的超声波心动图检查仪微型且易于携带，在地铁或公园躺椅上都可以使用。

多年来，保险公司本应该对这样的收费说"不"，但只要这笔费用能够以提高保费和共付额的形式转嫁给消费者，它们就会一分不差地照常支付。2013 年，Medicare 支付委员会引入"地点中立支付法"（MedPAC），即不管在什么地方实施，对于研判费、手术费和检验费均实行固定费率。因为医院不再收取附加费，也就不再有更多的耗资数万美元的微型外科手术，不再有更多的医生诊室为获取利益而被更名为医院。据估计，地点中立支付法每年为 Medicare 节省约 5 亿美元的费用。

奥巴马总统在 2016 年的预算方案中支持了这一想法，当然也招致了来自美国医院协会等团体的强烈抗议。国会最终通过的 2015 年《两党预算法案》中加入了一条苍白的妥协意见，禁止医院为该日期前未被视为医院组成部分的医生诊室实施的手术开具设施账单。这是朝着解决大问题方向迈出的一小步。所有更名为医院的医生诊室可以继续收取设施费；同时，该条款仅适用于 Medicare 病人，并于 2017 年生效。此外，医院实施超声波心动图检查或植入宫内节育器等简单检查和简单医疗的行为仍完全合法，而这只会给病人的账单再增添一笔数额不菲的设施费。

第十六章　药品及医疗器械开支
（在 3 万亿美元的账单中占 15%）

购买轿车、面包、电器，乃至每一样东西时，美国人都会货比三家，唯独药品除外。一半以上的美国人习惯于服用处方药，无论是片剂、饮剂，还是膏剂，都受到了严格的管理。我们应该可以（简单而容易地）从最便宜的供应商那里，以最低廉的成本购买药物，但是做不到。月复一月，药品的价格会发生变化，个人付费随之变化，而我们在药店的柜台拿到配药之前，对此完全一无所知。我们要付多少钱，取决于我们的保险计划，以及它规定的处方集。

2015 年，72% 的美国人认为药品支出不合理，约四分之一的人表示药价难以承受，穷人或不健康人群的比例迅速增加。调查表明，有数百万美国人出于成本考虑，不愿意配处方药。政府终究要采取措施，解决药品支出和不公平现象的重负，因为实际上每个政客都认为这是个大问题。不过，很多人根本等不到这种沮丧超过首都交通瘫痪的那一天，所以最好同时采取一些个人策略，以削弱它的影响。

第一节　你现在就可以做的事

对于正在服用的药品，多了解它的成分和价格。很多价格昂贵的处方药，只不过是同一种旧版药的重新调配，重新获得了专利，疗效并没有改进。两种药品的复合片剂、缓释剂、乳膏剂和软膏剂的配方，往往跟原有的廉价剂型相差无几，而且药效相同。例如，如果你愿意服用两颗药片，而非一颗，会给你省下不少钱（正如我们在多爱喜案例中所见，两颗药片的柜台售价有时甚至只占复合药片的一小部分）。不要把售价的陡增等同于质量的提升；琢磨一下替代药品。向你的药剂师或医生打听，有没有更经济有效的方式服用处方药。

针对创口感染的涂抹型抗生素，我最喜欢用的是一种名叫莫匹罗星（商品名：百多邦）的制剂，有软膏剂和乳膏剂两种类型。透明的软膏剂是老剂型，已经过了专利保护期，售价 10 美元一支。当软膏剂的专利即将过期时，制药公司推出了白色的乳膏剂，售价 115 美元；以我的经验来看，质量既不会更好，也不会更差。开处方的医生很可能并不清楚其中巨大的价格差异。很多类固醇乳膏剂的实际成分不过就是略经改良的氢化可的松，但售价往往高得离谱。有的痤疮制剂（如医皮痘）一个月就要花费 100 至 300 美元，不过是价格更便宜的仿制外用抗生药、维生素 A 与过氧化氢的衍生剂。

查一下保险公司的处方集，弄清它是否报销同一药品的不同含量规格。一个病人发现，她每月四次隔夜使用常规甲状腺药品后，需要支付将近 300 美元的共付额，因为她使用的药品规格已经从保险公司的首选处方集中删除了。不过她还发现，只要她购买更高含量规格的药品（仍旧在处方集中），并将其一分为二，就可以对上涨的价格忽略不计。

货比三家

GoodRx.com 既是一家网站，也是一款手机应用程序，它能让你了解每一种药品在你所在地区药店的现金售价，并提供优惠券（不用保险，才能打折）。药店的处方价格，很大程度上取决于经由药店、制药商、药品福利管理者和保险公司达成的批发价，以及药店的利润。在有些情况下，现金全价会低于保险的共付额，原因之一是很多连锁药店为了招徕顾客，就一些常见药物提供了探底价。如果遇到这种情况，请告诉药剂师，你希望改用现金支付（参见附录 1 定价/采购工具）。

药剂师可能会告诉你（我在试图用现金购买一种处方药时，就听到了这样的话），如果买了保险，你"就必须使用"。情况不是这样的：法律没有说，规章没有说，你也没有签过一份弃权声明说，你不能用现金购买处方药。药店希望的，是强制你通过保险购买药品，以获取更高的价格和利润。使用你作为消费者的权力，要么投诉，要么将处方转给另一家药店。

自 2016 年起，GoodRx.com 为 Medicare 病人提供在线平台，他们既可以提前查看药品价格，也可以知晓不同药店的共付额。消费者可以利用这个不错的工具，确保以最低的价格买到自己需要的药品。不幸的是，GoodRx.com 不允许其他人使用这个平台，因为商业保险公司认为，价格数据属于专有信息，仅在填写处方后才能浏览。

考虑进口药

你如果需要服药，但确实没有钱，可能就要考虑去美国以外的地方购买。费用可能是美国的三分之一到二分之一。专家估计，每年有 500 万美国人从海外购买药品，尽管真实数字肯定要更多，因为严格来说，这是一种违法行为（不过几乎没有人被起诉过），因此很多人并不愿意公开承认。不少医生告诉我，他们自己就这样干过。如果你打算走这条路，以下是几点购买指南：

1. **如果你即将前往的国家，其医疗体制值得信赖，可以在此补购药品**。全世界的药剂师基本上都能满足这样的要求，因为他们具有独立的处方权（携带处方是有用的。国外的药剂师可能需要确认，你是在按照医嘱服用药品）。

几年前，舒利迭这种常用哮喘吸入剂在美国的药厂建议批发价是450美元，而在巴黎只需要45美元（现金）。正如曾采用这一策略的一位年轻人向我讲述的那样，省下来的钱足够买一张去欧洲的机票。人们甚至会发现，该药在其他国家作为非处方药出售。药企顾问史蒂文·弗朗西斯科就委托去欧洲旅行的朋友给他购买非类固醇抗炎药扶他林乳胶剂，因为他患有网球肘和别的肌肉骨骼疼痛症。这种药在美国需要处方才能购买，（持券）售价超过50美元，而在欧洲是非处方药，售价低于10美元。

2. **依靠海外邮购药店，订购药效可以明确估量的长效药**，如胆固醇控制药，以及对轻度Ⅱ型糖尿病有抑制作用的一种昂贵药物；这两种药都不需要明确的结果，你可以检查上述指标，确保自己服用的药品疗效正常。对于器官移植排斥反应或突发性疾病（众所周知，对血药浓度十分讲究）具有预防作用的药品，不建议一开始就服用国外替代药。

像Pharmacy Checker.com这样的公司就能帮助大家，确保你所订购的药品不是假货。这类在线信息收集公司会对各家药店的网售药品，及其来自英语国家的进货渠道加以审查，因此，包装盒上的提示语和警示标志都一清二楚。

严格地说，出于个人用途进口药品的确是一种违法行为，但从现实角度来看，小包装药品不可能被拦截——长期以来，只要药品用量维持在三个月及以下，美国政府就会对这种行为视若无睹。

不轻信广告和营销

医疗保健行业每年用于广告的费用是150亿美元，跟汽车制造商不相上下。它的广告内容并不是公共服务，而是让你花钱。

1990年代，美国逐渐成为仅有的两个允许药品电视广告的国家之一，监管机构试图在药品推广和现实间找到平衡，要求制药企业列出所有的副作用和不良反应。制药企业把重要的信息隐藏在众多列表中，将常见的小麻烦和严重的偶发反应并排列出。例如，广告遍地的恰可安是一种昂贵的Ⅱ型糖尿病新型治疗药物，会引发严重的骨密度降低，容易导致骨折——然而这一点隐藏在一大堆警示语中，很容易被人们忽略。

  FDA并不要求制药企业将药品的疗效跟其他药品或治疗方法（无论处方药还是非处方药）进行对照，或列出价格。艾氟康唑（商品名Jublia）是2014年批准的一种指甲真菌外用药物，在2016年的橄榄球超级杯大赛期间投放了广告。一小瓶艾氟康唑的售价就要550至650美元，十个脚趾四十八周的治疗费用高达2万美元。然而艾氟康唑的治愈率低于20%，效果相同治愈率更高的兰美抒牌（特比萘芬）脚气膏售价不到20美元。当然，广告对此只字未提。

  因此，如果你产生购买广告产品的冲动，在"询问医生这种药品是否适用"之前，请事先做一点应有的功课。去GoodRx.com查询价格，网站还会告诉你，都有哪些价格低廉效果类似的选项。打开Medicare和Medicare服务中心的网站，看看是否会报销这种药品或器械，因为Medicare不会为无用的治疗支付费用。即便是倾向自由市场的美国医学会似乎也受够了药厂不太靠谱的营销行为，在2015年下半年要求取缔药品企业的广告。

第二节 改变体制：我们对制药商和监管机构的要求

  美国对于药品的审批、分销、监管，（尤其是）定价制度，均不同于其他发达国家。国外的医生听说我们支付给药商的价格后，纷纷目瞪口呆。就连我们自己也觉得不可思议：美国政府的一位高级官员在电话中向我抱怨，对政府免费配发的儿童疫苗居然还要收取高额费用。与私营市场相比，尽管联邦政府的"儿童疫苗计划"就折扣价进行了谈判，但它所支付的价格,仍然高于许多其他国家,因为它只能购买经过 FDA 审批的疫苗。

多年来,我们早就知道,各方的立法者都在药品价格上高调地表现出痛心疾首,但一如既往,光说不练。你知道选民代表在这个重大问题上有什么样的立场吗?以下几点意见,值得大家认真考虑:

1. **进口药品**。官方认可制药企业或个人进口药品的想法,早就得到了双方一些立法者的支持,但制药企业和它们的国会代理人一直从中作梗。已故参议员爱德华·肯尼迪推动过此事,但他在去世前唯一通过的法律文件只有一份协议,即 FDA 不能对购买进口药品满足本人九十天以内用途的个人提起诉讼。2008 年总统大选期间,时任参议员的巴拉克·奥巴马承诺:"要允许美国人从发达国家购买安全而低价的药品。" 2014 年和 2015 年,共和党参议员约翰·麦凯恩和民主党参议员艾米·科洛布查共同提出了一项允许进口药品的议案,成为两党成员均能认可的为数不多的事项之一。但最后不了了之。

上述提案的目的,都是为了让美国人有权从加拿大、英国、澳大利亚和日本的药店购买药品,当然这些药店都是正式登记并且严格监管和审查的。这些国家的药店会要求美国购买者提供医生处方,一如他们对于本国消费者的做法。只能购买各国类似于 FDA 的部门检验和批准的药品。这种管控式药品进口权如果得到法律确认和监管机构的支持,从海外药店购买药品就一定会更安全。

到了 2015 年,奥巴马政府似乎在开倒车。奥巴马总统领导的 FDA 局长玛格丽特·汉贝格博士说,该局担心药品可能被假冒或不安全,而且证明药品源头的过程十分复杂,因此将反对进口药品(这正是美国药品研究和制造商协会的惯用说辞)。2015 年 7 月,奥巴马总统将 FDA 的一项新规签署生效,正式明确"它有权销毁未经批准进入美国的……价值 2 500 美元及以内的药品"。由财政部负责处理价值更高的包裹，因此这一规定明显是针对个人处方药的进口行为。

随着越来越多的美国人从海外渠道获取药品，（或许正因为如此）药品行业在全国和各州层面更加卖力地采取措施，阻拦药品进口。

长期以来，缅因州的居民就有越过边境购买廉价药品的习惯。多年来，波特兰市的市府雇员和一些州府雇员被允许使用保险从北边邮购药品。但是，曾做过伐木工，现为该州民主党参议员的特洛伊·杰克逊告诉我，2012 年新当选的共和党州政府禁止了这一做法，尽管此前从来没有出现过"任何问题"。

2013 年，为了让一项巧妙的新法获得通过，杰克逊参议员做出了不懈努力。新法的核心是发布通告说，在一些英语国家中挑选的注册药店，也在缅因州获得了正式注册，意在允许缅因州居民继续从上述国家邮购药品。美国药品研究和制造商协会以及缅因州的制药企业代表很快提出了诉讼，以阻止杰克逊先生的立法提案。尽管法官裁定，美国药品研究和制造商协会不具备诉讼资格，但在制药行业的慷慨支持下，这帮药剂师还在绞尽脑汁琢磨别的法子。阻止新法通过的主要论点，并没有集中于这是否对病人有利，而是强调它会"让缅因州的药剂师将市场份额拱手让给这些重获新生的竞争者"。最终，杰克逊先生的提案在 2015 年遭到否决（此时他已离开州参议院），一名法官裁决说，此法案超越州级权力，与联邦政策形成了冲突。尽管药品进口在缅因州遭遇了挫败，但如果有选民提出要求，完全可能成为独立的州级行为的下一个前沿领域。很多州都通过了一些与联邦法相抵触的法律，比如同性恋婚姻和大麻销售管理法规。一旦某个州对药品进口开了绿灯，其他州很容易依样跟进。阻止类似法律通过的行为，代价应该是州立法者在后续的选举中失去选票。

2. 赋予药剂师更多的处方权。在 2015 年和 2016 年，加利福尼亚州和俄勒冈州先后实施了一项新的法规,允许药剂师就一种节省成本的创新型避孕药片开具处方。因为建议每三年做一次宫颈涂片检查,很多女性不得不去妇科医生那里就诊,目的仅仅是为了定期更新避孕药处方。在药剂师发放哮喘吸入剂或甲状腺药剂这类长效药品时,各州可以赋予他们更多的自由裁量权。长期以来,得到医学社团支持的"执业范围"法案将这些受过高度训练且持有博士学位的医疗专业人员降格成药片清点员。各州应该允许他们发挥知识专长,就像很多欧洲国家那样把药品分为三个类别:非处方药、处方药和药剂师配发药。

3. FDA应该改革专利认证、药品和器械改良的审批程序。2015年,在确认罗伯特·卡里夫博士执掌FDA的听证会上,该机构的前药品审查员托马斯·马齐尼亚克说,FDA在容忍药品制造商滥用其审批程序。作为杜克大学的教授,卡里夫博士跟制药业有着长期而深层的联系,竟然轻易获得了国会的肯定。不过,很多专家一致认为,药品和器械审查程序可以认真修改一番。

受专利认证容易和巨额利润的双重诱惑,药品和器械生产商在研发上投入重金,不断寻找新的治疗方法。无论好坏,这就是我们对于创新的回报(诺贝尔奖或终身教职似乎都不足以回报)。多年来,疫苗的售价低得可怜,制药公司便不再研制新型疫苗。当价格点超过150美元后,研究兴趣出现了回归。同样,我们指望利用某种药品的高额盈利,为制药公司的后续研究提供经费:因此,当一个公司治疗罕见病的药品获得快速通过,并定价3万美元时,其盈利可以用来开展研究,看这种药品对于更常见的疾病是否同样有效。对于某些疾病,这种模式有好处。

可是,这也让黑泰利和沙丁胺醇哮喘吸入剂偏离了正轨;前者作为一种安眠药,每月费用在8 000美元上下,而后者跟二十年前相比,价格翻了十倍之多。有些药品生产商和器械制造者的确更为克制和可信,但我们的医保制度在控制神奇新药的价格，或是独立估算其定价的真实价值上缺乏相应的机制。因此，在美国市场上，我们付出的代价是其他地方的两倍；随着时间流逝，价格不降反升。以下是几点监管补充，可以用来处理类似问题：

FDA坚持所谓的橙皮书制度，即列出对获批药品具有保护作用的全部专利，而不管发明创造的临床意义。该书不仅囊括了有效的化学成分，还涵盖了"外围要素"，如吸入剂盒、咀嚼片的生产技术等。必须等到橙皮书里的所有专利超过期限或发生诉讼后，竞争者才能开始生产仿制药。专利法学者丽萨·拉里莫尔·奥维莱特说，在选择将哪些专利列入橙皮书时，FDA可以表现得更有眼光，但它一贯的做法是"放任自流"。

美国专利和商标局可以限制并无真正创新或益处的药品取得专利，这一提议得到了斯坦福大学法律、科学与技术项目主任马克·莱姆雷的支持。FDA可以根据其对病人价值的高低，区别对待专利产品。例如，确实代表医学突破的药品可以被赋予更长的市场独占期，而像日服剂配方这种仅仅带来更多便利性的复制药或改良药则授予较短的有效期。经判定对病人并无显著疗效的药品（如咀嚼型避孕药片？）可以不授予市场保护。

在启动诉讼程序之前，应该组成类似于大陪审团的专家小组，公开判定是否存在专利合法性问题。在很多专家看来，制药企业时常提起无谓的诉讼，声称遭遇专利违法行为，应该自动获得三十个月的专利保护扩展期，而此时案件正处于裁定或和解期间。

对于药品获得批准投入使用前，制药企业必须开展哪种类型的研究，FDA应该就相关政策作出修改。例如，根据有关规定，制药企业开展疗效研究时，只需用新药和没有任何药效的安慰剂比较（或者根本没有比较对象），而不是用市场上已有的类似药品进行对照。拥挤的市场造成了医患双输的局面，因为患者不得不在几种价格昂贵的药品间做出选择，尽管它们并没有进行过对比，以确定谁的疗效最好。

FDA可以更主动地接受其他国家的科研成果，与国外同行——比如在欧盟负责药品使用审批工作的欧洲药品管理局——开展更深入的合作。加强合作会提高审批速度，让大家更多地用上价格并不特别昂贵的有用药品，正如美国的大学校园与疫情展开搏斗时，人们还用不上名为贝克赛罗的乙脑疫苗。"全部数据表明，这种疫苗安全有效，"时任诺华公司总裁的安德林·奥斯沃德博士告诉我说，"正是因为这个，它在欧洲、澳大利亚和加拿大都获得了正式登记。"

正如制药公司需要经过审批才能开始生产药品，也许同样应该经过审批才能停止生产药品，尤其是停产有可能会为药品市场带来负面影响。如果公司退出市场的行为有可能形成垄断或近乎垄断，政府可以启动"介入权"，并据此将某些专利权授予其他公司生产，因为这种行为对公共安全造成了威胁。将救命药的价格推高三倍，同样应被视为一种威胁。尽管国家卫生研究院从未使用过"介入权"，但在2016年初，51位立法人员给卫生部部长写了一封信，敦促该机构做出决定，在解决不断上涨的药品价格方面，能否有所作为。

4. 开展全国价格谈判。全国价格谈判是一种十分有效的工具，可以确定并控制药品收费和服务收费，因此每一个发达国家都采用了这一策略。在美国，退伍军人事务部和Medicaid通过讨价还价，在全国范围内获得了相当大的折扣额度。但Medicare作为美国最大的医疗保险计划，为数量众多的美国人提供了医疗保障，法律却不允许它照办。

2006年，当处方药被纳入Medicare的报销范围后，制药企业将这一禁止性规定写进了法律，声称政府具有强大的谈判能力，会削减它们的利润，进而扼杀它们的原创性研发工作。制药公司对基础药品实行掠夺性的定价政策，为了逃税将公司迁至海外，早已背叛了人民的信任。

我们应该就药价展开谈判。

药价谈判时,各国采取了多种多样的策略。英国国家医疗服务体系在一定程度上依赖政府研究人员对于药品价格的估算值,让药剂师知道在配售这种药品后,会有怎样的报销额度。接着,药剂师可以在欧盟范围内寻找某种替代药品。如果希腊有廉价的仿制药在售,那么就可以获得更多的利润。每隔四五年,随着药品老化,还会全面降价。在法国,卫生部在药品价格谈判时,会跟其他欧洲国家的药品价格进行对照。如果 Medicare 能以类似的方式,代表美国人通过谈判获得合理价格,商业保险公司完全可以遵照自己的支付指南,从而摆脱掉很多中间商层级,以及推高美国药价的无效的面对面争吵。

就在过去几年间,艾伯维公司在美国销售的一种新型丙肝药物定价为 86 000 美元,比英国的价格高了 50%。某种片剂型驱虫药原来的售价不足 10 美元,傲慢的企业家马丁·史克莱利的定价却接近 1 000 美元;辉瑞公司试图将计税基础转移至爱尔兰。是时候我们在国家层面上做出反击了。

解决的办法很简单。比如,国会可以向制药产业宣布,美国的药价不得高于加拿大。国会可以采用投票的方式,允许 Medicare 跟制药企业展开谈判;据估算,这将导致美国的药价降低至三分之一。国会可以要求制药企业为常用药品的年度涨价行为作出合理说明,并需要提前审批。仅在 2015 年,药品的处方集价格涨幅就超过了 12%。

2016 年,美国众议院监督和政府改革委员会主席杰森·查菲兹就处方药的高额费用举行过多次听证会。但除非病人们开口说话,否则政治金融不可能有效行动。仅在 2016 年的头七个月里,查菲兹先生就从医疗保健和制药行业获取了超过 95 000 美元的经费。

5. **提高制药审批各阶段的透明度和成本效益。** 美国法律的亲商性,意味着对以病人为中心的医疗保健负有责任的政府机构,不能在建议稿和审议稿中直接评判诊治、药品或医疗器械的价格问题。就连2010年作为《平价医疗法案》附属机构成立的患者中心医疗结果研究委员会也被禁止这样做。"我们赖以生存的法律不允许我们进行成本效益分析，"委员会在自己的网站上写道，"我们不认为成本效益对病人有什么直接意义。"

类似条款的背后意义在于，价格昂贵的治疗措施不能仅仅因为费用高而被拒之门外。不过它还意味着，无论是哪种治疗，即便很少或完全没有医学价值，我们都不知道它的价格数据，也找不出任何成本效益数据。对此，病人应该提出以下两条不算过分的政策建议：

坚持要求药品和器械制造商在向FDA提出申请时就对价格点做出估算。根据FDA的条例，审批药品的唯一依据是"是否安全和有效"，但它也有权过问药品成本。从一开始，就把价格列为FDA审议的话题，并在更广泛的医学领域开展讨论，哪怕它并不是审批要素。单是公开讨论，就会让试图在审批同意后强行追加高额费用的药品和器械制造商脸上无光——特别是它们如果在意公众形象的话。这还让医生有机会提前给制药公司施加抑制成本的压力，而不是等到新药上市后，医生们才因为高价而束手无策。

成立一个跟英国国家健康与护理卓越研究所（NICE）类似的国家级机构，赋予它评估新型药品和治疗措施的重任。与已有的选项相比，新药的成本效益如何？定什么样的价位，才值得大家购买？英国国家医疗服务体系利用这些结论，通过谈判取得了较低的价格。丙肝药品索华迪在英国的售价比美国要便宜40%，而哮喘吸入剂舒利迭的售价仅为美国的三分之一。

很多国家无论是否运营全国性的医疗体系，都开展过类似的成本效益分析。瑞士的市场体系仅允许销售判定符合成本效益标准的药品，并设置了最高限价；在最高限价之下，药剂师想收多少就收多少。法国的全国性健康计划将药品划分为 1 到 5 级，以此确定哪些药品应该免费发放（一日一服剂型的价格如果翻了四倍，那么得分会低于一日两服剂型）。

在美国，这种具有决定意义而中立的成本效益分析实行得漫无目的，通常由学术期刊刊登，仅限于新药上市后。到这个时候很可能为时已晚，不再有大的影响了。2015 年，波士顿一家受人尊敬的非营利性研究小组，呼吁临床与经济评论研究所启动一项新的"新兴疗法与定价"计划，对药品的疗效展开比较研究，并针对美国市场确立基于价值的计价基准。它在第一份报告中写道，PCSK9 这一新型胆固醇控制药的价格被药厂定为每年 14 000 美元，而从疗效来看，仅有"其中 5 405 至 7 735 美元与病人的长效价值有关，如果考虑潜在的短期预算影响，药价将低至 2 177 美元"。不过马儿已经挣脱了缰绳。

医生和专业组织：与病人而非药厂结盟

2012 年，斯隆·凯特琳癌症中心三名颇受敬重的医生——莱昂纳德·萨尔茨、彼得·巴赫和罗伯特·维特斯——说服医院，不要采用新近获得批准的癌症治疗药物阿柏西普。研究成果表明，阿柏西普并不比早已上市但价格便宜一半的另一种药物更有效。

斯隆·凯特琳癌症中心可以通过配售阿柏西普获利不菲，外加一点提成及注射费。一家没那么有名的医院甚至大肆吹嘘，说自己开具的是"经 FDA 批准的最新治疗手段"。"忽视治疗费用的行为……怎么也说不过去，"几位医生在阐述自己的决定时如此写道，"为病人选择治疗手段，在考虑疗效的同时，我们必须考虑可能产生的经济压力。"

这是一次孤立的但具有示范意义的行动，医生、医院、医学团体和疾病研究慈善组织都应该努力仿效。上述组织的领导人可以向制药公司施加压力，让它们在提供价值的同时降低价格；毕竟，如果医生不给自己觉得昂贵的治疗手段开具处方，它也就没了市场。

不幸的是，医学行业往往与制药行业结成同盟。美国神经病学学会和美国多发性硬化症学会不但没有就多发性硬化症药物的价格问题让制药公司难堪，反而"长期态度冷漠，因为它们不断收到制药公司提供的资金"，俄勒冈州立大学的药学教授丹尼尔·哈通博士如此说道，他对多发性硬化症常用药物价格的成倍增长做过跟踪研究。

然而，在美国多发性硬化症学会每年 1 亿美元的收入中，有相当部分来自多发性硬化症药厂提供的"企业赞助"。2012 年，它通过"多发性硬化症健身走"和"多发性硬化症健身骑"等活动筹集到的资金仅为 20 万美元，而通过直邮形式筹集到的经费约为 1 600 万美元。

美国神经病学学会为各制药公司提供了"行业圆桌会"的会员身份，后者根据所需机会的多寡，每年缴纳 2 万至 4 万美元的费用。制药公司还会给医疗学术会议提供经费支持。很多医学社团的领导人——略举几例，如美国神经病学学会、美国肺脏学会、美国心脏协会等——都以行业顾问和代言人的身份领取薪酬。

你可以为终结这种现象出一把力。医学慈善组织、医院和专业组织所依赖的捐助，既来自基金会，也来自各个成员——以及你。让它们赢得你的支持。当它们筹集资金用于应对某种特定疾病而鼓励你出钱、参加健身走活动，或是在药店柜台捐出 1 美元时，请在答应之前，先弄清该团体的财务状况。使用"慈善导航"查询其捐款开支情况。核对联邦国税局 990 表，看看它给自己的高级职员付了多少薪水。

我们应该要求所有的医学组织做出以下承诺：不允许药厂为各种活动、晚餐会、学术会议等提供资金，也不提供会员身份。最重要的是，身居领导岗位的人不能收取药厂的劳务费。这可能需要一点时间，但他们必须首先自己斩断这一可观的现金流，以让人继续相信他们的科学中立。如果这些有影响力的团体负责人相信，某种新药会给病人带来巨大的好处，他可以免费充当代言人。

第十七章　检查及辅助服务账单
（据估计，在3万亿美元的账单中占20%～30%）

在过去，检查及辅助服务的费用由保险公司负责，病人很少或不需要支付任何费用；现在则往往要病人至少承担部分费用。在安排这些服务项目时，因为病人并没有就项目的完成地点表示意见，医院和医生就可以操纵这一选项，把它作为增加收入的一种方式。在第13章，你已经了解到一些策略，可以避开医生开具昂贵的检查项目。以下另增几点：

1. **看好你的钱包**：不要让保险网络外的机构为你做检查或服务。

2. **通用规则是**，不要把你的常规血液及体液样本送入医院实验室。让医生把样本送到你的保险网络内的商业实验室。医院内部或诊室内部的实验室往往比商业实验室昂贵得多。血液检查往往自动化完成，只要正式注册的实验室都能做好。

3. **让你的商业实验室提供检查结果的打印报告单**并备份，以便万一无法将电子报告发送给你的医生。如果你接受扫描检查的地点不是医院的附属机构，请同样照此办理。确保拿到X光检查或扫描检查的复印件；对你的医生而言，"检验报告"不太重要。

4. **有些病情需要做顶级检查**。一旦出现疑似病情，如疑似罹患癌症或非常规感染，你需要做病理检查，请一流的病理医生做病理解读十分重要，我倾向于找一家教学医院。确切的诊断对治疗有重大影响，所以，要跟专家保持联系。当你的外科手术方案取决于病理活检、复杂声谱图或非常规血液检查的结果时，千万别贪便宜。

第十八章　数字时代更好的医疗保健

过去二三十年间，日常生活中的每个方面几乎都因为数字技术而更为简单：去银行、看电影、出门旅游、与近在咫尺或远在天边的至亲交流、买新房，等等。但医疗保健是个例外。

并不是因为缺乏资金。硅谷对医疗保健的热情始终高涨。尽管常规技术投资在最近有所下降，但在2016年的第一季度数字健康技术投资增加了13%，投资额几乎达到10亿美元。每个星期我都要收到五六份来自初创公司的游说计划，要么兜售新型器械，要么声称其算法或应用程序将提升消费者的能力，并解决医疗费用危机。

问题是，这些巨额投资及其产品，给病人带来的好处不一。医疗技术可以被用来为病人谋取福利，但也常常为我们带来无用却能赚钱的服务项目。如果某家公司存在的理由是为我们盘根错节的网络清理或解析数据，那么真实的答案是，不要让四处谋利的创业者再为这个网络蒙上一层迷雾，而是让它更简单一点。

让我们看看2016年第一个蓬勃季节里最大的五桩医疗保健初创交易：一个将自己描述为"针对癌症治疗机构的临床情报平台"（主要由希望通过挖掘数据而更快通过审批的制药公司投资）的初创企业获得了1.75亿美元资金；一家生产销售穿戴式腕部监测器的公司获得了1.65亿美元资金，其监测器可以"就使用者的睡眠、运动和饮食提供个性化的分析结果"；一家（或是"另一家"）向病人提供"智能医疗信息"

的在线平台获得了9 500万美元资金；一家承诺"储存"医疗数据的公司获得了7 000万美元资金；一家器械公司获得了4 000万美元资金，而它开发的医用小亭可以放置在药店和商场内，完成血压、体重、脉搏和身体质量指数的扫描工作（众所周知，自动测量缺乏精准度；测量这些指标有更简单的办法，再说了，医学上并未要求定期监测以上指标）。

我们作为购买者和投票者，应当确保新技术首先服务于病人，其次才服务于投资者的利润。

第一节 如何才能（和不能）受益于新技术

1. **可穿戴设备**。这类腕带或贴片可附着于人体，并实时收集心率、心律、行走步数、睡眠质量、血糖水平等健康数据。可以自行购买，也可由医生开具处方，或由保险公司免费提供。生产厂家众多，选项达数十种。它们究竟是炫酷的小发明，还是改变生活的救命药，取决于你的病症、健康状况和心理状态。

跟很多美国人一样，我的抽屉里有一个卓棒智能手环；我花了数月时间，弄清自己每天行走多少步（充足），以及睡了多少小时（不足）后，就弃之不用了。我不相信它监测的睡眠质量，结论似乎没有多少科学内涵。挺好玩的，但（我认为）绝不是什么良方。有人喜欢一连串的数据，有人觉得这类数据能让人更多地参加体育锻炼。如果你需要购买，请自行决定。不过，从保险公司或器械公司手里接过它时，不要用来代替精心制订的健康或减肥计划。2016年，又一款深受欢迎的健康记录产品Fitbit宣布，即将进入医用级记录器械市场，这意味着它将想方设法，向保险公司开出账单。

对一些慢性病患者而言，穿戴式监控器可能会带来改观。如果你易出现心律失常，腕式监控器可以提供早期预警系统，甚至把潜在的救命信息发送给你的医生。如果你是名依赖胰岛素的糖尿病患者，而且血糖水平极不稳定，那么持续型葡萄糖监测器能让你连续读取数据，并预警血糖危险水平。不过，很少有病人隶属上述情形，在目前这个阶段，很多器械承诺的精度高于实际，又低于人体的健康需求。就像发现停车标志就会弹出的安全气囊，精度不高的葡萄糖监测器也会莫名其妙地报警。利弊得失取决于你的健康需求。请依赖医生给你的建议。

2. **技术增强型筛查**。在美国的医疗领域，筛查已经成为一个营销术语。对于有些疾病，早期检测有救命作用：长期以来，宫颈涂片检查对宫颈癌起到了预防作用，胆固醇筛查可以预防心脏病（尽管若筛查结果正常，只需要每五年左右检查一次）。但科学的共识是，很多新型的高科技筛查技术正被推销给在这方面健康的病人，比如"低睾酮"筛查，发现动脉是否狭窄的颈部超声检查等，它们的作用不会比一瓶蛇油更好。这类检查没有"正常与否"，采取治疗则会带来新的风险。由医生团队牵头的旨在消除不必要筛查的两个机构，美国预防服务工作队和明智选择均不推荐上述检查项目。请查询这两个机构公开出版的筛查项目指导意见，此外的项目一律拒绝接受，除非你的全科医生给出令人信服的理由。

3. **远程医疗保健**。我的一个朋友打来电话，大肆吹捧了远程医疗保健一番。用信用卡支付 100 美元，就有一个他从未见过的不知姓名的医生通过视频聊天，为他的鼻窦感染开了抗生素处方药。目前有多家公司，在收取一定费用后，向病人提供电话或视频询诊——受雇于该公司的医生在家中工作，在自己选取的"时间和地点，通过接诊病人获取报酬"。在某些情况下，针对某些疾病，这种服务可能有用；比如时值周末，你找不到医生，就作为权宜之计。不过，对此很难评估治疗质量，而且这类建议和治疗手段，本应该是你的医生或医疗保健网络免费提供的。过去电话咨询是医生经常要完成的工作内容，不应该到了现在反而推掉这种责任。我的朋友在接受远程治疗后,还是需要去看医生,因为他的症状持续不变;真正的问题是牙齿感染。

第二节 改变体制:我们对技术的要求

近年间,政府用纳税人的钱投入了 300 多亿美元,帮助医院和医生实现数字化。现在我们习惯了医生坐在电脑前工作,但病人得到的回报却十分有限。

我们可以从新技术中获益巨大,只是要在用之前想清楚,它如何才能为我们带来高质量的平价医疗,而不仅仅是刻板地记录病例,服务于行业盈利。

以下是几个简要的特色项目,病人和雇主应该要求保险公司、医疗体制和医生提供。政府监管机构应该提供帮助,确保我们 350 亿美元的投入所带来的产品,被用于我们的福利。

获得医疗数据的几种途径

目前,我们的医疗信息被紧锁在不同的医生诊室或医院里。这种隔绝状态导致了毫无意义的费用支出,因为病人往往要重复接受检查。它还意味着治疗效果更差,因为医生无法比照之前的检查结果。

初创公司 PicnicHealth 以月费的形式,对病人的全部信息及图表材料进行在线整理和储存,类似专用于医疗记录的多宝箱。不过,目前它的作用十分有限,因为很多医院和医生无法以标准格式,完成全部图表的电子传送。

用纳税人的钱,建立一个全国通用的项目也许更有意义。

所有信息都可以存在一张可放入钱包的芯片卡上,以供任何新的机构扫描读取。或者,正如曾在 IBM 担任管理人员且任职于多个医疗保健委员会的吉姆·麦克格罗迪建议的那样，信息可以储存在同征信报告机构艾奎法克斯类似的全国性数据收集系统中。如果你的全部就诊经历被安全地储存于某个公共机构，而且可以搜索，那么被你选中的医疗机构就可以利用。私营的或公立的参与者都可以创造这样的系统，类似系统在其他很多国家早有先例。研究者指出，当有人服用新药或使用新器械后出现预料外的副作用或是某种效果时，数据库还可以充当全国性的早期预警系统。类似网眼式盆腔悬吊的那些问题，可以更快地被监测出来。

价格与调度的联网系统

《高新技术法案》的最新要求到 2015 年，医生实现 50% 的电子处方率，这就是政府所说的"有意义的应用"。不过，真正有意义的应用是要求在开出某种药物的处方之前，或是采用某种器械完成某项检查之前，医生和病人对诊室里的价格、共付额和替换性选项都能够实时了解。

一如其他的大多数行业，技术应该允许医疗保健完成一站式购物和支付过程。如果我的膝盖疼痛，需要在下星期二的下午 1 点到 5 点间找保险网络内的骨科医生看病，那么我应该可以访问保险计划的在线目录，了解在 5 英里半径范围内，有哪些网络内的医生可以就诊，因为这将被接入其所在医疗机构的调度手册。我可以在线完成预约安排，知道自己要付多少钱，甚至提前缴纳共付额。我不再需要给多个接待员打电话，询问可以看哪个医生，并核对保险公司的报销额度。不再需要每找一家医疗机构都得把同样的表格填上一遍，以至于几个月后一大堆纸质表单把邮箱塞得满满当当。

这种相互关联的在线系统可以成为保险公司与制药公司或医疗机构签订的每一单合同的标准。政府可以要求强制采用，或提供经济激励，促进研发类似的对病人友好的特色内容，如 Medicare 为参与其中的医生和医院设立的奖励系统。这才是数字技术的"有意义的应用"。

多亏了数字技术，你才能通过计算机完成问价、预定和支付，然后在格鲁吉亚第比利斯的旅馆订好房间。怎么不能用同样的方式，在隔壁街区做一次 X 光检查或看一次医生呢？

尾 声

《帝国的命运》一书描述了罗马、希腊、波斯、大英帝国等所有伟大社会的衰落,即它们没落前走过的下坡路。在作者约翰·格拉布爵士看来,衰落肇始于满是财富和权力,自私,拜金和责任感消亡的时期。是不是听起来很熟悉?书里说,各种社会往往经过两百年后就会进入衰落期。对美国的医疗保健而言,衰落期来的速度要快得多。

现代医学之父们——在胰岛素治疗上起着先锋作用的弗里德里克·班廷,发明脊髓灰质炎疫苗的乔纳斯·索尔克,发明有急救性质的人工心脏瓣膜的阿尔伯特·斯塔尔,以及现代器官移植的开拓者托马斯·斯塔佐等医生和科学家——带领我们进入科学治疗的新时期。他们为医学赢得了巨大的声誉。然而,他们通过巨大努力所获得的尊敬,在过去二十多年间遭到了挥霍。我们享受的治疗,以及我们支付的费用,既受制于商业因素,也受制于科学的人道主义。本书的使命,是倡导平价的、基于证据的并以病人为中心的医疗保健制度的回归。

在 2017 年价值 3 万亿美元的美国医疗体系中,并不是哪个参与方单独制造了这堆乱象。保险公司、医院、医生、制药公司、政客、监管机构、慈善机构等,这 3 万亿喂饱了医疗各个领域的人们。银行、房地产、科技等跟医疗保健毫不沾边的领域,同样在想方设法地压榨病人。这些人逐利的方式统统需要改变。

然而要做到这一点,作为病人的我们也需要改变自己。在需要什么样的医疗保健,以及让什么样的人为我们提供医疗服务的问题上,我们必须更勇敢,更积极,更深思熟虑。在寻找和加压政治杠杆以促进医疗保健变革的过程中,我们必须更多地参与其中。

我希望,你在读完这本书之后,不仅怒火中烧,还要为实现上述任务更充分地做好准备。你现在知道,你在医院的大理石中庭喝到的免费咖啡,看到的免费画作,并不是完全免费的。为治疗疾病而卖给你的那些最新的药品或器械,很可能质量并不是最好的。在某个治疗程序前,走进来说声"你好"的麻醉师,也许并不是真的心怀善意,而只是为了露个脸,以便为他或他的助理开出咨询账单。你要看清这种劫掠,你要大胆地使用新工具和新观念,夺回你的身体健康和我们的医疗制度。

医学还是一份高尚的职业。即便在这个依然麻烦不断的时代,仍然有很多伟大的医生、护士、药剂师,以及其他倾心工作的人们。即便医疗保健行业的未来存在巨大的经济不确定和令人蒙羞的官僚现象,仍然有一大批最优秀最聪明的学生来到医学院。他们之所以这么做,是希望利用医生黑包里历史悠久的工具,以及过去二十五年间神奇的科学创新来照料病人,治愈疾病。毕竟,那才是真正舍身医学的唯一理由。

他们希望以合理的收费,提供以病人为中心的基于证据的医疗服务。作为病人,我们需要提供帮手,站起身来并把它变成现实。我们要提醒过去二十五年间,那些不为病人而为利益加入这个医疗保健体系中的人们,"平价的、以病人为中心的、基于证据的医疗保健"不只是一种营销宣传或一句口号。

它是我们的健康,是我们的孩子和这个国家的未来。高价医疗是一种美国病,所有人都在为此付出代价,遭受掠夺。当医疗产业提供的虚假选择事关你的金钱或生命时,所有人都应该选择站在生命这一边。

后 记

在写完本书手稿到第一版上市期间，美国的医保制度（又一次）成为一系列重大政治危机的焦点话题。

特朗普侥幸执政，用语意含糊的誓言，承诺"废除"奥巴马医改法案，并用"某种更好的东西取而代之"。尽管竞选承诺多年，但新当选的总统连同大老党[①]控制的国会，既没有认识也没有能力做到这一点。执政的前八个月，一波三折，他们在一系列有着吸睛名号（如《医疗调整法案》）的法案上也未能获得支持。所有人都受困于国会的预算办公室，这表明，大老党的提案将使得很多美国人的保费直线飙升，并增加数千万没有保险的民众。这些数字一直没有增加。

讽刺的是，大老党的计划失败了，背后的原因同《平价医疗法案》如出一辙：既没有采取措施处理医保费用的持续攀升，也没有对商业利益加以遏制，而这正是我们高到离谱的3万亿美元的医疗保健市场的推动因素。2003年，一群健康经济学家在《卫生事务》杂志上发表了一篇学术文章，至今读起来像是一道卡桑德拉的呼喊[②]，为什么跟全世界的其他地方相比，美国的医疗费用会如此不同。文章的题目是：《就是价格，愚蠢……》。在通过《平价医疗法案》时，民主党竭力不谈数字问题，目的是向每一个美国人承诺，让他们能享有体面的医疗保险，最终这必然会导致保费的飙升和高额的自付额。当然，有很多人第一次享受到了保险。但更多人的开支变得难以承受。

相反，新执政的共和党想方设法让数字说话，将信任寄托于市场这只"看不见的手"，使得医疗保健更加缺乏保障。

大老党提出的每个议案都是亲商的，反对政府监管，并带有强烈的自由论倾向；在保险公司、医院和制药企业残酷的卖方市场中，它希望病人自己完成购买过程。读到这里，也许你就能猜出，一切究竟是怎么形成的。大老党希望简化药品的审批程序，以便新药更容易上市。它试图让保险公司提供被奥巴马政府视为违法的基础型保险计划，比如不覆盖妇幼保健和处方药，并允许保险公司拒绝患有先存疾病的人群投保。根据这样的议案，哪怕申请人有最低限度的疾病史，比如抑郁、中度哮喘等，保险公司都有权拒保。根据国会预算办公室的预测，很多美国人包括我自己，都可能成为弱势群体，被抛入风险池，面临保费的不断攀升。

共和党声称，减少监管可以提高药品质量，还说美国人希望可以自由选择购买或不购买保险。你觉得自己健康的，并且不会生病吗？请购买不覆盖癌症治疗费用的廉价险种（根据第二章③《保险时代》你就能预测，可以购买哪些种类的保险）。

到 2017 年初，美国人一边怀揣让人濒临破产的账单，一边担心失去保险，共和党提议对 Medicaid 实行大幅削减也让他们担惊受怕；他们感觉到，自己成了医疗保健行业和医疗保健政治的玩物。他们并不买账。在特朗普执政前，《平价医疗法案》的支持率平淡无奇，此刻却突然大受追捧起来。好死不如赖活。通过《平价医疗法案》，又有 2 000 多万人（很多都来自红色之州④）享有了医疗保险和卫生保健。他们依靠

---

① 美国共和党的别称。——译者
② 卡桑德拉（Cassandra）为希腊、罗马神话中特洛伊的公主，有预言能力，但预言总不被人相信。——译者
③ 原文如此，应为第一章。——译者
④ 红州代表共和党，蓝州代表民主党。——译者

补贴支付保费。无可否认，尽管各类保险价格都有问题，它还是比基于魔法数字的空洞承诺更胜一筹。

到 2017 年 4 月，第一次有超过半数的美国人认同《平价医疗法案》——实际上，支持率已接近 60%。相比之下，对大老党提案的支持率低于 20%。截至 8 月，恺撒家庭基金会通过民调发现，78%的美国人认为特朗普政府"应该尽其所能，让现行的医疗法案发挥作用"。

在特朗普上台后不久，就有一份民意测验显示，医疗保健支出远超失业待业，成为让"所有收入阶层和政治背景的"美国人担心的头等大事。另一份民意测验发现，"降低个人的医疗保健支付额度"应该成为特朗普总统和国会的"当务之急"。近三分之一的美国人表示，支付医疗费用有困难，很多人被迫节衣缩食，或减少基本的家居用品支出。

但是，国会会正面他们的求救信号吗？或者，有权有势的医疗行业会像过去三十年那样继续起支配作用吗？时间会给出答案，但地平线上已经出现了希望的曙光。不过，那一缕光来自你，而不是华盛顿。

在特朗普总统上台前，他标榜自己是个完美的生意人，说药品制造商"正逍遥法外"，并发誓要将药价降下来。好几次，他甚至提议 Medicare 展开谈判。但到 2017 年 1 月，在面见了制药界的几位负责人之后，他任命了一个亲商的顾问团；顾问团提出的开支节省建议，包括延长专利保护期，并加快药品审批进程（从第四章《制药时代》可知，为什么这一提议无法奏效）。

2017 年的前六个月，药品制造商用于游说活动的开支，高于 1999 年以来的任何一年。向国会成员提供的竞选捐款比上年翻了一番——大部分投给了关键部门的共和党人和民主党人，因为这些部门在有可能影响该产业的立法过程中起着看门人的作用。3 月 22 日，也就是特朗普发表政治演说的次日，制药业提供的一大笔竞选捐款流入了国会主要成员的手中，共计约 30 万美元。

与来自亚特兰大郊区的保守派私人执业骨科医生，即新任命的卫生部部长汤姆·普莱斯一道，特朗普政府推动了医疗执业的自由市场进程。就历史而言，卫生部部长一贯致力于保护公众利益。而让普莱斯博士更感兴趣的，似乎是保护自己的同僚，让他们享有随心所欲地开展执业以及各种业务的权利。

1990 年代普莱斯博士初入政坛时，先是对"希拉里医改"表示了反对，后来成了一名茶党议员①；根据《平价医疗法案》，一系列旨在节省开支和提高质量的创新活动得以推出，很快他就让其中几项扩展计划搁浅；例如你在前文读到的，Medicare 拟对髋关节置换和膝关节置换强制采取全包式套餐付费法。他说，他希望政府置身于医疗保健之外，并对联邦政府的浪费和花钱行为大加指责。上任不到八个月普莱斯博士就辞职而去，因为 Politico 网站的调查表明，他在担任部长的不长时间内，花了纳税人 50 余万美元用于乘坐私人飞机。

可怜可怜病人吧。

跟大多数美国人一样，本书里几位勇敢的病人继续在病魔手中苦苦挣扎，寻找着各自所需的治疗手段，尽管免不了艰难（严格地说，还有痛苦）。

在另一家医院将治疗免疫性关节炎的每月药费从一个疗程（部分原因在于，治疗地点是一间豪华病房）20 000 美元陡增至 11 万美元后，愤怒的杰弗瑞·凯威（第一章）决定换用一种药物；该药的剂型可以让他在家自己注射，以避免交一笔可恶的"设施费"；尽管保险公司承担了费用，他还是决定换药。不幸的是，新药的疗效不佳。作为一个白天多数时间需要站立的教师，他几乎下不了床。"早上，我不得不在床边

---

① 茶党（Tea Party），始于 1773 年波士顿倾茶事件，在奥巴马执政期间以反对政府的保守派角色重新出现。——译者

放两把椅子，撑着它们才能爬下床。"他很担心，这种状态将不得不持续下去。

不过，当风湿病医生试着让他重新服用原来的药物类克时，一直报销费用的保险公司突然扭捏起来，说可以找更便宜的替代品。凯威博士回忆说："我怀疑，如果需要继续服用类克的话，可能不得不请一位律师。"

玛丽·查普曼（第四章）花了多年时间，设法购买愈加昂贵的药物，以医治复杂的多发性硬化症，最终决定离开加利福尼亚州，搬到南卡罗来纳州。"我别无选择，只能离开港湾地区，因为开支太大，而且你知道，那会榨干我所有的积蓄，"她在给我的信中写道。她在新家附近的医院里有过两次灾难性的诊治经历（一次是开错了药的剂量，另一次是在出现严重的术后状况后，整整两天没有医生打电话回访），她现在每一两个月就要飞到约翰·霍普金斯接受治疗，期间就住在一家廉价旅馆里。

万达·维基泽（第七章）这位没有购买保险的病人收到弗吉尼亚大学医学中心的起诉，要她为急救神经外科手术继续支付 356 000 美元的费用，但她一直没有在法庭上跟医院正面交锋。庭审时间是 2016 年 4 月 29 日。她的律师做好了安排。自她接受急救手术以来的两年时间里，医院拒绝了维基泽女士的多次提议，即用自己退休金账户里的全部余额（大约 10 万美元）来偿付医院和医生，这笔钱其实高于 Medicare 或其他保险公司为类似治疗所支付的金额。院方的提议是，抵押她的房子。

还有几天就要开庭了，我打电话给医院，希望安排一次采访。很快，案子了结，最终的支付金额秘而不宣，同时签了一份保密协议。现在她改嫁给一名老兵，享受三军保险。

当霍普·马库斯（第四章）发现 Medicare 的一项优惠计划（可以报销仿制药，而且无需共付额）时，一直从印度买药治疗溃疡性结肠炎的她以为解决了药价问题。但到了1月，她吃惊地发现，在优惠计划里原来的仿制药美沙拉嗪的费用达到每月1 100美元，而海外购药仅有75美元。更让人惊讶的是，到了4月，在保险公司的处方集里再也找不到这种仿制药，她不得不换用一种新的专利药；她不敢确定新药的疗效，但价格却更高了，每年需要支付数千美元的费用。她就此提起了诉讼。

不过，面对美国医疗保健的种种劫掠，病人、医生和（某些）决策者似乎正在觉醒。华盛顿对此充耳不闻，很多民选代表又受制于这个产业，所以每个病人都要前所未有地行动起来。记住，本书各章第二节列出的解决方案大多（至少首先）并不要求国会采取行动。

首先要做一个知情、参与、积极的病人，意识到有权让医生和医院了解自己的需求，并以此投票。如果我们这么做，政府就会跟进。即便在这个政府治理混乱的时代，我们仍然有证据表明，命运可以改变。

越来越多的州（既有红州也有蓝州）实施了"意外账单"监管制度，避免消费者收到意料之外（且金额过高）的保险体系外的账单。今年得克萨斯州和加利福尼亚州顶住一些医学团体的反对，通过了几部新法案。2017年10月，马里兰州第一次颁布法律，授权州政府拒绝某些药品价格的大幅上涨，其他好几个州也通过了法律，使得处方药的价格维持在正常状态。

就全国而言，共和党意在废除并取代《平价医疗法案》的种种努力，起到了唤醒病人的作用，后者正在发出自己的声音。今年春天，在充满怒气的市政会议上，国人就不再保护患有先存疾病人群以及削减《平价医疗法案》保险扩展项目（旨在首次为众多低收入的美国人提供健康保险）的一系列计划，向大老党的参议员和众议员们抛出了一大堆问题。有很多投票人来自红州。削减预算的国会无法拿出一个满足这部分选民要求的计划，于是"废除并取代"《平价医疗法案》的政治承诺惨遭失败，并在大老党内部引发了不和。"我到华盛顿来，不是为了伤害大家,"谢莉·莫尔-卡皮托(西弗吉尼亚州代表)在这场闹剧中说道,尽管她最终为自己党派的法案投出了赞成票。

这是一场史诗般的胜利:作为病人、消费者和投票者的美国人,第一次成功地为自己的医疗保健站了起来。反对商业。反对政治。在这场夺回医保制度的伟大斗争中,那是我们取得的第一次胜利。然而,这是一场漫长的战争。

致　谢

　　写书是一种极其孤独的体验。对那些踏上这段激动而又可怕旅程的人们，我抱有一种全新的崇敬之情。不过这本书的基础，是其他人筑就的，正是由于很多人它才最终成形。因此，以下全是感谢的话：

　　我想感谢在正文及注释中引用到的诸多学者、医生、病人和商人。他们大度地分享了自己多年的智慧、经验和见识；他们提供了一个个光点，让我得以描画美国混沌不堪的医疗保健市场，并就如何修复取得了认识。就更深层的意义而言，如果不仰仗保罗·斯塔尔发表于1982年的经典著作《美国医药的社会转型》，没有人能描述美国现代医药的历史；从很多方面来看，它也是本书的起始点。同样，我要深深地感谢阿诺德·瑞尔曼博士几十年来写下的文字；他长期在《新英格兰医学杂志》担任编辑，在1980年就对"新的医药产业复合体"的出现首次提出了警告；直至2014年以91岁高龄去世时，他仍在就医药的商业化问题不断发出卡桑德拉式的呼喊。我还要感谢普林斯顿大学的乌维·莱因哈特教授；二十多年前，当我第一次就这个话题采访他时，我还是个什么都不懂的年轻记者。他提升了我对医疗保健领域商业因素的认识，这样的认识一直没有减弱。

　　我对《纽约时报》的编辑和同事们充满了无限的感激，是他们支持我做完了"Paying Till It Hurts"栏目长达两年的连续报道，由此我展开了对医疗费用问题的探索之旅。在新闻资源短缺的时代，在这个话题上我享受着非同寻常的时间和空间。迪恩·巴奎特给一个项目开了绿灯，而很多人对此心存疑虑。他安排我跟丽贝卡·科贝特一起工作，她做了一辈子编辑，为人相当不错。丽贝卡跟我一起思考一些可能存在的重大问题，同时不放过任何一个细节。为此增色的，是我的多媒体同事凯特琳·艾恩霍恩和图片编辑贝斯·福林。我也要感谢小个头大能量的《纽约时报》集团那些驻纽约的记者，如尼克·库里希、乔迪·坎特尔和谢莉·芬克。他们之前写书的出色表现，让我的第一本书变得简单了很多。

我最衷心的感谢还要献给那些人，是他们帮我把一个新手的略显稚嫩的方案，变成一本符合我希望的生动而充满见地、同时有革新意义的书。我原先以为，能给《纽约时报》写好3 000字的文章，就一定能写出一部300多页的非虚构作品。事实并非如此。感谢我出色的经纪人艾丽斯·切尼，从我的想法里她一下就看出，可以就这个功能失常的医疗制度为题写一本书。她一边分享我的激动心情，一边协助我把这个想法写成一份精彩而迷人的提纲。感谢安·葛道夫，她是我聪慧的编辑；她在耐心（有时候也不那么耐心，幸亏如此）指导这个项目的过程中，教我把一系列故事创意转变成一篇前后连贯的让读者觉得有用的完整叙事。她的建议很直白（"我枪毙了第一节"——25 000字啊），但也恰到好处。切尼文学小组和企鹅出版公司这两个团队都十分优秀，尤其是亚当·易格林、威尔·黑沃德和凯伦·梅耶，他们在项目的每个阶段都提供了资讯，投入了热情，既让它更加精彩，也推动它不断向前。我还要特别感谢朱莉·泰特，她往往在接到通知后，立马提供救援，进行专家级的事实核查。

杰瑞米·海曼斯、丹·香农，以及他们在Purpose.com的同事协助我建立了"We the Patients"这个互动网站，让每个美国人可以就医疗保健及其改革各抒己见；他们的创造具有革命意义。感谢企鹅出版公司对此的支持,在我看来,这就是一场病人运动。我也要感谢德鲁·基钦,他主动提供法律咨询,并制订了一项计划。

我对恺撒家庭基金会的德鲁·阿尔特曼和戴维·卢梭充满了无尽的感激。在写作本书的过程中,我和他俩进行了那么多富有见地又鼓舞人心的交谈,到最后我终于意识到,我必须离开《纽约时报》去为他们工作。明天,将是我到基金会年轻而迅速成长的非营利性机构"恺撒保健新闻"担任主编的第一天。

就个人而言,我要深深地感谢那个奇妙的朋友圈,其中幸运地包含了一帮十分优秀的作家和记者。首先向艾斯赛·费恩致以谢意,她既是我很久前在《纽约时报》的报道伙伴,又是我长久以来最亲密的朋友;当本书的初稿还是一只丑小鸭时,她就读了部分内容,并提出建议让它增色不少。其次要向她的丈夫戴维·雷姆尼克致以谢意,感谢他在写作上提出的贤明建议,并感谢他提醒,我有很多重要的东西需要表达。然后要感谢我所在的跑步小组——艾斯赛、丽莎·格林和罗丽·海斯,是他们不停地打气,我才接受了这个项目,在担心自己完不成任务时,又是他们不停地安抚我。我也要感谢克莱尔·麦克休和莱斯利·考夫曼,他们俩随叫随到,给了我不少的鼓励和奇思妙想。现在,轮到他们写书了,我终于可以帮上一把。我还要感谢马克·菲利普斯和西尔维娅·斯泰恩,当我在书桌前再也无法坚持时,是他们让我住进他们靠近湖畔的家中,帮我找到了写作的天堂。

我要向我的家人致以最诚挚的谢意——和歉意,在这个项目的完成过程中,他们给了我无尽的支持和耐心,每一个人都尽其所能,向我提供了帮助。我要感谢对我充满关爱的妈妈和兄弟们,尽管所有的家庭聚会我要么缺席,要么人在心不在。我要感谢我的丈夫安德烈,近两年的时间里,在我们的生活中和我们的家里,他都要跟写作这个第三者共同生活。在起起伏伏的整个过程中,他一直陪伴在我身边,充满了信任。

我还要感谢两个孩子安德鲁和卡拉，他们读过所有的章节，并提出了睿智的看法，甚至在难得一遇的海滩假期聚会上，还在进行事实核查工作。最欣慰的事情，莫过于看到两个可爱的孩子成为如此聪慧而富有思想的大人。

所有人都跟我有一种共同的激情，那就是需要创造一种平价的、以病人为中心的、基于证据的医疗服务。有他们站在一起，我们一定不会走错。

附录1： 定价/采购工具

治疗过程的价格计算工具

（注意：以下计算工具反映了病人自付费时的价格。如果你使用保险，很多诊室都会提高价格。以下网站无法提供你的保险公司实际支付的金额，因为后者支付的是协议价；有时，你的保险公司有可能从高收费的医疗机构协商到相当低廉的价格，或是达成一个并无必要的高价。以下列表是我认为最有用的东西，尽管还很不完整。）

《医疗保健蓝皮书》

(www.healthcarebluebook.com)

这是成立最早、范围最广的医疗计费网站之一。它基于采集自病人、保险公司和有关公司的数据，对不同地域的大量治疗过程计算出一个"平均价"。它对"平均价"所覆盖的各个治疗方面表述得十分清楚，比如是否包含麻醉师收费。很多医生和医院的收费，是《医疗保健蓝皮书》"平均价"的好几倍。如果你输入自己所在地区的邮政编码，它会判断你所在地区的哪些选项相当于、低于，或远高于"平均价"。它会提供一些省钱小窍门，比如你的治疗过程能否以较低的价格，以门诊形式进行。就收费合理问题跟医院或保险公司发生争执时，《医疗保健蓝皮书》的"平均价"可能也会有所帮助。

《清健支付》

（www.clearhealthcosts.com）

《清健支付》采用众包的方式，披露了其业务覆盖范围内十几个城市的医疗问诊价格。网站很年轻，但收集的数据越多，其用途会更广。它还会告诉你，Medicare 会为你当前的医疗问诊支付多少费用，这是一个很有用的参照点，尽管它几乎总是低于商业保险购买者所要支付的费用。不过，它提供的信息往往非常零碎，部分原因在于它依靠的是自我报告。例如，Medicare 为结肠镜检查支付的费用仅有医生收费这一项目。有人可能报告了医生收取的费用，但却忘了加上设施费——尤其是这笔费用的账单来的时间较晚。

《公平保健》

（www.fairhealthconsumer.org）

《公平保健》利用全国性的保险索赔大型数据库，针对你所在邮区的某一类医学诊疗，提供医生收费的一个范围区间。它包含了门诊诊疗中收取的设施费。不过请记住，如果你所在地区的所有医生和设施全都收费不菲，那么《公平保健》算出的价格也会相应较高。

《普拉特》

（https://pratter.us）

《普拉特》的意思是"价格说了算"。在这个网站上，你可以找到你所住地区诊疗过程的现金收费范围，它还可以引导你找到与诊疗相适应的医疗设施。带橘色标签的项目表示其价格由设施方提供，且可得到保证。因为该公司刚成立不久，目前具有橘色价格保证的项目少之又少。除非显示有橘色标签，否则其所提供的价格均不是全包价，比如，你可能会发现，该收费并不包含麻醉过程。

《医疗招标》

（www.medibid.com）

《医疗招标》网用于评估你购买的是不是高额免赔保险计划，即你可能需要为某次诊疗自己支付所有费用。它就是一个集市。你发布自己需要的诊疗（如结肠镜检查），医生们会报一个竞争性的价格。不要以为以这种方式工作的医生水平会低于行业标准。有时候，他们可能是在诊疗安排内有那么一点点富余时间，或是可能喜欢在保险机构外独立开展工作。

处方药计算工具

《好处方》

（www.goodrx.com）

《好处方》网首先需要你输入药品名称和邮编，然后会提供你所在地区周边的现金价格，并让你了解即将进行的全部交易状况。Medicare 病人享有的专属特权会首先计算实际的共付额，如果价格过高，它还允许你或你的医生另行选择药品或药房。

《药房检验员》

（www.pharmacychecker.com）

该网站由一个医生创办，为病人和它审查过质量的海外邮购药房之间建立一种纽带。对于想通过购买进口药来降低花费的病人而言，不失为一种好的资源。

附录 2：医院审查工具

《纽约时报》医院收费计算工具
(www. nytimes. com/interactive/2013/05/08/business/how-much-hospitals-charge. html)

《纽约时报》运用 Medicare 公布的医院账单，创立了一个查询工具，供大家审查自己所在地区各大医院的收费详情——既有总体价格，也有不同诊疗的收费情况。在此，你可以看到 Medicare 为不同类型的住院（如治疗肺炎或植入心脏支架）向医院支付费用的情况。你会发现，医院向病人开出的账单，通常远高于 Medicare 支付的金额。

《跳蛙集团》
(www. leapfroggroup. org/ratings-reports)

这个受人尊敬的非营利机构依据各种各样的质量问题，对医院进行打分排名。瞧瞧你那家医院有哪些问题。跳蛙项目是自愿的，但大多数医院都已加入其中。

《医院比较》
(www. medicare. gov/hospitalcompare/compare. html)

这个由 Medicare 刚开通不久的网站允许病人查看医院质量的不同估值，既有总体得分，也有某一诊疗的相关得分。你可以一次选择三家医院,看它们在不同维度——如术后感染率、抗性微生物情况和扫描检查使用情况(对于如何算是做得过多或过少,均提供了指导意见)上的累计得分。它对你所在地区的医院做了出色的简要描述。

PROPUBLICA NONPROFIT EXPLORER

(https://projects.propublica.org/nonprofits)

《指南星》

(www.guidestar.org)

这两个网站允许人们下载大多数医院的联邦国税局990表。该税务报表的篇幅通常有好几百页,但你不用全部阅读。在第一部分你可以找到医院的宗旨,以及收入最高的管理人员和医生的薪酬情况。在"H细目表"部分,你可以查到医院声称从事的"慈善性"工作。

附录3: 医疗账单及损益说明术语

调整/保险打折——医疗机构针对某一服务项目的账单金额和保险公司协商支付金额间的差额（换句话说，就是为了确定保险公司的实际支付额度，而从账单中减去的金额）。

限额/付费/款额——保险公司经过协商为某一服务项目支付或已支付的金额。

收费/价格——医疗机构根据其主价格表（即收费明细表）对该条项目的收费金额。

共付额或共同保险——根据保险合同的有关条款，你需要支付的认可的金额比例。

自付额——在你自掏腰包达到某一数额，即自付额之前，大多数保险项目都不会支付费用。账单上的这一项目名指的是你必须支付的费用，因为你尚未达到它的年自付额上限。

患者余额/责任——医院认为你尚未付清的金额。

保险方案覆盖范围——根据条款，你的保险为该服务项目所支付的收费百分比。

诊疗过程代码——用以表示因何给你开出账单的数字收费代码。如果在谷歌输入"代码"一词以及账单上的五至六位数字，你就会知道它所代表的意思。

诊疗过程描述——用文字对所做的诊疗加以描述，不过其中缩略语比比皆是。每个医疗机构都有一套术语，所以并没有标准译本。

及时付款折扣——一种让你还未弄懂自己被收了什么费用就要交钱的企图。

医疗提供方——以其名义对医疗服务行为开单收费的人的姓名和（通常的）职业称谓。如果治疗过程发生在诊所或由健康护理师执行，那么你通常会看见指导医生的名字，尽管此人并没有直接对你采取治疗。常见的称谓有"医学博士""注册护理麻醉师""持证助产士""医师助理""持照实习护士""理疗师""职能治疗师"等。

服务类型——账单上的这一项目名可以表示并未细分的一大类医疗服务项目（你如果对此不满，请记得申请索要详细的分项账目）。该大类可包含以下内容：

床位或房间费

救护车。被标为 BLS，即"基础生命支持"（佩戴氧气面罩），或被标为 ALS，意为"高级生命支持"（一个技能足够丰富的团队，对严重车祸或心脏病患者开展救治）。其收费取决于分配团队接受训练的水平，而不是你的实际需求。

麻醉。在该大类下实行收费的服务项目，包含为了让病人接受手术、疼痛咨询而使其进入睡眠状态，以及在治疗过程前为病人静脉注射镇静剂等。

特级护理。根据在重症监护室停留时间长短而交纳的一种费用。

急诊部（ED）。根据在急诊室停留时间长短而交纳的一种费用，与在此接受的治疗过程无关。有时还会收取"创伤激活费"，意即医院召集了自己的外科创伤治疗小组——这些人是否真做了什么无关紧要。

静脉治疗。对标准的静脉输液过程，以及有时采取的静脉给药过程所收取的管理费用。

实验室服务。在该大类下实行收费的服务项目包括常规验血、高级的生物标志物检验以及尿液分析等。

职能治疗或理疗。该项目所含内容，上至在类似体操房等场所发生的理疗或职能治疗，下至外科手术后治疗师为了教你使用拐杖而进行的匆忙随访。

病理学。在大多数外科手术中，需要从体内取出一点材料，送去病理室分析。宫颈涂片检查也被纳入这一大类下进行收费。

药房。该项收费针对你在医院期间分配给你的所有药品，包括静脉注射和打针注射。

专业费。为某位医生或另一个医疗保健提供方的工作而专门收取的费用。例如，X光检查会产生两笔费用：一是X光检查的设备费，二是判读X光检查结果的医生费用。

放射。该大类下收费的治疗过程包含X光检查、扫描检查、声谱图，以及需要在心脑血管内注入着色剂的检查项目，甚至包括了医生在施行穿刺活检时要用到的超声引导。

恢复室。该项收费指的是手术后被移上病床之前，或当日手术结束后的这段时间，通常以15分钟为一个收费间隔。所有病人在接受手术后都要在此停留一段时间，这段时间通常都要收费。

无菌材料。收取费用的无菌材料包括了手术中使用到的绷带和硬件。

材料。这个包罗万象的大类包含了轮椅、拐杖、吸奶器，以及各种设备。

手术。该项收费包含了手术室，以及技师和护士等手术室专业人员提供的服务项目。

附录4： 断定某项检查或某项治疗 是否确有必要的辅助工具

《美国预防服务工作队》

（www. uspreventiveservicestaskforce. org）

根据网站资料介绍，该工作队"致力于改进美国人的医疗保健服务，并就临床预防服务提出基于证据的各种建议"。由专家小组编写和修改的政府指导方针能解决诸多问题，如不同年龄以什么样的间隔接受什么样的筛选检查。

《智选》

（www. choosingwisely. org/patient-resources）

该项倡议由一个医生小组发起，对过度使用且无需执行的检查和治疗项目进行识别认定。每个专科要求确定五个经常为病人开具但几乎很少或完全没有作用的检查项目或操作过程。《消费者报告》已将认定结果联合制作成可搜索的用户友好型格式，可通过《智选》网站及其应用程序加以查看。若遭遇小恙且正在为治疗方法犯愁，你可以在此查询。

《循证医学》

（www. cochrane. org）

该国际网络由科学家和医生组成，就医学研究工作对于医学实践具有的支持力度展开评估。不接受任何商业资助。它会定期公布研究报告,并在可搜索网站上以对病人友好的格式予以公开。在决定接受治疗前,你应该进去查看一下,相关的循证医学报告都说了些什么。

附录 5： 抗议书模板

1. 就保险网络外医院寄来的意外账单提出交涉

尊敬的先生或女士：

所附单据是我被收入保险网络内的医院_____医学中心期间，网络外医院在_____上执行的服务项目。我之所以入住_____医学中心，正因为它是我的保险网络内的医院。关于上述服务项目提供方的网络外身份，我并未事先得到告知，我也不同意接受由任何网络外医疗机构提供的治疗项目。因为我并未对超越规定及我的保单所定网络之外的治疗项目表示知情同意，我建议你们就付款事宜与我的保险公司取得联系；我将只支付保险网络内医疗项目中应该由我支付的部分。

我将不会支付未被告知的属于网络外机构提供的服务项目，请不要指望能够收到钱。如果我再次收到催款通知，就会将你们的催款行为报告给_____州保险管理局和_____州消费者事务委员会。

真诚的：_____

2. 获取病历记录和详细账单

尊敬的先生或女士：

我已经_____次申请获得我的病历记录/详细账单，但迄今仍未收到以上材料。根据《健康保险携带和责任法案》，我有权在 30 天内以任何方式获得我所申请的相关材料，并适当交纳处理费。如果上述材料仍未尽快送达，我将向卫生部公民权办公室提出投诉，并将对其违反《健康保险携带和责任法案》的行为提起诉讼。

真诚的：_____

3. 就离谱收费/账单差错提出质疑

尊敬的先生或女士：

  我写这封信的目的，是就我在你们的医疗设施上接受手术/住院治疗/治疗过程中的过度收费事宜提出抗议。该手术/住院治疗/治疗过程向我/我的保险公司开出的账单金额为_____美元。该总额包含多个远超我国及我所在地区收费标准的细目收费，如_____项目_____美元、_____项目_____美元等。《医疗保健蓝皮书》所规定的"合理收费"是_____美元、_____美元等。此外，我的账单上还有若干我根本没有接受过的治疗项目，如_____项目_____美元、_____项目_____美元等。在完成支付之前，我特此请求你们的收费及编码部门对我的治疗项目进行审查，并对收费金额做出修正，或向我说明上述项目的金额及实质。

  多年来，我一直是贵院的忠实顾客，并对自己所享受的优质医疗保健感到满意。但如果上述收费问题不能得到解决，我将被迫向州检察官/消费者保护委员会提出报告，由他们就欺诈或滥用收费展开调查。

真诚的：_____

注　释

除非另有说明，本书中的引文和故事都基于个人访谈和书面交流。受访者同意刊印他们的真实姓名。他们提供了账单、保单、信件和其他文件的副本以供核实。

INTRODUCTION

2 **spends nearly 20 percent:** Commonwealth Fund, "Mirror, Mirror on the Wall, 2014 Update: How the U.S. Health Care System Compares Internationally," www.commonwealthfund.org/publications/fund-reports/2014/jun/mirror-mirror.

4 **a test that costs $1,000:** These are prices for an echocardiogram, culled from patient bills (United States) and national price lists (Germany and Japan).

CHAPTER 1: THE AGE OF INSURANCE

13 **Dr. Jan Vilcek:** The two sources that follow tell how Dr. Vilcek gave royalties to NYU in 2005 and how NYU sold most of the rights in 2007: www.medscape.com/viewarticle/538314; "Royalty Pharma Acquires a Portion of New York University's Royalty Interest in Remicade® for $650 Million," press release, May 4, 2007, www.royaltypharma.com/press-releases/royalty-pharma-acquires-a-portion-of-new-york-university-s-royalty-interest-in-remicade-for-650-million.

15 **In the 1890s:** www.bls.gov/OPUB/MLR/1994/03/art1full.pdf.

15 **$50,000 in funding:** $1.3 million in 2016 dollars (www.intodaysdollars.com).

15 **Within a decade:** www.bcbs.com/blog/health-insurance.html.

16 **The original purpose of health insurance:** Jane Moyer, a benefits specialist who has worked for many companies in diverse countries and who teaches about the field at Penn State. Personal interview/communication.

18 **CEO Angela Braly:** www.yahoo.com/news/outgoing-wellpoint-ceo-made-over-224206129.html.

19 **before raising premiums:** Dave Jones, California's vocal insurance commissioner, accused Anthem of "once again imposing an unjustified and unreasonable rate increase on its individual members." Using his bully pulpit to publicly voice his objections was Jones's only recourse: while state insurance commissioners usually have the legal authority to reject home and auto premium increases, they cannot do the same for health insurance.
19 **The medical loss ratio at the Texas Blues:** www.prwatch.org/news/2011/05/10696/blue-cross-blue-shield-getting-richer-corporate-insurers.
20 **to rise by double digits:** http://khn.org/news/study-projects-sharper-increases-in-obamacare-premiums-for-2017/.

CHAPTER 2: THE AGE OF HOSPITALS

23 **about ten times the cost:** International Federation of Health Plans Price Report 2013, www.ifhp.com/1404121/.
24 **building Zen gardens:** According to Glenn Melnick, a distinguished economist and a professor of health economics and finance at the University of Southern California, "They raise price as much as they can all the time, and they price to maximize revenue. Research supports that. The nonprofit sector is wildly underregulated. And I say that as an economist and I don't like regulation." Personal interview/communication.
25 **have religious affiliations and names:** "20 Largest Nonprofit Hospital Systems 2015," *Becker's Hospital Review,* December 21, 2015, www.beckershospitalreview.com/lists/20-largest-nonprofit-hospital-systems-2015.html.
25 **to establish an outpost:** The history of the founding of Providence Health is taken from its Web site: http://oregon.providence.org/~/media/Files/Providence%20OR%20PDF/About%20us/OurProvidenceTradition.pdf.
25 **Dr. Starr then opened:** See www.ohsu.edu/xd/health/services/heart-vascular/about/starr/profile.cfm for a brief bio of Dr. Albert Starr, from Oregon Health & Science University, with which he is currently affiliated.
26 **at its peak:** Robin A. Cohen, Diane M. Makuc, Amy B. Bernstein, Linda T. Bilheimer, and Eve Powell-Griner, "Health Insurance Coverage Trends, 1959–2007: Estimates from the National Health Interview Survey," www.cdc.gov/nchs/data/nhsr/nhsr017.pdf.
26 **modified Providence's "core values":** Providence Health & Services, "Our Mission, Vision and Values," www2.providence.org/phs/Pages/our-mission.aspx.
27 **"but they didn't, and that's more expensive":** When Paul Levy, a former CEO of Harvard's Beth Israel Deaconess Medical Center, first suggested the hospital track and publish infection rates when he arrived in 2002, the board was horrified: "Why would you want to highlight that—it will make us look bad." It later relented, and the hospital earned great kudos for its transparency. From personal interview/communication, 2016.
27 **third-largest nonprofit hospital system:** www.bizjournals.com/seattle/print-edition/2016/03/04/merger-will-make-providence-third-largest.html.
27 **paid about $3.5 million a year:** From 2014 IRS Form 990, Return of Organization Exempt from Income Tax.
28 **nuns from Providence Ministries:** Some of the nuns have long-standing ties to the Vatican; see www2.providence.org/phs/Pages/Sponsors.aspx.
28 **the Cross Pro Ecclesia et Pontifice:** Jon Reddy, "Retired Providence Head to Receive Papal Medal," *Catholic Sentinel,* March 15, 2002, www.catholicsentinel.org/main.asp?SectionID=2&SubSectionID=35&ArticleID=1938.

28 **one day it is donating $250,000:** "Providence Helps Build in Haiti," n.d., www2.providence.org/phs/news/Pages/Providence-helps-build-in-Haiti.aspx.
28 **$150 million venture capital fund:** "Providence Launches $150 Million Venture Capital Fund," news release, September 16, 2014, www2.providence.org/phs/news/Pages/Providence-Launches-150-Million-Venture-Capital-Fund.aspx.
28 **Planned Parenthood center:** Carole M. Ostrum, "Under Pressure on Abortion, Swedish Backs New Planned Parenthood Clinic," October 15, 2011, www.seattletimes.com/seattle-news/under-pressure-on-abortion-swedish-backs-new-planned-parenthood-clinic/.
28 **"will provide all emergency services":** Harris Meyer, "Will Swedish Limit Choices for Women and the Dying Under Providence Deal?," October 12, 2011, http://crosscut.com/2011/10/will-swedish-limit-choices-for-women-dying-under-p/.
29 **"The financial structure":** Howard J. Berman and Lewis E. Weeks, *The Financial Management of Hospitals*, 5th ed. (Ann Arbor, MI: Health Administration Press, 1982), 54.
30 **$37 billion nationwide:** Office of the Inspector General Medicare, "Hospital Prospective Payment System: How DRG Rates Are Calculated and Updated," August 2001, http://oig.hhs.gov/oei/reports/oei-09-00-00200.pdf.
31 **it began paying according to:** MedPAC, "Payment Basics: Hospital Acute Inpatient Services Payment System," revised October 2007, www.patientcareanalyst.com/common/MedPAC_Payment_Basics_07_hospital.pdf. Medicare's level of payment is "intended to cover the costs that reasonably efficient providers would incur in furnishing high quality care, thereby rewarding providers whose costs fall below the payment rates and penalizing those with costs above the payment rates." The target is to pay 1 percent above costs, although government studies have repeatedly found providers get more.
31 **move patients into health maintenance organizations:** J. Gabel, "Ten Ways HMOs Have Changed During the 1990s," *Health Affairs* 16, no. 3 (1997): 134–45, http://content.healthaffairs.org/content/16/3/134.full.pdf.
32 **U.S. health spending did not increase:** Ibid. "For the past two years, overall health insurance premiums have increased at a lower rate than the overall rate of inflation, the medical care component of the consumer price index, and workers' earnings."
32 **creating quality cost-effective care:** J. Gabel, "HMOs and Managed Care," *Health Affairs* 10, no. 4 (1991): 189–206, http://content.healthaffairs.org/content/10/4/189.full.pdf.
32 **failing to reimburse hospitals:** Esther B. Fein and Elisabeth Rosenthal, "Past Due: Delays by HMO Leaving Patients Haunted by Bills," *New York Times*, April 1, 1996, www.nytimes.com/1996/04/01/nyregion/past-due-a-special-report-delays-by-hmo-leaving-patients-haunted-by-bills.html.
32 **"The chief medical officer":** "Hospitals' New Physician Leaders: Doctors Wear Multiple Medical Hats," amednews.com, April 4, 2011, www.amednews.com/article/20110404/business/304049965/4/.
33 **Medical purchases became an "investment":** National Conference of State Legislatures, "CON—Certificate of Need State Laws," July 12, 2016, www.ncsl.org/research/health/con-certificate-of-need-state-laws.aspx.
35 **Deloitte is ranked number one:** "Kennedy Ranks Deloitte as the Top Global Health Care Consulting Practice," High Beam Research newsletter, April 22, 2011, www.highbeam.com/doc/1G1-254526365.
35 **fueled by more than 17 percent:** Reed Abelson, "Health Insurance Deductibles Outpacing Wage Increases, Study Finds," *New York Times*, September 23, 2015, www

.nytimes.com/2015/09/23/business/health-insurance-deductibles-outpacing-wage-increases-study-finds.html. Most patients have become accustomed to bills conceived through "strategic pricing," even as these charges have become less connected to value. As bills were rising, co-payments stayed low, so it was easy not to pay attention to these numbers. But that is no longer true. Since 2010 deductibles have risen six times faster than family earnings.

35 **Dr. Randy Richards:** Personal interview/communication, 2014.
36 **an internist named Dr. W.:** When Dr. W. first contacted me in 2014, he was considering allowing his name to be used. It's a discussion I have with everyone I interview. When his wife, who is on his insurance, fell seriously ill, the calculation changed for him for fear he would lose his job and their all-important coverage. It is a sign of how much Americans are over a barrel when it comes to expressing misgivings about the healthcare system.
37 **tie those salaries to physicians' RVUs:** Some documents showing how different hospitals mentioned use productivity bonuses: for Partners HealthCare, see https://bobkocher.files.wordpress.com/2015/01/table-1.png; for the Henry Ford Health System, see http://healthaffairs.org/blog/2010/12/20/productivity-still-drives-compensation-in-high-performing-group-practices/; for Duke Health, see www.linkedin.com/jobs/view/153824585; for Baylor Scott & White Health, see http://jobs.baylorscottandwhite.com/job/5998724/dermatologist-waco-tx/.
37 **71 percent of physician practices:** PowerPoint presentation by Merritt Hawkins, a physician staffing firm, "Doctors, Dollars and Health Reform," www.sdhfma.org/site/files/1071/157586/517859/756953/Doctors_Dollars_and_Health_Reform_Physician_Reimbu.
38 **two most expensive codes:** Joe Eaton and David Donald, "Hospitals Grab at Least $1 Billion in Extra Fees for Emergency Room Visits," Center for Public Integrity, September 20, 2012, www.publicintegrity.org/2012/09/20/10811/hospitals-grab-least-1-billion-extra-fees-emergency-room-visits. The foundation of this investigation is the Center for Public Integrity's access to about two terabytes of Medicare claims data that was obtained by the center in 2010 as the result of a settlement from litigation against the CMS.
38 **charging facility fees:** Fred Schulte, "Hospital 'Facility Fees' Boosting Medical Bills, and Not Just for Hospital Care," Center for Public Integrity, December 20, 2012, www.publicintegrity.org/2012/12/20/11978/hospital-facility-fees-boosting-medical-bills-and-not-just-hospital-care.
38 **the bill was almost $5,000:** Ronald Anderson, MD, personal interview/communication.
39 **"When you buy anything":** Yevgeniy Feyman, "Payment Reform: Flat Facility Fees & ACOs Aren't Enough," *Health Affairs Blog*, October 23, 2013, http://healthaffairs.org/blog/2013/10/23/payment-reform-flat-facility-fees-acos-arent-enough/.
40 **bariatric surgery was a boom field:** "Healthgrades Bariatric Surgery Report 2013 Evaluates Hospitals Performing Obesity Surgery in the U.S.," PR Newswire, July 16, 2013, www.prnewswire.com/news-releases/healthgrades-bariatric-surgery-report-2013-evaluates-hospitals-performing-obesity-surgery-in-the-us-215651741.html.
40 **Being overweight was rebranded:** Andrew Pollack, "AMA Recognizes Obesity as a Disease," *New York Times*, June 18, 2013, www.nytimes.com/2013/06/19/business/ama-recognizes-obesity-as-a-disease.html.
40 **The returns were exceptional:** According to its 2013 IRS Form 990, NewYork-

Presbyterian / Weill Cornell Medical Center had more than $3 billion in revenue and $300 million in overseas investments on its tax return, and paid thirty administrators more than $500,000 a year.

41 **"proton beam therapy":** "New Finding Likely to Fuel Cost-Benefit Debate over Cancer Care," *KHN Morning Briefing,* December 14, 2012, http://khn.org/morning-breakout /costly-cancer-care/. The study itself: James B. Yu et al., *Journal of the National Cancer Institute,* December 13, 2012, http://jnci.oxfordjournals.org/content/early/2012/12/13 /jnci.djs463.full.pdf+html.

41 **more than $100 million:** On the first two rounds of equity funding, $35 million each, see www.procure.com/ProCure-Secures-35-Million-from-McClendon-Venture. On the final round, $40 million, see www.procure.com/About-Procure.

41 **The British National Health Service:** http://scienceblog.cancerresearchuk.org/2015 /07/16/proton-beam-therapy-where-are-we-now/. For the National Health Service policy, see www.england.nhs.uk/commissioning/spec-services/highly-spec-services/pbt/.

41 **there should be three:** For more information on the proton beam therapy boom in the United States, see M. Beck, "Big Bets on Proton Therapy Face Uncertain Future," *Wall Street Journal,* May 26, 2015, www.wsj.com/articles/big-bets-on-proton-therapy-face -uncertain-future-1432667393.

41 **According to a 2006 survey:** Waller Lansden, Dortch & Davis, "2006 Hospital Outsourcing Trends in Clinical Services Commentary," www.wallerlaw.com /portalresource/2006-Outsourcing-Survey. Patient care outsourcing decisions continue to be driven by reimbursement considerations. For instance, it is not surprising that dialysis services were the number one outsourced patient care services. Despite the fact that Medicare pays hospital-based end-stage renal disease (ESRD) facilities slightly more than freestanding ESRD facilities, hospitals typically lose money on the provision of dialysis services to inpatients. Therefore, many hospitals have chosen to cease providing dialysis services completely.

41 **Innovative Health Strategies:** For the private dialysis industry, see www.law360.com /articles/416469/dialysis-industry-continues-to-see-robust-pe-activity.

41 **"Today's challenges require":** Innovative Health Strategies, Fact Sheet on Dialysis Outsourcing, www.ihsconsult.com/pdf/IHSDialysisOut.pdf.

42 **plans to close its transitional care unit:** See Gene Dorio, "No TLC for the Transitional Care Unit," *Henry Mayo Newhall Memorial Hospital Rant/Rave* (blog), September 12, 2011, http://hospitalrantandrave.blogspot.com/2011/09/no-tlc-for-transitional-care-unit .html; and www.hometownstation.com/santa-clarita-news/transitional-care-at-hmnmh-to -disappear-june-5-12850.

43 **paid trainee stipends:** For a review of how medical training came to be funded by Medicare, see Jared Harwood and Andrew Pugely, "The Evolution of GME Funding," American Academy of Orthopaedic Surgeons, www.aaos.org/AAOSNow/2014/Sep /advocacy/advocacy3/: "Until the community undertakes to bear such educational costs in some other way, that part of the net cost of such activities (including stipends of trainees, as well as compensation of teachers and other costs) should be borne to an appropriate extent by the hospital insurance program."

44 **sufficient numbers of doctors:** Gail R. Wilensky and Donald M. Berwick, "Reforming the Financing and Governance of GME," *New England Journal of Medicine* 371 (August 28, 2014): 792, www.nejm.org/doi/pdf/10.1056/NEJMp1406174. Pathologist Oversupply is a Web site run by pathologists who are concerned about the surfeit of practitioners

compared with the number of jobs in their field; see http://pathologistoversupply.weebly.com/about.html.

44 **"directly threaten the financial stability":** American Hospital Association Fact Sheet on graduate medical education, www.aha.org/content/13/fs-gme.pdf.

46 **"There are an infinite number":** James Robinson, personal interview/communication.

46 **Three years after Nancy Schlicting:** "Schlichting to Retire from Henry Ford Health, Lassiter Taking the Reins," *Modern Healthcare,* September 29, 2014, www.modernhealthcare.com/article/20140929/NEWS/309299938.

46 **"We focused on people":** Nancy Schlichting, personal interview/communication.

47 **"to lead the patient experience industry":** Press Ganey Web site, "Our History," https://helpandtraining.pressganey.com/aboutUs/ourHistory.aspx. The 50 percent figure can also be found on the Press Ganey Web site, "Hospital Patient Satisfaction": https://helpandtraining.pressganey.com/resources/hospital-patient-satisfaction.

47 **surveys have only a "tenuous" link:** Joshua J. Fenton et al., "The Cost of Satisfaction: A National Study of Patient Satisfaction, Health Care Utilization, Expenditures, and Mortality," *Archives of Internal Medicine,* March 12, 2012, http://archinte.jamanetwork.com/article.aspx?articleid=1108766.

47 **"So if a patient asks":** Dr. Richard Duszak, professor of radiology at Emory University, personal interview/communication, 2015.

47 **the CEO typically picks:** James McGroddy, a former IBM executive who has served on multiple hospital boards, personal interview/communication, 2015.

47 **highest-paid nonprofit executive:** "Since the 1990s there has been a huge increase in the number of executives and executive salaries," Cathy Schoen of the Commonwealth Fund told me in an interview. "We have a lot more senior VPs and VPs of this and that. You need someone who specialized in negotiating with the Blues and someone who deals with the Joint Commission on Hospital Accreditation."

47 **In 2012 Jeffrey Romoff:** www.beckershospitalreview.com/compensation-issues/ceo-compensation-of-the-25-top-grossing-nonprofit-hospitals-2014.html.

47 **the CEO of one small nonprofit suburban hospital:** For compensation stats for New Jersey hospital heads, see www.njbiz.com/article/20140305/NJBIZ01/140309913/medical-millionaires-the-compensation-packages-of-hospital-heads-are-drawing-attention.

48 **assets valued at about $12 billion:** For the Ford Foundation's IRS Form 990, see www.guidestar.org/FinDocuments/2013/131/684/2013-131684331-0b088a10-F.pdf. The foundation's tax return doesn't list Mr. Walker's salary because he's not one of the five top-paid employees—they are finance people. But even they get only about $1 million, so he earns less.

48 **compensation for hospital CEOs:** Rachel Landen, "Another Year of Pay Hikes for Nonprofit Hospital CEOs," *Modern Healthcare,* August 9, 2014, www.modernhealthcare.com/article/20140809/MAGAZINE/308099987. Of the 147 chief executives included in *Modern Healthcare*'s analysis of the most recent public information available for not-for-profit compensation, twenty-one, or 14.3 percent, saw their total cash compensation rise by more than 50 percent. Another fifty-one, or 35.7 percent, received total cash compensation increases of 10 percent or higher. The average 2012 cash compensation for the CEOs was $2.2 million, but that masks wide disparities. "It is somewhat unique in the nonprofit sector that you have a class of CEOs that are working for public charities that are becoming millionaires," said Ken Berger, president and CEO of Charity

Navigator. "An average CEO salary for a mid- to large-size public charity is around $125,000. When it comes to not-profit hospitals, it's off the scale."

48 **Those bonuses are typically linked:** "Hospital CEO Pay and Incentives," chart, Kaiser Health News, June 16, 2013, http://khn.org/news/hospital-ceo-compensation-chart/.

48 **the largest nongovernmental employer:** University of Pittsburgh Medical Center Fact Sheet, www.upmc.com/about/facts/pages/default.aspx.

49 **at $12.6 billion in 2002:** Sara Rosenbaum et al., "The Value of the Nonprofit Hospital Tax Exemption Was $24.6 Billion in 2011," *Health Affairs*, June 2015, http://content.healthaffairs.org/content/early/2015/06/12/hlthaff.2014.1424.

49 **"the David versus the Goliath":** Moriah Balingit, "Pittsburgh Lawsuit Challenges UPMC's Tax Status," *Pittsburgh Post-Gazette*, March 21, 2013, www.post-gazette.com/local/city/2013/03/21/Pittsburgh-lawsuit-challenges-UPMC-s-tax-status/stories/201303210210.

50 **three of the twenty hospitals:** "List of Inpatient Hospitals Qualifying for Medical Assistance Disproportionate Share Payments," *Pennsylvania Bulletin*, September 27, 2014, www.pabulletin.com/secure/data/vol44/44-39/2022.html.

50 **that would justify the value:** "They are classified as charitable organizations by the IRS—they are supposed to provide 'community benefit' in return," said Paula Song, formerly at Ohio State University and now an associate professor of health policy and management at the University of North Carolina at Chapel Hill, in a 2013 interview. "But there's no consensus on what that means, or what is the required amount of charity care. Policy makers and researchers say you should get close to the value of the tax exemption and I think you'll find hospitals aren't providing that much, but it depends how it's defined."

50 **got more dollars in tax breaks:** *The Labor Blog* of *In These Times Magazine* provides a summary of the findings; see www.alternet.org/labor/not-profit-hospitals-make-billions-and-provide-little-charity-care. For a broader look at the issue, see Robert J. Rubin, "For-Profit/Not-for-Profit Healthcare: What's the Difference?," MedPageToday, May 1, 2015, www.medpagetoday.com/HospitalBasedMedicine/GeneralHospitalPractice/51317. Half of nonprofits spent less than 2.46 percent of their operating expenses on charity care.

51 **"building a global health care brand":** University of Pittsburgh Medical Center Facts, www.upmc.com/ABOUT/FACTS/NUMBERS/Pages/default.aspx.

51 **"best-known health care institutions to China":** Alexandra Stevenson, "The Chinese Billionaire Zhang Lei Spins Research into Investment Gold," *New York Times*, April 2, 2015, www.nytimes.com/2015/04/03/business/the-chinese-billionaire-zhang-lei-spins-research-into-investment-gold.html.

51 **"UPMC would owe the city $20 million":** Robert Zullo, "UPMC, City Drop Legal Fight Over Taxes," *Pittsburgh Post-Gazette*, July 29, 2014, www.post-gazette.com/local/city/2014/07/29/UPMC-city-drop-legal-fight-over-taxes/stories/201407290183.

52 **was not providing care commensurate:** I was told this by a longtime member of the San Francisco Department of Public Health during a 2014 interview.

52 **a stick the city uses to demand:** A unique tool, the Charity Care Ordinance "was meant to shine a light on what hospitals provide in exchange for the benefits that result from their tax-exempt status"; see www.sfdph.org/dph/files/reports/PolicyProcOfc/SFCC-Report-FY12.pdf.

52 **covered city employees:** Agreement between Sutter Health/UPMC and the city of

San Francisco; see http://default.sfplanning.org/publications_reports/cpmc/cpmc_DevAgrmtFinal_exhibits.pdf.
53 **8 percent of people:** Medicare noted that the rate of long-stay observation cases lasting more than two days had increased from 3 percent of all observation cases in 2006 to 8 percent in 2011; see "Health Policy Brief: The Two-Midnight Rule," *Health Affairs*, January 22, 2015, www.healthaffairs.org/healthpolicybriefs/brief.php?brief_id=133.
53 **persist for more than "two midnights":** Ibid.
53 **That ruling prompted articles:** "Members Ask: How Can Our Hospital Succeed Under the Two-Midnight Rule?," Advisory Board, the Daily Briefing, October 25, 2013, www.advisory.com/Daily-Briefing/2013/10/25/Members-ask.
54 **a bill requiring hospitals:** "Obama Signs Medicare Observations Stays Bill," *Modern Healthcare*, August 7, 2015, www.modernhealthcare.com/article/20150807/NEWS/150809895.

CHAPTER 3: THE AGE OF PHYSICIANS

55 **"I promise to deal":** American College of Surgeons, Statements on Principles, revised March 2004, www.facs.org/about-acs/statements/stonprin#fp.
56 **did not survive into the 1980s:** For the current AMA Code of Medical Ethics, see www.ama-assn.org/ama/pub/physician-resources/medical-ethics/code-medical-ethics.page.
57 **American orthopedic surgeons:** M. J. Laugesen and S. A. Glied, "Higher Fees Paid to U.S. Physicians Drive Higher Spending for Physician Services Compared to Other Countries," *Health Affairs* 30, no. 9 (September 2011): 1647–56.
57 **27.2 percent fall into that category:** "Top One Percent: What Jobs Do They Have?," *New York Times*, January 15, 2012, www.nytimes.com/packages/html/newsgraphics/2012/0115-one-percent-occupations/.
57 **not even hedge fund managers:** www.nejmcareercenter.org/article/compensation-in-the-physician-specialties-mostly-stable/.
57 **between $120,000 at a state school:** The Association of American Medical Colleges provides a list of estimated expenses at U.S. medical schools; see https://services.aamc.org/tsfreports/report.cfm?select_control=PRI&year_of_study=2016.
57 **mean debt of about $170,000:** "How Much Does Medical School Cost?," http://gradschool.about.com/od/medicalschool/f/MedSchoolCost.htm.
58 **"they pay that off quite readily":** Miriam Laugesen, personal interview/communication, 2014.
58 **In a recent survey:** Medscape Residents Salary & Debt Report, July 2016, www.medscape.com/features/slideshow/public/residents-salary-and-debt-report-2016.
58 **"I have $240,000 in debt":** Dr. Logan Dance, personal interview/communication, 2015.
58 **"I'm not terribly sympathetic":** Dr. Joanne Roberts, personal interview/communication, 2016.
59 **"no fee, not even a large one":** David Schiedermayer, "Wages Through the Ages: The Ethics of Physician Income," http://religion.llu.edu/bioethics/resources/bioethics-library/wages-through-ages-ethics-of-physician-income.
60 **"Employer provided insurance plans":** Richard Patterson, "Money Isn't Everything, but It Does Matter," www.generalsurgerynews.com/Article/PrintArticle?article ID=21693.
60 **hardwiring high payments into our bills:** "How did we adopt 'usual and customary' as a reasonable standard?" asked Steven Schroeder, a professor of medicine at the University

of California and the chairman of the National Commission on Physician Payment Reform, during an interview with me. "The medical profession was opposed to Medicare, so when the regulations were written it said the 'government will not interfere with the practice of medicine.' It was a handshake with organized medicine to get them on board."

61 **where more doctors are:** Dr. Scott Breidbart, then a medical director at Empire BlueCross BlueShield (now chief clinical officer at EmblemHealth), personal interview/communication, 2013.

62 **While the RBRVS:** Gregory Przybylski, "Understanding and Applying a Resource Based Value Scale to Your Neurosurgical Practice," *Neurosurgical Focus,* 2012, www.medscape.com/viewarticle/4332883.

62 **According to the Medical Group Management Association:** Thomas Bodenheimer et al., "The Primary Care–Specialty Income Gap: Why It Matters," *Annals of Internal Medicine,* February 20, 2007, http://annals.org/article.aspx?articleid=733345.

62 **Average real income:** On income stagnation, see David Cay Johnston, "'04 Income in U.S. Was Below 2000 Level," *New York Times,* November 28, 2006.

63 **"26 sharks in a tank":** Elisabeth Rosenthal, "Patients' Costs Skyrocket; Specialists' Incomes Soar," *New York Times,* January 19, 2014, www.nytimes.com/2014/01/19/health/patients-costs-skyrocket-specialists-incomes-soar.html.

63 **in recent years a few extra generalists:** The RVS Update Committee, the American Medical Association, www.ama-assn.org/ama/pub/physician-resources/solutions-managing-your-practice/coding-billing-insurance/medicare/the-resource-based-relative-value-scale/the-rvs-update-committee.page?.

64 **"It's not about science":** Dr. Christine Sinsky, personal interview/communication, 2014.

64 **wildly inaccurate:** Laugesen and Glied, "Higher Fees Paid to U.S. Physicians," 1647.

64 **estimates were longer than actual times:** Miriam J. Laugesen, "Valuing Physician Work in Medicare: Time for a Change," October 2014 Expert Voices in Health Care Policy series sponsored by the National Institute for Health Care Management, www.nihcm.org/pdf/Valuing_Physician_Work_in_Medicare_Laugesen_EV_2014.pdf.

65 **The RUC does not always give:** For the April 2013 RUC minutes, see www.ama-assn.org/ama/no-index/physician-resources/ruc-recommendations.page.

65 **defeated once and for all in 2015:** "Congress Tries to Fix Medicare 'Doc Fix' Before It Fixes to Leave Town," McClatchyDC, March 24, 2015, www.mcclatchydc.com/news/politics-government/congress/article24782179.html#storylink=cpy.

65 **Ambulatory surgery centers:** For a brief history of ambulatory surgery centers from their professional organization, see www.asge.org/uploadedFiles/Members_Only/Practice_Management/Ambulatory%20Surgery%20Centers%20%E2%80%93%20A%20Positive%20Trend%20in%20Health%20Care.pdf.

66 **"They guarantee a return on investment":** Dr. Michael Zapf, personal interview/communication, 2015.

68 **according to Merritt Hawkins:** "Of those, thirty-one percent used local self-organized groups and thirty-four percent used one of several national players," said Phil Miller, vice president, communications, of Merritt Hawkins, in a 2015 interview with the author.

68 **"The game with the PARE":** Personal interview/communication, 2014–2015.

71 **In 2014, Robert Jordan":** Robert Jordan, personal interview/communication, 2016

72 **physician assistant training programs:** For a history of the development of the physician assistant profession in the United States, see J. F. Cawley, E. Cawthon, and R. S. Hooker, "Origins of the Physician Assistant Movement in the United States,"

Journal of the American Academy of Physician Assistants, December 2012. The full article can be found at https://medicine.utah.edu/dfpm/physician-assistant-studies/files/pa_history_2011.pdf.

    One of the leaders was Duke University, where Dr. Eugene Stead sought to replicate the relationship between a rural doctor he knew, Dr. Amos Johnson, and Johnson's personally trained assistant, Henry Lee "Buddy" Treadwell. The article quotes many discussions in the medical community about the PA concept in the 1960s. For example: "By having someone [Johnson] can trust to coordinate patient care when he is away, he feels free to spend more time at medical meetings or participating in activities of organized medicine." Another quotes Johnson as saying, "I don't know any other way a doctor is going to get significant amounts of time for himself."

73 **In 2014, when Peter Drier:** Peter Drier, personal interview/communication. Other aspects of Mr. Drier's shocking story of being bilked after spine surgery are covered in Elisabeth Rosenthal, "After Surgery, Surprise $117,000 Medical Bill from Doctor He Didn't Know," *New York Times,* October 7, 2014, www.nytimes.com/2014/09/21/us/drive-by-doctoring-surprise-medical-bills.html.

73 **"WORK FROM HOME":** The position was filled, so the ad has been taken down, but here's how it read: "Home Based Staff Neurologist— Intraoperative Monitoring Job www.theladders.com/Staff-Neurologist%7CSaint-Louis-MO%7C156 . . . WORK FROM HOME POSITION. CAN BE LOCATED ANYWHERE IN THE US. NO TRAVEL. . . . This position will supervise certified NIOM technologists in the operating room to help in the prevention of neurological problems during surgeries. . . . Procedures commonly monitored include but are not limited to: Spine surgery . . ."

74 **"split 50-50 between the two parties":** This advisory document for certified registered nurse-anesthetists, from the American Association of Nurse Anesthetists, lays out what's kosher for billing: Reimbursement of CRNA Services, www.aana.com/aboutus/Documents/reimbursement_crnaservices.pdf.

75 **In 2000 a press release:** Debra P. Malina, "Education and Practice Barriers for Certified Registered Nurse Anesthetists," *Online Journal of Issues in Nursing,* May 2014. http://www.medscape.com/viewarticle/833517_2.

75 **when the patient is on cardiac bypass:** Their trade association is constantly expanding their territory, claiming in a 2010 article that "anesthesiologists and CRNAs [certified registered nurse-anesthetists] can perform the same set of anesthesia services, including relatively rare and difficult procedures such as open-heart surgeries and organ transplantations, pediatric procedures, and others." See Paul F. Hogan et al., "Cost Effectiveness Analysis of Anesthesia Providers," *Nursing Economics* 28, no. 3 (May–June 2010): 159.

75 **"Maximizing Reimbursement for Physician Assistant Services":** *Clinical Advisor,* May 26, 2013, www.clinicaladvisor.com/aapa-2013/maximizing-reimbursement-for-physician-assistant-services/article/295002/.

76 **they had to be present:** See "The Role of CMS" section at www.patientsafetysolutions.com/docs/November_10_2015_Weighing_in_on_Double_Booked_Surgery.htm.

76 **Dr. Kenan W. Yount:** For Dr. Yount's study, see http://aats.org/annualmeeting/Program-Books/2014/2.cgi.

76 **Dr. Gerald Weisberg:** Dr. Weisberg relayed the Lupron story to me in an interview; he provided requested documents.

77 **make money by charging:** According to Dr. Gerald Weisman, the United States is one

of only a few countries in the world where the approved route of administration for Lupron is an injection deep into the muscle, rather than by a subcutaneous injection that can be self-administered at home.

78 **"afoul of the law":** Andrew Zajac and Laurie Cohen, "Tapping Medicare Bonanza," *Chicago Tribune,* May 23, 1999, http://articles.chicagotribune.com/1999-05-23/news/9905230398.

78 **$885 million in restitution:** Bruce Japson, "Ex-TAP Manager Found Guilty," *Chicago Tribune,* January 27, 2004, http://articles.chicagotribune.com/2004-01-27/business/0401270256_1_astrazeneca-plc-lupron-lahey-clinic.

79 **"Drugs and biologicals make up":** For a further discussion of the income doctors derive from selling drugs, see one of Mr. Holland's publications: R. P. Langdale and B. F. Holland, "Practice Benchmarking in the Age of Targeted Auditing," *Journal of Oncology Practice* 8, no. 6S (2012): 71–74, doi:10.1200/JOP.2012.000633.

79 **lots of infusions:** By 2012 Medicare instructed its inspector general to examine outpatient billing for office-based chemotherapy. "Poor timekeeping and manipulation of timing thresholds has created a predictable level of coding abuse, and Medicare intends to crack down on the practice," said Ben Holland, an executive at Oncology Solutions. See Langdale and Holland, "Practice Benchmarking."

79 **Betsy Glassman's insurers:** From personal interview/communication, 2014–2015 and communication of documents.

80 **£500 per infusion:** People with Medicare and commercial insurance were somewhat protected from large out-of-pocket bills, but uninsured patients faced prices for chemotherapy that were two to forty-three times as much as the total Medicare-allowed amount and two to five times as much as that paid by private insurance. See Stacie B. Dusetzina, Ethan Basch, and Nancy L. Keating, "For Uninsured Cancer Patients, Outpatient Charges Can Be Costly, Putting Treatments Out of Reach," *Health Affairs* 34, no. 4 (April 2015): 584–91.

80 **The average price paid:** Corcoran Consulting Group guidelines for doctors selling the Toric lens, www.corcoranccg.com/digital_files/monographs/Toric%20IOL%20STAAR_100713.pdf.

81 **cataract surgeries were cut:** See the 2014 complaint letter to CMS from the American Society of Cataract and Refractive Surgery at http://policymed.typepad.com/files/american-society-of-cataract-and-refractive-surgery.pdf. For example, in 2013 the cataract removal (66984) and complex cataract (66982) codes were revalued by the RUC.

82 **In one study in St. Louis:** W. Shrank, "Effect of Physician Reimbursement Methodology on the Rate and Cost of Cataract Surgery," *Archives of Ophthalmology* 123, no. 12 (December 2005): 1733–38, www.ncbi.nlm.nih.gov/pubmed/16344447.

82 **Glasses, though perhaps with a weaker prescription:** H. Lee et al., "Corneal Astigmatism Analysis for Toric Intraocular Lens Implantation: Precise Measurements for Perfect Correction," *Current Opinions in Ophthalmology* 26, no. 1 (January 2015): 34–38, www.ncbi.nlm.nih.gov/pubmed/25415298.

83 **on the right side of the Medicare law:** Corcoran Consulting Group guidelines for doctors selling the Toric lens.

83 **"You would lose money on every procedure":** James Brice, "Femtosecond Laser Cataract Surgery: Advantages Await Clinical Trial Results," Medscape Ophthalmology, November 26, 2012, www.medscape.com/viewarticle/774568_2.

83 **little if any evidence:** When Dr. Ming Chen at the University of Hawaii pulled together

the limited evidence available to decide if he should use the femtosecond laser in his practice, he found studies with "small sample size and short-term follow-up." He wrote: "Long-term studies to compare the complication rate and visual outcome between the laser and conventional cataract surgery are warranted"; see www.ncbi.nlm.nih.gov/pmc/articles/PMC3689514/.

83 **"few products have captured the imagination":** Riva Lee Aspell, "Femto Reimbursement," *Review of Ophthalmology,* April 5, 2012, www.reviewofophthalmology.com/content/t/finances/c/33271/.

83 **2011 International Conference on Femtosecond Lasers:** See the discussion in *EyeNet Magazine,* an academic ophthalmology online newsletter, www.aao.org/eyenet/article/femtosecond-cataract-are-lasers-good-business.

84 **"Are Lasers Good for Business?":** Ibid.

84 **"Sure, in several years":** Ibid.

86 **the idea that nephrologists:** Kristina Fiore, "Nephrologists Take Fistulas into Their Own Hands," MedPageToday, May 9, 2014, www.medpagetoday.com/nephrology/generalnephrology/45696.

86 **"Medicine is a business":** Dr. William Sage, personal interview/communication, 2015.

86 **which paid him $82:** Dr. Robert Morrow, personal interview/communication, 2014.

CHAPTER 4: THE AGE OF PHARMACEUTICALS

87 **Hope Marcus has spent much:** Hope Marcus, personal interviews/communications, 2014–2015.

87 **better because it had fewer:** personal interview/communication, 2015, with John Mayberry, professor of gastroenterology at the University of Leicester, who has studied the history of mesalamine: "Mesalamine had been used to treat inflammatory bowel disease since the 1930s. Its discovery was important because its predecessor, sulfasalazine, at high doses came with unpleasant side effects for many patients—headache and fevers, for example—that mesalamine alone did not produce." By 1990 it was hailed by doctors who now had a drug that offered "the efficacy of sulfasalazine without the risk of adverse events."

88 **"offset the generic threat":** www.istockanalyst.com/finance/story/6300463/warner-chilcott-plc-numerous-sources-of-potential-upside.

89 **"It is very hard for me:** Mayberry, personal interview/communication.

89 **people with private prescriptions:** Pricing statistics on medicines in Great Britain provided by Thomas Wilkinson, a British health economist and an adviser to NICE International, which assesses the cost benefit of prescription drugs; see www.linkedin.com/in/thomas-wilkinson-185a0140.

90 **"They can enjoy the holidays":** www.fda.gov/downloads/Drugs/GuidanceComplianceRegulatoryInformation/EnforcementActivitiesbyFDA/WarningLettersandNoticeofViolationLetterstoPharmaceuticalCompanies/UCM173187.pdf.

90 **Rowasa, previously owned by Solvay:** That left only one generic maker, Perrigo, and, weirdly, two companies that made the brand form of the drug: Meda, which acquired the drug when it bought Alaven Pharmaceutical in 2010, and AbbVie, formerly Solvay Pharmaceuticals.

90 **One of the last to move:** "Perrigo to Buy Elan for 8.6 Billion, Get Irish Domicile," Bloomberg News, July 29, 2013, www.bloomberg.com/news/articles/2013-07-29/perrigo-to-buy-elan-for-86-billion-get-irish-domicile.

91 **to make the deal somewhat less rewarding:** Brett LoGiurato, "Obama May Have Just Scored His First Huge Victory in His Battle Against Inversions," Business Insider, October 15, 2014, www.businessinsider.com/abbvie-shire-inversion-obama-2014-10.

91 **inventing a sugar coating for pills:** *Encyclopedia.com*, s.v. "Warner-Lambert Co.," www.encyclopedia.com/topic/Warner-Lambert_Co.aspx.

91 **Perrigo was started in 1887:** www.perrigo.com/about/perrigo-history.aspx.

91 **a mysterious "liver pill":** www.wallacepharmaceuticals.com/aboutus.html.

92 **who took Elixir Sulfanilamide died:** For the sulfanilamide story, see www.fda.gov/aboutfda/whatwedo/history/productregulation/sulfanilamidedisaster/default.htm.

93 **The FDA promulgated guidelines:** "Social Reassessment, Regulation, and Growth: 1960–80," *Chemical and Engineering News*, pubs.acs.org/cen/coverstory/83/8325/8325social.html.

94 **process to merit intellectual protection:** Michael Hiltzik, "On Jonas Salk's 100th Birthday, a Celebration of His Polio Vaccine," *Los Angeles Times*, October 28, 2014, www.latimes.com/business/hiltzik/la-fi-mh-polio-vaccine-20141028-column.html.

94 **a number that has only increased since:** Thanks to Stanford law professor Lisa Larrimore Ouellette for the figures, which may include many older medicines covered by just one patent. For her review of the high number of patents that today cover many drugs, see Lisa Larrimore Ouellette, "How Many Patents Does It Take to Make a Drug? Follow-On Pharmaceutical Patents and University Licensing," *Michigan Telecommunications and Technology Law Review* 17, no. 1 (2010): 299–336, http://repository.law.umich.edu/cgi/viewcontent.cgi?article=1044&context=mttlr.

94 **known as Hatch-Waxman:** For a free summary of all the provisions of Hatch-Waxman, from a law firm, see www.finnegan.com/resources/articles/articlesdetail.aspx?news=dfef53ed-54e4-491a-802a-01becb1f47bb.

95 **bring cheaper versions onto the market:** Hatch-Waxman was a compromise that "allowed for the extension of a patent's life for the New Drug Application holder, while providing a streamlined system for the approval of generic copies of the innovator's product." See Dennis B. Worthen, "American Pharmaceutical Patents from a Historical Perspective," *International Journal of Pharmaceutical Compounding*, November/December 2003, www.lloydlibrary.org/scholar/Patents%20-%20V8%20-%20I1.pdf.

95 **"medicines with a single indication":** Ibid.

96 **The Generic Drug Enforcement Act:** John R. Fleder, "The History, Provisions and Implementation of the Generic Drug Enforcement Act of 1992," *Food and Drug Law Journal* 49 (1994): 89–107, www.hpm.com/pdf/0001000JRF.pdf.

96 **where government price setting was increasingly common:** Bruce Lehman, "The Pharmaceutical Industry and the Patent System," 2003, http://users.wfu.edu/mcfallta/DIR0/pharma_patents.pdf.

96 **grown twice as fast as the economy:** Ibid.

96 **"In the 1980s people":** Dr. Marcus Reidenberg, personal interview/communication.

98 **lasted just nineteen weeks:** Irving Molotsky, "US Approves Drug to Prolong Lives of AIDS Patients," *New York Times*, March 21, 1987, www.nytimes.com/1987/03/21/us/us-approves-drug-to-prolong-lives-of-aids-patients.html.

98 **"most expensive prescription drug in history":** "AZT's Inhuman Cost," *New York Times*, August 28, 1989, www.nytimes.com/1989/08/28/opinion/azt-s-inhuman-cost.html.

99 **"Often, sponsors of drugs":** Thomas Fleming, "Surrogate Endpoints and the FDA

Approval Process," *Health Affairs* 24, no. 1 (January 2005): 67–78, http://content.healthaffairs.org/content/24/1/67.full.

99 **An in-depth data investigation:** John Fauber and Elbert Chu, "The Slippery Slope: Is a Surrogate Endpoint Evidence of Efficacy?," October 24, 2014, http://www.medpagetoday.com/special-reports/slipperyslope/48244.

100 **wasn't the only novel practice:** Julie Donahue, "A History of Drug Advertising: The Evolving Roles of Consumers and Consumer Protection," *Millbank Quarterly* 84, no. 4 (December 2006): 659–99, www.ncbi.nlm.nih.gov/pmc/articles/PMC2690298/#b61.

100 **"a brief summary of all":** Ibid.

100 **40 percent of total pharmaceutical promotional spending:** Ibid.

100 **promotional spending was for direct-to-consumer advertising:** J. Ma et al., "A Statistical Analysis of the Magnitude and Composition of Drug Promotion in the United States in 1998," *Clinical Therapeutics* 25, no. 5 (May 2003):1503–17, www.ncbi.nlm.nih.gov/pubmed/12867225.

100 **That year drug sales for Vioxx:** Ismael Bradley, "DTC Advertising, and Its History with the FDA," *KevinMD.com* (a popular physician blog), September 18, 2010, www.kevinmd.com/blog/2010/09/dtc-advertising-history-fda.html.

100 **The company ultimately paid:** Snigdha Prakash and Vikki Valentine, "Timeline: The Rise and Fall of Vioxx," NPR, November 10, 2007, www.npr.org/templates/story/story.php?storyId=5470430.

101 **$43.4 million and $125 million:** Scott Gavura, "What Does a New Drug Cost?," Science-Based Medicine, April 14, 2011, www.sciencebasedmedicine.org/what-does-a-new-drug-cost/.

101 **Dr. Robert Sack's late-night gardening show:** Dr. Robert Sack, personal interviews/communication, 2015.

103 **according to a 2009 study:** Shantha Rajaratnam et al., "Melatonin Agonist Tasimelteon (VEC-162) for Transient Insomnia After Sleep-Time Shift: Two Randomised Controlled Multicentre Trials," *Lancet* 373, no. 9662 (February 7, 2009): 482–91, www.thelancet.com/journals/lancet/article/PIIS0140-6736(08)61812-7/abstract.

103 **"Vanda's Sleep Disorder Drug":** Adam Feuerstein, "Vanda's Sleep Disorder Drug Is a Nightmare," TheStreet.com, June 19, 2013, www.thestreet.com/story/11954365/1/vandas-sleep-disorder-drug-is-a-nightmare.html.

103 **In front of Dr. Sack's committee:** For a full transcript of the committee meeting that led to Hetlioz's approval, see www.fda.gov/downloads/AdvisoryCommittees/CommitteesMeetingMaterials/Drugs/PeripheralandCentralNervousSystemDrugsAdvisoryCommittee/UCM386061.pdf.

104 **to sell just fifteen hundred:** Rafi Farber, "Vanda's Hetlioz Is Starting to Sell Slowly After Bumbling Through the Pipeline," TheStreet.com, October 6, 2014, www.thestreet.com/story/12895655/2/vandas-hetlioz-is-starting-to-sell—slowly—after-bumbling-through-the-pipeline.html.

105 **$50 million worth of common stock:** "Vanda Pharmaceuticals Prices Public Offering of Common Stock," *Sleep Review Magazine*, October 31, 2014, www.sleepreviewmag.com/2014/10/vanda-pharmaceuticals-prices-public-offering-common-stock/.

105 **conducting trials for that indication:** Vanda's "Pipeline," on its Web site, shows that it is already testing Hetlioz for jet lag too; see www.vandapharmaceuticals.com/pipeline.html.

105 **"Wild, Wild West":** Elisabeth Rosenthal, "Lawmakers Look for Ways to Provide Relief

for Rising Cost of Generic Drugs," *New York Times,* November 25, 2014, www.nytimes.com/2014/11/25/us/lawmakers-look-for-ways-to-provide-relief-for-rising-cost-of-generic-drugs.html.
106 **because each new application:** For a great review of the issues, see Jessica Wapner, "How Much Money Do Drug Companies Pay the FDA?," *PLOS Blog,* January 25, 2012, http://blogs.plos.org/workinprogress/2012/01/25/how-much-money-do-drug-companies-pay-the-fda/.
106 **"If you're persistent you can":** Lisa Larrimore Ouellette, personal interview/communication, 2015.
107 **"Why is it I can order":** Comment on an article ("The Rising Price of Insulin") on the RxRights.org campaign site. Chat rooms of diabetics are filled with outrage and despair about the rising price of insulin; see www.rxrights.org/the-rising-price-of-insulin/.
107 **she was open about the strategy:** Susan Brooks, personal interview/communication, 2014.
107 **Hatch-Waxman "waiting period":** John Carroll, "Sanofi Blocks Eli Lilly's Biosimilar of Lantus at the Goal Line, Buys Time," FierceBiotech.com, January 31, 2014, www.fiercebiotech.com/story/sanofi-blocks-eli-lillys-biosimilar-lantus-goal-line-buys-time/2014-01-31. FierceBiotech is a good site to follow such conflicts.
107 **the patent was set to expire in December 2016:** Tracy Staton, "Sanofi Patent Deal Lets Lilly Roll Out a Lantus Biosim in U.S. Next December," FiercePharma.com, September 28, 2015, www.fiercepharma.com/legal/sanofi-patent-deal-lets-lilly-roll-out-a-lantus-biosim-u-s-next-december.
107 **it was no longer available:** Dr. Laura Schiller, personal interview/communication, 2015.
108 **sales of Loestrin 24 Fe:** "Warner Chilcott Tops in 4Q," Nasdaq.com, February 25, 2013, www.nasdaq.com/article/warner-chilcott-tops-in-4q-analyst-blog-cm220734#ixzz3cTthqP6l.
108 **every six months of delay:** Markian Hawryluk, "Blocking Generics," *Bend Bulletin,* July 28, 2013. "The industry has had a history of presenting very weak patents and then litigating to protect these weak patents for as long they can," said Daniel Berger, an attorney with the Philadelphia-based law firm Berger & Montague. "Because if you can delay generic entry for six months, that's worth billions of dollars." www.bendbulletin.com/csp/mediapool/sites/BendBulletin/News/story.csp?cid=1372219&sid=497&fid=151.
109 **between $130 and $150:** Pricing from GoodRx.com.
109 **succeeded in delaying competition:** "Product Hopping—the FTC Weighs In," *Orange Book Blog,* December 6, 2012, www.orangebookblog.com/2012/12/product-hopping-the-ftc-weighs-in.html.
110 **All generics were banned**: Only one thing was different: the Colcrys prescribing label now cautioned about an obscure interaction between colchicine and an antibiotic.
110 **URL was acquired by a big pharmaceutical firm:** Two articles discuss the rebranding of colchicine and how little it did to help patients: "Takeda Again Sues Par over Generic Gout Drug," Law360.com, September 3, 2015, www.law360.com/articles/469534/takeda-again-sues-par-over-generic-gout-drug; "Study Says No Good Has Come from FDA's Action on Gout Drug Colchicine," FiercePharma.com, April 10, 2015, http://www.fiercepharma.com/regulatory/study-says-no-good-has-come-from-fda-s-action-on-gout-drug-colchicine.
110 **even pressure to do so:** Steven Francesco, a longtime pharmaceutical consultant, whose

specialty is over-the-counter switches, personal interview/communication, 2015. In 1996 an FDA advisory committee was slated to review taking the sprays over the counter, but the meeting was canceled when drug companies declined to participate.

111 **gave it a six-month patent extension:** G. Harris, "Court Rules Against Schering on Claritin Patent Protection," *Wall Street Journal*, August 9, 2002, www.wsj.com/articles/SB1028832783118577960.

111 **lost valuable time:** M. Herper, "Schering-Plough Stands to Lose Claritin Patent," *Forbes*, June 30, 2000, www.forbes.com/2000/06/30/mu3.html.

111 **for longer periods of time:** Under those conditions, steroids are well known to leave patients vulnerable to infection, to induce bone loss, and to disrupt functioning of crucial hormonal feedback loops that handle vital functions like children's growth. In the mid-1990s, right around the first time the FDA considered taking nasal sprays off prescription, a few studies had shown that asthmatic children who used high doses of steroid inhalers that penetrate deep into the lungs might have a slightly reduced short-term growth rate—although further research concluded this was not significant in the long run. There was no data on nasal sprays that used lower doses and presumably presented even less chance of absorption into the blood. But it was in no company's interest to do the studies, because showing the sprays were safe for wider sale would also necessitate a lower price. With potential liability added on, in the United States there was no pressure from the increasingly lawyerly FDA to switch: if one patient is harmed by OTC availability, the FDA is in trouble.

112 **delay less expensive generics:** "GSK Faces Flonase Lawsuit," BigClassAction.com, February 10, 2015, www.bigclassaction.com/lawsuit/gsk-faces-flonase-lawsuit.php.

112 **to protest the entry of generics:** In 2013 Glaxo paid $35 million to settle a class action lawsuit with a law firm representing purchasers of Flonase who averred the company "had lodged sham citizen petitions with the Food & Drug Administration in order to delay entry of generic versions of Flonase." According to the terms of the settlement Glaxo admitted no fault. For a good review of the legal action, see http://pennrecord.com/stories/510553178-judge-approves-35-million-in-flonase-indirect-purchasers-antitrust-class-action-11-7-million-will-go-to-plaintiffs-lawyers.

112 **the same product cannot be on the market:** Francesco, personal interview/communication.

113 **"There really is no benefit":** P. Crutcher, "HZNP—Horizon Pharma's Unsustainable Business Model," August 9, 2012, www.chimeraresearchgroup.com/2012/08/horizon-pharmas-unsustainable-business-model. He also noted that the trials Horizon ran to gain FDA approval of the drug overstated its usefulness because they compared Duexis with ibuprofen alone.

113 **rose to $85.5 million:** "Horizon Pharma Reports 2013 Financial Results and Provides Business Update (NASDAQ: HZNP)," March 13, 2014, http://ir.horizon-pharma.com/releasedetail.cfm?releaseid=832380.

113 **Horizon "vigorously" defends:** Statement from Horizon CEO Timothy Walbert; see http://ipfrontline.com/2015/05/horizon-pharma-settles-with-perrigo/.

116 **A 2016 survey:** Bari Talente, "Perceptions of and Experiences with the High Cost of MS Disease-Modifying Therapies," abstract presented at the 2016 Consortium of Multiple Sclerosis Care Centers annual conference, https://cmsc.confex.com/cmsc/2016/webprogram/Paper4090.html.

117 **its IRS Form 990:** The form can be accessed at https://panfoundation.org/files/PAN_990_2015.pdf.
117 **one over $100 million:** Ibid.
117 **According to a report:** For the letter and report of the Office of the Inspector General of the U.S. Department of Health and Human Services, see https://www.panfoundation.org/index.php/en/donors/office-of-inspector-general-advisory-opinion.
117 **presumably the ones their drugs treat:** Ibid.
117 **Pharmaceutical firms are skirting:** For more on the controversy over patient-assistance programs, see Lisa Schencker, "Lifesavers or Kickbacks? Critics Say Patient-Assistance Programs Help Keep Drug Prices High," *Modern Healthcare*, March 7, 2015, www.modernhealthcare.com/article/20150307/MAGAZINE/303079980.
117 **"would not constitute grounds":** Office of the Inspector General of the U.S. Department of Health and Human Services, letter. It can be accessed at www.panfoundation.org/index.php/en/donors/office-of-inspector-general-advisory-opinion.
119 **suggesting it made more:** C. Noles, "Express Scripts' Q4, Full-Year Profit Rises," *St. Louis Business Journal*, February 23, 2015, www.bizjournals.com/stlouis/blog/2015/02/express-scripts-q4-full-year-profit-rises.html.
119 **"As Express Scripts Attacks Costs":** J. Bennett, "As Express Scripts Attacks Costs, Investors Profit," *Barron's*, May 21, 2015, http://online.barrons.com/articles/as-express-scripts-attacks-costs-investors-will-profit-1432251332.
120 **struggling to treat patients:** Dr. James Larson, personal interview/communication, 2015.
120 **which studies showed worked:** T. J. Gan, P. F. White, P. E. Scuderi, M. F. Watcha, and A. Kovac, "FDA 'Black Box' Warning Regarding Use of Droperidol for Postoperative Nausea and Vomiting: Is It Justified?," *Journal of the American Society of Anesthesiologists* 97, no. 1 (2002): 287, http://anesthesiology.pubs.asahq.org/Article.aspx?articleid=1944490.
121 **handed over a very lucrative market:** C. W. Jackson, A. H. Sheehan, and J. G. Reddan, "Evidence-Based Review of the Black-Box Warning for Droperidol," *American Journal of Health-System Pharmacy* 64, no. 11 (2007): 1174–86, doi:10.2146/ajhp060505.
121 **$1.3 billion in global sales:** *Wikipedia*, s.v. "Ondansetron," accessed August 3, 2016, https://en.wikipedia.org/wiki/Ondansetron.
121 **actually charging doctors $22.61:** C. Rizo, "Kansas AG Sues 13 Drug Companies Over Pricing," Legal NewsLine, October 24, 2008, http://legalnewsline.com/stories/510520064-kansas-ag-sues-13-drug-companies-over-pricing.
121 **U.S. Department of Justice:** "GlaxoSmithKline to Plead Guilty and Pay $3 Billion to Resolve Fraud Allegations and Failure to Report Safety Data," Justice News, U.S. Department of Justice, July 2, 2012, www.justice.gov/opa/pr/glaxosmithkline-plead-guilty-and-pay-3-billion-resolve-fraud-allegations-and-failure-report.
121 **South Korea sued Glaxo:** Jacqueline Bell, "South Korea Fines GSK $2.6M Over Pay-For-Delay Deal," Law360, October 24, 2011, http://www.law360.com/articles/279947/south-korea-fines-gsk-2-6m-over-pay-for-delay-deal.
122 **twofold risk of having a baby:** For information on the problem as well as the lawsuits that followed, see M. Llamas, "Popular Nausea Drug Zofran May Increase Risk of Birth Defects," Drugwatch, February 18, 2015, www.drugwatch.com/2015/02/18/zofran-may-increase-risk-of-birth-defects/; J. Mundy, "Plaintiff Claims Zofran Maker Uses Expectant Mothers and Unborn Children as Human Guinea Pigs," LawyersandSettlements.com,

May 24, 2015, www.lawyersandsettlements.com/articles/zofran-birth-defects/glaxosmithkline-gsk-united-states-district-court-of-20662.html.

122 **have become the new normal:** The FDA compiles a list of drug shortages, which it updates frequently; see www.accessdata.fda.gov/scripts/drugshortages/default.cfm#P.

122 **Well over 80 percent:** All statistics in this paragraph are from the Generic Pharmaceutical Association's *Generic Drug Savings in the U.S., Seventh Annual Edition*, 2015, www.gphaonline.org/media/wysiwyg/PDF/GPhA_Savings_Report_2015.pdf.

123 **He was shocked to discover:** Dr. John Siebel, personal interview/communication, 2015.

123 **Medicaid data show:** Aaron Carroll, "Generic Drug Competition and Pricing Nightmares," *The Incidental Economist* (a health services research blog), November 13, 2014, http://theincidentaleconomist.com/wordpress/generic-drug-competition-and-pricing-nightmares/.

123 **to corner a niche market:** J. D. Alpern, W. M. Stauffer, and A. S. Kesselheim, "High-Cost Generic Drugs—Implications for Patients and Policymakers," *New England Journal of Medicine* 371, no. 20 (2014): 1859–62, doi:10.1056/nejmp1408376.

123 **rose from 6.3 cents to $3.36:** "U.S. Prices Soaring for Some Generic Drugs, Experts Say," *U.S. News & World Report*, November 12, 2014, http://health.usnews.com/health-news/articles/2014/11/12/us-prices-soaring-for-some-generic-drugs-experts-say.

124 **the single biggest drug outlay:** Dr. Gene Bishop, who is on the Pennsylvania Department of Public Welfare Pharmacy and Therapeutics Committee, personal interview/communication, 2015.

124 **to really bring down prices:** Dr. Aaron Kesselheim, personal interview/communication, 2014.

124 **the fastest-growing company:** L. Lorenzetti, "This Is the Fastest Growing Company in the U.S.," *Fortune*, August 19, 2015, http://fortune.com/2015/08/19/lannett-fastest-growing-company/.

125 **"The United States leads the world":** www.fda.gov/AboutFDA/ReportsManualsForms/Reports/ucm454955.htm.

125 **Opdivo, which costs $150,000:** On the hype versus reality of this drug, see Michael Wilkes, "Opdivo Ads vs. the Reality of Stage IV Cancer Treatment," HealthNewsReview, December 16, 2015, www.healthnewsreview.org/2015/12/opdivo-ads-vs-the-reality-of-stage-iv-cancer-treatment/.

125 **British health regulators ultimately decided:** For more about the British decision, see "NICE Rejects BMS Cancer Drug in Draft Guidance," Pharmafile, June 12, 2015, www.pharmafile.com/news/501839/nice-rejects-bms-cancer-drug-draft-guidance; Andrew McConaghie, "NICE Rejects Opdivo in Lung Cancer as Too Expensive," Pharmaphorum, December 16, 2015, http://pharmaphorum.com/news/nice-rejects-opdivo-in-lung-cancer-as-too-expensive/.

126 **there were no further cases:** The charges are $168 in the United States for each of two shots, compared with a list price of half that in Great Britain, where authorities negotiated a national price. Today, both GSK and Pfizer have licensed meningitis B vaccines in America, partly because the FDA said it would accept the data from elsewhere, thereby reducing the outlays for new trials. But widespread press coverage surrounding the outbreaks also contributed toward creating a market. Although the CDC's Advisory Committee on Immunization Practices says that whether to take the shot is a personal decision, many parents will likely want their children vaccinated before attending college and many colleges now encourage it. The vaccine is even advertised on TV.

127 **patients with allergies:** Peter S. Creticos, "Sublingual Immunotherapy for Allergic Rhinoconjunctivitis and Asthma," UpToDate, May 26, 2016, www.uptodate.com/contents/sublingual-immunotherapy-for-allergic-rhinoconjunctivitis-and-asthma.

CHAPTER 5: THE AGE OF MEDICAL DEVICES

128 **Robin Miller's forty-eight-year-old:** Robin Miller, personal interview/communication, 2013.
129 **a doctor who owned a small:** Dr. Larry Teuber, a South Dakota surgeon.
129 **Dr. Blair Rhode:** Dr. Blair Rhode, personal interview/communication, 2013.
129 **Peter Cram, a doctor and an MBA:** Dr. Peter Cram, personal interview/communication, 2013, when he was at the University of Iowa.
130 **Congressional Research Service:** Paul N. Van DeWater, "Excise Tax on Medical Devices Should Not Be Repealed," Report from the Center on Budget and Policy Priorities, February 23, 2015, www.cbpp.org/research/health/excise-tax-on-medical-devices-should-not-be-repealed.
130 **individual donations going to:** Information on donations to politicians is from the OpenSecrets database of the Center for Responsive Politics.
130 **estimated to be in the range:** David J. Dykeman and Michael A. Cohen, "Stake Your Claim in the Medical Device Patent Gold Rush," *Medical Device and Diagnostic Industry*, May 16, 2014, www.mddionline.com/article/stake-your-claim-medical-device-patent-gold-rush.
130 **Advanced Medical Technology Association:** To learn more, see www.medicaldevices.org/.
131 **"hamper the growth of the growth":** For the January 2015 report from the market research firm MarketsandMarkets, see www.marketsandmarkets.com/Market-Reports/automated-external-defibrillator-market-549.html.
131 **Zimmer Biomet:** For the history of Zimmer, see www.zimmer.com/corporate/about-zimmer/our-history.html.
131 **Albert Starr coinvented the first:** www.sts.org/news/dr-albert-starr-historical-commentary.
132 **defined three different classes of devices:** www.fda.gov/MedicalDevices/DeviceRegulationandGuidance/GuidanceDocuments/ucm094526.htm.
132 **"life-threatening or life sustaining":** FDA Medical Device Classifications Procedures, Code of Federal Regulations, Title 21, Volume 8, www.accessdata.fda.gov/scripts/cdrh/cfdocs/cfcfr/CFRSearch.cfm?fr=860.3.
132 **which devices should fall:** A huge number of opinions have been rendered on how to define "substantial equivalence"; for example, see www.lexology.com/library/detail.aspx?g=ffc86914-a44c-4729-9bcd-0c936e65d7a6.
133 **1,200 hours for class 3 devices:** Depending on the complexity of the new or modified medical device, the FDA review of a 510(k) submission takes between twenty and ninety or more days. The more complex the changes or comparison required to support the safety and effectiveness of the new or modified medical device, the longer the FDA review process. See www.qrasupport.com/FDA_MED_DEVICE.html and http://ita.doc.gov/td/health/medical%20device%20industry%20assessment%20final%20ii%203-24-10.pdf.
133 **According to another report:** "Institute of Medicine Report. Medical Devices and the Public's Health: The FDA 510(k) Clearance Process at 35 Years," July 29, 2011, www

.policymed.com/2011/07/institute-of-medicine-report-medical-devices-and-the-publics-health-the-fda-510k-clearance-process-a.html.
134 **its descendants continued to sell:** For example, see A. Nussbaum and D. Voreacos, "J&J Mesh Approved by FDA Based on Recalled Device," Bloomberg, October 27, 2011, www.bloomberg.com/news/articles/2011-10-20/j-j-vaginal-mesh-approved-by-fda-based-on-older-recalled-device.
134 **A report by the Institute of Medicine:** "Institute of Medicine Report."
134 **FDA held a public meeting:** For a summary, see "Washington Wrap-Up: 510(k)'s Critics and Supporters Discuss IOM Report at Public Meeting," *Mechanical Device and Diagnostic Industry,* November 3, 2011, www.mddionline.com/article/510k%E2%80%99s-critics-and-supporters-discuss-iom-report-public-meeting.
135 **"required, but never received":** Minutes of the FDA hearing are available at www.fda.gov/downloads/MedicalDevices/NewsEvents/WorkshopsConferences/UCM275006.pdf.
135 **Dr. Diana Zuckerman:** Dr. Zuckerman's presentation on the 510(k) issue for the FDA is filled with alarming statistics, such as "We found 113 high-risk recalls between 2005 and 2009. Those translated to almost exactly 113 million devices"; see www.fda.gov/downloads/MedicalDevices/NewsEvents/WorkshopsConferences/UCM358915.pdf.
135 **surpassing the previous record of 13,699:** Figures are taken from the most recent U.S. Patent and Trademark Office (USPTO) Patent Technology Monitoring Team report; see www.uspto.gov/learning-and-resources/electronic-data-products/patent-technology-monitoring-team-ptmt-patent.
135 **a gold rush:** Dykeman and Cohen, "Stake Your Claim in the Medical Device Patent Gold Rush."
137 **had their own unique patents:** www.510kdecisions.com/product_codes/index.cfm?fuseaction=companies&product_code=MEH.
137 **"The Rejuvenate wasn't even put in a dog":** C. Calvin Warriner, malpractice attorney, West Palm Beach, Florida, personal interview/communication, 2015.
138 **a drug-resistant superbug:** "Deadly Superbug-Related Scopes Sold Without FDA Approval," *Outpatient Surgery,* March 5, 2015, www.outpatientsurgery.net/outpatient-surgery-news-and-trends/general-surgical-news-and-reports/deadly-superbug-related-scopes-sold-without-fda-approval—03-05-15.
138 **"Can you imagine":** www.cnn.com/2015/03/04/us/superbug-endoscope-no-permission.
139 **there wasn't a great need:** Dr. Paul Manner, who presented grand rounds at the University of Washington, said, "They last a very very long time. So the question is where's the problem? Why are we still talking about this?" You can watch it at www.youtube.com/embed/jNCnPQZyjp8. "Three decades later, 80 percent of people who had first-generation implants were still walking on the originals." Dr. Scott Kelley of Duke University, personal interview/communication.
139 **"They are largely interchangeable":** Dr. Rory Wright, personal interview/communication.
140 **became comfortable installing:** Dr. Alexandra Page, orthopedic surgeon, personal interview/communication, 2015. Before 2000 the royalties went directly to the doctor, but as federal restrictions on such payments tightened, the money often was passed through to the hospital, in the form of funding for research or pet projects.
140 **"it's nearly impossible":** Dr. Blair Rhode, orthopedic surgeon and president of RōG Sports Medicine, personal interview/communication, 2013. Also see www.omtecexpo

.com/agenda/34-ot-art-forattendees/ot-cat-attcontent/302-blair-rhode-md-orthopaedic-surgeon-and-founder-of-rhode-orthopedic-group-2013.

141 **get permission each time:** "I used to be seen as added value—now it's all about dollars and cents and who keeps the money," said John Nieradka, who spent much of his career selling devices for orthopedic trauma surgery. Personal interview/communication, 2015.

142 **"We're already making":** Dr. Larry Teuber, physician, entrepreneur, and former surgical hospital owner, personal interview/communication, 2015.

142 **Edwards Lifesciences' McCarthy Annuloplasty Ring:** The *Chicago Tribune* did an in-depth investigation on her case: "Medical Devices: A Cautionary Tale of Two Heart Rings," May 22, 2011, http://articles.chicagotribune.com/2011-05-22/health/ct-met-medical-devices-patients-20110522_1_antonitsa-vlahoulis-medical-device-inventions.

143 **the original holder of its patent:** See www.google.com/patents/US20050192666 for the original patent.

143 **and he had relied on its judgment:** For an investigation of the incident and Dr. McCarthy's response, see Shelley Wood, "Questions Raised About Northwestern Use of Valve Device; Prominent Surgeon Denies Wrongdoing," Medscape, October 7, 2008, www.medscape.com/viewarticle/790268.

144 **than any other class 2 device:** For an analysis of the FDA data, see "Medical Devices: Rules on Annuloplasty Rings Raise Questions," *Chicago Tribune*, May 22, 2011, http://articles.chicagotribune.com/2011-05-22/health/ct-met-medical-devices-20110521_1_annuloplasty-rings-faulty-heart-valve-diana-zuckerman.

144 **make it available to more patients:** For McCarthy's explanation of the concept behind the ring in a lawsuit, see www.topsecretwriters.com/wp-content/uploads/2011/11/mccarthy.pdf.

144 **Federal regulators did not hear:** Nalini Rajamannan, *The Myxo File: The Tale of Three Rings*, www.amazon.com/Myxo-File-Part-XXIV-Three-ebook/dp/B0178XRF22.

144 **and wrote to the agency himself:** Patients and doctors can report adverse events through this FDA database: www.accessdata.fda.gov/scripts/cdrh/cfdocs/cfmaude/detail.cfm?mdrfoi__id=1344261.

145 **who published a fascinating monograph:** Rajamannan, *The Myxo File*.

145 **"at least as safe and effective":** In the course of a 2014 congressional investigation, Stephen R. Mason, the FDA's acting assistant commissioner for legislation, told the committee that the agency did not "have the opportunity to evaluate that decision in advance to determine if it was appropriate. However, the Agency educates sponsors about how to make the correct decision in this regard"; see www.grassley.senate.gov/sites/default/files/news/upload/CEG%20to%20Northwestern%20%28Myxo-Ring%29%2C%204-28-14.pdf.

145 **the wholesale price was about $4,000:** I was surprised to find an Edwards wholesale price list online; see the Edwards Price List for 2010, http://market360online.com/sqlimages/1246/125029.pdf.

145 **pay royalties on a percentage:** Michael Gibney, "Baxter," FierceBiotech.com, www.fiercemedicaldevices.com/special-reports/medtronic-med-tech-patent-battles.

145 **"On a weekly basis":** Dr. Elliott's August 19, 2011, letter to the FDA can be found at www.citizen.org/documents/1963-Elliott_statement_in_support_of_HRG_petition.pdf.

146 **thousands of injuries:** A law firm describes the state of play at www.rxinjuryhelp.com/transvaginal-mesh/recall/.

146 **propose moving the mesh:** Nussbaum and Voreacos, "J&J Mesh Approved by FDA Based on Recalled Device."
146 **The switch was enacted in 2016:** www.meshmedicaldevicenewsdesk.com/just-in-fda-moves-to-reclassify-pop-vaginal-mesh-as-high-risk/.
146 **avoid many billions:** For a report on the settlements, see www.drugwatch.com/2014/12/17/judge-tells-bard-to-settle-mesh-lawsuits/.
147 **"There was a promise":** Dr. Daniel Elliott, personal interview/communication, 2015.
147 **they were identical:** M. R. de Cógáin and D. Elliott, "The Impact of an Antibiotic Coating on the Artificial Urinary Sphincter Infection Rate," *Journal of Urology* 190, no. 1 (2013): 113–17, www.ncbi.nlm.nih.gov/pubmed/23313209.

CHAPTER 6: THE AGE OF TESTING AND ANCILLARY SERVICES

148 **between $17 and $618:** From UnitedHealthcare's cost estimator, accessed by Jerri Solomon, February 2013.
150 **"the new income from them":** Leigh Page, "Six Ancillary Services Worth Considering," Medscape, October 15, 2012, www.medscape.com/viewarticle/772417.
150 **suddenly spiked impressively:** The Harvey L. Neiman Health Policy Institute's interactive graphics are fabulous; check out this one showing the trends: www.neimanhpi.org/data_series/medicare-part-b-magnetic-resonance-imaging-procedures-per-1000-beneficiaries/#!/graph/2004/2014/true/Arizona%7CGeorgia%7CIndiana%7CMassachusetts.
151 **well under $1,000:** Jeanne Pinder of ClearHealthCosts did an interesting post on *The Healthcare Blog* about the varying price of an MRI. Medicare in San Francisco paid $255, which is about what it pays all over the country; see http://thehealthcareblog.com/blog/2014/08/06/how-much-does-an-mri-cost-in-california-255-973-25-2925/.
152 **Dr. Awaad became the top-paid doctor:** The link to the original *Detroit Free Press* story is no longer functional, but much of the story can be read in excerpt on this legal blog: http://medicalmalpracticeblog.nashandassociates.com/tag/dr-yasser-awaad/.
153 **more likely than primary care doctors:** M. Bassett, "Nurse Practitioners, PAs Order More Imaging Exams Than Primary-Care Docs," FierceHealthcare.com, www.fiercehealthit.com/story/nurse-practitioners-pas-order-more-imaging-exams-primary-care-docs/2014-11-27.
153 **Björn Kemper:** Björn Kemper, personal interview/communication, 2015.
153 **Jacqui Bush:** Jacqui Bush, personal interview/communication, 2015.
154 **"The offices refused to allow":** Melanie Dukas, personal interview/communication, 2015.
155 **intense competition for these specimens:** Dr. William Watkin, pathologist, personal interview/communication, 2015.
155 **"These are tiny specimens":** Dr. Jeffrey Crespin, personal interview/communication, 2015.
155 **"new business models":** In interviews in 2015–2016, Dr. Henneberry graciously took me through the changes in her field, pathology.
156 **"exception" for certain types of care:** "Overview of the Stark Law Exceptions," Atlantic Information Systems, 2015, https://aishealth.com/sites/all/files/comp_lsta_ch400.pdf.
156 **she sold it for $80 million *cash* to Caris Diagnostics:** From a blog for pathologists: http://pathologyblawg.com/pathology-news/dermatopathologists-sued-miraca-life-sciences-breach-contract/.
157 **she received a bill for $835:** Kathleen Williams, personal interview/communication, 2015.
158 **"We found ourselves struggling":** History of the Bensonhurst Volunteer Ambulance

Service, prepared for a New York City Web site, www.nycservice.org/organizations/index.php?org_id=1592.

159 **bought by private equity firms:** See Bob Sullivan's great post on credit.com, October 10, 2013, http://blog.credit.com/2013/10/consumer-rage-ambulance-ride-69734/. While I was finishing this book, the *New York Times* did a nice deep dive on Rural Metro: Danielle Ivory, Ben Protess, and Kitty Bennett, "When You Call 911 and Wall Street Answers," June 26, 2016, www.nytimes.com/2016/06/26/business/dealbook/when-you-dial-911-and-wall-street-answers.html.

159 **Los Angeles's receipts:** Here are three budget reports to illustrate how revenues from ambulance services have changed: http://cao.lacity.org/budget2004-05/Proposed_04-05_Revenue_Outlook.pdf, p. 102; http://cao.lacity.org/budget-09-10/2009-10RevenueBook.pdf; and http://cao.lacity.org/budget15-16/2015-16Revenue_Outlook.pdf, p. 91.

159 **"The Fire Department's attitude":** Richard Dickinson, personal interview/communication, 2015.

159 **budget analyst for the city:** For a Dickinson bio, see page 6 of this newsletter: www.waterandpower.org/sitebuildercontent/sitebuilderfiles/april-06.cwk.pdf.

160 **the City of New York:** A. Hotz, "City Readies Sharp Increase in Ambulance Fees," *New York World,* January 12, 2012, www.thenewyorkworld.com/2012/01/12/city-readies-sharp-increase-in-ambulance-fees/.

161 **series of moratoriums and exceptions:** These are outlined in great detail on the Web site of the American Physical Therapy Association: www.apta.org/FederalIssues/TherapyCap/History/.

161 **moratorium on a cap:** Ibid. "From December 8, 2003, through December 31, 2005, there is no dollar limit on claims received for physical therapy, occupational therapy, and speech-language pathology services," the Centers for Medicare and Medicaid Services announced.

162 **supervise no more than three:** Ibid.

162 **expected to grow 7 percent:** Market report from Harris Williams & Co., an investment bank; see www.harriswilliams.com/sites/default/files/industry_reports/physical_therapy_market_overview.pdf.

162 **rose 5 percent in 2012:** A study by the Congressional Budget Office found that the volume of services delivered by physical therapy centers that were not owned by physicians rose by 41 percent; see www.gao.gov/products/GAO-14-270.

162 **"At this point the procedure":** Dr. Rebecca Bechhold, a Cincinnati oncologist, personal interview/communication, 2015.

163 **encouraged to have a screening colonoscopy:** Pam Farris, personal interview/communication, 2015.

163 **"This procedure kills people":** Dr. James Goodwin, personal interview/communication, 2015.

164 **can count on getting $2,000 to $4,000:** Fred Schulte, "Medicare Advantage Money Grab: Home Is Where the Money Is for Medicare Advantage Plans," Center for Public Integrity, June 10, 2014, www.publicintegrity.org/2014/06/10/14880/home-where-money-medicare-advantage-plans.

165 **according to a venture capital firm:** Stacy Coggeshall, MSN/MBA, director of risk adjustment operations at Tufts Health Plan Medicare Preferred, said that "by using the concise and accurate information from the Predilytics model, we're optimizing our

prospective targeting, and improving our in-home assessment resource utilization"; see www.hcp.com/predilytics-launches-two-healthcare-analytics-solutions.
165 **8 percent *higher* per patient:** From a study by the Commonwealth Fund: www.commonwealthfund.org/publications/press-releases/2008/sep/extra-payments-to-medicare-advantage-plans-to-total-$8-5-billion.
165 **extracting billions in dubious billing:** Schulte, "Medicare Advantage Money Grab."
165 **Poor Americans are less likely:** Office of Disease Prevention and Health Promotion, data from the Healthy People 2020 campaign, www.healthypeople.gov/2020/leading-health-indicators/2020-lhi-topics/Clinical-Preventive-Services/data.

CHAPTER 7: THE AGE OF CONTRACTORS: BILLING, CODING, COLLECTIONS, AND NEW MEDICAL BUSINESSES

171 **charge patients who are uninsured:** Gerard Anderson, "Hospitals Charge Uninsured and 'Self-Pay' Patients More Than Double What Insured Patients Pay," news release, Johns Hopkins, Bloomberg School of Public Health, May 8, 2007, www.jhsph.edu/news/news-releases/2007/anderson-hospital-charges.html.
172 **University of Virginia and its lawyers:** Ms. Wickizer, it turns out, is not the only patient who has faced the University of Virginia Health System and its debt-collecting lawyers in court. In June 2014 the Rector and Visitors of the University of Virginia filed 506 claims against debtors in Albemarle General District Court—more than 55 percent of the total civil claims sought by any plaintiff that month. Sentara Martha Jefferson, the other hospital in town, filed none (and it gives uninsured people a 40 percent discount). In the process of its work, Ms. Wickizer's dream team discovered that "the aggressive UVA medical establishment" was suing 30,392 patients in mid-2015.
172 **"NO CODES=NO PAY":** Letter provided by Nora Johnson, Medical Expense Review and Recovery, Caldwell, West Virginia, who was on Ms. Wickizer's "dream team."
173 **A detailed itemized bill:** Provided to me by Michael Shopenn, an American who paid privately to have his hip replaced at Sint Rembert's Hospital in Belgium.
173 **periodically revised by an international commission:** It was called the Mixed Commission, a group composed of representatives from the International Statistical Institute and the Health Organization of the League of Nations.
174 **ICD-9-CM:** The "9" stands for the ninth version of the ICD. "CM" is added for a U.S. adaptation. The United States belatedly adopted the tenth version after more than a decade of delay in 2015.
174 **"In order to code for the more lucrative code":** Isela Coutin, a professional coder who helped out in the Wickizer case, personal interview/communication, 2015. When she started working in healthcare more than twenty-five years ago, she didn't speak the language—it didn't exist. "I worked for a third-party administrator and the important thing was to understand the disease state. But after a few years everything had to be stated in numbers, in codes, so you had to translate everything in the chart."
175 **found massive evidence of modifier 59 abuse:** Daniel R. Levinson, "Use of Modifier 59 to Bypass Medicare's National Correct Coding Initiative Edits," Department of Health and Human Services, Office of the Inspector General, November 2005, https://oig.hhs.gov/oei/reports/oei-03-02-00771.pdf.
176 **codes to modify modifier 59:** Here are two explanations of modifier 59's modifying codes from coding companies: Moda Health, www.modahealth.com/pdfs/reimburse

/RPM027.pdf; The Business of Spine, http://files.ctctcdn.com/42356a47201/ea6c8a14-ee15-4766-942e-af756b4ce77c.pdf.

176 **Thomas Goetz of San Francisco:** Thomas Goetz, personal interview/communication, 2015.

177 **Dr. Richard Hayes:** Dr. Richard Hayes, personal interviews/communication, 2014–2016. Dr. Hayes worked in a hospital urgent care clinic for over a year but didn't like the style of practice. He is now in a large group practice affiliated with Dartmouth-Hitchcock Medical Center in New Hampshire.

179 **"ARE YOU KIDDING ME?":** Elisabeth Rosenthal, "Rapid Price Increases for Some Generic Drugs Catch Users by Surprise," *New York Times*, July 8, 2014, www.nytimes.com/2014/07/09/health/some-generic-drug-prices-are-soaring.html.

180 **Steven Davidson:** Much of the information in this section is based on my personal interviews/communication with Mr. Davidson in 2015.

CHAPTER 8: THE AGE OF RESEARCH AND GOOD WORKS FOR PROFIT: THE PERVERSION OF A NOBLE ENTERPRISE

182 **The Web site:** The Web site for the lab of Dr. Denise Faustman is www.faustmanlab.org.

182 **Dr. Denise Faustman:** Dr. Denise Faustman, personal interviews/communication, 2014–2016.

183 **largest private foundation funder:** http://healthaffairs.org/blog/2015/06/29/ahrq-and-the-essential-bothand-of-federal-investments-in-medical-discoveries/.

184 **"a gift to humanity":** They "licensed their patent for the process of isolating insulin for one dollar each as a gift to humanity rather than an opportunity for commercial profit." See J. Luo, J. Avorn, and A. S. Kesselheim, "Trends in Medicaid Reimbursements for Insulin," *JAMA Internal Medicine* 175, no. 10 (2015), doi:10.1001/jamainternmed.2015.4338.

185 **funded the Columbia University scientist:** www.nationalmssociety.org/NationalMS Society/media/MSNationalFiles/Brochures/Brochure-History-of-Multiple-Sclerosis.pdf.

185 **bemoaning the slow pace:** http://juvenilediabetesresearchfoundationintl.orghub.net/pages/history.html.

186 **allow people with type 1 diabetes:** Researchers and even patients, though grateful for the progress, resent what they regard as sometimes deceptive branding. "Medtronic went ahead and used an unqualified 'Artificial Pancreas' label for its new system knowing this was somewhat deceiving language in the interest of creating marketing hype. Grrr," wrote one patient in an article titled "Keeping It Real on Medtronic's 530G." See Healthline, October 8, 2013, www.healthline.com/diabetesmine/keeping-it-real-on-medtronics-530g.

186 **insulin rose between 127 and 325 percent:** The Alliance of Community Health Plans, www.achp.org/wp-content/uploads/Diabetes_FINAL_Revised-12.7.15.pdf.

186 **has risen to nearly $1,100:** "Sticker Shock at the Pharmacy," *Friday Focus* newsletter, Baylor Scott & White Health, September 11, 2015, https://legacy.swhp.org/sites/default/files/Sticker%20Shock%20at%20the%20Pharmacy.pdf.

186 **"It looks like a beeper":** Elisabeth Rosenthal, "Even Small Medical Advances Can Mean Big Jumps in Bills," *New York Times*, April 6, 2014, www.nytimes.com/2014/04/06/health/even-small-medical-advances-can-mean-big-jumps-in-bills.html.

187 **"How could the board of Vertex":** Robert F. Higgins and Brent Kazan, "Vertex

Pharmaceuticals and the Cystic Fibrosis Foundation: Venture Philanthropy Funding for Biotech," *Harvard Business Review,* October 15, 2007, https://hbr.org/product/vertex-pharmaceuticals-and-the-cystic-fibrosis-foundation-venture-philanthropy-funding-for-biotech/808005-PDF-ENG.

187 **Kalydeco attacked a biochemical defect:** For information on ivacaftor, the chemical name for Kalydeco, see the DrugBank information service, www.drugbank.ca/drugs/DB08820.

187 **immediately branded "unconscionable":** Criticism of the price came from all quarters. The doctors' letter is available at http://media.jsonline.com/documents/CFletteruse.pdf. Also see on the Healthcare Renewal blog: "Is the Cystic Fibrosis Foundation a Charity or a Venture Capital Firm?," *Health Care Renewal* (blog), http://hcrenewal.blogspot.com/2013/06/is-cystic-fibrosis-foundation-charity.html; L. Hinkes-Jones, "Stop Subsidizing Big Pharma," *New York Times,* January 6, 2015, www.nytimes.com/2015/01/06/opinion/stop-subsidizing-big-pharma.html.

187 **no "price restrictions for these new medicines":** www.forbes.com/sites/johnlamattina/2013/05/20/pharmas-rd-deals-with-foundations-may-negatively-impact-image/.

187 **he had "expressed concern":** www.nytimes.com/2015/01/06/opinion/stop-subsidizing-big-pharma.html.

188 **In 2015 Vertex sought approval:** B. Fidler, "FDA Panel Backs Vertex's Two-Drug Combo for Cystic Fibrosis," Xconomy, May 12, 2015, www.xconomy.com/boston/2015/05/12/fda-panel-backs-vertexs-two-drug-combo-for-cystic-fibrosis/.

188 **not really that impressive:** www.fda.gov/downloads/AdvisoryCommittees/CommitteesMeetingMaterials/Drugs/Pulmonary-AllergyDrugsAdvisoryCommittee/UCM446193.pdf. Here's what they said: "Overall, the assessment of efficacy in the phase 3 clinical trials demonstrated that LUM/IVA regardless of dose provided consistent statistically significant benefit over placebo in terms of ppFEV1. However, the clinical meaningfulness of the magnitude of the improvement remains to be determined by the clinical review team. Specifically for the proposed dose of LUM 400mg/IVA 250mg q12h, the average benefit was 2.6% over placebo in study 809-103 and 3.0% in study 809-104. These effect sizes are similar to that of ivacaftor alone."

188 **"While on paper, Orkambi:** A. Pollack, "Cystic Fibrosis Drug Wins Approval of F.D.A. Advisory Panel," *New York Times,* May 14, 2015, www.nytimes.com/2015/05/13/business/cystic-fibrosis-drug-wins-approval-of-fda-advisory-panel.html.

188 **The *Boston Globe* noted:** D. Rudick and R. Weisman, "FDA Clears Vertex's New Treatment for Cystic Fibrosis," *Boston Globe,* July 2, 2015, www.bostonglobe.com/business/2015/07/02/fda-approves-vertex-cystic-fibrosis-medicine/jzn9eCDenCq4rEI671mDOM/story.html.

188 **Jeffrey Brewer:** He was replaced in 2014 by Derek Rapp, a former executive at Monsanto; see www.healthline.com/diabetesmine/newsflash-ada-and-jdrf-change-leaders#6.

189 **"rebranding" campaign "to more accurately":** http://jdrf.org/press-releases/jdrf-adopts-new-brand-to-better-reflect-its-mission-for-type-1-diabetes/.

189 **It had given Medtronic:** "Medtronic Partners with JDRF and Helmsley Trust to Accelerate Diabetes Research," *San Fernando Valley Business Journal,* June 1, 2012, http://sfvbj.com/news/2012/jun/01/medtronic-partners-jdrf-and-helmsley-trust-acceler/. See also http://jdrf.org/wp-content/uploads/2013/11/MTI1310_Artificial-Pancreas_2013700119.pdf.

189 **partnered with Tandem Diabetes Care:** http://jdrf.org/wp-content/uploads/2013/11/MTI1310_Artificial-Pancreas_2013700119.pdf.

189 **invested $4.3 million in BD:** Ibid.
189 **with PureTech Ventures:** B. Fidler, "PureTech Ventures, JDRF Team Up to Form Type 1 Diabetes Startup Creator," Xconomy, October 15, 2013, www.xconomy.com /boston/2013/10/15/puretech-ventures-jdrf-team-form-type-1-diabetes-startup-creator/. To ensure that the profit motive wouldn't tarnish its activities, the joint venture included a "mission committee" to guarantee that investments were ethical and "consistent with the foundation's goals."
189 **doesn't need a few million:** Dr. Aaron Kowalski, who was then JDRF's vice president of artificial pancreas, defended the choice, noting that when products are successful, JDRF recoups its investment with a bit of interest, and plows the money "right back into the next generation of products that we think will be meaningful to you," he told a diabetes Web site, Glu; see https://myglu.org/articles/a-pathway-to-an-artificial-pancreas-an-interview-with-jdrf-s-aaron-kowalski.
189 **By 2013 JDRF research grants:** www.healthline.com/diabetesmine/newsflash-ada-and-jdrf-change-leaders#6.
189 **"If the March of Dimes":** Dr. Michael Brownlee, personal interview/communication, 2014.
190 **Stephen G. Buck:** Stephen G. Buck, personal interview/communication, 2015–2016.
191 **was totally free:** "EHR Software Comparison: Brief Overview of the Top Ten EHRs," *Capterra Medical Software Blog*, October 5, 2015, http://blog.capterra.com/ehr-software-comparison-brief-overview-of-the-top-10-ehrs/. See the section on Practice Fusion in this overview of office electronic medical records offerings.
192 **put the latter's executives in charge:** www.pm360online.com/elite-entrepreneur-mark-heinold-of-pdr-llc/.
192 **"providing the right messages":** "PDR Network Merges with LDM Group," Medical Media and Marketing, November 3, 2014, www.mmm-online.com/digital/pdr-network-merges-with-ldm-group/article/380994/.
192 **distributes co-pay cards:** Announcement from the Illinois Venture Capital Association, December 7, 2015, www.ropesgray.com/newsroom/news/2015/December/Genstar-Capitals-PSKW-Adds-On-PDR-Network.aspx.
192 **"synonymous with credible, comprehensive":** For a press release about the merger, see www.marketwired.com/press-release/pdr-moves-online-and-interactive-with-hcnn-merger-1206803.htm.
193 **Charles Kroll, a forensic accountant:** Much of the material in this section is from my interviews and exchanges with Mr. Kroll, a forensic accountant now based in Wisconsin, who made figuring out the finances of the ABIM his after-hours mission, 2014–2016.
193 **Dr. Westby Fisher:** http://drwes.blogspot.com/2014/12/the-abim-foundation-choosing-wisely-and.html.
193 **"Lifelong learning and education":** Dr. Christopher Dibble, personal interview/communication, 2015.
194 **ten thousand physicians:** http://medicaleconomics.modernmedicine.com/medical-economics/content/tags/abim/moc-online-petition-swells-more-10000-signatures?page=full.
194 **left the organization tens of millions:** For one of Mr. Kroll's presentations, see www.pamedsoc.org/PAMED_Downloads/MOCpanelKroll.pdf.
194 **raising fees to break even:** A good summary of Mr. Kroll's findings can be found in his June 13, 2016, presentation at a forum of the Pennsylvania Medical Society; see www.pamedsoc.org/PAMED_Downloads/MOCpanelKroll.pdf.

194 **the $2.3 million condominium was sold:** For a July 10, 2016, blog post from Dr. Westby Fisher on the ABA condominium sale, see http://drwes.blogspot.com/2016/07/too-little-too-late-abim-foundation.html.
195 **The American Medical Association was founded:** For a brief history of the AMA, see www.ama-assn.org/ama/pub/about-ama/our-history/the-founding-of-ama.page?.
195 **"the strongest trade union":** Milton Friedman, *Capitalism and Freedom*, 40th anniversary ed. (Chicago: University of Chicago Press, 2002), 150.
195 **increasing taxes on tobacco:** George E. Curry, "AMA's Proposed Tobacco-Ad Ban Lights Fire," *Chicago Tribune*, December 15, 1985, http://articles.chicagotribune.com/1985-12-15/news/8503260866_1_tobacco-advertising-scott-stapf-tobacco-products.
196 **"As a professional association":** "AMA Urged to Limit Corporate Entanglements; Physicians Group Should Restrain Its Pursuit of Profit, Report Says," *Baltimore Sun*, November 23, 1998, http://articles.baltimoresun.com/1998-11-23/news/1998327118_1_ama-leaders-ama-announced-corporate-relationships.
196 **Dr. James Madara:** I interviewed Dr. Madara at the AMA headquarters in 2015. A former head of the University of Chicago hospitals, he was thoughtful and gracious in answering my questions and filled with ideas about how the AMA could contribute to public health.
196 **AMA owns the copyright:** For AMA policy on CPT code licensing, see www.ama-assn.org/ama/pub/physician-resources/solutions-managing-your-practice/coding-billing-insurance/cpt/cpt-products-services/licensing.page. For a taste of how angry this monopoly makes some providers, see "The Evils of CPT," an essay on the Web site of EP Studios, a billing company: www.epstudiossoftware.com/the-evils-of-cpt/.
197 **"offers today's medical practices":** A description of the deal can be found at www.transworldsystems.com/ama.html.
197 **"commitment to public health":** For a description of the Corporate Roundtable, see www.ama-assn.org/ama/pub/about-ama/ama-foundation/corporate-roundtable.page?.
197 **contributes millions to campaigns:** www.ampaconline.org/ampac-2012-election-wrap-up/.
197 **calculate "usual, customary and reasonable":** For an AMA video about how it is fighting for doctors' reimbursement, see www.youtube.com/watch?v=8VXig5TvxK0&feature=youtu.be.
197 **Walgreens, which has refused:** "As the U.S. retail pharmacy leader and health care partner in offering smoking cessation programs, products and initiatives . . . our goal is to help get the U.S. smoking rate, which has leveled off at around 18% of the adult population for a decade, moving lower again," its spokesman told *Forbes* magazine. From Barbara Thau, "Walgreens and Walmart Won't Stop Selling Smokes but Will the Decision Backfire?," *Forbes*, September 9, 2014, http://www.forbes.com/sites/barbarathau/2014/09/09/walmart-and-walgreens-wont-stop-selling-smokes-but-will-the-decision-backfire/#4f90573a72f5.
198 **speaking out against pharmaceutical advertising:** "AMA Calls for Ban on Direct to Consumer Advertising of Prescription Drugs and Medical Devices," press release, November 17, 2015, www.ama-assn.org/ama/pub/news/news/2015/2015-11-17-ban-consumer-prescription-drug-advertising.page.
198 **spending nearly half a billion:** For more information, see the OpenSecrets database on lobbying by sector for 2015 at www.opensecrets.org/lobby/top.php?indexType=c&showYear=2015.

198 **raised more than $3 million** : www.aaos.org/news/aaosnow/oct10/advocacy6.asp.
198 **changed its tax status:** "RADPAC Uses Radiology's Money to Build Political Clout," DiagnosticImaging, November 2002, www.diagnosticimaging.com/dimag/legacy/db_area/archives/2002/0211.politicalact.di.shtml.
198 **"is toward the betterment":** "What Is a 501(c)(6)?," http://askville.amazon.com/difference-501c/AnswerViewer.do?requestId=2400614.
199 **"The societies recognized that the hospitals":** Alexandra Page, personal interview/communication, 2015.
199 **"persons trained in the administration":** Current label warning from RxList, www.rxlist.com/diprivan-drug/warnings-precautions.htm.
199 **gastroenterologists have argued:** "Position Statement: Nonanesthesiologist Administration of Propofol for GI Endoscopy," *Gastrointestinal Endoscopy* 70, no. 6 (2009): 1053–59, www.asge.org/uploadedFiles/Publications_and_Products/Practice_Guidelines/NAAP%20Propofol%20Position%20Statement%20Dec%20GIE%20FINAL.pdf.
199 **cease and desist order:** Here are two articles about the case, which went all the way to the U.S. Supreme Court; other medical groups watched closely to see if it qualified as a restraint of trade: *Raleigh News Observer*, www.newsobserver.com/news/local/article10071881.html; "Justices: Dentists Can Decide Who Whitens Your Teeth," *USA Today*, February 25, 2015, http://www.usatoday.com/story/news/nation/2015/02/25/supreme-court-teeth-whitening-dentists/20108545/.

Dr. William Sage, a doctor and a lawyer at the University of Texas, offered this analysis: "Dentistry in North Carolina follows a regulatory pattern typical of established, politically powerful professions. A board composed primarily of members of the profession sets standards for admission to practice, monitors and disciplines the individuals it licenses, and resists efforts by others to deliver services. However, allowing private economic actors to wield the coercive power of the state can create mischief: insularity, poor process, turf protectiveness, and harm to both competition and innovation." William Sage and David Hyman, *Health Affairs Blog*, October 30, 2014, http://healthaffairs.org/blog/2014/10/30/north-carolina-dental-board-v-ftc-a-bright-line-on-whiter-teeth/.
199 **What was good for patients:** Here's a pretty shocking example: in 2013, in order to make sure that their Medicare payments were not reduced, doctors groups convinced Congress to make up the deficit by cutting reimbursement for diabetics' lifesaving test strips by 72 percent. See D. Scott, "This Is the End for Washington's Most Frenzied Lobbying Extravaganza," *National Journal*, April 6, 2015, www.nationaljournal.com/health-care/this-is-the-end-for-washington-s-most-frenzied-lobbying-extravaganza-20150406.
199 **Daniel Burke proposed a bill:** Daniel Burke's bill, which was defeated, was House Bill 3812. Read this report of the legislative session to see what kinds of causes medical societies care about: www.isms.org/uploadedFiles/Main_Site/Content/Advocacy/Legislative_Action_Hub/2012sessionreport.pdf.
200 **Dr. Scott Norton:** Dr. Scott Norton, personal interview/communication, 2014.
201 **grew 700 percent:** Robert S. Stern, "Cost Effectiveness of Mohs Micrographic Surgery," *Journal of Investigative Dermatology* 133, no. 5 (May 2013): 1129–31, www.jidonline.org/article/S0022-202X(15)36247-3/fulltext.
201 **"the decision to utilize MMS":** Robert S. Stern, "Cost Effectiveness of Mohs Micrographic Surgery," *Journal of Investigative Dermatology*, May 2013, www.jidonline.org/article/S0022-202X(15)36247-3/fulltext.

201 **2 percent of all Medicare recipients:** www.nature.com/jid/journal/v133/n5/full/jid2012473a.html.
201 **"The questions and the methodology":** Dr. Scott Norton, personal interview/communication, 2015.
202 **Doctors who identify themselves:** Pay of Mohs surgeons: http://www.hospitaljobsonline.com/career-center/healthcare-careers/the-highest-paid-md-specialties.html. Hours worked by dermatologists: http://www.medscape.com/features/slideshow/compensation/2012/dermatology.
202 **both John Boehner and Nancy Pelosi:** The SkinPAC Web site lists donations for 2014 to Nancy Pelosi for Congress and Friends of John Boehner. See http://us-campaign-committees.insidegov.com/l/29623/American-Academy-of-Dermatology-Association-Political-Action-Committee-Skinpac.
203 **arthroscopy to shave cartilage:** The jury is still out on exactly who benefits in this patient group, but the procedure was overused; see P. Belluck, "Common Knee Surgery Does Very Little for Some, Study Suggests," *New York Times,* December 25, 2013, www.nytimes.com/2013/12/26/health/common-knee-surgery-does-very-little-for-some-study-suggests.html.
203 **has been critical of profiteering:** Gerald Chodak, "'Samadi Challenge' Misaligns Women's Role in Prostate Cancer," Medscape, November 4, 2014, www.medscape.com/viewarticle/834115.
203 **"normal" or "abnormal" level of testosterone:** Sanjai Sinha, "Testosterone Decline with Age: What Is Normal?," MedPageToday, www.medpagetoday.com/resource-center/hypogonadism/testosterone-decline-with-aging/a/35000.
204 **FDA review of the risk:** For a good summary of the state of understanding and research, see Charlie Schmidt, "Are Testosterone Supplements Linked to Cardiovascular Problems?," *Prostate Knowledge,* Harvard Medical School and Harvard Health Publications, www.harvardprostateknowledge.org/testosterone-supplements-linked-cardiovascular-problems.

CHAPTER 9: THE AGE OF CONGLOMERATES

206 **NewYork-Presbyterian healthcare network:** www.nyp.org/about-us.
207 **An analysis of 306 geographic health markets:** David M. Cutler and Fiona Scott Morton, "Hospitals, Market Share and Consolidation," *JAMA* 310, no. 18 (November 13, 2013): 1966, http://scholar.harvard.edu/files/cutler/files/jsc130008_hospitals_market_share_and_consolidation.pdf.
207 **One dominant healthcare system:** Professor Jaime King, Hastings College of the Law, congressional testimony, September 2015, http://docs.house.gov/meetings/JU/JU05/20150929/103998/HHRG-114-JU05-Wstate-KingJ-20150929.pdf: "A wide body of literature indicates that increased hospital concentration leads to increased hospital prices and insurance premiums. In 2012, health economists Martin Gaynor and Robert Town conducted a systemic review of the literature that found mergers in concentrated markets resulted in price increases over 20 percent. Furthermore, recent analyses suggest that hospital and physician payment rate increases are major contributors to rising premiums in large employer-sponsored plans."
207 **hospital mergers were associated:** Tim Xu, Albert Wu, and Martin Makary, "The Potential Hazards of Hospital Consolidation," *JAMA* 314, no.13 (2015): 1337–38, doi:10.1001/jama.2015.7492.

208 **Wild West foundational myth:** All information about the historical development of Sutter pre-2000 is from www.sutterhealth.org/about/history.
209 **more than seventy California hospitals:** Lisa Girion and Mark Medina, "Hospitals Feel Ill Effects of Recession," *Los Angeles Times,* January 14, 2009, http://articles.latimes.com/2009/jan/14/business/fi-hospitals14.
209 **Sutter Health has assembled:** "Sutter Health Facts at a Glance," www.sutterhealth.org/about/news/news_facts.html.
209 **there is now no other choice:** Its longtime CEO, Patrick Fry, earned total compensation of $6.4 million in 2012; see www.crainsdetroit.com/article/20140811/NEWS/140819983/another-year-of-pay-hikes-for-nonprofit-hospital-ceos.
209 **"Sutter is the tallest Sequoia":** E. Rosenthal, "As Hospital Prices Soar, a Stitch Tops $500," *New York Times,* December 17, 2013, www.nytimes.com/2013/12/03/health/as-hospital-costs-soar-single-stitch-tops-500.html.
210 **offering to buy his practice:** Dr. Alexander Lakowsky, personal interview/communication, 2015–2016.
211 **"one of the largest publicly funded":** From Commonwealth Fund Web site: http://www.commonwealthfund.org/about-us/staff-contact-information/executive-managers/staff-contact-folder/blumenthal-david. Dr. David Blumenthal, a Harvard hospital executive, moved to Washington, DC, to serve as President Obama's national coordinator for health information technology and to lead creation of a nationwide health information system.
211 **spent $50 million to develop and install:** Dr. Warren Browner, CEO, California Pacific Medical Center, personal interview/communication, 2013.
212 **drive Sutter's few competitors:** Dr. Beth Kleiner, partner, Peninsula Diagnostic Imaging, personal interview/communication, 2015.
213 **an MRI scan has to be downloaded to a CD and walked over:** Bob Wachter, "Why Health-Care IT Systems Must Be Made to Talk to One Another," *Wall Street Journal,* March 27, 2105, http://blogs.wsj.com/experts/2015/03/27/why-health-care-it-systems-must-be-made-to-talk-to-one-another/. Here's a quote from the article: "There's a rueful joke told that circulates around Boston's Longwood Medical area, where several prestigious Harvard hospitals share a space of about 10 blocks. What is the fastest way to get a patient's record from Brigham & Women's Hospital to Beth Israel Deaconess, a few hundred yards away? The answer: a paper airplane."

"We didn't share records across Brookline Avenue," said Paul Levy, former president of Beth Israel Deaconess, referring to the street that divides Deaconess (in the BIDMC Community Network) from Brigham and Women's (in Partners HealthCare). "They'd get an MRI and you'd have to fight to get results faxed."
213 **building a new $1 billion IT system:** www.businesswire.com/news/home/20140219005019/en/Denmark-World-Leader-Health-Tests-Systems-Companies#.VehPXrxViko.
214 **began the class with an apology:** Dr. Joanne Roberts, personal interview/communication, 2015.
214 **"They made sure we had good equipment":** Dr. Greg Duncan, personal interview/communication, 2014–2016.
215 **according to California's Valued Trust:** Letter of documentation provided by Dr. Greg Duncan.
217 **increased 300 percent:** From the California Office of Statewide Health Planning and

美国病 345

Development; documents provided by Dr. Greg Duncan: In 2008, Sutter Lakeside Hospital downsized from 69 beds to 25 beds in order to qualify for Critical Access designation. In 2007 (the last full year before converting to CAH designation) Sutter Lakeside reported 257 patient transfers. In 2009 (the first full year after converting to CAH designation) Sutter Lakeside reported 1,064 patient transfers.

217 **costing Medicare an extra $4.1 billion:** For a report on excess billing by critical access hospitals, see www.usnews.com/news/us/articles/2015/03/09/report-rural-hospitals-get-billions-in-extra-medicare-funds.

217 **Sutter Lakeside's charges to Medicare:** Dr. Greg Duncan, personal interview/communication, 2014–2015.

217 **James Skoufis represents:** Much of this section is based on interviews with and documents provided by Assemblyman Skoufis, 2015–2016.

217 **Cornwall Hospital . . . was founded:** For a history of Cornwall Hospital, see www.stlukescornwallhospital.org/about/Pages/History.aspx.

218 **opening of freestanding ERs:** Jessica Chang, "Ten Factors to Consider When Building a Freestanding ER," *Becker's Hospital Review,* March 19, 2014, www.beckershospitalreview.com/capacity-management/top-10-factors-to-consider-when-building-a-freestanding-emergency-department.html. Freestanding emergency rooms are inevitably opened in zip codes where people tend to have insurance; near highways (people with cars tend to be insured) rather than in inner cities (people who are victims of violent street crime are not). Also see http://kaiserhealthnews.org/news/stand-alone-emergency-rooms/.

220 **ninety-two hospitals, coast to coast:** www.munsonhealthcare.org/?id=4016&sid=36.

220 **sell Cadillac Hospital to Munson Healthcare:** That was not a big deal because many patients in the area got healthcare from Munson anyway; see www.mlive.com/business/west-michigan/index.ssf/2014/05/trinity_health_to_sell_cadilla.html.

220 **Katy Huckle, a local banker:** Details in this section based on interviews with and documents provided by Katy Huckle and Helen James Lehman, one of Mr. Pell's grandchildren, 2015–2016

220 **"in the best interest of the hospital":** Trinity said a local group that the Pell family had asked to administer the foundation was charging too much. The family was unconvinced. "Whatever fees drawn from [the hospital foundation] would benefit the area, they would stay in the area, so it was a win, win, win," one granddaughter, Helen James Lehman, wrote in the *Cadillac News*. "At least this way, if they charged $68,000, then the community is enriched by $68,000 a year—yahoo!" Cadillacnews.com, March 25, 2015. You can access the article at http://www.savethepelllegacy.org/2015/03/cadillac-philanthropists-funds-kept-by-trinity/.

221 **received a bill for $500:** She filed a complaint with the New Jersey Department of Banking and Insurance, and shortly thereafter, the hospital and insurer "adjusted" the charge she was expected to pay to $173. "It was like they thought they were doing me a favor but it wasn't a favor to me—if they'd been up front, I could have gotten the X-ray done at a radiologist's office for fifty dollars."

222 **can no longer give infusions:** Dr. Mark Gudesblatt, personal interview/communication, 2015.

CHAPTER 10: THE AGE OF HEALTHCARE AS PURE BUSINESS

223 **"As a consumer":** Uwe Reinhardt, personal interview/communication, 2016.

223 **Helen, a real estate professional:** Personal interview/communication. She would not let her full name be used for fear that she would be abandoned by her surgeons.

225 **Mark Skinner, fifty-six:** Much of material in this section was provided by Mark Skinner and Dr. Glenn Pierce, two thought leaders in the world of hemophilia treatment, in personal interview/communication, 2015.

226 **A community linked by one serious disease:** According to Dr. Pierce, "Although cryo did transmit HIV/HCV (and HBV), by pooling the plasma of 60–120,000 donors (American Red Cross), a single infectious donor would contaminate the entire pool, which would be given to [hundreds] of individuals with hemophilia. At the height of the AIDS epidemic, all plasma pools used by industry to make clotting factor were contaminated. If you were treated with cryo in the Midwest, or out of hotspots like NY, LA, SF, you were relatively safer since HIV had not penetrated these communities much during the early 80s. Remember too, plasma was collected in prisons, skid row, etc, which predisposed to individuals with these infections" (e-mail to author, July 1, 2016).

226 **by various middlemen:** According to Dr. Glenn Pierce, "During this time, most product was delivered by home care delivery companies, most of which have been purchased by Express Scripts–like pharmacy benefit managers. They are the biggest offenders of mark ups, often 50% or more on what the pharmas charge. They also contract with the HTCs [hemophilia treatment centers] to administer their 340B programs, so the HTC gets some money, and the PBM gets some money. It's complicated but there is big money involved in US" (e-mail to author, July 1, 2016). The 340B program provides discounts to hospitals that treat a high number of low-income patients, who are less likely to be insured.

228 **half or less of the $1 per unit price:** In those counties factor VIII is now selling for 25 cents a unit. "But here in the US they're still happy to sell it for $1," said Dr. Marion Koerper, a hemophilia expert at the University of California at San Francisco.

228 **hired dozens of full-time reps:** This information comes from interviews with my "deep throat" marketing consultant. And that doesn't count the mothers, siblings, and patients themselves who are paid to promote a particular brand—called variously community relations managers, peer-to-peer educators, or brand ambassadors.

My marketing consultant told me the marching orders for 2015 were simply: "How do I get this guy to switch? What do I have to give?" One company's flow chart, titled "Patient Experience Mapping: Consideration Phase," advises representatives how to approach each "high value" patient and how to address potential concerns, complete with visual aids and an invitation to participate in an Ambassador program for reluctant targets.

229 **rate increases of 40 percent:** R. Pear, "Why Do Health Costs Keep Rising? These People Know," *New York Times,* June 10, 2016, www.nytimes.com/2016/06/10/us/health-insurance-affordable-care-act.html?.

CHAPTER 11: THE AGE OF THE AFFORDABLE CARE ACT (ACA)

231 **the ACA promoted some programs:** For some great analysis and insight into the political maneuvering that castrated the final Affordable Care Act, see Steven Brill, *America's Bitter Pill: Money, Politics, Backroom Deals, and the Fight to Fix Our Broken Healthcare System* (New York: Random House, 2015), and Brendan W. Williams, *Compromised: The Affordable Care Act and Politics of Defeat* (CreateSpace Independent Publishing Platform, 2015).

232 **novel medical arrangement:** For an interim report card on the accountable care organization program, see Kerry Young, "Closely Watched Accountable-Care Program Saved $385 Million, Study Says," *Washington Health Policy Week in Review, CQ HealthBeat,* May, 11, 2015, www.commonwealthfund.org/publications/newsletters

/washington-health-policy-in-review/2015/may/may-11-2015/accountable-care-program-saved-385-million.

232 **"So much has happened":** Brendan Williams, personal interview/communication, 2015.

233 **Steve Carlson's NovoLog insulin:** Steve Carlson, personal interview/communication, 2015.

233 **have difficulty affording them:** Dr. Huseyin Naci, personal interview/communication, 2016. Also see H. Naci et al., "Medication Affordability Gains Following Medicare Part D Are Eroding Among Elderly with Multiple Chronic Conditions," *Health Affairs* 33, no. 8 (2014): 1435–43, doi:10.1377/hlthaff.2013.1067.

233 **plans to close the donut hole:** For a helpful consumer article from *NJ Spotlight*, February 14, 2014, that nicely describes the effect of the Medicare donut hole over time on seniors, see www.njspotlight.com/stories/14/02/13/obamacare-slowly-but-surely-closes-donut-hole-gap/.

234 **many thousands of dollars:** Dr. Chien-Wen Tseng, Hawaii Medical Service Association chair of Healthcare Research and Quality at the University of Hawaii's medical school, looked at how Medicare beneficiaries are holding up under the cost of new medicines for rheumatoid arthritis, a not uncommon condition in patients over sixty-five. Dr. Tseng found that most patients would fall into the Medicare Part D donut hole by February or March when their cost-sharing would increase to 45 percent of drug costs—an amount that would force many to drop treatment or to make major sacrifices in retirement to continue. From a personal interview/communication, 2015; also see www.ncbi.nlm.nih.gov/pmc/articles/PMC4464809/.

234 **Health insurance cooperatives:** For a review of the cooperative concept, see Louise Norris, "Co-op Health Plans: Patients' Interests First," Healthinsurance.org, August 3, 2016, www.healthinsurance.org/obamacare/co-op-health-plans-put-patients-interests-first/.

235 **only seven of the original twenty-three:** Press release, House Committee on Energy and Commerce, July 16, 2016, https://energycommerce.house.gov/news-center/press-releases/another-one-bites-dust-co-ops-dwindle-7-illinois-collapse-losses-eclipse.

236 **mostly just avoided any interactions:** An informative piece from Vox details how high-deductible health plans influence patient behavior; see www.vox.com/2015/10/14/9528441/high-deductible-insurance-kolstad.

237 **"Now, they have my fifteen thousand dollars":** Paul Schwartz, personal interview/communication, 2016.

237 **"Seizing Opportunities Provided by the ACA":** www.physiciansweekly.com/emergency-services-affordable-care-act/, January 4, 2014. For example: "The minimum payment required from health insurers is intended to be a floor to protect patients from excessive balance billing that results from low ball, out-of-network reimbursement. Once minimum payment amounts are made, out-of-network emergency providers can balance bill patients with the difference between its billed charges and the amount paid by the insurance."

237 **"Providers should not leave money on the table":** Ibid.

237 **good behavior and coordinated medical care:** Leigh Page, "8 Ways the ACA Is Affecting Doctors' Incomes," Medscape, August 15, 2013, www.medscape.com/viewarticle/809357.

237 **more consumer complaints:** See the report from the Kaiser Family Foundation at

http://kff.org/report-section/coverage-of-colonoscopies-under-the-affordable-care-acts-prevention-benefit-report/. While my insurer's list contains hundreds of gastroenterologists in its plan, when I called to schedule an appointment I found that many will no longer perform screening colonoscopies under my insurance in-network coverage, but only more elaborate (and lucrative)—procedures.

238 **18 percent in 2013:** www.gallup.com/poll/182348/uninsured-rate-dips-first-quarter.aspx.

238 *New York Times*/**CBS News poll:** Elisabeth Rosenthal, "How the High Cost of Medical Care Is Affecting Americans," *New York Times,* December 18, 2014, www.nytimes.com/interactive/2014/12/18/health/cost-of-health-care-poll.html.

238 **Payments to doctors only 20 percent!:** This graphic from the CDC breaks down many facets of health spending in the United States: www.cdc.gov/nchs/fastats/health-expenditures.htm.

238 **Dermatology accounts for only 4 percent:** Dermatology Market Overview from Harris Williams & Co., an investment bank: www.harriswilliams.com/system/files/industry_update/dermatology_market_overview.pdf.

CHAPTER 12: THE HIGH PRICE OF PATIENT COMPLACENCY

243 **delivers healthcare for a fraction:** For a fantastic comparison of costs and services among developed countries, see David Squires and Chloe Anderson, "U.S. Healthcare from a Global Perspective," Commonwealth Fund, October 8, 2015, www.commonwealthfund.org/publications/issue-briefs/2015/oct/us-health-care-from-a-global-perspective.

244 **unique hybrids of government intervention:** For a primer on the underpinnings of healthcare systems in different countries, see the Commonwealth Fund's *2015 International Profiles of Health Care Systems,* January 2016, www.commonwealthfund.org/~/media/files/publications/fund-report/2016/jan/1857_mossialos_intl_profiles_2015_v7.pdf.

244 **set national fee schedules:** Many countries allow for slight variations in fees related to overhead in different locations. But some, like Japan, do not. The Japanese government reasons that the greater profit from laboring in the boondocks, where overhead and living costs are lower, will lure doctors into underserved areas.

244 **Japan and Germany have hundreds:** Japan, which sets fees, has over one thousand insurers. To make sure patients use healthcare wisely, the system requires patient co-payments of 10 to 30 percent, depending on family income. (While that 30 percent may sound high in a country where echocardiograms can cost $8,000, it is reasonable when they are priced at under $150.)

245 **creating true *nationalized or socialized healthcare*:** In these systems, GPs perform a gatekeeper function and a referral is generally needed to access specialists and specialty hospitals. But even here, there is variation. In Canada, the majority of general practice physicians are self-employed, but payments for office visits come from the government in accordance with the preset fee schedule.

245 **Hillary Clinton, proposed allowing people:** "Hillary Clinton Offers Healthcare Proposal Sought by Bernie Sanders," *USA Today,* July 9, 2016, www.usatoday.com/story/news/2016/07/09/hillary-clinton-offers-health-care-proposal-sought-bernie-sanders/86894032/.

246 **According to the World Bank:** http://data.worldbank.org/indicator/SH.XPD.TOTL.ZS.

CHAPTER 13: DOCTORS' BILLS

248 **20 to 30 Percent of Our $3 Trillion Bill:** The upper end of the estimate includes ancillary health professionals, such as physical therapists.

249 **banned by a gastroenterology practice:** John Gardner, personal interview/communication, 2015.

252 **nearly $15 billion on advertising annually:** Elisabeth Rosenthal, "Ask Your Doctor If This Ad Is Right for You," *New York Times Sunday Review*, March 4, 2016, www.nytimes.com/2016/02/28/sunday-review/ask-your-doctor-if-this-ad-is-right-for-you.html.

253 **rate of spine surgery:** Jaimy Lee, "Rethinking Spine Care: Some Health Systems Are Moving Beyond Surgery in Serving Back Pain Patients," *Modern Healthcare*, March 22, 2014, www.modernhealthcare.com/article/20140322/MAGAZINE/303229985.

253 **In 2014 Dr. Eric Scaife:** K. Russell et al., "Charge Awareness Affects Treatment Choice: Prospective Randomized Trial in Pediatric Appendectomy," *Annals of Surgery* 262, no. 1 (2014): 189–93, www.ncbi.nlm.nih.gov/pubmed/25185471%20.

255 **The bill for the three stitches:** Dr. Ann Winters, personal interview/communication, 2015.

255 **"They all said it was confidential":** Dr. David Gifford, personal interview/communication, 2015.

256 **quotes a price to privately insured patients:** Dr. Fabrice Gaudot, personal interview/communication, 2013.

256 **"Every medical practitioner is responsible":** "AMA Position Statement on Informed Financial Consent 2015," Australian Medical Association, June 1, 2015, https://ama.com.au/position-statement/informed-financial-consent-2015.

256 **getting fees in advance:** Mark Hall, a professor of health law at Wake Forest University who has studied the Australian system, suggests that contracts—or at least the concept of an implicit contract—should be applied in U.S. medicine as well. He told me, "Generally if you agree to a service and a price isn't stated the provider can only charge what's reasonable. Generally you look at the market to gauge that. But the U.S. healthcare market is so dysfunctional we don't have a good reference point. Medicare? What insurers pay? Providers will say that's too low. But I do think there's a legal principle that indicates that there's a limit."

256 **worries about malpractice suits:** Carol Peckham, "Medscape Malpractice Report 2015: Why Most Doctors Get Sued," December 9, 2015, www.medscape.com/features/slideshow/public/malpractice-report-2015#page=7.

256 **Reforming the malpractice system:** David Hyman and Charles Silver, "Medical Malpractice Litigation and Tort Reform: It's the Incentives, Stupid," *Vanderbilt Law Review*, September 2011, at http://iactprogram.com/wp-content/uploads/2011/09/Hyman_Silver1.pdf.

257 **reasonable compensation to cover their costs:** Ibid.

257 **judge-directed arbitration or dispute resolution:** M. M. Mello, D. M. Studdert, and A. Kachalia, "The Medical Liability Climate and Prospects for Reform," *JAMA* 312, no. 20 (2014): 2146–55, doi:10.1001/jama.2014.10705.

258 **"I had always felt good":** Dr. Hans Rechsteiner, personal interview/communication.

259 **The doctors of the society:** D. Wahlberg, "Health Sense: Rural Wisconsin Doctors Call for Health Care Reform," *Wisconsin State Journal*, February 2, 2014, http://host.madison.com/news/local/health_med_fit/health-sense/health-sense-rural-wisconsin-doctors-call

-for-health-care-reform/article_753b3ef2-f605-5633-8055-0ffa431df94c.html#ixzz3ipTckkQg.

259 **support the expansion of Medicare:** Their proposal, which they presented at medical meetings, garnered support from groups like the medical student section of the American Medical Association and the Madison County Medical Society.

260 **radiologists in Florida perform five times as many tests:** Dr. Richard Duszak, personal interviews/communication, 2015.

260 **an epidemic of unneeded tests:** The research of Dr. Seth Stein challenges the notion that doctors order too many scans as a result of legitimate malpractice fears. Examining national data, he found that states that cap malpractice awards, like California, had some of the highest rates of testing. In fact, what correlated best with lots of test ordering was having a high number of test centers in an area. The more machines doctors purchased, the more they used them. Study published in the *Journal of the American College of Radiology:* S. Stein, J. R. Barry, and S. Jha, "Are Chargemaster Rates for Imaging Studies Lower in States That Cap Noneconomic Damages?," August 2014, http://www.ncbi.nlm.nih.gov/pubmed/25087989.

260 **devoted an entire issue:** Saurabh Jha, "Radiologists and Overdiagnosis," *Academic Radiology* 22, no. 8 (August 2015): 943–44.

CHAPTER 14: HOSPITAL BILLS

261 **40 to 50 Percent of Our $3 Trillion Bill:** That includes rehab.

262 **a published set of statistical metrics:** http://health.usnews.com/health-news/best-hospitals/articles/2015/05/20/faq-how-and-why-we-rate-and-rank-hospitals.

262 **grades all general hospitals:** Leapfrog Group Hospital Safety Score Program, www.hospitalsafetyscore.org.

262 **Hospital Compare program:** www.medicare.gov/hospitalcompare/About/Medicare-Payment.html.

263 **sent out the press release:** www.cms.gov/newsroom/mediareleasedatabase/press-releases/2015-press-releases-items/2015-04-16.html.

263 **they had been notified in advance:** Sabriya Rice, "CMS Delays New Hospital Quality Ratings Amid Pressure from Congress, Industry," *Modern Healthcare,* April 20, 2016, www.modernhealthcare.com/article/20160420/NEWS/160429991.

263 **information about hospital pricing:** See Medicare Provider Utilization and Payment Data for inpatient stays, www.cms.gov/Research-Statistics-Data-and-Systems/Statistics-Trends-and-Reports/Medicare-Provider-Charge-Data/Inpatient.html.

263 **more consumer-friendly formats:** Here is one from the *New York Times:* M. Bloch, "How Much Hospitals Charge Medicare," *New York Times,* May 8, 2013, www.nytimes.com/interactive/2013/05/08/business/how-much-hospitals-charge.html.

266 **comedian John Oliver:** Katie Rogers, "For His Latest Trick, John Oliver Forgives $15 Million in Medical Debt," *New York Times,* June 6, 2016, www.nytimes.com/2016/06/07/arts/television/for-his-latest-trick-john-oliver-forgives-15-million-in-medical-debt.html.

267 **over 90 percent of hospital bills:** "GMA: Hidden Costs in Hospital Bills," April 12, 2007, http://abcnews.go.com/GMA/story?id=127077&page=1.

271 **twenty-five most common inpatient stays:** California patients' rights to see/know hospital charges are outlined at www.oshpd.ca.gov/HID/Products/Hospitals/Chrgmstr/PayersBillofRights.pdf.

271 **Chargemasters do not have to be presented:** www.oshpd.ca.gov/HID/Products/Hospitals/Chrgmstr/.
271 **chargemasters are tailored to obfuscate:** If you're curious, you can look up some chargemasters of California hospitals at www.oshpd.ca.gov/chargemaster/.
273 **a new surprise billing form:** You can find it at www.dfs.ny.gov/insurance/health/OON_assignment_benefits_form.pdf.
273 **appeared not to know of the law's existence:** Note that over time this type of solution protects hospitals' and doctors' balance sheets far better than your wallet. As we've seen, insurers are more likely than you or I to fork over $50,000 for a few stitches, rather than take the time to investigate and fight an individual bill. If our insurers are paying outrageous out-of-network charges on our behalf, we'll pay with higher premiums soon enough.
273 **Ralph Weber's MediBid:** Ralph Weber, personal interview/communication, 2013.
273 **a total knee or hip replacement:** Sample online price listing for the Surgery Center of Oklahoma is available at www.surgerycenterok.com/?procedure_category=knee#jump.
274 **$200 extra for twins:** For Maricopa Medical Center's maternity package offerings, see http://mihs.org/uploads/sites/19/2014/Martha-Maternity_Package_Plan_-_Residents 2014.9.pdf.
274 **cuts into the profit margins:** There are in fact many ways that hospitals and health insurers could facilitate consumer price comparison. "Private health insurers could simplify dramatically the structure of their hospital pricing, and thereby facilitate consumer price comparisons, if they adopted the DRG index," suggests James Robinson, the Berkeley economist. For example, an insurer might negotiate a price level of 150 percent of Medicare's rate with a freestanding hospital and 200 percent with a large hospital chain.
274 **"modern nonprofit hospitals":** Lisa Schencker, "New Jersey Hospital's Loss of Tax Exemption Sends Warning," *Modern Healthcare*, July 11, 2015, www.modernhealthcare.com/article/20150711/MAGAZINE/307119969.
274 **looming threat of losing tax-exempt status:** This editorial from the *Star Tribune* outlines the argument against tax breaks for Minnesota's hospitals: Steve Calvin and Theodore J. Patton, "Minnesota's Healthcare: Can You Heal Me Now?," January 2, 2015, www.startribune.com/minnesota-s-nonprofit-health-care-can-you-heal-me-now/287380091/.
275 **"may be substantially to lessen competition":** "Acquisitions and Mergers Under Section 7 of the Clayton Act," section 35.7 in *The Legal Environment and Business Law: Master of Accountancy Edition* (v. 1.0), http://2012books.lardbucket.org/books/the-legal-environment-and-business-law-master-of-accountancy-edition/s38-07-acquisitions-and-mergers-under.html.
275 **"I do think there's a legal means":** Professor Jaime King, personal interview/communication.
276 **a spate of enforcement activity:** See the Litigation/Enforcement Timeline compiled by the Source on Healthcare Price & Competition, a project of UC Hastings College of the Law: http://sourceonhealthcare.org/news-topic/litigationenforcement/. This is a fantastic up-to-the-minute resource for following antitrust actions related to healthcare.
278 **Health First has used its monopoly power:** "Florida Hospital Hits Health First with Antitrust Lawsuit for Trying to Monopolize Cancer Care Market," *Becker's Hospital Review*, September 1, 2015, www.beckershospitalreview.com/legal-regulatory-issues

/florida-hospital-hits-health-first-with-antitrust-lawsuit-for-trying-to-monopolize-cancer-care-market.html.
278 **state AGs armed with FTC backing:** A. Ellison, "5 Healthcare Antitrust Cases to Watch in 2015," *Becker's Hospital Review,* January 30, 2015, www.beckershospitalreview.com /legal-regulatory-issues/5-healthcare-antitrust-cases-to-watch-in-2015.html.
278 **"market muscle, to exact higher prices":** P. D. McCluskey and R. Weisman, "Partners' Deal to Acquire Three Hospitals Rejected," *Boston Globe,* January 29, 2015, www.bostonglobe.com/business/2015/01/29/partners/s9TxpYCBakjPN6pDbBFHGL/story.html.
278 **the threat of hospitals and doctors:** L. Schencker, "Courts Prove Tough Crowd for Consolidating Providers," *Modern Healthcare,* February 10, 2015, www.modernhealthcare.com/article/20150210/news/302109937?template=print. "It did not demonstrate that efficiencies resulting from the merger would have a positive effect on competition," according to the Ninth Circuit opinion written by Judge Andrew D. Hurwitz. The suit had been brought by the FTC, the Idaho attorney general, and several competing medical groups.
278 **a "wake up call to hospitals":** Schencker, "Courts Prove Tough Crowd."
279 **because of opposition from credit agencies:** Personal interview/communication, 2014, with Larry LaRocco, a former congressman who lobbies on behalf of mortgage brokers upset at how delinquent medical bills are depleting the ranks of creditworthy clients: "The Consumer Data Industry Association—which mostly represents the three big credit agencies—opposed the bill. They don't want anyone messing with their algorithms."

CHAPTER 15: INSURANCE COSTS
280 **$67 million to pay "navigators":** See the CMS bulletin "In Person Assistance in the Health Insurance Marketplaces," www.cms.gov/cciio/programs-and-initiatives/health-insurance-marketplaces/assistance.html.
281 **employees of community organizations:** C. Fish-Parcham, "Navigators Need Not Be Licensed as Insurance Brokers or Agents," Families USA, March 2011, http://familiesusa.org/product/navigators-need-not-be-licensed-insurance-brokers-or-agents.
283 **a more "cost-effective" drug:** Blue Cross Blue Shield cost comparisons can be found at www.bcbsok.com/pdf/sbc/2016-compare-marketplace-gold-plans-ok.pdf.
286 **"My students say":** Jane Moyer, personal interview/communication, 2015.
286 **great fans of closed medical systems:** Arthur L. Kellermann, "'Socialized' or Not, We Can Learn from the VA," Rand Corporation, August 8, 2012, www.rand.org /blog/2012/08/socialized-or-not-we-can-learn-from-the-va.html.
287 **VA's ten-year-old MOVE!:** It is the largest and most comprehensive weight-management program associated with a medical care system in the United States; see www.move.va.gov/.
287 **Every veteran is screened annually:** M. Romanova et al., "Effectiveness of the MOVE! Multidisciplinary Weight Loss Program for Veterans in Los Angeles," *Preventing Chronic Disease* 10:120325 (2013), doi:10.5888/pcd10.120325. Careful follow-up studies have shown that participants who lose weight maintain weight loss at three years.
287 **"Overall, the available literature":** "Comparison of Quality of Care in VA and Non-VA Settings: A Systematic Review," September 2010, p. vi, www.hsrd.research.va.gov /publications/esp/quality.pdf.
288 **Kaiser enjoys a devoted patient clientele**: "Kaiser Permanente No. 1 in Customer Satisfaction in 2014 Insure.Com Study," Kaiser Permanente Share, April 9, 2014,

http://share.kaiserpermanente.org/article/kaiser-permanente-no-1-in-customer-satisfaction-in-2014-insure-com-study/.
288 **performs well in J.D. Power's annual health plan:** www.jdpower.com/press-releases/2016-member-health-plan-study.
289 **"Kaiser focuses on what matters":** Professor James Robinson, personal interview/communication, 2014.
290 **its behavior didn't qualify:** Chad Terhune, "With Billions in the Bank, Blue Shield of California Loses Its State Tax-Exempt Status," *Los Angeles Times*, March 18, 2015, www.latimes.com/business/la-fi-blue-shield-california-20150318-story.html.
290 **ceding to the business of medicine:** "Given that the administration had capitulated on drug importation and the public option in the ACA, I expected it to be more resolute in administering the policies," said Brendan Williams, a former elected official from Washington State. "It is not."
291 **"consumers have been forced to pay":** Press release, California Department of Insurance, January 5, 2015, www.insurance.ca.gov/0400-news/0100-press-releases/2015/release001-15.cfm.
291 **the insurance commissioner is a veteran executive:** A brochure detailing the names and histories of other insurance commissioners can be found at www.naic.org/documents/members_membershiplist.pdf.
293 **gives state or federal regulators the power:** C. Cox, R. Ma, G. Claxton, and L. Levitt, "Analysis of 2016 Premium Changes and Insurer Participation in the Affordable Care Act's Health Insurance Marketplaces," Henry J. Kaiser Family Foundation, June 24, 2015, kff.org/health-reform/issue-brief/analysis-of-2016-premium-changes-and-insurer-participation-in-the-affordable-care-acts-health-insurance-marketplaces/.
293 **"evaluate whether the proposed":** D. Mangan, "Will These Big Obamacare Rates Get Approved?," CNBC.com, July 12, 2016, www.cnbc.com/2015/06/01/will-these-big-obamacare-rates-get-approved.html.
293 **"Generally, the rate review":** Larry Levitt, senior vice president of the Henry J. Kaiser Family Foundation, personal interview/communication.
293 **Alaska proposed moving its threshold:** A range of insurance co-payments and deductibles can be found at http://news.ehealthinsurance.com/_ir/68/20152/Price-Index-report-2015_final.pdf.
294 **pay attention to this down-ballot issue:** A list of insurance commissioners and their affiliated political parties, and when their office term expires, can be found at http://ballotpedia.org/Insurance_Commissioner.
294 **1. Reference pricing. CalPERS:** Ann Boynton and James C. Robinson, "Appropriate Use of Reference Pricing Can Increase Value," *Health Affairs Blog*, July 7, 2015, http://healthaffairs.org/blog/2015/07/07/appropriate-use-of-reference-pricing-can-increase-value/.
296 **Epogen was not particularly useful:** S. Swaminathan, V. Mor, R. Mehrotra, and A. Trivedi, "Medicare's Payment Strategy for End-Stage Renal Disease Now Embraces Bundled Payment and Pay-for-Performance to Cut Costs," *Health Affairs* 31, no. 9 (2012): 2051–58, www.ncbi.nlm.nih.gov/pmc/articles/PMC3766315/.
296 **the cost of all injectable medications:** Ibid.
296 **It is penalized if they come in:** It is a somewhat awkward construct, still requiring a host of bills because Medicare has different methods and pots of money for paying out to

different parts of the healthcare system. Hospitals are paid those DRG rates. Doctors are paid through fee schedules. Nursing homes receive a day rate. Home health care is paid for sixty days. The next step is to ask all of these groups to work together proactively to package their services.

297 **At NYU Langone Medical Center:** "Bundled Payments Improve Care for Medicare Patients Undergoing Joint Replacement: Reductions in Patient Length-of-Stay and Readmission Rates," March 2, 2016, www.sciencedaily.com/releases/2016/03 /160302082309.htm.

297 **yearly per capita fee:** Melanie Evans, "Washington Health Systems Contract Directly with Boeing," *Modern Healthcare,* June 13, 2014, www.modernhealthcare.com /article/20140613/NEWS/306139947. According to the agreements, the total costs have to go down 1 percent a year, and the contract measures quality, access, and savings.

298 **need only to get a waiver:** A. Walker, "Federal Government Approves New Medicare Waiver for Maryland," *Baltimore Sun,* January 10, 2014, http://articles.baltimoresun .com/2014-01-10/health/bs-hs-medicare-waiver-approved-20140109_1_john-colmers -waiver-hospital-reimbursement-rates.

298 **less calculated revenue:** Martin Makary and Seth Goldstein, "Maryland's Maverick Health Care Overhaul: A Physician Perspective," *Health Affairs Blog,* July 20, 2015, http://healthaffairs.org/blog/2015/07/20/marylands-maverick-health-care-overhaul-a-physician-perspective/#comments. Also see Brett LoGiurato, "An Amazing Healthcare Revolution Is Happening in Maryland—and Almost No One's Talking About It," Business Insider, August 11, 2014, www.businessinsider.com/maryland-health-care -revolution-2014-8.

300 **enrollees who participate:** www.compassphs.com/consumer-driven-health-plan/case -study-enlink-midstream-transitioned-consumer-directed-health-plan-cdhp/.

301 **Site-neutral payments could save Medicare:** A. Ellison, "25 Things to Know About Site-Neutral Payments," *Becker's Hospital Review,* June 29, 2015, www .beckershospitalreview.com/finance/25-things-to-know-about-site-neutral-payments.html.

301 **prompting a firestorm of protest:** V. Dickson, "CMS Angers Hospitals with Plans for Site-Neutral Rates in Outpatient Payment Rule," *Modern Healthcare,* July 6, 2016, www.modernhealthcare.com/article/20160706/NEWS/160709964?.

301 **a pale compromise:** E. J. Cook, "Congress Takes Step Toward Site-Neutral Medicare Payments in Bipartisan Budget Act of 2015," McDermott Will & Emery, October 29, 2015, www.mwe.com/Congress-Takes-Step-Toward-Site-Neutral-Medicare-Payments-in -Bipartisan-Budget-Act-of-2015-10-29-2015/.

CHAPTER 16: DRUG AND MEDICAL DEVICE COSTS

302 **a proportion that rises dramatically:** B. DiJulio, J. Firth, and M. Brodie, "Kaiser Health Tracking Poll: August 2015," Kaiser Family Foundation, August 20, 2015, http://kff.org/health-costs/poll-finding/kaiser-health-tracking-poll-august-2015.

304 **GoodRx.com began offering:** www.goodrx.com/medicare and www.dropbox.com /s/84tr3wj6bh39opn/GoodRx-for-Medicare-Press-Release.pdf.

305 **technically against the law:** R. A. Cohen, W. K. Kirzinger, and R. M. Gindi, "Strategies Used by Adults to Reduce Their Prescription Drug Costs," NCHS Data Brief, no 119, April 2013, www.cdc.gov/nchs/data/databriefs/db119.pdf.

305 **$250 in the United States:** See the infographic in Elisabeth Rosenthal, "The Soaring

Cost of a Simple Breath," *New York Times,* October 10, 2013, www.nytimes.com/2013/10/13/us/the-soaring-cost-of-a-simple-breath.html#g-graphic-falling.

306 **The healthcare industry spends:** E. Rosenthal, "Ask Your Doctor If This Ad Is Right for You," *New York Times Sunday Review,* March 4, 2016, www.nytimes.com/2016/02/28/sunday-review/ask-your-doctor-if-this-ad-is-right-for-you.html. For auto advertising stats, see www.statista.com/topics/1601/automotive-advertising/.

306 **Invokana, for example:** "FDA Drug Safety Communication: FDA Revises Label of Diabetes Drug Canagliflozin (Invokana, Invokamet) to Include Updates on Bone Fracture Risk and New Information on Decreased Bone Mineral Density," September 10, 2015, www.fda.gov/Drugs/DrugSafety/ucm461449.htm.

307 **Jublia's cure rates are under 20 percent:** Ed Pullen, "What Is a Fungal Nail Cure Worth? Ask Jublia," Dr. Pullen.com, December 2, 2014, http://drpullen.com/jubliafungalnail. This post, by Dr. Ed Pullen, a family physician, on his "Medical Blog for the Informed Patient," expresses reservations common among many doctors about the cost and cost-effectiveness of Jublia.

307 **calling for a ban on pharmaceutical advertising:** Dr. Patrice Harris, chairwoman of the AMA, said that advertising "inflates demand for new and more expensive drugs, even when these drugs may not be appropriate." http://ama-assn.org/ama/pub/news/news/2015/2015-11-17-ban-consumer-prescription-drug-advertising.page.

308 **The late senator Edward Kennedy championed:** A history of what is called "reimportation" (the right to buy drugs from overseas) can be found in the following excerpt from Ken Godwin, Scott H. Ainsworth, and Erik Godwin, *Lobbying and Policymaking* (Thousand Oaks, CA: Sage Publications, 2013): https://books.google.com/books?id=QQ2CbU_oGkAC&pg=PT156&lpg=PT156&dq=obama+drug+reimportation&source=bl&ots=bW88QQsmSE&sig=amOiEzLmwVXNY7ph27qAhQfiiNA&hl=en&s a=X&ved=0CB0Q6AEwADgKahUKEwj0iaXD_s_HAhWLGx4KHW-HC8E#v=one page&q=obama%20drug%20reimportation&f=false.

308 **"allow Americans to buy":** http://thehill.com/policy/healthcare/229397-republicans-senators-slam-obama-on-drug-reimportation.

309 **"its authority to destroy":** www.federalregister.gov/articles/2014/05/06/2014-10825/administrative-destruction-of-certain-drugs-refused-admission-to-the-united-states.

309 **this rule clearly targets:** Before that, the mechanism for destruction of product was ambiguous, and the packages were in practice often turned over to the U.S. Postal Service for return to the sender, an insufficient "deterrent," the FDA said; see http://blogs.fda.gov/fdavoice/index.php/2015/0.

310 **"cause Maine pharmacists to lose market":** See the legal filing at www.med.uscourts.gov/Opinions/Torresen/2014/NT_05152014_1_13cv347_Ouellette_v_Mills.pdf.

310 **it overstepped states' purview:** For more on the decision, see www.fdalawblog.net/Maine%202-23-15%20Decision.pdf; E. Russell, "Judge Strikes Down Maine Law Allowing Residents to Buy Drugs from Foreign Pharmacies," *Portland Press Herald,* February 24, 2015, www.pressherald.com/2015/02/24/maine-residents-cant-order-drugs-from-foreign-pharmacies-judge-rules/.

310 **the FDA has allowed U.S. drugmakers:** S. Tavernise, "Robert Califf, F.D.A. Nominee, Queried on Industry Ties," *New York Times,* November 18, 2015, www.nytimes.com/2015/11/18/health/robert-califf-fda-nomination.html.

313 **"All the data was":** Dr. Andrin Oswald, then head of Novartis Vaccines, which made Bexsero, personal interview/communication, 2014.

313 **assign certain patent licenses:** Here is an informative online guide to the use of march-in rights: http://digitalcommons.wcl.american.edu/cgi/viewcontent.cgi?article=109 4&context=ipbrief.

313 **fifty-one lawmakers wrote a letter:** M. Mezher, "Lawmakers Urge HHS to Exercise 'March-in' Rights to Fight Higher Drug Costs," *Regulatory Focus,* January 11, 2016, www.raps.org/Regulatory-Focus/News/2016/01/11/23878/Lawmakers-Urge-HHS-to-Exercise-March-in-Rights-to-Fight-Higher-Drug-Costs/.

314 **Countries use various strategies:** For more information on these negotiations, see www.rand.org/content/dam/rand/pubs/research_reports/RR200/RR240/RAND_RR240.pdf.

314 **achieving prices one-third of those:** "Let Medicare Negotiate Drug Prices: Our View," *USA Today,* April 20, 2014, www.usatoday.com/story/opinion/2014/04/20/medicare-part-d-prescription-drug-prices-negotiate-editorials-debates/7943745/.

315 **over $95,000 from the health and pharmaceutical industry:** www.opensecrets.org/politicians/summary.php?type=C&cid=N00028958&newMem=N&cycle=2016.

315 **"Our founding legislation prohibits us":** For more on PCORI's policy, see https://help.pcori.org/hc/en-us/articles/213716607-Why-does-PCORI-have-a-specific-policy-on-cost-effectivenesnalysis-.

316 *like the United Kingdom's National Institute for Health:* For more information about NICE, see www.nice.org.uk/.

316 **a third of the U.S. price:** That means, for example, that Advair—called Seretide in the United Kingdom—was in 2015 reimbursed at about £60 for a 120-dose inhaler, or about $92, as opposed to a price of now consistently over $300 in the United States. Tecfidera is £343 for fourteen tabs, or about $528, compared with $1,300 to $1,400 (with a free coupon) in the United States. Sovaldi is £34,980 for a twelve-week supply, or about $54,000, compared with $86,000 in the United States. (Prices for the United States are from GoodRx.com; British prices were provided to me by Thomas Wilkinson, an adviser to NICE.)

316 **whatever they want to beneath that ceiling:** E. J. Emanuel, "The Solution to Drug Prices," *New York Times,* September 14, 2015, www.nytimes.com/2015/09/09/opinion/the-solution-to-drug-prices.html.

316 **set a value-based benchmark:** Laura T. Pizzi, "The Institute for Clinical and Economic Review and Its Growing Influence on the US Healthcare," *American Health & Drug Benefits* 9, no. 1 (February 2016): 9–10, www.ncbi.nlm.nih.gov/pmc/articles/PMC4822973/.

316 **"$5,404–$7,735 linked to long-term value":** "ICER Releases Final Report on Use of PCSK9 Inhibitors for Treatment of High Cholesterol," press release, Institute for Clinical and Economic Review, November 24, 2015, https://icer-review.org/announcements/icer-releases-final-report-on-use-of-pcsk9-inhibitors-for-treatment-of-high-cholesterol-2/.

317 **"Ignoring the cost of":** P. B. Bach, L. B. Saltz, and R. E. Wittes, "A Hospital Says 'No' to an $11,000-a-Month Cancer Drug," *New York Times,* August 25, 2014, www.nytimes.com/2012/10/15/opinion/a-hospital-says-no-to-an-11000-a-month-cancer-drug.html.

317 **"have been standoffish because":** Dr. Daniel Hartung, personal interview/communication, 2015.

317 **income of about $100 million:** www.nationalmssociety.org/Get-Involved/Corporate-Support/Corporate-Partners.

318 **about $16 million in direct mail solicitations:** For a list of how much money the

National MS Society raised from different types of activities, see www.nationalmssociety.org/NationalMSSociety/media/MSNationalFiles/Financials/NMSS-990-Final-FY2013.pdf?ext=.pdf.

CHAPTER 18: BETTER HEALTHCARE IN A DIGITAL AGE

321 **investment for the quarter reaching nearly $1 billion:** According to Rock Health, a leading health technology incubator, in early 2016 "our data shows digital health funding experienced an uptick with 13% TTM [trailing twelve months] growth and almost 50% YoY [year over year] growth. . . . Total funding for Q1 2016 reached $981.3M"; http://rockhealth.com/reports/q1-update-2016-digital-health-funding-on-pace-to-surpass-2015/.
322 **Consider the five largest healthcare start-up deals:** Ibid.
323 **the company will be seeking to bill:** S. Hodsden, "Fitbit Expanding into Medical-Grade Technology," Med Device Online, April 18, 2016, www.meddeviceonline.com/doc/fitbit-expanding-into-medical-grade-technology-0001.
323 **getting an ultrasound of your neck:** Harriet Hall, "Ultrasound Screening: Misleading the Public," Science-Based Medicine, March 4, 2008, www.sciencebasedmedicine.org/ultrasound-screening-misleading-the-public/.
325 **Start-ups like PicnicHealth:** https://picnichealth.com/.
326 **the government describes as "meaningful use":** Here is a guide to the HITECH program, from HealthITAnswers.net, December 7, 2015: www.hitechanswers.net/can-your-hospital-benefit-from-e-prescribing/.
327 **That would be "meaningful use":** The data collected by such a system would also make it easy for state regulators to see if provider networks were adequate or if there were not enough timely appointments for patients. Researchers could use it to understand the prevalence of illness in their communities and patterns of medical use.

EPILOGUE

328 *The Fate of Empires:* www.newworldeconomics.com/archives/2014/092814_files/TheFateofEmpiresbySirJohnGlubb.pdf.

图书在版编目(CIP)数据

美国病 / (美) 伊丽莎白·罗森塔尔 (Elisabeth Rosenthal) 著；
李雪顺译. — 上海：上海译文出版社，
2019.12(2020.7重印)
(译文纪实)
书名原文：AN AMERICAN SICKNESS：How Healthcare
Became Big Business And How You Can Take It Back
ISBN 978-7-5327-8204-8

Ⅰ.①美… Ⅱ.①伊… ②李… Ⅲ.①纪实文学—美
国—现代 Ⅳ.①I712.55

中国版本图书馆 CIP 数据核字(2019)第 263159 号

Elisabeth Rosenthal
AN AMERICAN SICKNESS：
How Healthcare Became Big Business And How You Can Take It Back
copyright © 2017, 2018 by Elisabeth Rosenthal
ALL RIGHTS RESERVED

图字：09-2019-1075 号

美国病

[美] 伊丽莎白·罗森塔尔/著　李雪顺/译
责任编辑/张吉人　　装帧设计/邵旻工作室　末氓设计工作室

上海译文出版社有限公司出版、发行
网址：www.yiwen.com.cn
200001　上海福建中路 193 号
启东市人民印刷有限公司印刷

开本 890×1240　1/32　印张 11.75　插页 2　字数 212,000
2019 年 12 月第 1 版　2020 年 7 月第 2 次印刷
印数：13,001—16,000 册

ISBN 978-7-5327-8204-8/I·5038
定价：48.00 元

本书中文简体字专有出版权归本社独家所有，非经本社同意不得连载、摘编或复制
如有质量问题，请与承印厂质量科联系。T：0513-83349465